ANTES DE ME LIBERTAR DE VOCÊ

KENNEDY RYAN

Tradução de Carlos Szlak

ANTES DE ME LIBERTAR DE VOCÊ

COPYRIGHT © 2022 *BEFORE I LET GO* BY KENNEDY RYAN
READING GROUP GUIDE COPYRIGHT © 2022 BY KENNEDY RYAN AND HACHETTE BOOK GROUP, INC.
COPYRIGHT © FARO EDITORIAL, 2024

Todos os direitos reservados.
Nenhuma parte deste livro pode ser reproduzida sob quaisquer meios existentes sem autorização por escrito do editor.

Diretor editorial **PEDRO ALMEIDA**
Coordenação editorial **CARLA SACRATO**
Assistente editorial **LETÍCIA CANEVER**
Preparação **DANIELA TOLEDO**
Revisão **ANA PAULA SANTOS e CRIS NEGRÃO**
Adaptação de capa e diagramação **VANESSA S. MARINE**
Cover illustration **NATASHA CUNNINGHAM, 2023.**

DADOS INTERNACIONAIS DE CATALOGAÇÃO NA PUBLICAÇÃO (CIP)
Jéssica de Oliveira Molinari CRB-8/9852

Ryan, Kennedy
 Antes de me libertar de você / Kennedy Ryan ; tradução de Carlos Szlak.— São Paulo : Faro Editorial, 2024.
 320 p.

 ISBN 978-65-5957-453-7
 Título original: Before I Let Go

 1. Ficção inglesa I. Título II. Szlak, Carlos

 23-5746   CDD 823

ÍNDICES PARA CATÁLOGO SISTEMÁTICO:
1. Ficção inglesa

1ª edição brasileira: 2024
Direitos de edição em língua portuguesa, para o Brasil, adquiridos por FARO EDITORIAL
Avenida Andrômeda, 885 – Sala 310
Alphaville — Barueri — SP — Brasil
CEP: 06473-000
www.faroeditorial.com.br

*Para as garotas poderosas,
para as que batalham,
para as supermulheres,
tratem o seu coração com cuidado implacável... e descansem.*

O INÍCIO

JOSIAH

"No meio da jornada da vida, após ter me desviado do caminho verdadeiro, encontrei-me embrenhado numa selva escura."
— **Dante Alighieri, Inferno**

Será que as *pessoas* se lembram do momento exato em que se apaixonam?

Eu lembro. Yasmen me trouxe canja de galinha que ela tinha preparado quando fiquei tão doente que doía só de piscar os olhos. Tinha gosto de água suja e velha. Ela não foi capaz de preparar uma canja direito. Não sei como alguém consegue essa proeza. Yasmen ficou me observando, cheia de expectativa, com aqueles olhos de corça e cílios longos. Meu Deus, nunca vou esquecer sua expressão quando cuspi aquela sopa; mas estava tão ruim, e eu estava tão doente, que nem consegui disfarçar.

Por um instante, Yasmen pareceu chateada, mas, em seguida, apesar de sentir que alguém me fez pisar em brasas ou me espetou com agulhas, comecei a rir. Então, ela também começou a rir e eu me perguntei se isso — encontrar alguém com quem você consegue rir quando tudo dói — era a matéria de que um final feliz era feito. Não de beijos açucarados, passeios de balão ou caminhadas românticas sob a lua cheia. Todo o meu corpo latejava com a praga que me infectava, mas naquele dia, Yasmen me deixou feliz. No meio de uma gripe brava, ela me fez rir.

E eu soube.

Fui além de uma atração louca e um pouco submissa e cheguei a algo real. Ao amor. Aquele momento está gravado em minha memória. É algo que nunca vou esquecer.

E assim, apenas alguns meses depois, aqui estamos nós.

— O que acha? — Yasmen pergunta, tirando os olhos de algo em que está trabalhando.

Ela está sentada junto à pequena mesa da sala de estar/sala de jantar/cozinha integradas do meu apartamento de um quarto e decoração de estudante pobretão.

— Acho sobre o quê? — respondo, sentado na cadeira de estofamento rasgado em frente a ela.

— Canja.

— Amor, por favor, não faça canja de novo. Ainda estou me recuperando da última vez que você tentou.

Ela olha para mim com alguma frieza, mas com os cantos da boca lutando contra um sorriso.

— Poxa, não estava falando de fazer canja. Você nem estava me escutando? E se você desse o nome de Canja para o seu restaurante? Foi isso o que eu disse.

Numa iniciativa sem precedentes, levei uma garota para casa no Natal. Ela e a minha tia Byrd se deram bem logo de cara e, na véspera do Ano-Novo, as duas estavam planejando um restaurante que eu poderia abrir usando minha pós em administração de empresas e as receitas de família da tia Byrd.

— Ah, claro. Canja. — Puxo a cadeira para mais perto de Yasmen e afasto para trás as tranças que caem em cascata sobre seu ombro. — Parece legal.

— Parece legal? — Ela põe a mão em minha testa. — Você está doente de novo? O Josiah Wade que conheço encontra defeitos em todas as sugestões e sempre tem a postos um "sim, mas".

Yasmen tem razão. Meu pai era do exército; um capataz severo, que nunca se contentou com nada na vida. Ele planejava cada movimento como se fosse uma operação militar. O controle, a disciplina e a razão o promoveram na hierarquia. Foi isso o que ele incutiu em mim, mesmo no pouco tempo que tive ao seu lado antes de ele morrer, mas tudo isso vai para o espaço neste momento em que percebo que não só amo Yasmen, mas também quero amá-la pelo resto da minha vida.

— Casa comigo.

As palavras escapam suaves e certeiras. E eu tenho certeza. Um atuário calculando uma dúzia de avaliações de risco não poderia ter tanta certeza quanto eu tenho neste momento. Yasmen e eu temos que ficar juntos.

Ela larga a caneta e fica boquiaberta.

— Co-como é? — A respiração entrecortada faz seus lábios tremerem e os olhos se arregalam.

— Casa comigo.

De maneira improvável — porque tudo isso é tão fora do normal para mim quanto uma cabra sapateando —, caio de joelhos na frente de Yasmen, com o coração aos pulos no peito. Uma cena digna de pedido de casamento de filme romântico. Levanto os braços e seguro o seu rosto, com os ossos chanfrados e as curvas delicadas se encaixando perfeitamente em minhas palmas.

— Eu te amo, Yasmen.

Com a expressão confusa, ela faz que sim com a cabeça.

— Eu sei. Eu... também te amo, mas pensei em esperar até você terminar a pós-graduação.

— Estou quase no fim. Falta um semestre. O seu contrato de aluguel acaba no mês que vem. O momento perfeito para você vir morar comigo. — Com um gesto de mão, aponto para o apartamento caindo aos pedaços e pouco mobiliado. — Não quer se juntar a mim nesta vida de luxo?

Yasmen ri, e um sorriso largo surge em seu belo rosto. Na primeira vez que a vi, meus amigos riram, porque eu parava no meio de qualquer besteira que estivesse dizendo e ficava a admirando. Aquele não era eu. Por mais atraente que alguma garota fosse, nenhuma jamais me embasbacou à primeira vista daquele jeito. Quero ver a sua pele negra e macia, os seus lábios carnudos, os seus cílios espessos em meus filhos.

— Você é louco — ela sussurra.

— Tenho certeza de que te amo. — Traço o arco escuro e sedoso da sua sobrancelha. — Você tem certeza de que me ama?

E eu vejo. Vejo a tranquilidade, a certeza, o amor sufocarem as suas dúvidas e hesitações. Ela se levanta da cadeira bamba, se ajoelha para me encarar e espalha beijos fugazes em meu rosto. Eles roçam os meus lábios e os meus olhos como borboletas que esvoaçam fora do alcance, me impedindo de agarrá-las. Quero voltar a segurar o seu rosto, fazê-la ficar quieta para poder beijá-la, mas os meus braços pendem estendidos ao lado do corpo, entorpecidos com a magnitude do que está acontecendo. Por fim, Yasmen pega as minhas mãos e olha diretamente para mim. Lágrimas se acumulam nos seus olhos e começam a rolar pelo seu rosto.

— Sim, Josiah Wade — ela sussurra. — Eu quero me casar com você.

Meu corpo volta à vida e eu a puxo para mim pela curva dos seus quadris. Pressiono as mãos na elasticidade quente das suas costas. Ela é toda paixão e tentação. Na ausência de um anel de noivado, selo o nosso compromisso com um emaranhado escorregadio de línguas e lágrimas.

O beijo é ardente, e doce, e voraz. Este... este deve ser o gosto de para sempre.

Tenho certeza disso.

1

YASMEN

Você raramente vê coisas boas pelo espelho retrovisor.

Uma lição que eu já deveria ter aprendido, mas mesmo assim, dou uma olhada para o banco traseiro e vejo a minha filha desrespeitar as regras. Seu irmão, no banco do passageiro ao meu lado, também faz o mesmo.

— Pessoal, vocês sabem que não é hora de usar o celular — digo, dividindo a atenção entre a rodovia interestadual e os dois. — Guardem já, por favor.

— Mãe, sério? — Minha filha Deja suspira com a irritação de uma menina de treze anos. — As aulas da escola e de dança já terminaram. Dá um tempo.

— Desculpa, mãe — Kassim diz, pondo o celular no colo.

Deja deixa escapar outro suspiro, como se não soubesse quem a irrita mais, se eu, por ditar as regras, ou o seu irmão, por segui-las.

— Puxa-saco — ela murmura, com o olhar ainda fixo na tela.

— Deja! — advirto. — Vou pegar esse celular se você não guardar.

Seus olhos, escuros e pontilhados de dourado, se chocam com os meus pelo espelho. Então, ela põe o celular de lado. É como olhar para mim mesma. Somos muito parecidas. Pele macia e negra como nogueira polida. Seu cabelo, como o meu, tende a cachear e enrolar, sempre se contraindo ao menor sinal de umidade no ar. O mesmo queixo teimoso insinuando a vontade de ser uma rival do mesmo nível.

"Ela é igualzinha a você", minha mãe costumava dizer quando Deja, ainda pequena, se metia em brigas, apesar de minhas advertências para tomar cuidado. Ela se levantava e fugia de novo com arranhões e hematomas novos. "Bem feito! Agora você vai ver o que tive que aguentar ao criar você."

Sempre achei que seria uma bênção, mãe e filha, cara de uma, focinho da outra. E foi assim por muito tempo... até Deja fazer treze anos. Meu Deus, como odeio essa idade. Não consigo mais me entender com ela.

— Então, como foi o dia de vocês?

Pergunto porque quero aproveitar bem todo esse tempo que temos no trânsito. Meus filhos voltaram para a escola há apenas duas semanas, e gostaria de começar o ano letivo deles com o pé direito.

— Jamal levou o lagarto dele para a escola — Kassim diz, sorridente, com os seus olhos encontrando os meus numa breve olhadela. — E ele escapou da mochila no meio da aula.

— Ai, meu Deus! — Rio. — Ele conseguiu capturá-lo?

— Conseguiu, mas levou uns vinte minutos. Ele é rápido. O lagarto, quero dizer. — Kassim torce um botão da camisa branca engomada do uniforme escolar. — Algumas meninas começaram a gritar. A sra. Halstead ficou em pé na cadeira, como se fosse uma cobra ou algo assim.

— Eu também teria surtado — admito.

— Era um lagarto inofensivo. Não era um monstro-de-gila ou um lagarto-de-contas mexicano — Kassim informa. — Esses são dois dos tipos peçonhentos encontrados na América do Norte.

Pego Deja olhando para a parte posterior da cabeça do irmão, como se ele tivesse saído de TARDIS de Doctor Who. Com o fluxo constante de cultura inútil e fascínio de Kassim por... bem, tudo... às vezes deve parece que ele saiu mesmo.

— Nunca um momento de tédio com Jamal — digo com uma risada. — E você, Deja?

— Hum? — ela pergunta, num tom desinteressado, distraído.

Quando volto a olhar para o retrovisor, vejo apenas seu perfil. Ela está observando a rodovia pela janela. O trânsito das seis da tarde parece um grande estacionamento; uma frota enorme conduzida por motoristas de Atlanta que voltam do trabalho avançando devagar e negociando espaços apertados num jogo de Tetris veicular.

— Perguntei como foi o seu dia — volto a tentar.

— Foi legal — Deja responde, com os olhos fixos no trânsito além da sua janela. — Papai está no restaurante?

Lá se vai a conexão.

— Há, sim. — Piso no freio quando um Prius me dá uma fechada. — Vocês vão jantar lá e, quando terminarem, o seu pai vai levá-los para casa.

— Por quê? — Kassim pergunta.

— Por que o quê? — Espero que o motorista do Prius decida o que quer fazer.

— Tipo, o que você vai fazer? — Kassim pressiona.

— Hoje é o aniversário de Soledad — digo a ele, mudando de faixa com cuidado. — Vamos levá-la para jantar fora. Não deixem de fazer a lição de casa. Não quero que vocês fiquem para trás.

— Meu Deus, mãe. — Deja suspira. — Mal voltamos das férias e você já começou a encher o saco.

Capto um olhar incisivo de Kassim no assento dianteiro para Deja no banco traseiro.

— Tenha modos, Day — ele diz.

Ela resmunga algo baixinho.

— O que foi? — pergunto, lançando um olhar para ela pelo espelho enquanto pego a saída da rodovia. — Você tem algo a dizer?

— Já disse. — Olhos desafiadores e ressentidos encontram os meus.

— Eu não ouvi.

— E é problema meu?

— É, sim. Se você é grande e durona o suficiente, diga alto para eu ouvir.

— Mãe, caramba. — Ela belisca a ponte do nariz. — Por que você é tão... aff!

Tenho mil respostas para isso, mas todas elas só piorariam a tensão entre nós. Se eu tivesse falado assim com a minha mãe, ela teria se virado e dado um soco na minha boca. Deus é testemunha de que amo a minha mãe, mas não quero isso. Respiro fundo para me acalmar e tento me lembrar de que prometi a mim mesma que faria as coisas de outra forma com os meus filhos, ficando em algum lugar entre uma criação gentil... e minha mãe.

Paro num sinal vermelho, me viro para olhar por cima do ombro e encontro o olhar duro de Deja. A impressão é que ela sempre está reforçando o muro entre nós, empilhando tijolos antes que eu possa tocá-la do outro lado. Sinto saudade da menina que gostava das nossas guerras de travesseiros, de grelhar marshmallows na fogueira do quintal e de fazer as minhas unhas no sábado de manhã. Faz parte do crescimento ou estamos nos distanciando? Ou as duas coisas?

— O seu pai e eu esperamos que você dê um exemplo melhor para o seu irmão — digo a ela.

— Bem, o papai não está mais por perto. — Deja vira a cabeça, desviando os olhos de mim e voltando a olhar pela janela. — Está?

Embora Josiah não viva conosco, ele mora apenas a duas ruas da nossa, e Deja e Kassim o veem todos os dias. Ainda assim, a culpa me provoca um aperto no peito. Por mais que queira acreditar que as coisas entre Deja e mim se desgastaram por causa dos seus treze anos, não posso mentir para mim mesma. O problema começou com o divórcio. Aqueles olhos, antes sempre brilhando de tanto rir, agora parecem velhos demais para o resto do seu rosto, e não apenas por ver mais um ano passar, mas por testemunhar a dissolução do casamento dos pais ao longo dos últimos anos.

— Ficou verde, mãe — Kassim diz.

Antes que alguém buzine, acelero e passo pela placa azul e branca que indica que estamos entrando em Skyland, uma das regiões mais vibrantes da cidade de Atlanta. Os músculos do meu ombro relaxam conforme saímos da tensão da interestadual e alcançamos o ritmo mais sossegado e o trânsito mais tranquilo das ruas estreitas de Skyland. Combina o charme e a intimidade de uma comunidade menor com a proximidade da energia explosiva e opções ilimitadas de uma cidade de nível internacional. Percorremos a Main Street, margeada por calçadas de paralelepípedos, butiques e mesas com toalhas dos cafés. Saio da rotatória que circunda a fonte no centro da Sky Square e prossigo até o Canja, o nosso restaurante, ficar à vista.

Downtown Skyland é uma mistura perfeita de preservação e progresso. Os guardiões do zoneamento urbano conservaram diversas casas históricas, adaptando-as para negócios. O Canja, nosso restaurante soul food, é um exemplo notável. Assim que meus olhos pousaram na casa de dois andares em estilo vitoriano, com a sua varanda envolvente, me apaixonei por ela. A casa estava em ruínas, mas tínhamos um empréstimo bancário, ideias até demais e uma pilha de receitas de família. Josiah tinha a pós em administração, mas eu trouxe a visão de um restaurante sofisticado e "caseiro", especializado em reinventar pratos antigos e apreciados do sul dos Estados Unidos. Demoramos algum tempo para chegar ao "alto padrão". Durante muito tempo, fomos mais um restaurante do tipo familiar. Toda a nossa atividade ficava espremida num pequeno espaço comercial na zona sul de Atlanta. Muita coisa mudou, muita coisa se perdeu, muita coisa se ganhou.

Além das duas crianças neste carro, o Canja é o que mais me dá orgulho. Também é o nosso bebê. Mesmo quando as coisas desandaram entre Josiah e mim, ainda tínhamos os nossos três bebês. Deja, Kassim e este lugar, o Canja. Ao nos darmos conta de que aquelas eram as únicas coisas que nos mantinham unidos, sabíamos que seria melhor desfazer o casamento do que continuar aquilo que tínhamos nos tornado.

Bem, eu sabia.

Ao chegarmos ao restaurante, estaciono numa vaga reservada bem na frente e desligo o motor. Kassim abre a porta, sai do carro e sobe os degraus até a entrada do Canja sem dizer uma palavra. Deja também desembarca e fecha a porta. Estabanada, com os braços esquálidos e as pernas de girafa, ela está usando a saia xadrez do uniforme escolar e um tênis rosa de cano alto. Ela faz uma breve pausa para digitar, já colada ao celular outra vez. Em seguida, entra no restaurante.

Já nem tenho paciência para lembrá-la a respeito do horário de uso do celular. Que Josiah se preocupe com isso pelas próximas horas. Pego uma sacola com roupas no porta-malas, subo os degraus e abro a pesada porta da frente com o nosso logotipo. Assim que atravesso a soleira, uma sensação de dever cumprido surge em mim tão forte e real quanto o cheiro de frango frito e verduras saborosas que impregnam o salão decorado com bom gosto. O restaurante está cheio hoje. Ultimamente tem lotado todas as noites. Que diferença faz um ano.

Do outro lado do salão, vejo Deja e Kassim junto a um homem que não conheço. De meia-idade e estatura mediana, ele está ao lado de uma mulher miúda, que usa um dólmã branco de chef e calça justa. A reputação e a perícia culinária de Vashti Burns ajudaram a salvar o nosso negócio da beira da ruína. Sua pele negra escura é um lindo contraste com o natural cabelo castanho-avermelhado cortado rente. O fato de ter menos cabelo dá espaço para as maçãs do rosto salientes aparecerem. Vashti abre os lábios carnudos e exibe os dentes brancos e alinhados num sorriso para o homem alto ao seu outro lado.

Josiah.

Meu ex-marido é um desses caras. Um homem que chama a atenção pelos ombros largos e pelas longas pernas, que lhe proporcionam passos enormes e determinados, como se ele precisasse chegar a algum lugar, mas sem parecer apressado. Eu era recepcionista de um restaurante quando nos conhecemos. Josiah, esperando uma mesa com um grupo de amigos, seduziu os meus ouvidos antes mesmo que meus olhos pousassem nele: aquela sua risada abundante se desenrolava como fita de seda preta e fazia as pessoas virarem a cabeça. Virou a minha cabeça. Não que Josiah tenha tido muito do que rir nos últimos anos. Droga, nenhum de nós teve, mas ele está rindo agora, ao lado da nossa nova e bela chef.

Um grupo de mulheres risonhas passa pela porta. Perfumadas, usando saltos agulhas e vestidos justos, elas se amontoam ao redor do pódio da recepcionista. No Canja, o jeans se sente tão em casa quanto a melhor roupa de domingo. Ou, no caso delas, um traje de balada. Ofereço um sorriso a elas enquanto a recepcionista as recebe e me dirijo até Josiah e as crianças. Quando estou a poucos metros de distância, Josiah levanta os olhos e o seu sorriso faz aquela coisa de congelar ao me ver e depois se funde completamente numa linha neutra. Dói um pouco o fato de ter desaparecido a sensação de bem-estar que costumávamos compartilhar. É uma das coisas que nunca recuperamos desde o período mais doloroso da nossa vida. Aquela sensação de bem-estar veio por meio do amor, da paixão, da parceria. Pelo menos ainda somos parceiros, mesmo que apenas no negócio e na criação dos nossos filhos.

— Oi — Josiah murmura com a sua voz grave, profunda e familiar quando me junto ao pequeno grupo. — Não sabia que você estava aqui. Achei que você tivesse deixado as crianças e ido embora.

— Não. — Dei um tapinha na sacola e abri um sorriso educado para Vashti e o desconhecido. — Só preciso me trocar antes de ir.

— Me deixe apresentar você — ele diz. — Yasmen, este é William Granders, crítico gastronômico do Atlanta Journal-Constitution. William, Yasmen Wade, minha sócia.

Um crítico gastronômico. Então é por isso que ele está sentado em nossa melhor mesa.

— Prazer em conhecê-lo, sr. Granders — digo e estendo a mão para ele.

Ele retribui o aperto de mão com um sorriso antes de tomar um gole do seu vinho francês.

— Bom ver você de novo, Yasmen — Vashti afirma, com a voz modulada e agradável.

— É bom ver você também.

Embora Vashti já esteja trabalhando aqui há cerca de um ano, não nos conhecemos muito bem. Eu ainda estava num hiato quando Josiah a contratou após uma série de substituições falhar depois da morte da tia Byrd. Vashti se formou em gastronomia e, como Byrd costumava dizer, tinha aquela manha que os cozinheiros mais talentosos têm. Vashti nos salvou do desastre, mas algo que não consigo identificar impediu que nós duas nos tornássemos amigas. Os clientes e os funcionários a amam. Meus filhos a amam. Josiah... apoia uma grande mão em seu ombro. O toque é inofensivo. Platônico, mas algo nele... me incomoda.

— Ei, crianças, vamos pegar uma mesa para que vocês possam comer — digo, sorrindo para o sr. Granders. — Espero que o senhor goste dos nossos pratos.

— Será impossível não gostar. — Ele lança um olhar admirado para Vashti. — Vocês têm uma joia rara aqui. Não tomo uma sopa de galinha como essa desde... Na verdade, nunca tomei uma igual.

— Temos muita sorte — concordo com um sorriso.

— Há uma mesa reservada para vocês nos fundos, perto da cozinha — Josiah diz, dando um beijo rápido na testa de Deja. — Vejo vocês lá já, já. O que vão querer comer?

— Costela. — Kassim aumenta a voz, lambendo os lábios.

— Você vai virar uma costela, rapazinho. — Vashti ri. — Só come isso. Quando você vai experimentar o meu frango frito?

— Da próxima vez? — Kassim dá de ombros com um sorriso encabulado.

Se Deja é uma miniatura minha, Kassim é uma de Josiah.

— Crianças, vamos para a mesa antes que a sopa do sr. Granders esfrie — digo, olhando para o crítico gastronômico. — Foi um prazer conhecê-lo.

Assim que chegamos à mesa reservada por Josiah, pego dois cardápios da mesa e os entrego para as crianças.

— Vejam o que vocês vão querer — afirmo. — O seu pai já vem para anotar o pedido de vocês.

— Estou morrendo de fome. — Kassim abre o cardápio, arregala os olhos e examina todas as opções.

— Jantar. Ir para casa. Fazer a lição — eu os lembro, olhando de um para o outro. — Nessa ordem. Entendido?

— Entendido — Deja responde, com o rosto coberto pelo cardápio aberto.

15

— Tudo bem — digo e ajeito a sacola em meu ombro. — Preciso me trocar.

Caminho entre as mesas e sorrio para alguns clientes habituais, mas não paro. O celular vibra na bolsa, e sei que é a minha amiga Hendrix querendo saber onde estou. Pego-o para tranquilizá-la que estou indo, mas os meus passos vacilam e fico paralisada no corredor vazio. Para qualquer outra pessoa, é apenas um trecho do piso de madeira, com as suas tábuas largas, escuras e polidas, mas, em minha cabeça, vejo uma velha mancha se espalhando sob os meus pés. E embora o piso já tenha sido limpo há muito tempo, ainda vejo a minha tristeza incrustada na madeira. Durante meses, não consegui passar por aquele lugar sem que sentisse falta de ar e sem que a minha cabeça não girasse. Minha dor estava engessada nestas paredes. Meus fantasmas e o meu pesar estavam reunidos em torno destas mesas. A ansiedade e o pânico me sufocam com tanta força que mal consigo respirar, mas faço o que a minha terapeuta me ensinou.

Respire fundo e solte o ar aos poucos.

Respire fundo e solte o ar aos poucos.

A princípio, só consigo aspirar pequenas quantidades de ar pelo nariz e a minha cabeça gira. Porém, à medida que consigo respirar mais fundo e de maneira mais prolongada, sinto uma calma vivificante tomar conta dos meus pés e das minhas mãos formigantes. A repetição desse ciclo algumas vezes diminui o meu batimento cardíaco e afrouxa o aperto em meu peito. Exorcizei muitos dos meus demônios. Não todos, mas o suficiente para pelo menos entrar no Canja sem sair correndo dele. Estou pronta para recuperar o espaço que perdi e a sorte que tentaram tirar de mim.

Quando abro os olhos, é apenas um piso polido com um brilho intenso. Houve um tempo em que eu teria caído daquele penhasco, sem fôlego e em pânico, deixando os demônios me expulsarem daquele lugar que tanto amo. Um sorriso minúsculo ergue o canto da minha boca e dou um passo e depois outro.

Então, é assim que é se sentir melhor.

Em direção ao escritório, passo pelo tumulto da cozinha. O tilintar das panelas, os cheiros tentadores, as risadas estridentes e a gritaria escapam do espaço que sempre foi o domínio de Byrd. Aceno depressa para o pessoal enquanto caminho em direção ao escritório.

A palavra "Particular" está discretamente presente na placa dourada na porta do escritório. Entro e fecho a porta atrás de mim. Josiah é um homem de ordem e disciplina, e o escritório reflete isso. Quando dividíamos o espaço, nunca foi tão organizado. O meu lado do nosso quarto sempre parecia um desastre natural, enquanto o lado dele parecia... bem, parecia isto. Muito embora eu esteja voltando ao ritmo das coisas aqui no restaurante, não tenho usado o escritório. E isso fica evidente.

A escrivaninha está vazia, exceto por alguns papéis separados em pilhas organizadas, com as bordas alinhadas com perfeição. Nem uma partícula de poeira ousaria ficar em qualquer uma das superfícies reluzentes. Josiah estaria arrancando os cabelos se visse o nosso quarto agora. Não sou uma daquelas pessoas que faz a cama todas as manhãs. Quer dizer, ninguém fica no meu quarto o dia todo e só volto para ele à noite. Gosto da minha cama esperando por mim toda desarrumada, como estava quando saí dela. Já o Josiah? Gosta do lençol esticado, sem nenhuma prega, com os cantos afiados como um canivete suíço. Ele é uma daquelas pessoas que sabe como dobrar um lençol com elástico e transformá-lo num pequeno quadrado.

Esquisitão.

Entro no banheiro do escritório, fecho a porta e a tampa do vaso sanitário. E me sento.

A vida passa num piscar de olhos. Responsabilidades, filhos, oportunidades: tudo se precipita sobre nós com a força de um projétil. Com todas as coisas voando em minha direção, aprendi a parar e verificar a existência de amassados e hematomas. Já fui ferida durante o caminho com resultados desastrosos. Agora, sempre paro, pelo menos por um maldito minuto, para ter certeza de que estou bem. Às vezes, preciso me sentar no vaso sanitário, respirar fundo e sobreviver entre os segundos. Apenas por alguns momentos, isolada por paredes finas e uma porta fechada.

Após alguns segundos de silêncio restaurador, fico de pé para me despir das atribulações do dia com a minha calça jeans e a camiseta. Faço uma busca debaixo da pia, rezando para encontrar o desodorante de emergência que costumava guardar ali.

— Isso!

Com um rápido movimento dos quadris, aplico o desodorante. Meu rosto está sem nada, então, pego o estojo de "deslumbrante em minutos" e aplico base, blush e rímel. Lavei o cabelo naquela manhã e o condicionador ainda doma o meu cabelo natural, deixando-o com cachos, e não um halo afro e crespo.

Posso estar improvisando em relação ao cabelo e à maquiagem, mas pelo menos sei que o vestido é elegante e tem um toque provocante. Hibiscos rosa florescem na saia verde-esmeralda e o corpete segura e molda os meus seios como um namorado. Não que eu tenha tido um desde o meu divórcio. Ergo os braços e dou uma olhada nas axilas no espelho do banheiro.

— Não estão bem depiladas? — pergunto à mulher que olha de volta para mim. Olhos brilhantes. Cachos definidos. O batom rosa fosco está fantástico. As sobrancelhas estão demais. E a ioga fez bem ao corpo. Nunca terei as medidas que tinha antes de ter filhos, e estou numa boa com isso. A minha saúde não é um número na balança ou uma etiqueta na minha calça.

Me sinto bem com o meu corpo, porque ele me ajuda a enfrentar a vida. Quero estar por perto o máximo de tempo possível para ver os meus filhos crescerem. Então, eu cuido disso. Não me lembro da última vez que me senti assim. Me sinto...

— Eu mesma. — Abro um sorriso para a mulher no espelho. — Me sinto eu mesma.

O celular vibra na bolsa.

— Droga! — Pego o celular. — Oi, Hendrix.

— Onde você está? — ela pergunta.

A voz rouca de minha amiga é sempre contundente. Em geral, devido ao seu trabalho de grande importância e a sua vida em alta velocidade, ela soa como se estivesse pronta para atacar qualquer pessoa com quem está falando.

— Saindo do Canja agora. Se eu conseguir fechar este vestido. — Pressiono o celular entre a orelha e o ombro e me estico para alcançar as costas. — Você já está no Sky-Hi?

— Já. Entrando agora.

— Fica no final da rua. Em menos de dez minutos, estou aí.

— Tudo bem. Tchau.

Volto a me concentrar no zíper, que teimosamente fica parado no meio das minhas costas.

Dane-se.

Vou pedir à recepcionista para fechar o zíper para mim. Pego as minhas coisas e saio do banheiro no exato momento em que a porta de entrada do escritório se abre e Josiah entra. Ele me olha de alto a baixo, começando pelo meu cabelo cacheado e terminando nos dedos descalços dos meus pés.

— Desculpa. Não sabia que você estava aqui — ele diz e se dirige com passos largos até a escrivaninha, abre uma gaveta e pega uma pequena pilha de cartões. — Granders quer um cartão de visita.

— As pessoas ainda usam isso?

Josiah dá de ombros nos limites do paletó do terno sob medida.

— Pelo visto, ele ainda usa. Espero que ele escreva uma boa crítica a nosso respeito. A visibilidade vai ser boa.

— As coisas estão...

Hesito, sem saber aonde a minha pergunta vai levar. Josiah nunca me pressionou quando eu não conseguia me arrastar para fora do buraco negro, quando apenas abrir os olhos e respirar parecia uma tarefa árdua. Ele me protegeu de como as coisas tinham ficado ruins financeiramente no restaurante. Achamos que teríamos tempo para aprender, para nos estabelecermos, para crescer. Em vez disso, perdemos Byrd, o nosso esteio, no meio da maior transição que o nosso pequeno negócio já tinha experimentado. Só quando a minha névoa começou a se dissipar que percebi o quão perto chegamos de perder este lugar. De perder tudo.

— Si, estamos com problemas de novo? Eu posso...

— Estamos numa boa — Josiah interrompe, suavizando um pouco a expressão dura das suas feições. — De verdade, o negócio nunca esteve melhor.

— Se precisar que eu faça mais por aqui, posso ajustar algumas coisas.

— Você está onde mais precisamos de você. — Sua resposta é baixa, mas segura. Seus olhos estão escuros, firmes. — O fato de saber que você está com as crianças, ajuda nas lições, participa das reuniões da escola e acompanha as notas, me libera para me concentrar no restaurante e garantir que a gente fique bem. E que a gente permaneça bem.

As duas crianças sofreram um pouco depois do divórcio. Deja, em particular, foi ficando cada vez mais rebelde e as suas notas pioraram. Com Josiah lidando com tanta coisa no restaurante após a morte de Byrd, concordamos que eu me concentraria mais em casa e daria aos nossos filhos o máximo de estabilidade possível.

— Bem, se a situação mudar, me avise — digo, forçando uma leveza no tom de voz. — Equipe Wade, não é?

Aquele costumava ser o nosso grito de guerra quando as coisas ficavam difíceis. O que fosse necessário fazer, fazíamos juntos. Um músculo se contrai em sua mandíbula, e Josiah desvia o olhar do meu para um ponto além do meu ombro. Talvez para algum momento do passado, relembrando a turbulência dos últimos anos, como eu faço com mais frequência do que gostaria de admitir. Seu silêncio prolongado se torna sufocante, me deixando outra vez sem ar.

— Sempre que você quiser arrastar a mal-agradecida da Deja para as aulas de dança, me avise. Podemos negociar — digo, irônica, esperando dissipar o peso que tomou conta do lugar.

Josiah se volta para mim, e o seu olhar distante desaparece.

— Prefiro trabalhar dia e noite. Você pode ficar com isso.

Seus lábios carnudos sorriem, e eu me pego sorrindo de volta. A expressão de Josiah é interessante o suficiente para fazer a beleza parecer trivial, ainda que ele seja um homem inegavelmente belo. O tipo de belo que faz você perder o fio da meada no meio da frase e morder o lábio. Sua incrível pele escura reluz, esticada sobre os ossos bem-esculpidos do rosto. O fato de ele ser tão controlado e quase austero deixa sem limites a sua presença. Ficar ali com ele, com a sua energia — uma combinação de ambição, e audácia, e arrogância — forma redemoinhos em torno de nós no escritório. É como ser arrolhada numa garrafa com um tufão.

Suas sobrancelhas se erguem. Fico só olhando.

— Ah. — Me viro de costas para ele, tanto para recuperar a compostura quanto para o zíper do vestido ser fechado. — Está preso. Você pode ajudar?

Josiah não responde. Seus passos são tão silenciosos que mal o ouço atravessar o escritório. Então, me assusto com o calor do seu corpo aquecendo a minha pele exposta. Seus dedos roçam a minha coluna enquanto ele toca o zíper. A princípio, o zíper não se move. Assim, Josiah dá um puxão. Mesmo apenas esse leve toque deixa a minha pele arrepiada. Olho por cima do ombro e para cima, e fico sem ar quando os nossos olhos se encontram. O ar ao nosso redor praticamente estala, carregado com uma eletricidade familiar que tinha esquecido que era possível.

Ele pigarreia e desliza o zíper para cima.

— Pronto!

Me viro para encará-lo e me sinto despreparada para o quão perto ele está. Estou descalça e a minha visão se limita ao peito largo e aos ombros do homem à minha frente. Já não ficamos mais sozinhos desse jeito. Levamos vidas separadas que só se cruzam em nossos filhos e em nossos negócios. Em geral, Kassim e Deja estão por perto, ou os funcionários, os amigos, os orientadores, os professores. Raramente somos só nós dois. Costumávamos nos conhecer melhor do que ninguém. Agora, já não sei a que Josiah assiste no pouco tempo livre que tem longe deste lugar ou o que ele faz de fato.

— Você já viu Ozark? — pergunto.

A linha grossa de suas sobrancelhas se abaixa.

— Não? É boa?

— É uma das melhores séries que já vi. Os atores, a direção, o roteiro são incríveis.

Estou divagando. Quero enfiar uma meia na boca para parar de falar.

— Vou ter que, hã... conferir. — Josiah olha para a porta. — Preciso voltar lá para o Granders.

— Tudo bem. — Enfio a mão no fundo da minha sacola para pegar o par de sapatos verdes de salto alto e me curvo para calçá-los. — Também tenho que ir.

Josiah me olha da cabeça aos sapatos.

— Você está... bonita.

— Bonita? — Pego a sacola, agora cheia com as roupas com que cheguei ao restaurante, corro para a porta, me viro e dou um sorriso irônico. — Que nada. Estou incrível.

Ele balança a cabeça, se permitindo um leve sorriso.

— Sim, você está incrível. Divirta-se.

— Vou tentar não ficar na rua até muito tarde. Não deixe as crianças ficarem acordadas a noite toda. Elas têm aula amanhã, Si.

— Como se eu fosse o pai molenga.

Nós dois sabemos que ele é. Então, apenas encaro Josiah até o seu sorriso se alargar e alcançar aquele brilho surpreendente capaz de tirar o fôlego.

— Então vá — ele diz. — Vejo você em casa.

A casa.

Não o lar. Não o lar ideal para o qual trabalhamos e sobre o qual fantasiamos durante anos. Agora é só a casa em que eu e as crianças moramos. A casa de Josiah fica no mesmo bairro, mas a duas ruas de distância. Não sei por que os meus pensamentos continuam revisitando o passado hoje, quando a minha reflexão, a minha mentalidade, tudo em suma tem a palavra "futuro" escrita nele.

— Deixa isso pra lá — digo a mim mesma, entrando no carro e saindo do estacionamento do restaurante. — Está na hora da diversão.

2

YASMEN

— É o aniversário da Soledad — Hendrix murmura, depois de dar um gole de seu Moscow Mule. — E pensar que ela não via a hora de curtir um tempinho de mulher adulta. Ela está atrasada.

— Ela está a caminho. — Releio a mensagem enviada por Soledad. — A mensagem é de vinte minutos atrás. Ela disse que o ensaio de Lupe de animadora de torcida acabou, Inez está trabalhando num projeto de ciências e Lottie teve aula de dança.

Observo Hendrix por cima da borda do meu copo. Ela tem um semblante tão ousado quanto o seu nome, marcado por maçãs do rosto planas e um nariz arrojado, com narinas dilatadas para farejar risco e conversa fiada. Suas sobrancelhas escuras e arqueadas são tão rápidas em criar uma fisionomia carrancuda quanto o amplo arco da sua boca é de se abrir num sorriso. Ela faz as coisas acontecerem, sendo tão motivada a ajudar as pessoas quanto a ter sucesso. Ajudar as pessoas é, pelo menos em parte, como ela define o sucesso.

— Como estão as suas donas de casa? — pergunto, tomando um gole do meu French 75, com o gim aliviando os meus nervos em frangalhos.

— Menina, uma zona. A produtora teve a audácia de me ligar e me pedir para manter as minhas clientes sob controle. Você as controla, vadia. O meu trabalho era levá-las até lá. O seu trabalho é garantir que elas não se matem antes do fim da temporada.

— Parece que quanto mais drama, maior a audiência. Então, qual é o problema dela?

— Pois é, há drama e depois há... — Hendrix para de falar e ergue as sobrancelhas de um jeito significativo. — A merda delas. Brigas de socos, cabelos puxados, arranhões.

— Parece um recreio escolar.

— Ou uma creche. Me formei em relações públicas, e não em tomar conta de crianças. Apesar de que, na realidade, esse pareça o meu trabalho na metade do tempo. — Ela lança um sorriso para além do meu ombro. — Por falar em crianças, aí vem a mamãe-em-chefe.

Olho em volta e vejo Soledad subindo a escada para o terraço panorâmico do Sky-Hi. Ela está com a sua habitual expressão levemente estressada, mas que, hoje, está formando par com um vestido vermelho curto, decotado e justo que exclama "É isso aí, garota"; é o seu aniversário. Seus olhos escuros examinam a multidão até nos encontrar. Um sorriso deslumbrante ilumina o seu belo rosto. Ela é baixa e curvilínea, e os cachos negros balançam ao redor dos ombros, refletindo a energia acumulada em seu corpinho. Soledad acena e acelera o passo em direção à nossa mesa.

— Desculpem o atraso. — Ela desaba sobre a cadeira vazia, arranca a bebida da minha mão e toma um longo gole.

— Atrasada para a sua própria festa de aniversário. — Hendrix desaprova. — Ainda bem que você conseguiu vir. Você teve que amarrar o Edward na geladeira para ele ficar em casa com as meninas?

Ultimamente, o marido de Soledad se ausenta de maneira vergonhosa de quase tudo.

— Meio que apareceu um trabalho inesperado e ele teve que trabalhar até tarde e... — Soledad responde, com o rubor se insinuando em suas bochechas.

— Então, quem está com as crianças? — intervenho.

— Chamei a filha da sra. Lassiter. — Soledad fixa o olhar no cardápio, evitando a irritação que sei que está evidente no olhar de Hendrix e no meu. — Ela é aquela garota do nono ano da escola que mora perto de casa. Lottie e Inez adoram ela. Lupe tem idade suficiente para ficar em casa e cuidar das irmãs, mas o seu ensaio de animadora de torcida atrasou, então... — Soledad dá de ombros, filosoficamente.

— Só uma noite — Hendrix murmura. — Ele não podia sacrificar só uma noite por você?

Lanço um olhar repressivo para Hendrix, exortando silenciosamente que ela deixe isso para lá, mas é mais provável que ela morda a língua dos outros do que a dela.

— Gente, por favor. — Soledad solta o cardápio e todo o fingimento de que o conteúdo dele de fato a interessa. — Não podemos simplesmente nos divertir e esquecer o Edward? Ele está no meio de um projeto enorme na empresa. É muito trabalho e ele está fazendo o melhor.

Aposto que nem Soledad acredita nisso, mas não vou discutir o assunto e estragar o seu aniversário mais do que o seu desatencioso doador de esperma já estragou.

— Tem razão! — Bato o copo vazio sobre a mesa para chamar o garçom. — Vamos beber e nos divertir como se não tivéssemos que cuidar de filhos amanhã de manhã!

— Uma de nós não tem que se preocupar com isso. — Hendrix lembra, com sua risada gutural e grata. — E o meu apartamento fica exatamente na esquina. Estou a pé. Então, vou beber por todas nós.

Soledad e eu estamos de carro; então, embora nossas casas fiquem perto do Sky-Hi, não podemos beber muito, mas curtir a noite já está ótimo. Nosso trio é composto por peças díspares que, de algum modo, funcionam juntas. Hendrix, alegremente solteira e sem filhos, está toda concentrada em sua carreira e em sua mãe doente na Carolina do Norte, dividindo o seu tempo entre Charlotte e Atlanta. Soledad não trabalha fora, mas administra a sua casa como um reino, deixando todos boquiabertos com os níveis de organização e vida doméstica aparentemente inatingíveis por meros mortais. Ela é uma pitada de Joanna Gaines, com um toque de Marie Kondo e uma boa dose de Tabitha Brown. Um prato servido numa mesa de fazenda na porcelana mais fina.

E resta eu.

Envolvida em todas as armadilhas de uma dona de casa suburbana, exceto que não sou mais a mulher de ninguém, e sou sócia de um negócio próspero com um homem que sempre achei que amaria para sempre.

— Como estão os seus filhos, Yasmen? — Soledad pergunta, tomando um gole do Cosmopolitan que o garçom trouxe depois de anotar os nossos pedidos. — Deja e Kassim estão bem?

— Sim. Estão jantando no restaurante. Josiah vai levá-los para casa para fazerem a lição quando acabarem de comer.

— Você e o Josiah administram a... — Soledad fecha um olho e torce os lábios, pelo visto procurando a palavra certa — a dinâmica de vocês muito bem.

— Dinâmica? — Hendrix me lança um olhar que carinhosamente chamo de sacana e dissimulado. — É assim que você chama quando o gostoso do seu ex-marido está sempre disponível para transar com você, e você não faz nada a respeito?

Houve um tempo em que o atrevimento de Hendrix teria me feito cuspir a bebida, mas agora estou acostumada. Ela já gastou todo o seu poder de me chocar meses atrás.

— Isso se chama coparentalidade — afirmo. — E cuidar de um negócio juntos. Se quisermos fazer as duas coisas bem, é melhor manter tudo simples e platônico.

— Você não quer mesmo dar um mergulhinho de vez em quando naquele pote de mel saboroso? — Hendrix pergunta, com um sorriso cúmplice adornando os seus lábios carnudos. — Josiah é...

— Maravilhoso. — Sorrio para o garçom que se aproxima trazendo os nossos pratos. — Eu sei. Fui casada com ele.

— Aposto que o Josiah mandava bem — Hendrix diz. — Só de olhar para ele, dá para perceber que ele é bom de cama.

— Tudo bem. Já chega — tento desconversar dando uma risada, pois falar sobre a nossa vida sexual do passado não é o que quero fazer. — Não quero falar do meu ex.

— Não tive a intensão de ofender. — Hendrix levanta as duas mãos. — Venho em paz e com a mais pura admiração por um homem de primeira qualidade e em seu auge. Só estou dizendo que parece que você conseguiu um belo pau ao se casar com ele, não é mesmo?

Consegui, mas era a última coisa em minha mente no final. A nossa animosidade e tristeza extinguiram a paixão que sempre consideramos inabalável. Nos últimos meses do casamento, raramente dormíamos no mesmo quarto. Minha cama tem estado fria e vazia há muito tempo.

— É claro que não sei tudo o que aconteceu entre vocês dois — Hendrix continua. — Mas o Josiah é o tipo de homem de quem eu sentiria falta.

— Como você disse, você não sabe tudo o que aconteceu — afirmo, olhando para a minha bebida.

Elas nunca conheceram Josiah e eu como um casal; um casal que todos invejavam. Quando eu estava atravessando o meu período sombrio, perdi contato com a maioria das amigas mais próximas. Não por culpa delas. Excluí muitas delas. Conheci Hendrix e Soledad nas aulas de ioga que a minha terapeuta recomendou para ajudar a diminuir a ansiedade e melhorar o humor em meu momento mais difícil. Soledad mora perto da minha casa, então, eu a conhecia de vista, mas só nos conectamos mesmo depois que comecei a frequentar a ioga. Nós três ficávamos na fileira de trás, observando as outras pessoas adotarem posturas de cachorro, gato e cobra, enquanto nos esforçávamos para contorcer os nossos corpos fora de forma nas posições mais básicas. Talvez porque eu precisasse tanto de uma reconexão, e elas também pareciam precisar, nós nos aproximamos depressa. Elas não me olham com aquela compaixão cuidadosa que percebo na expressão de todo mundo que me conheceu antes.

— Sei que vocês passaram por muita coisa — Soledad diz.

— Sim, nós... Foi muita coisa. — Tomo um gole fortificante da minha bebida. — Você sabe que Byrd, a tia do Josiah, morreu logo depois que abrimos o restaurante em Skyland. — Contendo a emoção que tenta vir à tona, me forço a continuar: — O negócio afundou. Naquela condição, não poderíamos nos manter em Skyland. Não com a qualidade dos restaurantes por aqui. Talvez tivéssemos nos saído melhor se tivéssemos continuado onde estávamos. Continuado quem nós éramos.

Porém, Josiah sempre quis transformar o restaurante num lugar mais sofisticado. E isso teria acontecido sem problemas se a vida não tivesse se complicado de todas as formas possíveis.

— Você não fala muito a respeito do divórcio — Soledad diz. — Vocês não tentaram fazer terapia?

— Josiah tem alergia — digo, irônica. — Ele não faz terapia. Eu queria, mas...

— Na igreja onde cresci, sempre diziam que você não tem um problema que Deus não possa resolver. O que um terapeuta pode fazer que Deus não possa? Essa mentalidade impediu que muita gente conseguisse ajuda — Hendrix diz.

— As razões do Josiah não tinham nada a ver com fé — afirmo com uma torção nos lábios. — Ele só acha que é uma grande bobagem. Deja e Kassim conversaram algumas vezes com o orientador psicológico da escola, mas apesar de alguns momentos difíceis, eles se recuperaram bem. Terapia de casal? Josiah achava que não ajudaria. No final, nem eu achei.

Tudo tinha ficado tão ruim que eu sentia como se estivesse sufocando naquela casa, naquele casamento, e tinha que cair fora. Parecia que o mundo inteiro se apoiava sobre o meu peito todas as manhãs, e era só o que conseguia me tirar da cama. E tudo doía.

Essa é a parte da depressão que as pessoas não levam em consideração: às vezes, dói fisicamente. Minha terapeuta me ajudou a entender que a dor nas costas e a dor de cabeça que desenvolvi devem estar relacionadas ao estresse, e os hormônios do estresse, como o cortisol e a noradrenalina, contribuíram para a minha apatia e exaustão. O que exacerbou a minha depressão. Foi um ciclo inevitável que me deixou olhando para a minha vida a partir do fundo de um poço, com as paredes escorregadias, e sem ver a saída.

E tudo doía, inclusive estar com o homem que eu tinha amado mais do que tudo. Depois de como tínhamos amado um ao outro, a maneira como nós machucávamos um ao outro estava nos destruindo.

Criei uma pequena bolha para mim e para as minhas amigas, uma que protege a minha frágil alegria e afasta o sofrimento do passado. Sei que vou ter que contar tudo para Hendrix e Soledad em breve. Se a terapia me ensinou alguma coisa, é que você corre em círculos para fugir da dor. Você acaba exausta, mas nunca ganha terreno de verdade. Tenho que parar de correr, tenho que compartilhar com elas todas as maneiras pelas quais a vida abriu todas as costuras de um mundo perfeitamente costurado. Por enquanto, compartilho um pouco de cada vez, e por hoje, já compartilhei o suficiente.

Pigarreio e, em seguida, forço uma risada.

— É uma comemoração ou o quê? Vamos comer antes que a Sol envelheça mais um ano.

A noite acaba sendo exatamente do que eu precisava, e espero que seja o que Soledad merece. Ela é a mulher mais trabalhadora que conheço e enxerga como missão de vida a criação de três belas filhas para que se tornem mulheres confiantes e capazes de transformar o mundo num lugar melhor. Alguns podem julgar isso e dizer que uma mulher tão inteligente como Soledad poderia fazer muito mais. Eu vejo o poder de escolher o seu próprio caminho.

— Tenho um monte de notas dentro da minha Vuitton que quero gastar. Então, que tal o clube de striptease? Vamos ou não? — Hendrix pergunta, esperançosa, assim que pagamos a conta.

A resposta está escrita nos olhos de Soledad, esboçada na triste curva dos seus lábios.

— Vamos deixar para outro dia. Tenho que acordar muito cedo amanhã e ainda preciso conferir o projeto de ciências de Inez ao chegar em casa. Aposto que vou ter que ajudá-la, porque o Edward...

É tão provável que Edward ajude com o projeto de ciência quanto uma galinha criar dentes.

— Bem, o Edward deve ter tido um dia longo — Soledad completa com um sorriso tão natural quanto os meus cílios. — E pode ter esquecido algumas coisas.

— Hummmmm — Hendrix resmunga.

Ela deveria patentear esse "Hummmmm". É o monossílabo mais completo que já ouvi.

— Bem, amanhã tenho que cuidar das minhas donas de casa e alimentá-las — Hendrix afirma e suspira. — Os produtores querem que eu esteja no estúdio para garantir que nenhum implante de silicone na bunda seja prejudicado na produção do próximo episódio.

Dividimos uma gargalhada. Saboreio tanto a facilidade simples de uma amizade autêntica e inesperada quanto a brisa noturna no rosto. A Geórgia se apega ao verão o máximo de tempo possível. As folhas verdes brilhantes de agosto ainda ornam as árvores que margeiam as ruas de Skyland, mas logo ficarão multicoloridas, com o vento as lançando longe dos galhos como um canhão de confetes. Em poucas semanas, elas cobrirão os paralelepípedos sob os nossos pés.

Pego a chave na bolsa e aperto o botão para destrancar as portas do meu carro durante a nossa caminhada até o estacionamento.

— Feliz aniversário, querida — digo, me voltando para Soledad.

Hendrix passa os braços em torno de nós duas, e o nosso triunvirato se aconchega, com os nossos perfumes e espíritos se misturando sob a luz amarelada e acolhedora das luminárias do poste de ferro fundido e lâmpadas a gás da cidade.

— Amo vocês — Soledad sussurra, com os olhos brilhando. — Adorei a companhia no meu aniversário. Obrigada por torná-lo tão especial.

— Também amo vocês, suas malucas — Hendrix brinca, nos dando um aperto extra antes de nos soltar. — No ano que vem, vamos a um clube de striptease. Isto aqui é Atlanta. Como é que vocês não vão a um clube de strip?

— Não descarto a possibilidade. — Sorrio.

— Issoooo! — Hendrix me dá um "toca aqui".

— Talvez no próximo ano — Soledad afirma, mas o olhar arregalado que ela me lança diz "nuncaaaa".

Entro no carro, dando uma risadinha, imaginando Soledad toda sisuda e Hendrix disposta a tudo no clube Magic City, jogando notas de dinheiro para os strippers. Eu estaria no meio, curtindo o show no palco e fora dele.

— Vocês vão ao Festival de Food Truck amanhã? — pergunto pela minha janela abaixada.

— Com certeza — Hendrix responde. — Vou estar no estúdio até tarde, mas vou.

— Não vejo a hora. — Soledad abre a porta e entra em seu imenso SUV. Ela parece muito pequena ao volante do seu carrão, mas com três filhas e o bando ruidoso de amigas delas, nunca há espaço suficiente para todas. — Vejo vocês lá.

O trajeto de volta para casa é curto, quase não dá tempo para refletir sobre os acontecimentos do dia. Um ano atrás, não seria capaz de prever que me sentiria desta forma. Que me sentiria tão bem. Uma noite fora com novas amigas que parecem irmãs de alma. O nosso negócio, há pouco tempo à beira da falência, recuperado, próspero e pujante.

E então há Josiah.

Um arrepio percorre a minha espinha. A lembrança dos seus dedos roçando a minha pele nua quando ele fechou o zíper, despertando partes de mim há muito adormecidas e negligenciadas. Provavelmente sempre me sentirei atraída por ele. Como eu disse a Hendrix, ele é maravilhoso, mas não posso deixar a reação natural do meu corpo a um homem bonito com quem tenho um passado complicado, e filhos, me enganar e me levar a pensar que as coisas deveriam ter sido diferentes.

Estávamos bem juntos. Muito bem, na verdade. E aí as merdas aconteceram. A merda é tanta que abala e muda a vida, e não só não estávamos mais bem juntos, mas eu não conseguia imaginar as coisas voltando a ficar boas. Tinha chegado a hora de nós dois seguirmos em frente.

Quando Josiah e eu sonhávamos com o nosso restaurante, comendo comida chinesa barata tarde da noite, enquanto ele terminava o sua pós, não falávamos em viver em um bairro rico como Skyland. Porém, ao passar por todas as casas personalizadas e garagens para três carros, percebo que conseguimos. O portão da garagem da casa que reformamos juntos se abre. Nos últimos suspiros do nosso casamento, se tornou insuportável ficar nesta casa com ele. Quantas noites as nossas brigas ecoaram pelos corredores? Mas após o divórcio, não suportava ficar aqui sem ele. Parecia errado e vazio. Verdade seja dita, naquele momento, nenhum lugar parecia certo. Nem mesmo em minha própria pele.

Livrei a casa de todas as fotos do nosso casamento, mas Josiah está estampado de forma permanente em cada centímetro quadrado, desde a banheira independente do nosso banheiro até a cozinha ampla e aberta e a sala de estar com teto alto. Cada luminária, cor de tinta, até o menor detalhe, nós escolhemos cuidadosamente juntos. A única coisa que nunca previmos foi perder um ao outro no processo de ganhar todo o resto. Concluímos cada fase dos nossos sonhos dentro do prazo.

Formatura. Concluído.

Casamento. Concluído

Abertura da empresa. Concluído.

Primeiro bebê. Concluído.

Segundo bebê. Concluído.

Terceiro bebê...

Afasto os pensamentos e entro na garagem. Tomei a decisão certa para todos nós quando pedi o divórcio. Tenho que acreditar nisso. Qualquer coisa é melhor do que a panela de pressão prestes a explodir que as nossas vidas acabaram virando no fim.

O som de risadas chega aos meus ouvidos assim que entro na cozinha e fecho a porta ao passar. Eu sabia que Josiah deixaria as crianças ficarem acordadas até tarde. Identifico facilmente as risadas delas, misturadas com o timbre grave de Josiah, mas não consigo reconhecer a outra risada melódica muito bem. Ao entrar na sala de estar, percebo o motivo.

Nunca ouvi Vashti rir assim antes.

Seu rosto se ilumina, um brilho interior que se manifesta em toda a sua fisionomia. Ela está usando um vestido gracioso, cor de manteiga, que delineia discretamente a sua forma esbelta e feminina. Vashti apoia a sua mão descontraída no joelho de Josiah, como se ela já o tivesse tocado dessa maneira centenas de vezes.

Ai, meu Deus! Ela já deve ter feito isso.

Eles já devem ter compartilhado esses toques íntimos muitas vezes em segredo ou pelo menos sem que eu soubesse. Posso não querer mais Josiah para mim, mas não sou cega para não perceber quando outra mulher quer.

E a afeição latente que brilha no olhar de Vashti me diz que ela quer o meu marido.

Ex-marido.

Há pratos espalhados pelo chão, com latas de refrigerante diet e garrafas de água com gás frutada. Um tabuleiro de Monopoly está aberto sobre a grande mesa de vidro, que Josiah e eu compramos numa feira de móveis na Carolina do Norte. Por alguma razão, isso é o que mais me ofende.

Na nossa mesa.

Tenho a impressão de que interrompi Josiah e Vashti no meio de um abraço apaixonado; os dois enroscados como se fossem um pretzel pornográfico, em vez de estarem jogando um jogo de tabuleiro com as crianças.

— Mãe! — Kassim diz, chamando a atenção de todos para mim, parada na entrada da sala. — Você chegou.

Consigo dar um aceno com a cabeça, sem saber quais são as minhas falas nesta farsa.

— Vashti perdeu tudo no Monopoly. — Kassim aponta para a bela e jovem chef. Ele está alheio a como toda esta cena parece para mim, mas talvez Vashti não esteja. Ela se levanta depressa e começa a recolher os pratos.

— Desculpe pela bagunça — ela diz um pouco sem fôlego. — Acho que não deixamos cair o molho das costelas em nada.

Se eu conseguisse espremer a voz através das minhas cordas vocais contraídas, ainda não confiaria nela. As palavras de Vashti se perdem num silêncio constrangedor que não sei como quebrar.

— Decidimos trazer a comida das crianças para casa — Josiah retoma de onde Vashti parou. — Tínhamos trabalhado o dia todo e estávamos prontos para encerrar a noite.

Assim que reencontrar a voz, não é para responder para Josiah ou para Vashti, mas para ignorá-los.

— Crianças, já passou da hora de dormir — digo, com meu tom normal. — Vocês têm aula de manhã. Já fizeram a lição de casa?

— Sim, só levou uns vinte minutos — Kassim informa a caminho da escada.

— Kassim, você vai deixar o seu lixo no meio da sala? — pergunto antes de ele subir o primeiro degrau. — Você sabe que isso é inaceitável.

— Para a sua informação, Vashti — Deja fala pela primeira vez. — De acordo com a minha mãe, quase tudo é inaceitável nesta casa.

Fico surpresa com a alfinetada. Ela dói. Sei que é melhor não deixar a minha filha me afetar. O seu novo passatempo favorito é "tentar me afetar", mas me atacar na frente de Vashti, que pode ser... algo que não percebi que ela representava para Josiah... me atinge de uma forma diferente. Mais profunda.

— Já chega dessa atitude, Day — Josiah reage antes de mim, com um tom de voz amável, mas severo. — A sua mãe tem razão. Vocês precisam arrumar as suas coisas. Ela não é empregada de vocês, e é melhor eu não ficar sabendo que vocês estão a tratando como se fosse.

— Sim, senhor — Deja responde, recatada, juntando os pratos e se dirigindo para a cozinha com Kassim.

— Obrigada — murmuro, me sentindo particularmente grata. — É bom ver você de novo em tão pouco tempo, Vashti.

Estou tentando recuperar a educação que perdi quando encontrei essa mulher em minha casa, rindo com os meus filhos, com a mão sobre o joelho do meu marido.

Ex-marido.

— A sua casa é linda. — Vashti abre um sorriso para Josiah. — E eu adoro sair com as crianças.

— Elas também adoram sair com você. — Josiah pega o paletó no encosto do sofá e o veste. — Mas já está na hora de irmos embora.

Ele oferece as chaves do seu carro para Vashti.

— Você pode nos dar um minutinho, Vash? Espera lá no carro um momento. Não vou demorar.

Surpresa e o que parece ser preocupação cruzam seu rosto. Um rápido deslize que ela controla antes que se consolide de fato. A garota é disciplinada. Nisso, pelo menos, ela é um páreo duro para ele.

— Claro. — Ela pega as chaves. Não deixo escapar o pequeno aperto que Vashti dá nos dedos dele. — Boa noite, Yasmen.

— Vejo você amanhã — digo, controlando a minha irritação, que talvez seja completamente desproporcional à situação, mas ainda assim, é real.

Assim que Vashti sai da sala, chega ao vestíbulo e fecha a porta da frente ao passar, Josiah olha para mim com uma expressão cautelosa. Me lembro de como o seu rosto atraente era feliz e receptivo. Não o vejo assim há muito tempo, mas me lembro.

— Você gostaria de me dizer alguma coisa? — pergunto, me sentando no braço do sofá, procurando ao máximo parecer inofensiva.

— Vashti e eu...

— Que diabos ela está fazendo na minha casa?

Certo. Isso não soou nada bem.

Ou talvez tenha soado exatamente de acordo como eu me senti, mas não teria dito se as minhas emoções não estivessem em queda livre. Josiah ergue uma sobrancelha escura, sua boca fica apertada nos cantos.

— Desculpe. — Pigarreio e aliso o meu vestido. — Você estava dizendo...

— Você não tem motivos para ficar chateada.

— Nada deixa uma mulher mais chateada do que o seu marido dizer que ela não tem motivos para ficar chateada.

— Ex-marido — Josiah corrige, baixinho.

— É. — Um sorriso rígido se apodera do meu rosto. — Ex-marido, um homem dizendo para uma mulher que ela deve manter a calma. É assim que sabemos quando está acontecendo alguma merda que nos deve chatear.

— Nada está acontecendo que não deveria acontecer. — Ele me lança um olhar sob os cílios escuros que não esconde nada, sem vergonha alguma. — Dois adultos em comum acordo podem...

— Em geral, essa frase precede o verbo "transar".

— E se isso acontecer? — Ele dispara as palavras de modo cortante, rápido; uma faca desembainhada, como se ele estivesse esperando que eu o tirasse do sério. — Eu estou solteiro. Ela está solteira. Você está agindo como se tivéssemos corrompido as crianças. Você está agindo...

Com ciúmes.

Josiah não termina de falar. Ele não precisa. Eu não estou com ciúmes. Eu só estou... droga. Confusa.

— Achei que tínhamos concordado em conversar quando começássemos a namorar alguém, se essa pessoa ficaria perto das crianças. — Hesito. — Quer dizer, é isso que está rolando? Você e Vashti estão, o que... namorando?

Josiah bufa, exasperado, como se eu o estivesse incomodando com essas perguntas básicas e não tivesse o direito de saber.

Será que tenho o direito de saber?

Fui amiga de Josiah, namorada, sócia, mãe dos seus filhos e esposa. Pela primeira vez, não sei em que pé estamos. Em que pé eu estou com ele. O que eu sou para ele.

— É muito recente — ele finalmente responde. — No restaurante, Vashti está quase sempre ao meu lado. Então, rolou um clima entre a gente e começamos a passar tempo juntos. As crianças já conhecem a Vashti. Então, não senti a necessidade de apresentá-la para elas. As crianças podem ter adivinhado, mas eu não contei para elas.

— Mas você vai contar?

Por que estou prendendo a respiração?

— É provável que sim. Vashti e eu já saímos algumas vezes. — Ele levanta a mão e me lança um olhar de advertência. — E antes que você me questione a respeito disso, dissemos que daríamos um aviso prévio para o bem das crianças. Não um ao outro. Não tenho que dizer para você quando começo a namorar alguém, e não quero saber quando...

Então, Josiah desvia o olhar e observa os seus sapatos de grife.

— Estamos divorciados há quase dois anos, Yas. Sabíamos que iríamos seguir em frente. Sinceramente, achei que não seria nada demais.

Seguir em frente.

Eu tinha acabado de dizer a mim mesma que era bom que estivéssemos seguindo em frente. E é, mas vê-lo "seguindo em frente" na casa que construímos juntos, no resíduo da vida que compartilhamos... eu não sabia que isso me afetaria desta maneira.

— Não é nada demais — digo e me levanto para afofar a almofada onde a bundinha empinada de Vashti tinha se sentado há pouco. — Acho que fui pega de surpresa.

— Como já disse, não contei nada para as crianças. Vashti fica perto de mim no trabalho a maior parte do tempo. Não foi algo planejado a vinda dela aqui. Ela estava terminando o trabalho quando estávamos saindo, aí eu a convidei para vir com a gente. Não vi nada de mais nisso, mas quero ser honesto com a Deja e o Kassim.

Josiah morde o lábio inferior. Então, uma lembrança súbita e inoportuna daqueles lábios carnudos ataca os meus sentidos. Beijando a curva do meu pescoço. Chupando os meus mamilos. Deslizando sobre o meu ventre e descendo, descendo, descendo.

Droga, droga, droga.

— Quero ser sincero com você — ele continua, completamente alheio a como a minha mente está rememorando a minha vida com ele. — Vashti é ótima e, embora isso possa não dar em nada, queremos ver aonde nos leva.

— E se der tudo errado? Pode ser que a gente acabe ficando sem a nossa chef. Demoramos muito tempo para encontrá-la.

— Como se eu precisasse que você me lembre quanto tempo levamos para encontrar uma boa chef.

É engraçado como as palavras que ele não diz podem ferir mais do que as que ele diz.

Josiah não precisa dizer que, quando Byrd morreu, eu não estava em condições de ajudar, que era ele o único que cuidava do restaurante desde a hora de abrir até a hora de fechar. Ele exerceu todas as funções ao mesmo tempo — dono, gerente, qualquer coisa — quando eu mal conseguia ficar em pé. Mesmo agora, seu olhar não expressa nenhuma acusação. Apenas lembranças que, se verbalizarmos, podem romper a frágil paz que conseguimos negociar.

— Vashti e eu tivemos essa conversa — ele diz. — Concordamos em manter o trabalho separado do nosso relacionamento o máximo possível. Ela adora o trabalho e é indispensável no restaurante. O talento culinário da Vashti tirou a gente do buraco depois da morte da Byrd.

— Tenha cuidado, Si, e não só por causa do trabalho. — Engulo a forte emoção que me aflige e me forço a continuar falando. — Não quero que você se machuque.

Sua risada, como tantas coisas esta noite, me pega de surpresa. A explosão sonora dela me assusta, ricocheteia nas paredes e toma conta da sala.

— Qual é a graça? — arrisco perguntar depois que ele continua rindo e balançando a cabeça em aparente descrença.

A graça em seus olhos, se é que foi verdadeira, desaparece, sendo substituída por um olhar frio e indiferente.

— Que ironia você dizer que não quer que alguém me machuque.

— E eu não quero.

— Nunca alguém em toda a minha vida me machucou como você.

O choque me cala. Perco a fala. As acusações que ele não se dá ao trabalho de expressar, as mágoas que não percebi que eram tão profundas, gritam em meio ao silêncio. Escapam do seu olhar fixo em mim, sem nem mesmo uma piscada interromper a intensidade implacável dele.

— Sim, fui eu quem pedi o divórcio — afirmo, de repente incerta de algo que deveria ter certeza. — Mas nós dois concordamos.

— É desse jeito que você se lembra? Porque eu me lembro da pior coisa possível acontecendo com a gente, com toda essa família, e você me excluindo. Lembro de nós dois perdendo...

Não diga isso. Não diga o nome dele. Não posso ouvir o nome dele agora. Não hoje.

— Deixa pra lá. — Ele suspira, e é um alívio. Ele esfrega a nuca. — Essa merda é uma história antiga. Estou cansado demais para isso.

Eu deveria insistir, exigir que ele conclua o pensamento, mas isso, como tantas outras coisas que deixamos de dizer quando as coisas ficaram difíceis, permanece enterrado sob os escombros do nosso silêncio.

— Preciso ir — Josiah informa e se dirige para a porta da frente. — Começo cedo amanhã.

— Claro. Tudo bem.

Eu o acompanho até o vestíbulo. Quando Josiah abre uma das amplas portas envidraçadas, pela fresta, vejo o seu Rover estacionado na entrada da garagem. A luz interna está acesa, e o rosto de Vashti está bem visível, com os seus olhos alertas e fixos na varanda da frente. Em Josiah. Um sorriso ilumina sua expressão, mesmo quando o seu olhar passa por cima do ombro dele e encontra o meu brevemente. Nesse pequeno instante, uma compreensão se forma entre nós, e me dou conta de por que nunca nos demos bem. Vashti não se sente segura a meu respeito. Acerca de Josiah e eu. Faz sentido. Nossas vidas estão emaranhadas, trepadeiras passando por nossos filhos e nosso negócio. Temos uma história. Uma história longa e turbulenta. E mesmo que não estejamos mais casados, está na cara que ainda estamos conectados de muitas maneiras. Eu não posso culpá-la. Eu também ficaria desconfiada.

Eu poderia dizer a Vashti que ela não tem nada com o que se preocupar. A paixão, o amor e a devoção fervorosa que um dia existiu entre Josiah e mim? Eu reduzi isso a cinzas há muito tempo. O que resta é tão frio e morto quanto o olhar que ele dá por cima do ombro para mim antes que a porta se feche.

3

YASMEN

— Está tudo ótimo, Yas — Hendrix diz, percorrendo com os olhos a Skyland Square.

Os trailers exibindo logotipos e cardápios de restaurantes circundam a área. A Main Street foi bloqueada, e mesas e cadeiras ocupam a rua de paralelepípedos. Luzes decorativas serpenteiam através das árvores, cintilando mesmo que o sol não tenha se posto e ainda haja luz do dia. Os participantes do evento se apressam, ocupados com os preparativos de última hora. Em breve, os nobres cidadãos de Skyland vão aparecer em busca de boa comida e diversão.

— Obrigada — digo, dando uma olhada rápida no local uma última vez. — Ainda bem que chegamos aqui cedo para ter certeza de que está tudo certo.

— Entre as tostadas, os cachorros-quentes e os sanduíches de carne de porco desfiada, acho que experimentei um pouco de tudo e o festival nem começou oficialmente ainda — Soledad diz, lambendo o molho no canto da boca.

— Sei que esses negócios gostam de toda a grana e movimento que a noite de hoje vai gerar — Hendrix diz, jogando o que sobrou de um taco numa lata de lixo próxima. — Qual é a sensação de ser a poderosa chefinha de novo? Mandando em tudo?

Dou uma risada e desconsidero sua pergunta, embora deva admitir que depois de mal sair de casa, mal ser capaz de trabalhar por tanto tempo, é bom estar fazendo algo que beneficia a nossa comunidade. Quando transferimos o Canja da zona sul para a nossa localização atual, no coração de Skyland, Josiah e eu decidimos nos aproximar dos moradores e dos outros empresários da região. Assumi estrategicamente um papel ativo na Associação de Skyland, organização criada para incrementar a participação da comunidade, fomentar o desenvolvimento econômico e estreitar os laços entre os setores público e privado. Deixei de ser a presidente, liderando atividades comunitárias com regularidade, para ser... bem, alguém quase sem nenhum envolvimento, mas o Festival de Food Truck sinaliza ao conselho da associação que estou de volta e pronta para agir.

— Acho que já verificamos todos os participantes, exceto o Canja — digo, apontando para o trailer com o logotipo do nosso restaurante. Duas funcionárias trabalham no balcão, trajando camisetas e bonés justos, com os cabelos escondidos com cuidado. Não há confusão. Nenhum corre-corre de última hora. Vashti conseguiu a mesma ordem e tranquilidade para o evento desta noite que ela consegue no restaurante. Decido ficar grata. O envolvimento dela significa que tenho mais tempo livre para dedicar atenção especial aos meus filhos, sem me preocupar que Josiah tenha que lidar com tudo no trabalho sozinho.

Ele tem Vashti agora.

— Minhas queridas! — digo, dividindo um sorriso receptivo entre as duas funcionárias atrás do balcão do trailer. — Como estão as coisas?

— Está tudo bem — Cassie, a *sous chef* de Vashti, responde, mas continua conferindo os suprimentos. — Estamos prontas para a multidão.

Um homem de barba grisalha sai de trás do trailer, limpando as mãos num avental manchado de molho.

— Agora sei que é melhor você vir aqui para receber este abraço, Yasmen.

Dou uma risadinha e me aninho nos longos braços de Milwaukee Johnson. Meu pai morreu há muito tempo, e esse cozinheiro que Byrd contratou se tornou, de maneira improvável, a pessoa mais próxima que tive como pai desde então. Ele cheira a uma dúzia de refeições caseiras, como se todos os meus pratos reconfortantes estivessem costurados no forro das suas roupas. Suspiro em seu ombro, escondendo a cabeça sob o seu queixo e enlaçando a sua cintura com os braços. Ele parece mais frágil, menor do que da última vez que nos abraçamos, como se o tempo estivesse roubando não apenas os anos, mas também centímetros e quilos da sua figura imponente. Eu me afasto um pouco para observar as suas feições angulosas, curtidas pelo tempo, mas, de alguma forma, ainda mais jovens do que a sua idade.

— Como vai, Milky?

Seus ombros largos e ossudos se movem, descontraídos, mas seus olhos se enchem de tristeza.

— Ainda sinto saudade da Byrd. Eles mentem quando dizem que passa. Acho que talvez eu esteja apenas ficando mais forte, então sinto um pouco menos.

Quando Byrd conheceu Milky, ela tinha se divorciado de três maridos e acabado de enterrar o quarto. Ela jurou que nunca mais se casaria, mas Milky amava Byrd e, com o que lhe restava, ela retribuía o amor. A comida não era a única coisa quente naquela cozinha. Eles paqueravam e se acariciavam, corriam um atrás do outro, se pegavam, sem procurar esconder que haviam encontrado algo especial em seus anos crepusculares. Josiah e eu costumávamos rir e dizer que esperávamos ter tanto fogo quando chegássemos à idade deles.

— Eu sei, Milky — sussurro, abraçando-o com um pouco mais de força. — Também sinto saudade dela.

Ele acena com a cabeça, dá tapinhas nas minhas costas e se afasta.

— Mas a Vashti é uma dádiva de Deus. Ela põe aquela cozinha para funcionar. Byrd teria amado a comida dela.

— Sim. — Meu sorriso seca no meu rosto como gesso. — Ela é ótima.

Os olhos sábios e lacrimejantes de Milky me estudam e um dente de ouro se destaca no canto do seu sorriso. Eu me forço a reter o seu olhar onisciente e resisto ao impulso de me esquivar.

— Como você está de verdade? — ele pergunta, suavizando um pouco o tom áspero da sua voz.

— Estou melhorando. — Aperto as suas mãos pontilhadas de queimaduras desbotadas de gordura e com os nós dos dedos avantajados por anos de estalos. — Juro.

— As coisas não são as mesmas sem você. Que bom que está de volta — Milky afirma, dá um sorriso largo e ajeita o chapéu. — Este evento é algo fora do comum. Todos os restaurantes ficarão vazios hoje, porque as ruas vão ficar cheias. Você arrasou, Yas.

— Valeu, Milky. — Dou um tapinha no balcão de alumínio que se projeta do trailer. — Vocês também contribuíram para que tudo isso desse certo.

— Você sabe que, se a Vashti estiver no comando, as coisas rolam — Cassie afirma atrás do balcão.

— Vou considerar isso como um elogio — uma voz grave e melódica fala arrastado atrás de nós.

Me viro e encontro Vashti parada ali com um par de pinças prateadas e uma garrafa de molho picante.

— Uhuuu, pimenta. — Hendrix lambe os lábios. — Se o seu frango frito for tão bom quanto eu me lembro, você pode fazer uma transfusão do conteúdo dessa garrafa direto aqui para o meu braço.

Ela dá um tapa no antebraço e todos nós rimos. Eu sorrio em todos os momentos certos, mas há uma tensão evidente entre Vashti e mim. Tendo em conta os olhares furtivos que continua lançando na minha direção, suspeito que ela também sinta isso.

— Temos um cardápio limitado — Vashti afirma, entrando por baixo do balcão e desaparecendo no interior do trailer. Um instante depois, ela reaparece com uma embalagem de papel quadriculado vermelho e branco, contendo um peito de frango frito dourado e crocante. — Mas temos frango.

— É isso aí, meu bem! — Hendrix exclama, pegando o frango com uma das mãos e o molho picante com a outra. — Vou experimentar isso rapidinho para ver se está tudo bem antes de a multidão chegar.

— Muito generoso da sua parte. — Vashti ri.

— Aí vem o chefe — Cassie informa, lançando olhares rápidos para Vashti e para mim. — Quer dizer, o outro chefe.

Josiah se aproxima com passos largos e confiantes. Todo orgulhoso. Ombros largos, corpo fluido e apenas um toque de arrogância em sua marcha. Ele está acompanhado por Deja, Kassim e seguido por Ottis Redding, um dos maiores cães que já conheci na vida.

Jamais vou me esquecer de quando a tia Byrd trouxe esse belo dogue alemão de pelagem retinta e lustrosa até a nossa casa. Um presente de Herbert, seu último marido, que batizou o cachorro com o nome do lendário cantor de R&B. Ottis Redding era apenas um filhote quando o conhecemos.

"Herbert me deu o cachorro com a expectativa de vida mais curta", Byrd tinha brincado na época. "Já que tudo o que ele sempre me trouxe foi sofrimento". E com um brilho de malícia nos olhos escuros, ela havia acrescentado num aparte: "E sexo. Nossa, como aquele homem era bom de cama".

Meus lábios se contraem num sorriso, mas meu coração fica apertado. Era impossível não sorrir quando Byrd estava por perto. — Mãe! — Kassim se afasta de Josiah e Deja e vem correndo me dar um abraço apertado. Achei que aos dez anos, Kassim já teria superado esse amor despudorado por sua mamãe. Em geral, nessa idade, isso acontece com os filhos homens, mas a sua afeição por mim ainda é aberta e sem inibições, mesmo na frente dos seus amigos. Talvez ele tenha me visto triste por tanto tempo que tenha medo de esconder isso de mim.

— Como foi na escola? — pergunto.

— Tudo ótimo — Kassim responde e examina o cardápio do trailer do Canja. — Posso pedir costela?

— Ai, meu Deus, costela de novo! — Deja reclama, mas sorri para o irmão. O sorriso desaparece quando ela me olha nos olhos. — Oi, mãe.

— Oi, Deja. — Odeio essa tensão com ela, mas não consigo dar um jeito nisso. — Como foi na escola?

— Tudo bem. — Ela dá de ombros. — A perda de tempo de sempre.
Contenho a resposta que me sobrevém automaticamente.
— Que bom — digo, sem querer estragar a noite antes mesmo de começar. — Se você quiser costela, é só pedir, Kassim.
— Achei que você experimentaria algo diferente hoje, Seem — Josiah diz, se juntando ao nosso grupinho reunido em volta do trailer do Canja.
A expressão de Kassim se torna suplicante.
— Impossível. As costelas me dão água na boca.
— Bem, eu, por exemplo, aprecio o elogio — Vashti afirma e ri. — Esse é o molho especial da minha avó.
— A sua avó sabia o que estava fazendo — Milky comenta atrás do balcão.
— O nosso trailer ficou muito bom — Josiah diz e, em seguida, dirige a sua atenção para as minhas amigas. — Oi, Hendrix. Oi, Soledad, feliz aniversário atrasado.
Elas abrem um sorriso afetado ante a atenção dele. Josiah tem esse jeito de fazer você sentir que só você, de alguma forma, conseguiu merecer o charme relutante dele.
— Está tudo bem no restaurante? — Josiah pergunta a Vashti e não para mim, mas ele sabe que estou focada no evento da noite. Eu mesma disse isso a ele, então não deveria me incomodar que Josiah consulte ela em vez de mim, a verdadeira coproprietária.
Não deveria, mas incomoda um pouco.
— Está tudo ótimo — Vashti responde, ficando ao lado de Josiah.
Me pergunto se sou a única que repara na maneira como Vashti o olha ou se mais alguém percebe o desejo que a aparência implacável dela não consegue esconder.
— Daqui a pouco volto para o restaurante para conferir — Vashti acrescenta. — Para ter certeza de que os clientes do jantar estão sendo bem atendidos. Callile ficará ou eu ficarei lá a noite toda.
— Posso ir com você, Vashti? Já que aqui não tem todos os pratos do cardápio. Eu quero bolinhos de caranguejo — Deja implora com um sorriso caloroso e as mãos pressionadas juntas.
Quando foi a última vez que Deja sorriu para mim desse jeito? Procurou passar algum tempo ao meu lado? Sei que elas estão apenas indo juntas ao restaurante, mas a tensão faz o meu maxilar doer. Além de descobrir que Vashti está namorando o meu ex-marido, está jogando jogos de tabuleiro com os meus filhos e agora está conquistando a minha filha sem nenhum esforço, pelo visto, agora também tenho que abafar a minha dor mesquinha.
— Claro. — Vashti abre um sorriso largo. — E precisamos combinar uma nova partida de Monopoly. Quero revanche.

— Vamos lá! — Kassim diz com os olhos brilhando. Sua simpatia só é superada por seu espírito competitivo.

— A gente deveria ensinar a eles como jogar espadas, Si — Vashti diz, com carinho em seu sorriso e em sua mão, que ela apoia no braço de Josiah.

Ela exibe a mesma intimidade tranquila que notei na noite passada. A propósito, Soledad e Hendrix lançam olhares para mim; elas também devem ter notado.

Ótimo. Serei interrogada em breve.

A cotovelada que Hendrix me dá confirma isso. Ao olhar para ela, suas sobrancelhas se levantam sutilmente, perguntando em silêncio se também vejo. Eu ignoro a sua microexpressão e decido que já aguentei o suficiente do relacionamento florescente do meu ex-marido por hoje.

— É melhor eu dar uma volta — digo. — Quero ter certeza de que o DJ está preparado e pronto para começar.

— Vai ter um DJ? — Soledad pergunta.

Ela pode parecer careta e reprimida, mas basta lhe dar um pouco de sangria e colocar algumas músicas do Backstreet Boys do início dos anos 2000, e ela se transforma numa baladeira de primeira. Eu já testemunhei isso.

— Se ele tocar Tony! Toni! Toné!, já vou avisando que a dignidade ficará fora de questão. "Feels Good" é o meu hino de festa — Hendrix diz.

— O seu hino? — Josiah pergunta, com o humor fazendo a linha firme da sua boca se curvar.

— Costumava ser "Step in the Name of Love", mas R. Kelly ferrou isso, aquele gênio pervertido. — Hendrix faz um gesto negativo com a cabeça.

— E por falar nisso — interrompo antes que a mente rápida do meu filho comece a querer saber detalhes sobre os pecados do pedófilo R. Kelly. — Quero dar uma volta por aí.

— Vamos com você — Soledad diz, tirando o celular do bolso do seu vestido de verão. — Quero ver se o Edward já chegou aqui com as meninas.

— Estou de olho no trailer do Blaxican — Hendrix diz. — Quero me render à tensão sexual que vem se acumulando entre mim e aquelas quesadillas de couve desde que cheguei aqui.

— Não quero atrapalhar essa transa — digo, irônica, me virando para Kassim e segurando o seu rosto. — Se você precisar de mim, mande uma mensagem ou ligue, está bem?

— Está bem, mãe.

— Não saia andando por aí. Fique comigo ou com o seu pai a noite toda.

Kassim franze os lábios, como se finalmente desaprovasse a minha preocupação maternal.

— Eu não sou um bebê.

— A sua mãe tem razão — Josiah diz, com um tom de voz calmo, mas firme. — Não faça o Otis ter que ir procurar você de novo.

Ao ouvir o seu nome, Otis se anima e late alto, roçando o focinho na perna de Josiah. Há alguns anos, Kassim se perdeu numa exposição. Depois de dez minutos, eu estava pronta para sair por aí colocando cartazes ou para acionar a polícia, mas cabeças mais frias prevaleceram. Principalmente a de Josiah e Otis. Talvez tenha sido o cheiro de Kassim, ou algo mais, mas Otis o encontrou.

— Pelo menos posso contar com você — digo, acariciando a cabeça sedosa de Otis.

— Quesadillas de couve. — Hendrix me lembra.

Respondo com um revirar de olhos, enquanto os outros riem.

— Tudo bem, vamos.

Deixamos Kassim e Josiah no trailer do Canja, enquanto Deja sai andando com Vashti, tagarelando com bastante animação.

— Eu era a única que não sabia que a chef do seu restaurante está pegando o seu ex? — Hendrix pergunta assim que estamos fora do alcance auditivo.

— Psiu! — sussurro, olhando por cima do ombro para ter certeza de que estamos mesmo fora do alcance auditivo.

— Eu também vi — Soledad afirma, com hesitação. — Quer dizer, não vou tão longe a ponto de dizer que eles já estão transando, mas está na cara que há algo entre eles, não é?

— Acho que sim — respondo, olhando ao redor, fingindo grande preocupação com a organização de cada trailer e me certificando de que tudo está bem.

Hendrix pega o meu braço e nos faz parar.

— Ela está transando com o seu marido?

— Ex-marido. — Dou de ombros, como se não fizesse diferença, embora no fundo, droga, nem tão no fundo assim, eu saiba que faz. — Josiah me contou ontem à noite que eles estão saindo, mas as crianças ainda não sabem. Então, não falem nada.

— Tudo bem para você? — Soledad franze a testa antes de acrescentar às pressas: — Quer dizer, é claro que você já superou a separação e não se importa se eles estão juntos. — Ela me espia sob uma franja escura de cílios. — É isso?

— Não me importo nem um pouco — concordo.

— Então, qual é a história? — Hendrix pergunta. — Há quanto tempo isso está rolando?

— Josiah disse que o caso é bem recente. Eles têm trabalhado juntos e acho que se sentiram... — Pigarreio. — Se sentiram atraídos um pelo outro. Ela estava em casa ontem à noite quando cheguei...

— Peraí! — Hendrix levanta a mão. — Ele a levou até a sua casa?

Lanço um olhar suplicante a elas. Não tenho vontade de falar sobre Vashti e Josiah e, durante este interrogatório, não confio em mim mesma para não denunciar um sentimento de não sei como me sinto quanto a isso.

— Será que não dá para deixar isso pra lá? — peço.

— Tem certeza de que está bem? — Soledad pergunta, com a preocupação gravada em suas feições finamente definidas.

— Mais do que bem. Estou f-f-feliz por ele — gaguejo... de forma reveladora. — Feliz pelos dois.

— Isso não soou lá muito convincente — Hendrix murmura. — Olha, mesmo que você já tenha superado a separação, a primeira vez que alguém do ex-casal namora depois do divórcio parecerá algo constrangedor. Eu entendo se você não quer que ele saiba disso, mas somos as suas amigas. É seguro falar para a gente. — Hendrix aperta minha mão. — Você está segura com a gente.

Soledad concorda com um gesto de cabeça e pega a minha outra mão.

— Você pode confiar na gente.

Suspiro e inclino a cabeça para cima, fixando o meu olhar no sol poente para não ter que olhar para elas enquanto faço esta confissão.

— Parece errado ver o Josiah com outra mulher — admito. — Mas não tenho o direito de me sentir assim.

— Você quer dizer com ciúmes? — Soledad sonda delicadamente.

— Não estou com ciúmes. — Tiro as mãos das delas. — Eu disse que parece errado, e não que estou com ciúmes. Tomamos a decisão certa quando nos divorciamos. Estamos melhor como amigos, sócios e pais.

— Que pena que você não pode mais transar com ele, não é? — Hendrix lamenta. — Porque, meu bem, como ele é bonito. Ele tem aquele jeito de andar ligeiro, ágil, tipo Denzel. Tem aquela voz grave e aveludada. Se eu fosse você, não pensaria duas vezes em ter uma amizade colorida com o seu ex.

— Hen. — Soledad faz um gesto de "já chega", arregalando os olhos de propósito.

— Ah, tá bom. — Hendrix dá um tapinha em meu ombro. — O que quero dizer é que você está melhor sem ele. Vocês são dois adultos lidando com tudo isso de maneira muito madura.

— É a primeira vez que um de nós está namorando depois do divórcio — digo. — Então é um pouco estranho, mas eu vou me acostumar com isso.

— Bem, estamos aqui se você precisar da gente — Soledad afirma.

— Mesmo que eu esteja curtindo muito este nosso clima de união, se acabarem as quesadillas de couve antes de chegarmos ao trailer, vocês vão ver só! — Hendrix exclama.

Dando risadas, eu as acompanho para pegar as quesadillas de Hendrix. Na hora seguinte, dou uma volta pela Skyland Square, contente em ver tanta gente do bairro, comendo e gastando dinheiro. Todos os participantes do evento parecem satisfeitos, e os membros da associação que encontro me parabenizam pelo trabalho bem-feito. A noite está indo ainda melhor do que eu esperava e está se desenrolando exatamente como planejei. Por fim, Kassim e Deja voltam para perto de nós quando estamos na fonte.

— Alguém tem alguma moeda? — Kassim pergunta, olhando ansioso para a fonte.

Teoricamente, não é uma fonte dos desejos, mas os moradores de Skyland a transformaram informalmente em uma, jogando tantas moedas com os seus desejos que tivemos que começar a retirá-las a cada trimestre. A cidade doa todo o dinheiro retirado da fonte para um abrigo local. Não é muito, e até criamos um "fundo da fonte" para quem quiser contribuir com o que damos.

— Só de vinte e cinco centavos — Hendrix responde.

— Melhor ainda. — Kassim sorri. — Ouvi dizer que quanto maior o valor da moeda, melhor para os desejos.

— Não sei se funciona assim — digo, seca. — Mas moedas de vinte e cinco centavos vão melhorar o fundo da fonte. Então, pode jogar.

Enquanto Hendrix desenterra da bolsa algumas moedas reluzentes para Kassim, Lupe, a filha mais velha de Soledad, se junta a nós, informando que as suas duas irmãs ainda estão comendo churrasco com Edward. Mesmo nessa tenra idade, ela é deslumbrante. A mãe de Soledad é negra e porto-riquenha. Seu pai é branco e tem um abundante cabelo castanho-avermelhado. Lupe herdou dele o cabelo ondulado e de cor cobre brilhante. Com os olhos verdes de Edward e a pele perfeita e negra de Soledad, ela é alta, já superando o um metro e sessenta e dois de Soledad. Em todos os lugares que essa garota passa, cabeças se viram para olhar para ela. E ela só tem treze anos.

Deus abençoe Soledad.

— Oi, sra. Wade — Lupe diz e sorri. — Oi, sra. Barry.

Ela é mesmo uma ótima garota. Consciente do seu desempenho escolar, educada e gentil. Ainda bem que, desde que Soledad e eu nos tornamos amigas, Lupe e Deja também tenham se aproximado.

— Oi, Deja. — Lupe abre um sorriso ainda mais largo. — Senti a sua falta na aula de inglês hoje.

Deja arregala os olhos, virando para mim e depois de volta para a amiga. Lupe logo para de sorrir e cobre a boca com a mão, obviamente percebendo tarde demais que falou algo que não deveria.

— Por que você faltou à aula de inglês, Deja? — pergunto, como se sentisse a mão de minha mãe no meu quadril e seu olhar severo tomando conta da minha expressão.

— Tinha outra coisa para fazer — ela responde. Percebo que Deja está tentando agir com desdém, mas ela sabe que está em apuros e precisa inventar uma desculpa melhor do que essa.

— Foi mal, Day — Lupe diz, com o rosto todo aflito.

— A gente pode ir agora, mãe? — Kassim interrompe, quase choramingando. — Eu e Jamal combinamos de jogar Madden.

— E eu preciso gravar alguns vídeos — Deja diz, olhando para o celular. — Tenho que gravar um hoje à noite e o resto amanhã.

— Que tipo de vídeos? — Hendrix pergunta.

— Sou uma influenciadora especializada em cabelo afro — Deja responde sem pestanejar. — A @KurlyGirly.

— Preciso ver o vídeo antes de você publicar. — Eu a lembro.

E quero saber onde você esteve durante a aula de inglês.

Não digo isso em voz alta, mas o olhar que trocamos deixa claro que ela não vai fazer uma coisa sem a outra.

— Como eu poderia ter esquecido? — Deja murmura e volta para o celular.

Sei que as crianças são muito mais espertas na internet do que nós éramos quando tínhamos a idade delas, mas Josiah e eu ainda instalamos proteções nos dispositivos dos nossos filhos e monitoramos as suas conexões de perto. Deixamos Deja fazer esses vídeos com a condição de que o seu pai ou eu temos que ver e aprovar tudo o que ela posta. Nós temos todas as senhas, e ela já sabe que vou acabar com a brincadeira dela ao primeiro sinal de um marmanjo enviando fotos de pau.

— Acho que já podemos ir embora — digo. — As coisas vão se acalmar daqui a pouco. Só preciso avisar um dos membros da associação que se ofereceu para encerrar o evento já que eu cuidei da abertura.

Antes que eu possa dar um passo, o DJ começa a tocar uma música que eu reconheceria em qualquer lugar.

— Ah, não! Não pode ser! — Hendrix grita, pulando do seu assento na borda da fonte. — É a minha música!

Claro, a abertura de "Feels Good" de Tony! Toni! Toné! ressoa pela praça.

— Vamos lá, garota. — Hendrix agarra a mão de Deja. — Desliga esse celular e vem dançar comigo.

É surpreendente... chocante... belamente... a minha filha petulante dança. Não com a postura de "sou muito descolada para isso" que costumo ver hoje em dia, mas com espontaneidade. Com alegria. Ela e Hendrix jogam as mãos para o alto, requebram os quadris e descem até o chão. Hendrix está completamente desinibida com os seus saltos vertiginosos, acompanhando Deja em todos os movimentos. Não sei se Deja já ouviu esse antigo clássico de R&B antes, mas ela se entrega à música como se fosse o último sucesso do BTS. No final do primeiro verso, Lupe e Soledad também estão de pé, girando em volta delas. Ao ver aquelas que amo se divertindo, fico hipnotizada e, por esses instantes gloriosos, fico muito feliz. Nos últimos anos, tive alguns dias sombrios. Dias que não sabia como conseguiria superar.

Mas hoje.

Esta noite.

Isto é alegria. Sinto-a em minha risada quando Kassim agarra a minha mão e tenta me rodopiar. Sinto-a na água borrifada no meu rosto quando dançamos perto da fonte. Escapa do meu peito quando quase caio numa fonte cheia de desejos. Fixo o olhar no céu acima, uma colcha preto-azulada bordada com estrelas. Com os braços estendidos em direção ao infinito, parece uma adoração por um momento. Como um acúmulo de segundos dedicados a agradecer pelos amigos, pela família e pela esperança; essa emoção fugaz que eu não percebia ser um bem tão raro do coração até não a ter mais.

As pessoas falam sobre as fases do luto, mas há uma fase de depressão — pelo menos para mim — em que você deixa de sentir uma dor incapaz de suportar e passa a não sentir nada. Um torpor abençoado após uma tristeza debilitante. É como se você estendesse uma fina película de aço sobre as suas emoções. Tão fina que é diáfana. É possível ver tudo através dela, mas nada de fato toca você. Eu não conseguia sentir nada, mas a aceitei, porque, pelo menos, não estava sentindo dor. Naquela época, a alegria não tinha a menor chance, mas nesta noite eu sinto tudo. E isso é muito bom.

Mesmo depois que a música termina, e Tony! Toni! Toné conseguiu mais uma vez, a alegria não nos abandona. Borbulha em mim com tanta certeza quanto a água gorgoleja na fonte. Dirijo o olhar para o DJ, planejando fazer um sinal positivo para ele, mas fico surpresa ao ver Josiah ao lado dele, de braços cruzados, dando um sorrisinho para mim quando os nossos olhares se encontram.

Ele estava lá quando Hendrix disse o quanto ela amava essa música. Será que ele...

Uso a língua de sinais para agradecê-lo, tocando o queixo com a mão e a baixando. Quando as crianças eram pequenas, antes que conseguissem falar, ensinamos alguns sinais básicos a elas. Já faz anos que não os uso, mas era o nosso atalho em reuniões, em salas lotadas. O sorriso de Josiah apresenta uma falha minúscula. Ninguém notaria, mas eu sim, porque, embora não sejamos mais casados, tive anos para aprender a fisiognomia das suas feições. Após uma pausa muito breve, quase imperceptível, ele faz o sinal de "não há de quê".

Ainda estou sorrindo quando Vashti se aproxima dele, puxando a sua manga. Por um instante, ele não desvia o olhar. Meu sorriso começa a desaparecer, e Kassim puxa a minha manga, me lembrando de Madden e Jamal. Deja está de volta ao celular, com o lábio inferior um pouco saliente. Foi bom enquanto durou e, embora a música tenha terminado e as gotas de suor já estejam secando em minha pele, guardo esse breve momento de alegria na memória. Ao olhar de volta para a cabine do DJ, disposta a sinalizar para Josiah que estamos indo embora, o lugar onde ele e Vashti estavam está vazio.

Ele já se foi.

4

JOSIAH

Acordo com uma língua quente e aveludada acariciando a minha pele. Abro um olho e me arrasto até a beirada da cama. Claro que Otis puxou o lençol com os dentes e está lambendo o meu pé como faz todas as manhãs.

— Cara, sério? — Olho pela janela, vendo o céu ainda lilás e tingido de rosa anunciando o amanhecer. — Será que não posso dormir mais um pouquinho?

O gemido triste ao pé da cama vira um choramingo. Conheço esse truque. Se a bexiga de Otis ficar ainda mais cheia, ele vai passar a uivar sem parar.

— Droga.

Me sento e enfio os pés nos chinelos de couro que Deja e Kassim me deram no Natal do ano passado. Sei que Yasmen deve ter escolhido, porque ela é boa para comprar presentes de luxo, mas práticos e úteis. No entanto, ainda é um presente dos meus filhos.

— Para substituir os chinelos que você destroçou. — Lembro a Otis, que não parece nem um pouco arrependido. Bato de leve na sua cabeça e saio do quarto. Ele me segue, descemos a escada e saímos pela porta da frente. Qualquer esperança que eu tinha de me livrar deste cachorro morreu há muito tempo. Otis demonstrou a sua tenacidade na primeira noite em que dormi nesta casa.

O divórcio ainda não era definitivo, mas eu precisava de um lugar para morar. Em vez de encontrar outro inquilino para a casa de tia Byrd, eu me mudei para cá. É claro que todos nós presumimos que Otis ficaria com as crianças. Elas o levavam para passear, o alimentavam, brincavam com ele. Eu oferecia um teto sob o qual ele vivia e um reconhecimento ocasional da sua existência.

Eu estava contemplando a enorme televisão montada numa das quatro paredes vazias, sem nem me dar ao trabalho de ligá-la — porque quem quer saber de

Netflix quando a sua vida foi incinerada e todos que você ama moram a duas ruas de distância — quando o meu celular tocou. Naquele novo silêncio solitário que eu não havia experimentado desde antes de me casar, o barulho me sobressaltou.

O nome e o rosto de Yasmen surgiram na tela do celular. E por um momento maluco, senti o coração disparar. Será que ela tinha mudado de ideia? Percebido que o nosso divórcio era um erro terrível? Por mais irracional que eu soubesse que essa linha de pensamento era, atendi a ligação com um pulso que se recusava a parar de latejar.

— Oi, Yas. Tudo bem?

Você precisa de mim? Você me quer? Quer que eu volte para casa?

— Acho que o Otis quer você.

Foi a coisa mais desnorteante que ela podia ter me dito às duas da manhã. Pigarreei.

— Desculpa. O quê?

— O-tis — Yasmen falou em duas sílabas para que eu pudesse digerir. — Ele não para de uivar. Está parado junto ao lado que você ocupava na cama, apoiando a cabeça no seu travesseiro.

— Como é? Por quê?

— Nossa, Si, vou pegar o meu dicionário de cachorrês e descobrir o que Otis quer dizer. Eu não sei por que, mas ninguém vai dormir hoje até você aparecer por aqui.

Não foi exatamente o jeito que imaginei o convite de Yasmen para voltar para casa.

— Já estou indo para aí.

Otis não podia me querer. Por quê? Mas sem dúvida, assim que entrei na cozinha pela garagem, Otis parou de uivar, ficou de pé sobre as patas traseiras e lambeu o meu rosto.

— Caramba, Otis — reclamei. — Já disse que não gosto disso. Não me lambe.

Ele ofegava no meu pescoço, com as patas enormes pressionando o meu peito com tanta força que eu mal conseguia ficar de pé sob o seu peso considerável.

Yasmen apoiou um ombro no batente da porta da cozinha, linhas de cansaço se esticavam ao redor daqueles lábios lindos. Ela usava um roupão de seda justo na altura dos seios. O cinto apertado enfatizava a plenitude da sua forma física. Meu pau ficou inchado com a visão, e assim que agradeci a Deus pelo fato de minha camiseta estar encobrindo a ereção, Otis deslocou a minha camiseta para o lado como se fosse um cão farejador de drogas detectando cocaína.

— Otis! — repreendi, puxando a camiseta de volta para o lugar. — Para!

— Pelo menos hoje, acho que ele pode dormir na sua casa e a gente dá um jeito nisso amanhã — Yasmen disse, com exaustão evidente em sua voz.

— Na minha casa? — O que diabos eu ia fazer com um cachorro de quase cinquenta quilos sozinho? — Talvez a gente esteja entendendo mal o que Otis quer. Talvez ele...

Naquele momento, Otis confirmou o que eu sempre suspeitei. Que ele descendia de alguma raça sobrenatural de cão-lobo, porque ele atravessou com calma o vestíbulo e saiu pela porta para esperar com paciência no lado do passageiro da minha caminhonete.

— Isso é algum truque novo que você ensinou para ele? — reclamei. — Isso é alguma peça que as crianças estão pregando na gente?

— Não, Otis quer ficar com você. As crianças ainda vão querer vê-lo o tempo todo. Não é grande coisa.

— Não é grande coisa, hein? — retruco, regressando ao tempo presente ao raiar do dia, piscando, sonolento, enquanto Otis faz as suas necessidades num pedaço de grama. — Não é ela que fica seguindo você por aí com isto — digo em tom acusatório, sacudindo o pegador de cocô que Deja deu de presente para Otis no Natal com a sua alça cravejada de purpurina. Ele olha para mim de um jeito que parece dizer: "Cara, sou eu quem está preso a você".

E eu não me surpreenderia se a tia Byrd tivesse tido uma conversinha com Otis e o feito prometer que cuidaria de mim quando ela partisse.

— Tia Byrd pegou a gente direitinho. Disse para você cuidar de mim e eu cuidar de você. Ela era uma trapaceira.

Byrd era um monte de coisas. Ela era a mulher mais forte que já conheci. Era despudorada, tendo casos amorosos e não dando a mínima para o que os outros pensavam disso. Tinha um péssimo gosto para homens, como demonstrado pelos quatro babacas com quem se casou. Era a primeira a rir e a primeira a chorar. Era altruísta e generosa, conseguindo conquistar o coração de qualquer um com a sua comida.

Acho que nunca vou superar a perda dela. Perder a mulher que me criou. Quando você já não tem pai nem mãe aos oito anos de idade, tem certeza absoluta de que nada é para sempre. Ninguém é eterno. Minha parente viva mais próxima foi todo o meu mundo por muito tempo e, quando era mais novo, andava por aí sempre à espera do pior. À espera de também perdê-la.

E então um dia eu a perdi.

— Caramba, nós estamos bem mórbidos já pela manhã — digo a Otis ao entrarmos em casa pela porta da frente.

Ele lança um olhar sofrido para mim que diz: nós?

— Tudo bem, eu. — Vou até a cozinha. — Está com fome?

Otis se posiciona junto ao alimentador de aço inoxidável para cães que Kassim descobriu. Quando o meu filho se deu conta de que os dogues alemães têm uma das expectativas de vida mais curtas entre os cachorros, ele fez o que os jovens gênios fazem. Pesquisou cada coisinha que pudesse prolongar a vida de Otis, incluindo uma tigela elevada do chão para que Otis não tivesse que se curvar tanto para comer e beber água. Segundo Kassim, cães tão altos como Otis acabam engolindo ar com a ração quando precisam se abaixar para comer e ela fica presa no trato digestivo. Como a dilatação gástrica é a principal causa da morte do dogue alemão, Kassim está tentando enganar o aparelho digestivo de Otis, incluindo colocá-lo numa dieta crudívora.

— E adivinha o que temos para o café da manhã? — Tiro da geladeira uma carne embrulhada em papel branco. As orelhas de Otis se erguem, e o seu rabo chicoteia o chão num ritmo feliz. — Isso mesmo, Vashti separou coxas de frango para você.

Otis gane e se deita, farejando o ar como um príncipe exilado.

— Tudo bem, toda vez que menciono Vashti, você age como se fosse uma novidade. — Lanço um olhar cúmplice para ele. — Você acha que eu não percebo? Dê uma chance a ela.

Pego um recipiente com purê de legumes da geladeira. Otis apoia a cabeça nas patas e me encara com firmeza, como se estivesse esperando para ser convencido. Jogo o purê numa tigela com a carne crua que Vashti mandou para casa, quebro um ovo por cima e cubro com um pouco de iogurte. Ao ver a tigela cheia com o que Kassim me garante ser um café da manhã saudável e nutritivo, Otis se anima. Depois de pegar os seus suplementos do armário, eu os adiciono ao ensopado e coloco a tigela no porta-prato elevado. Otis se levanta para mergulhar de cabeça na comida.

— Vou deixar você em paz — digo a ele. — Preciso tomar um banho. Vamos levar as crianças até o rio.

Um latido feliz é a única resposta dele. Me viro e aponto um dedo para ele.

— Sei que você adora o rio. Não diga que nunca fiz nada por você. — Subo a escada e grito de volta: — Mas como é que você pode dizer isso quando eu faço literalmente tudo por você?

Imagino um balão de história em quadrinhos sobre a cabeça de Otis dizendo: "Cara, se enxerga. Cai na real".

— Pois é — digo, claro que para mim mesmo, tiro a roupa e ligo o chuveiro. — Você está morando sozinho por tempo demais.

*****

O percurso da casa de três quartos de Byrd, construída décadas atrás, até a casa dos sonhos que Yasmen e eu projetamos juntos leva menos de dois minutos, mas, ao mesmo tempo, consegue estar à distância de um milênio. Eu adorava o caos das crianças pequenas e dos amigos delas por toda a parte o tempo todo. E também a parceria de cuidar da vida delas, de criá-las sob o mesmo teto. Embora Deja e Kassim se alternem entre as nossas casas, eles passam a maior parte do tempo na casa de Yasmen. Morar sozinho sem os meus filhos foi uma das maiores adaptações após o divórcio. Tanto Yasmen quanto eu éramos filhos únicos e sempre planejamos ter pelo menos quatro filhos. Em nosso primeiro aniversário de casamento, Yasmen engravidou de Deja. Esperamos um pouco antes de ter Kassim. Alguns anos depois, estávamos animados para ter um terceiro filho. Uma dor tão aguda que me faz respirar rápido corta meu coração feito um bisturi. Eu já deveria estar acostumado com essa dor, mas ela sempre me pega de surpresa. Depois de quase três anos, a sua intensidade ainda não foi atenuada pelo tempo.

Considero isso mais uma coisa para jamais esquecer ao estacionar na entrada para carros da casa de Yasmen.

— Bom dia, Josiah!

O cumprimento vem de um homem parado à varada da casa ao lado, uma construção moderna de três andares azul e cinza, que contrastava com a nossa mais tradicional de calcário branco. Saio da caminhonete e abro a porta de trás para Otis, que sobe os degraus da casa onde morávamos. Ele se acomoda no canto junto ao balanço, o seu lugar favorito.

— Bom dia, Clint — respondo ao vizinho que se mudou pouco depois de nós. A tez pálida de Clint e o seu cabelo castanho-claro podem fazê-lo parecer desbotado, mas os seus olhos são de um azul vivo e as suas bochechas, rosadas.

— Vi você ontem no Festival de Food Truck, mas não consegui falar com você.

Antes de eu responder, Brock, o marido de Clint, sai pela porta da frente para a varanda, empurrando um carrinho de bebê, seguido por Hershey, o labrador chocolate deles.

— Josiah — Brock diz, com o seu sorriso branco em contraste com a sua pele escura. — Que grande evento ontem. Obrigado por organizá-lo.

— Os méritos vão todos para a Yas, mas é, foi ótimo. — Aceno com a cabeça para o carrinho de bebê. — Essa é a mais nova conquistadora de corações de Skyland?

As expressões do casal se iluminam, e Brock vira o carrinho para mim.

— E isso aí! — Clint responde. — Venha ver de perto a nossa Lilian.

Subo os degraus até a varanda e espio o interior do carrinho. Olhos escuros num rostinho redondo me encaram. Lilian tem um tufo de cabelo escuro e encaracolado, parece que está com gases e é uma das coisas mais fofas que já vi. Estico o dedo e ela o agarra, gritando e dando pontapés.

— Ela gostou de você! — Clint diz. — Ela nunca cumprimenta ninguém assim.

Sorrio, mas volto a sentir aquela pontada de dor no peito.

— Quer segurá-la? — Brock pergunta, com a voz empolgada.

Eu não quero segurá-la. Não porque Lilian não seja adorável. Ela é, com certeza, mas, sempre que possível, evito bebês. E é claro que nem sempre é possível, mas segurar um... Estou prestes a recusar, mas a felicidade e a expectativa estampadas em ambos os rostos me fazem esticar os braços para pegá-la. Esta é a terceira criança que eles tentaram adotar. O casal costuma ficar de olho em Kassim e Deja para nós. Clint e Brock vêm jantar conosco e nos convidam para a casa deles o tempo todo. Eles são bons amigos e não quero estragar a alegria deles porque tenho problemas que nunca resolvi — e pelo andar da carruagem, talvez nunca vá resolver —, que tornam difícil, para mim, segurar um bebê.

Então eu a pego.

Por instinto, enrolo a manta em volta de Lilian com mais força quando se afrouxa. A menina se encaixa perfeitamente na dobra do meu braço, tal como Kassim e Deja se encaixavam. A lembrança da última vez que segurei um bebê aparece depressa em minha mente como o chão quando você tropeça e cai. Não há nada de acolhedor ou agradável nessa lembrança. Fico tenso, cerro os dentes contra as emoções que ela desperta em mim, as mesmas pelas quais passei os últimos três anos procurando afastar.

A porta da frente da nossa casa se abre, e Yasmen sai vestindo uma calça de ioga e uma regata justa que revela uma faixa estreita de pele logo acima da cintura do mesmo tom suntuoso de Kelly Rowland. Ela se detém de repente, abaixando os olhos pontilhados de dourado do meu rosto até Lilian, que está aninhada em meus braços. Algo arqueia entre nós no pequeno espaço que separa as duas varandas, uma tensão que não requer explicação. Sei que é por causa da garotinha aninhada em meus braços.

— Yasmen — Clint a cumprimenta. — Bom dia. Estávamos acabando de comentar com o Josiah a respeito do trabalho incrível que você fez no Festival de Food Truck. Todos na associação estão felizes em ter você de volta.

Clint é dono da Fancy, um pet shop na Sky Square, e membro ativo da Associação de Skyland, enquanto Brock é um dos arquitetos mais importantes de Atlanta.

— Obrigada — Yasmen diz e dá um sorriso tenso quando ajeita o tapete de ioga pendurado num ombro pela alça.

— Acho que o próximo grande evento da associação é o Cinema no Parque, não é? — Brock pergunta.

— Isso, na próxima semana — ela responde.

— Bem, aqui está — digo e, com muito cuidado, entrego a bebê de volta para Brock. — Ela é linda. Parabéns mais uma vez.

— Valeu, cara. — Brock pega a bebê e a segura junto ao ombro, dando tapinhas em suas costas. — Vamos levar ela e o Hershey para passear no parque. Você e Otis querem vir com a gente?

— Talvez outra hora — respondo. — Vou levar as crianças até o Old Mill.

Hershey late e puxa a guia, se esforçando para alcançar os degraus.

— Parece que alguém está ansioso para sair daqui — Clint afirma. Ele carrega o carrinho escada abaixo, enquanto Brock segue atrás com Lilian nos braços. — Bom te ver, Josiah. Sei que você está sempre por aqui, mas estivemos ocupados. O nosso aniversário é na próxima semana e queremos comemorar experimentando os famosos camarões e canja da Vashti.

— Ainda precisamos encontrar uma babá — Brock acrescenta.

— Eu posso cuidar da Lilian — Yasmen oferece.

Todo o ar é sugado como resultado do silêncio na sequência da sua oferta. É como se estivéssemos no vácuo, congelados.

— Sim — Clint diz, com a incerteza arrastando a palavra. — Se você quiser... tem certeza?

Brock e Clint sabem como tudo foi por água abaixo. Eles viram em primeira mão como aquilo afetou Yasmen.

— Eu posso cuidar dela — Yasmen confirma, dividindo um olhar entre os dois homens. — Sério. Numa boa.

Suas últimas palavras, um reconhecimento de que houve um tempo em que ela não ficaria bem cuidando de um bebê, parecem levantar a rede de ansiedade que caiu sobre as duas varandas.

— Isso é incrível, Yas. Valeu — Clint afirma com um sorriso. — Melhor a gente ir andando, depois combinamos os detalhes.

— Com certeza. — Yasmen olha nos meus olhos por meio segundo antes de desviar o olhar.

Caminho para a casa ao lado e subo os degraus da varanda onde Yasmen está. Quero perguntar se ela tem certeza a respeito de tomar conta de Lilian, mas os seus ombros ficam tensos, como se estivessem se preparando para um golpe, porque ela me conhece bem o suficiente para presumir que essa é a pergunta que eu faria.

Em vez disso, vou até o balanço e me sento. Às vezes, gostaria de não conhecer Yasmen tão bem. Nós dois damos essas bandeiras, ou seja, passagens secretas para os nossos pensamentos que levamos anos para descobrir. Ninguém a conhece melhor do que eu e ela me conhece melhor do que ninguém. Então, quando ela morde o lábio carnudo, como está fazendo agora, significa que está elaborando um assunto que reluta em discutir.

— As crianças estão prontas? — pergunto, lhe dando a chance de dizer o que ela precisa dizer. Otis apoia a cabeça em meu colo e eu o mimo com uma carícia no pelo lustroso do seu pescoço.

— Sim — Yasmen tira o tapete de ioga do ombro e se encosta na grade da varanda. — Mas há algo que eu quero falar com você primeiro.

— O que foi?

— Precisamos controlar Deja. Ela faltou à aula de inglês ontem.

— Tem certeza? — pergunto, franzindo a testa. — Não parece algo que a Day faria.

— Ela tem se preocupado cada vez menos com as notas. É o primeiro mês de aula e já estou preocupada. Ela era uma aluna exemplar antes.

— Ela passou por muita coisa, Yas. Todos nós passamos.

— Não preciso que você me diga pelo que nós passamos. Pelo que Deja passou.

Enrijeço e paro de acariciar o pelo de Otis.

— Eu não estava tentando dizer nada a você. Só estou dizendo que talvez a gente deva pegar leve com ela, porque as coisas não têm sido fáceis.

— Há tolerância e depois há irresponsabilidade como pais.

A minha sobrancelha se ergue um pouco, e me pergunto se ela se lembra de que esse é o meu sinal de que ela está me provocando.

— Você está dizendo que sou um pai irresponsável?

— Não, não quis dizer isso. — Ela deixa cair o tapete de ioga e junta as mãos na nuca. — Só estou dizendo que não podemos ignorar o fato de ela ter faltado à aula porque tivemos momentos difíceis.

— Tem certeza de que ela faltou à aula?

— Sim, ela disse que estava assistindo a um vídeo de algum evento de cabelo afro.

— Como é?

— Como eu disse, você deveria falar com ela.

— O que ela disse quando você falou com ela?

— Que eu exagerei e que ela não vai fazer isso de novo.

— Bem, se ela faltou, deve haver consequências. Talvez não postar nas redes sociais por uma semana?

— Parece uma boa ideia. Temos acesso a tudo. Podemos impedi-la de acessar.

— Posso falar com ela hoje.

— Tem certeza de que não precisamos fazer isso juntos? Uma coisa tipo frente unida?

— Considerando como as coisas estão tensas entre vocês duas, pode ser melhor se eu falar sozinho com ela.

Yasmen exibe uma breve expressão de alívio e depois faz uma careta.

— Não sou exatamente a pessoa favorita dela agora.

— Talvez você esteja sendo muito suscetível.

— Como assim? — A irritação cruza seu rosto. — Quando é que sou uma pessoa muito suscetível?

— Hum... agora?

— Tanto faz, Josiah. — Yasmen pega o tapete de ioga e joga de volta sobre o ombro. — Não é por acaso que ela acha que eu exagero. Você também acha.

Ela abre a porta da frente e se inclina para gritar:

— Crianças, o seu pai está aqui.

Sem maquiagem, Yasmen parece jovem e revigorada, com o cabelo preso no alto da cabeça num rabo de cavalo cacheado. Ela está tão bonita como no dia em que nos conhecemos. Ela está mudando, envelhecendo, mas, para mim, está ficando cada vez melhor. Como se Deus olhasse para o perfil felino das suas maçãs do rosto, para o beicinho tentador da sua boca, para os sensuais olhos escuros pontilhados de dourado e dissesse: Você acha que ela está bonita agora? Estou só começando. Achei que veria essas mudanças de perto, que a veria ficar mais bonita com a idade, mas o destino tinha outros planos.

Correção. Yasmen tinha outros planos, e eu ainda estou me adaptando — é claro que nem sempre muito bem — a como as coisas mudaram.

— Yas, eu não quis...

— Eu sei o que você quis dizer. — Seu olhar se foca em mim. — Eu sempre sei o que você quer dizer. Que estou exagerando. Que estou sendo muito suscetível. Que sou uma bagunça.

— Nunca disse que você é uma bagunça, mesmo quando você era.

Nossos olhares se encontram, e a dor em sua expressão me atinge em cheio. Sou um babaca. Sou péssimo nisto. Em estar com ela, sem estar com ela. Isso me faz parecer conciso e impessoal, quando, na verdade, estou apenas tentando transitar nesta nova dinâmica entre nós. Como as pessoas fazem isso? Quando o tapete é puxado debaixo da vida que elas achavam que teriam para sempre, como elas fazem de conta que não é sísmico? Que o teto não desabou e elas não estão presas sob uma viga de concreto? Como dá para respirar quando a pessoa que você achou que amaria para sempre olha para você do jeito que Yasmen está me olhando agora, porque você a machucou tanto?

— Vou deixar você falar com a sua filha sobre tudo isso — ela diz, com a boca que costumava me deixar louco bem apertada. — Kassim precisa estar no campo de futebol às duas. Encontro você lá.

Yasmen sai apressada da varanda e pega a calçada em direção ao parque antes que eu consiga melhorar a situação, não que eu soubesse como fazer isso, mesmo que ela tivesse ficado. Por alguns instantes, eu a observo, bem ciente de como conduzi mal aquela conversa. Passo a mão no rosto, cansado, ainda que o dia tenha acabado de começar. Otis me encara, com uma censura canina em seus olhos fixos.

— Não me olhe assim. De que lado você está?

Com cuidado, ele afasta a cabeça do meu colo e se vira, dando uma resposta clara à minha pergunta.

A porta se abre de repente, e Kassim sai correndo, carregando um frisbee, uma mochila e uma bolacha recheada.

— Bom dia, filho.

— Oi, pai — ele diz com a boca cheia com o café da manhã.

Kassim passa por mim, segue direto para o Rover, se acomoda no banco de trás, fecha a porta e coloca os fones de ouvido em questão de segundos. É provável que ele esteja ouvindo um dos seus podcasts de robótica. Deja sai da casa num ritmo muito mais vagaroso. Ela usa um short curto, camiseta do girl group TLC e tênis rosa de cano alto. Duas tranças pendem sobre os seus ombros, e ela está muito bonita. Caramba, a minha garotinha está crescendo. Em breve, virão os garotos e todos os tipos de merda que podem me provocar uma parada cardíaca. Quero aproveitar o dia enquanto ela ainda curte passar um sábado de manhã com o seu velho pai, porque presumo que isso não vai durar muito mais tempo.

— Por que você está me encarando, pai? — Deja pergunta, com um sorriso igual ao de Yasmen quando ela está de bom humor.

— Você está ficando cada vez mais parecida com a sua mãe — digo com um sorriso lento.

Ela faz uma careta, revirando os olhos e desce os degraus.

— Espero que quando eu crescer, isso mude.

Será que Yasmen estava sendo suscetível? Porque isso foi... duro por parte de Deja.

Otis desce correndo os degraus e passa por Deja, que disputa corrida com ele assim que percebe o que ele está querendo fazer. Não tenho certeza de como começou esse jogo, em que Otis tenta se sentar no banco da frente apenas quando Deja está presente. Caso contrário, ele se contenta em me ter como motorista e se senta no banco de trás.

— Nem pensar, Otis — Deja grita, com a sua expressão se transformando de adolescente mal-humorada numa garota exuberante. — Eu vou na frente.

Quando eles alcançam o carro, Deja abre a porta traseira e aponta para Otis.

— Você senta aí atrás com o Kassim. Você fica com o meu pai só para você o tempo todo.

A minha irritação desaparece. Talvez seja eu agora que esteja reagindo de forma exagerada e o comentário dela não tenha sido tão ruim quanto imaginei a princípio. Reconheço que estou em certa medida sob o controle da minha filha, mas ela e Yasmen ficarão bem.

Se há uma coisa que os Wade descobriram como fazer nos últimos anos é ficar bem.

5

YASMEN

— Suscetível!

No parque, cruzo as pernas na posição de lótus sobre o meu tapete no final da sessão de ioga. É o último sábado de agosto, e ainda há uma grande umidade no ar. É Atlanta, então, as temperaturas acima dos trinta graus podem continuar até outubro.

— Vocês acreditam que o Josiah me chamou de suscetível? — pergunto, com os olhos passando rápido de Hendrix para Soledad. — Eu! Como se o fato de a Deja matar aula não fosse nada de mais.

Hendrix se deita de costas no tapete, cruzando um tornozelo sobre um joelho, e olha para a copa das árvores, que proporcionam sombra para os nossos exercícios ao ar livre.

— Eu matei uma aula ou dez na minha época, e acabei bem.

— Não a defenda, Hen. — Volto a prender o meu rabo de cavalo. — Assistir a um vídeo a respeito de cabelo em vez de ir para a aula de inglês? Inaceitável.

— Concordo — Soledad diz. — Eu ficaria preocupada se as minhas filhas começassem a matar aulas.

Soledad se senta de joelhos, se inclina para frente, torce o tronco, levanta e empurra a parte inferior do corpo, até ficar numa parada de cabeça perfeitamente reta... e, em seguida, ela abre as pernas num espacate no ar. Boquiabertas, Hendrix e eu a observamos. Esse movimento é bastante avançado, e nenhuma de nós nem sequer tentou fazê-lo na aula.

— O que foi? — Soledad pergunta, olhando para nós duas de cabeça para baixo. — Tudo bem. Pode ser que eu tenha me exercitado um pouco em casa.

— Então, você acha mesmo que é um problema, Sol? — pergunto.

— Você vai dar ouvidos a ela sobre o que é normal? — Hendrix zomba. — A mulher que sempre busca fazer mais do que o necessário, até mesmo em ioga?

Soledad baixa as pernas com cuidado, retornando à posição sentada em seu tapete.

— Só estou dizendo que temos que definir com clareza agora para os nossos filhos o que eles podem e não podem fazer. Quando eles chegam ao ensino médio, isso foge rapidinho de você. Acredite em mim. Eu assisto Euphoria.

Soledad arqueia as sobrancelhas e arregala os olhos, como se a série fosse tudo de que ela precisa saber.

— Acho que ainda não chegamos ao ponto de clínicas de reabilitação e garotas que aparecem transando em transmissões ao vivo pela internet — asseguro a ela.

— Nunca se sabe. — Soledad se inclina para frente e oferece um sussurro conspiratório: — Primeira temporada.

— De qualquer forma, só estou dizendo que não tenho uma filha adolescente, mas fui uma, e muito parecida com a Deja. — Hendrix balança a cabeça, dando uma risada bem-humorada. — Quanto mais a minha mãe puxava as rédeas, mais eu resistia. Não estou dizendo para soltar a sua filha, mas talvez... afrouxar um pouco?

Respiro fundo pelo nariz, não uma respiração consciente, e me levanto.

— Vou pensar sobre isso. — Enrolo o tapete e o coloco no ombro. — Mas as decisões que ela toma agora afetam o futuro. Isso faz parte de um padrão maior. As notas dela estão caindo, ela fala a respeito de não fazer faculdade e ser uma influenciadora especializada em cabelo afro.

Hendrix também se levanta e pega o seu tapete.

— Isso nem existia quando éramos mais novas.

— Continua não existindo — digo, categórica. — Não como uma carreira viável.

— As pessoas estão ganhando a vida com as redes sociais, Yas, mas a Deja ainda tem muito tempo para descobrir o plano de longo prazo dela — Hendrix diz, seca. — Ela está na oitava série.

— Você tem razão, mas entre a insolência dela e a de Josiah... Credo, ele sendo Josiah... Os meus nervos já estão no limite. — Observo Soledad recolher o seu tapete e a sua bolsa. — Vocês têm algum tempo para um almoço?

Hendrix ri.

— Estava esperando que você dissesse isso.

— Estou faminta — Soledad diz. — Pela primeira vez, a minha manhã de sábado está livre. O jogo de futebol da Inez é só às três, e o recital da Lupe só às cinco. Onde vamos comer?

— Qualquer lugar, menos no Canja — deixo escapar as palavras antes de perceber que não deveria tê-las dito.

— É porque é o seu trabalho ou porque a Vashti vai estar lá? — Hendrix pergunta, estreitando os olhos. — Ainda precisamos de mais informações sobre esse pequeno desenvolvimento entre ela e Josiah.

— Não tenho mais nada — respondo quando passamos pelo portão ornamentado do parque para sair.

— Mas achamos que eles estão transando mesmo, não é? — Hendrix pergunta.

Tropeço, quase caindo, mas Soledad segura o meu braço e examina a minha expressão.

— Está tudo bem?

— Sim. — Meu coração ainda fica perturbado com a ideia. Claro que eles podem estar transando. Como se eu desse a mínima. — Estou bem. Não tenho nenhum direito sobre o Josiah. Somos divorciados. Ele pode fazer o que quiser e com quem quiser.

Tento fazer com que o meu dar de ombros pareça casual e mudo de assunto para algo que espero que elas achem mais interessante.

— Então, um almoço? — pergunto, forçando um sorriso despreocupado. — Ainda não experimentamos aquele lugar novo: o Sunny Side.

Se elas me observarem de perto demais durante o nosso banquete de frutas, torradas e omeletes, optarei por ignorar as perguntas em seus olhares. São perguntas que nem eu mesma quero me fazer. Quem sou eu para me opor a que Josiah encontre uma nova mulher quando fui eu quem pediu o divórcio? Elas não sabem, ninguém sabe além dele e de mim, o quanto ele resistiu à ideia a cada passo do caminho.

Até não haver mais passos.

Apenas papéis para assinar. Apenas alívio.

Parecia que o mundo inteiro estava sufocando o meu peito todas as manhãs, e o divórcio foi tudo o que consegui fazer para sair da cama. O divórcio foi muito difícil, mas senti como se tivesse recuperado o fôlego depois que tudo terminou. A casa ficou em silêncio e, sim, senti saudade do Josiah logo de cara, desesperadamente, mas mesmo naquela nova solidão, havia uma espécie de alívio por ter apenas uma coisa para salvar. Não o meu casamento, mas apenas eu mesma.

Tomo um gole generoso de mimosa, pensando em como foram mesquinhos com o espumante que misturaram no suco de laranja. Levanto os olhos e encontro o olhar inquisidor de Hendrix.

— Tudo bem — digo a ela, deixando o copo na mesa sem muita delicadeza. — Sei que você tem perguntas sobre a Vashti e o Josiah, mas pode parar de me olhar desse jeito.

Hendrix abre a boca para falar, mas levanto a mão para detê-la.

— Sei o que você está pensando. Que é natural guardar ressentimento da nova namorada do seu ex-marido.

— Bem, na verdade... — Hen começa.

— E você deve estar pensando que preciso ser uma mulher madura a esse respeito, que é inevitável que um homem como Josiah, forte, alto, bonito, viril...

— Tudo isso — Soledad murmura. — Caramba.

— Carismático — continuo. — Determinado... por exemplo... vai atrair mulheres bonitas. Vou ter que me acostumar com isso.

— Tudo bem, mas... — Hendrix começa.

— E eu vou... — Aponto um dedo para elas. — Quer dizer, eu já me acostumei. Eu já me acostumei com isso nos dois dias desde que fiquei sabendo que eles estão...

— Transando — Hendrix completa.

— Saindo — digo ao mesmo tempo, franzindo a testa em desagrado e olhando para os restos da minha omelete. — Então, já entendi. Você já pode parar de olhar para mim como se eu fosse surtar a qualquer momento.

— Eu não estava olhando para você desse jeito — Hendrix afirma, apontando para o meu rosto. — Na verdade, eu estava olhando para esse bigodinho que você deixou crescer.

Passo depressa o dedo indicador na área dos lábios.

— Sua vadia. — Dou uma risada. — São só... alguns pelinhos.

— Hum. — Hendrix gargalha. — Parece uma barbinha.

— As mulheres da minha família são meio peludas — conto a elas. — Quando morreu, a minha tia-avó estava bem barbuda.

— Isso eu repreendo em nome de Jesus! — O horror faz os olhos de Hendrix se arregalarem.

— O caixão estava aberto? — Soledad sussurra.

— Ai, meu Deus! — Começo a rir. — Ela era peluda, não decapitada.

Nós três caímos na gargalhada, apoiadas umas nas outras, eufóricas pela comida, pelas mimosas e risadas.

— Sinja, a dona do Honey Chile, recomendou um removedor de pelos com infusão de mel que eu adoro — Soledad informa. — A loja fica aqui perto.

— Perfeito — digo. — Ela está reunindo alguns fatos curiosos a respeito dos filmes que vão passar no Cinema no Parque. Vou aproveitar e ver se ela já fez a pesquisa dela.

No caminho para o Honey Chile, ocorre-me uma lembrança tão vibrante e real quanto o tilintar dos sinos pendurados na porta ao entramos na loja. Certa manhã, Josiah e eu estávamos junto às pias duplas do banheiro. Nossos olhares se encontraram no espelho. Os sulcos e as saliências do peito e abdome nus de Josiah eram uma deliciosa distração. Sua calça do pijama estava baixa na cintura, revelando as formas esculpidas dos quadris. Ele estava se barbeando, e o queixo bem definido estava coberto de espuma. Josiah me provocou a respeito dos pelos dispersos perto dos meus lábios. Então, ele me segurou na cama com força, empunhando o aparelho de barbear, como se fosse um barbeiro pronto para barbear o meu rosto. Naquela época, sempre que chegávamos perto de uma cama, nós a aproveitávamos bem, aí não demorou muito para que o meu roupão estivesse aberto, para que a cabeça dele estivesse entre as minhas pernas, para que ele me beijasse, para que as nossas mãos se desesperassem e tocassem todos os lugares.

— Espero que você goste — Sinja diz, registrando a compra da cera labial no caixa.

— Ah, sim... — gaguejo, com o calor subindo pelo pescoço e pelas bochechas. — Mal posso esperar para experimentar. Obrigada.

Este não é o momento de relembrar quando estava tudo bem. Quando tudo era perfeito e eu não conseguia imaginar que fosse de outra forma, porque não conseguia imaginar os comos ou os porquês da crueldade irracional da vida. Não posso enveredar pelo caminho da memória. Existem trechos que doem demais, sim, mas há quilômetros que foram muito bons.

— Então, isso é tudo? — Sinja pergunta.

— Sim — respondo, tanto para mim quanto para ela, decidida a controlar os meus pensamentos e guardar as minhas lembranças. — Isso é tudo.

6

JOSIAH

— Não sei qual deles está mais feliz — digo, observando Kassim e Otis correrem na margem do rio, ambos se enlameando bastante. — Mas eu deveria ter esperado para limpar o meu carro. Toda essa lama.

— Eu te ajudo. — Deja sorri, dando um tapinha na pequena mochila ao seus pés. — Eu me lembrei da última vez e trouxe uma toalha.

Nós fizemos um "toca aqui" e rimos quando Otis salta atrás do frisbee que Kassim lançou. Ele cai na água, mergulha e desaparece de vista. Otis volta à tona alguns instantes depois, com o frisbee preso entre os dentes.

— Exibido — murmuro.

— Você ama o Otis — Deja brinca.

— Que seja. — Reviro os olhos e pigarreio. — Então, a sua mãe me disse que você anda matando aula. O que está rolando?

— Ai, meu Deus! — Deja reclama e leva a mão aos olhos. — Ela continua fazendo um escarcéu por causa disso. Foi só uma aula. Não podia perder a transmissão de um vídeo importante. Eu só queria que ela me deixasse em paz.

— Pois é, mas não é assim que funciona essa coisa de ser pais. Nada de redes sociais na próxima semana.

— Pai! Não. Eu já agendei algumas postagens.

— É só desmarcá-las.
— Você pode proibir qualquer outra coisa — Deja implora.
— É exatamente por isso que estamos proibindo isso.
— Nós? — A desconfiança faz seus olhos se estreitarem. — Ela mandou você fazer isso?
— A ideia foi minha. — Ergo as sobrancelhas ao nível de "e agora". — A sua mãe não é sua inimiga. Ela quer o melhor para você. Nós dois queremos. Não estamos pagando mensalidades para você matar aula na Harrington.
— Quem disse que eu quero estudar na Harrington? — Deja murmura, chutando uma pedra na direção do rio.
— É uma das melhores escolas do estado, Day. Tire boas notas, e você poderá escolher a faculdade que quiser.
— Quem disse que eu quero isso? Faculdade não é para todo mundo.
Não tenho a oportunidade de responder, porque o meu celular sinaliza a chegada de uma mensagem.

> **Vashti:** Oi, amor. Estou no restaurante me preparando para o movimento do almoço. Você vem?
>
> **Eu:** Sim. Estou com as crianças agora no rio. Vamos embora daqui a pouco, mas o Kassim tem uma partida de futebol às duas. Devo aparecer antes da abertura para o jantar. Anthony está aí, não está?

Por muito tempo, fiz de tudo um pouco no restaurante. Agora que as coisas se ajeitaram e temos uma *chef*, uma *sous-chef* e Anthony, um gerente excelente que tirei de um dos melhores restaurantes de Atlanta, tenho um pouco mais de tempo para respirar.

> **Vashti:** Sim, Anthony está aqui. Está tudo sob controle. Eu só quero ver você e talvez a gente possa sair depois de fechar?

Vashti já deu alguns toques de querer passar a noite comigo. Não estamos juntos há muito tempo, mas a atração existe, e eu gosto muito dela. Já faz tempo que não namoro ninguém, mas lembro que é assim que os relacionamentos avançam. Sou um homem vigoroso e com desejo sexual. Eu quero isso.
Não é?

> **Eu:** Eu também quero ver você. Yas vai pegar as crianças depois do jogo de futebol. Apareço aí depois disso.

Vashti: Então a Yasmen não vai vir?

Franzo a testa, com os polegares pairando sobre a tela do celular. Apesar da tensão entre a minha ex-mulher e mim, sei muito bem que o nosso negócio não seria o que é agora se não fossem as ideias e a paixão de Yasmen desde o início. Podemos não estar mais casados, mas ainda somos parceiros.

Eu: Ela não deve passar por aí hoje. Você precisa dela?

Vashti: Não, de jeito nenhum. Só parece um pouco estranho agora que ela sabe que estamos juntos. Quero que tudo dê certo. Quero que a gente dê certo. Quero que as coisas funcionem bem aqui no restaurante. Só não quero estragar nada disso. Estou sendo boba?

Eu: Não, mas você não tem nada com o que se preocupar.

Vashti: Tudo bem. Até mais. <3

Encaro o coração por longos segundos antes de guardar o celular no bolso da calça. Ainda não é um amor de verdade, mas me faz pensar. Preciso ter cuidado com esse relacionamento. Gosto da Vashti e não desejo machucá-la. Desde o início, deixei claro que quero ver aonde isso vai dar, mas esse é o primeiro relacionamento desde o meu divórcio. Não estou tentando levar nada muito a sério por enquanto.

— Era a Vashti? — Deja pergunta, sem tirar os olhos do seu celular.

— Sim, a gente estava falando sobre o turno de hoje à noite.

— Sem essa, pai! — Deja sorri, erguendo os olhos divertidos para mim. — Kassim e eu já sabemos.

— Sabem do quê? — pergunto, me fazendo de bobo.

— De você. — Ela balança a cabeça de um lado para o outro. — Da Vashti. Namorando. Já sabemos.

— O que faz você pensar isso?

— Por exemplo, o jeito que ela olha para você. — Deja pisca os cílios com exagero. — Tipo, você é muito bonito.

— Eu sou muito bonito. — Puxo uma das suas tranças. — Tem que ser mais do que isso.

— Ela tem aparecido mais vezes, mesmo quando vocês não estão trabalhando. — Ela dá de ombros. — Não sei não. Só que dá para ver que você gosta dela.

— E gosto — afirmo com cautela. — Não sabia como você e o Seem se sentiriam a respeito disso. Tudo bem para vocês se eu começar a sair com alguém?

— Por que não? — Ela suspira alto. — Você merece um pouco de alegria depois do que ela fez você passar.

Ela?

— Hã... você está falando da sua mãe?

— Claro. Quem mais culparia você por seguir em frente? A mamãe pirou e arruinou a sua vida e...

— Ei, ei, ei! — Balanço a cabeça e olho bem nos seus olhos para que ela entenda. — Nunca mais chame a sua mãe de louca. Você está me ouvindo, Deja Marie?

— Mas, pai, ela...

— Ela estava muito deprimida, e não louca. Você entende tudo o que perdemos como família em questão de meses?

— Sim, senhor. — Deja engole em seco. — Tia Byrd e... e o Henry.

Ouvir o nome dele aperta o meu peito. Provavelmente sempre apertará.

— Sim — respondo, um pouco da intensidade também foi drenada da minha voz. — Todos nós perdemos o Henry, mas a sua mãe o carregou. Do mesmo jeito que ela carregou você e Kassim. E a maneira como ela o perdeu foi...

O interior da minha garganta arde, e eu queria poder engolir as palavras, queria poder engolir toda essa conversa. Ainda é doloroso pensar sobre isso, falar sobre isso, e me dou conta de que nunca faço isso. Caramba, nunca de fato fiz.

A lembrança de Yas, em geral brilhante como um raio de sol, entorpecida, desgrenhada, completamente imóvel na cadeira de balanço, olhando para a parede do quarto de Henry, me tortura por um instante, e volto para lá. De volta àquele lugar desesperador, desanimador, enfurecido. Sem nem saber para onde direcionar a minha fúria. Impotente, porque todos os dias eu podia sentir Yas escapulindo. Eu sabia que a estava perdendo e não havia nada que pudesse fazer para detê-la.

— A sua mãe teve que dar à luz ele, Day — continuo. — Sabendo que ele já tinha partido. Foi demais. Foi muito difícil.

— Eu sei, mas ela...

— Sem mas. Se eu ouvir você falar a respeito da sua mãe desse jeito de novo, você vai ter que se ver comigo. — Levanto o queixo de Deja para que ela não possa desviar o olhar. — Entendeu?

Seu aceno é lento e incerto, e eu sinto um pouco de remorso. Talvez eu tenha sido duro demais com ela, mas fiquei irritado ao ouvi-la falar do que Yas passou não só com desdém, mas com reprovação. Beijo a sua testa para amenizar a dor, e as minhas próprias palavras ressoam na mente. A minha defesa de Yasmen para Deja. A minha tentativa de entender. Há uma voz interior querendo saber se eu deveria ter feito mais disso quando tive a chance.

7

YASMEN

— Este é o quarto ano do Cinema no Parque — digo, segurando o microfone e sorrindo para o público reunido no gramado do Sky Park. — E em nome da Associação de Skyland, agradeço a todos por terem vindo. Agora, antes de começarmos a exibir o nosso filme, *Homem-Aranha: Através do Aranhaverso*, Sinja Buchanan, dona do Honey Chile, bem ao lado da praça, vai dividir algumas curiosidades sobre o filme com vocês.

Entrego o microfone e desço do pequeno tablado, pronta para seguir em direção ao local onde Hendrix e Soledad já estão instaladas. Não as vejo desde o almoço da semana passada, e começo a sorrir ao pensar em passar uma noite com as minhas amigas.

— Que bom ver você, Yasmen — Deidre Chadworth afirma, me detendo pelo ombro quando estou prestes a alcançar as minhas amigas.

— Ah, obrigada, Deidre.

Várias vezes, vizinhas bem-intencionadas davam uma passada em casa, tocando a campainha e esperando na varanda com uma caçarola ou panela de ensopado. Às vezes, eu as ignorava até que fossem embora. Deidre, uma das mais persistentes, não trazia comida. Sendo dona da Stacks, a nossa livraria local, ela sempre aparecia com livros.

— Chegou o novo lançamento da Sarah MacLean — ela diz, com o seu sorriso e o brilho malicioso em seus olhos castanho-claros, me dizendo que é um livro picante. — E também o novo da Beverly Jenkins.

— Vou tentar passar na livraria esta semana. — Toco seu braço, pontilhado de manchas de sol e decorado com pulseiras tilintantes. — E eu nunca te agradeci por todas as vezes que você apareceu em casa quando eu estava...

Não sei de que forma quero falar acerca da minha depressão. A minha filosofia sempre foi lidar com as coisas e seguir em frente, até que algo aconteceu que eu simplesmente não consegui. Era como acordar todas as manhãs sobre o parapeito estreito da janela e se perguntar: Hoje é o dia que vou cair?

— Ah, querida — Deidre diz, apertando a minha mão. — Eu entendo. Perdi três antes de ter o meu Charlie.

— Eu não fazia ideia. Sinto muito, Deidre.

— Dois foram abortos espontâneos, e isso foi bastante difícil, mas o terceiro... — Reconheço a dor semelhante em sua expressão. — Como o Henry, natimorto.

A menos que tenha passado por isso, você não entende o horror intenso desta palavra: natimorto.

A entrada em um mundo no qual a criança já partiu. O paradoxo do nascimento e da morte envolto num momento silencioso. Não o primeiro tapa no traseiro e o choro de uma nova vida, mas sim a lamentação de uma mãe. Um sino que nunca dobra. Eu me pus em posição fetal numa sala estéril com lençóis brancos engomados, enquanto lágrimas quentes e silenciosas esculpiam o pesar em meu rosto. Afundando através dos meus poros e infectando a medula. Uma dor incontornável confinada em meus ossos.

— Você aprende a conviver com isso, sabe? — Deidre diz, ofertando um sorriso de solidariedade e rara compreensão. — Mas quem pensa que você vai "superar isso" nunca perdeu o que nós perdemos. Que bom que você ainda está aqui.

O luto é árduo. É o trabalho de respirar, acordar, se levantar e se mover por um mundo que parece mais vazio. Um buraco enorme se abriu em sua existência, e todos ao seu redor simplesmente passam por ele como se nem mesmo existisse.

Mas tudo o que você pode fazer é ficar parada e ficar olhando.

Na tarde em que o sol ainda brilha, contenho as lágrimas e retribuo o sorriso de Deidre.

— Obrigada. Vou passar na livraria esta semana.

Ao me aproximar de Hendrix e Soledad, já me recompus, com os olhos secos e um sorriso animado no lugar. Com um metro e setenta e sete e descalça, e ultrapassando um metro e oitenta e dois com sandálias de salto plataforma, Hendrix está usando calça jeans skinny rasgada e uma blusa azul-cobalto, acompanhadas de argolas douradas presas em suas tranças.

— Você está fantástica — digo, estendendo a mão para tocar o tecido sedoso da sua blusa.

— Obrigada. A Lotus Ross lançou esta nova linha plus size chamada Mais e Melhor. Uma perfeição — Hen afirma.

— Preciso experimentar as roupas dela — Soledad diz.

— Sim, ela também tem roupas para a sua bundinha estreita. — Hen se esquiva quando Soledad finge dar um soco nela. — Só estou dizendo que a linha Mais e Melhor é para as maiores.

— Pode até haver muitas partes estreitas neste corpo. — Soledad dá um tapa no próprio traseiro. — Mas esta bunda não é uma delas.

São necessárias algumas mantas estendidas na grama para acomodar toda a prole de Soledad. Três garotas em tons variados da mãe, com alguns lampejos físicos aqui e ali do deplorável marido dela, espalhadas na grama, pegando comida da cesta de piquenique perfeita.

— Tem quiche lorraine — Soledad informa. — E uma salada que preparei antes de sairmos de casa. Vocês vão adorar. Tem azeitonas, espinafre e queijo feta. Os tomates dão um toque de cor.

— Esse molho — Hendrix diz e geme, revirando os olhos em êxtase e empunhando o garfo para enfatizar. — Ai, meu Deus, onde você comprou isso?

— Ah, eu fiz. — Soledad dá de ombros, mas com um sorriso de satisfação. — Receita minha.

— Me deixa provar — digo, me sentando na manta ao lado de Hendrix e me inclinando para frente, com a boca aberta como um passarinho.

— Nada disso, querida. — Hendrix faz um enfático gesto negativo com a cabeça e indica a cesta com a mão. — Pegue você a sua porção. Isso é bom demais para compartilhar.

— Eu cuido disso — Soledad diz, sorrindo e me passando um prato com a salada temperada com o molho e um pedaço de quiche. — A propósito, o evento está incrível. Você voltou a fazer um ótimo trabalho.

— Obrigada. — Aceito o prato oferecido e começo pela salada. — Uau, Sol! Esse molho está fantástico. Tudo o que você toca fica delicioso. Você precisa mesmo descobrir um jeito de explorar melhor o seu talento.

— Sempre digo para a Sol que eu fabrico celebridades para ganhar a vida — Hendrix afirma com a boca cheia de comida. — Se ela me deixasse ser agente dela, poderíamos criar uma marca completa usando o seu nome.

Soledad passa um sanduíche e uma garrafa de água com gás frutada para Inez.

— Você está mesmo falando sério, né?

— Como um ataque cardíaco. — Hendrix bate no prato com o garfo. — O que você acha que eu tenho dito desde o ano passado? Mulher, quando você quiser.

Soledad dirige o olhar para as suas três lindas filhas, que riem, batem papo e jogam War. Ela as enxerga como o seu maior privilégio, sabendo que nasceu para criá-las.

— Talvez daqui a um tempo — Soledad finalmente responde, cortando a quiche e passando um prato a Lupe. — Não quero perder o foco nesta fase. Inez está levando o balé a sério e acabou de começar o segundo ciclo do ensino fundamental. Todos nós sabemos o quanto a sétima série é infernal. Lottie está se dedicando muito à ginástica e vamos conseguir uma nova treinadora para ela no próximo mês, uma que já mandou algumas meninas para os Jogos Olímpicos.

— Não querendo ser ambiciosa nem nada — Hendrix murmura alto o suficiente apenas para eu ouvir. Reprimo uma risadinha e mantenho o olhar fixo em Soledad.

— E Lupe começa o ensino médio no ano que vem — Soledad continua. — Entre ensaios de animadora de torcida e talvez até de desfiles de moda, eu só...

— Não tenho vontade de ser modelo, mãe — Lupe interrompe, com os lábios brilhantes por causa do molho mágico de Soledad.

— É o que veremos. — Soledad se inclina para frente, sussurrando para nós: — Vocês sabem que nunca dei muita atenção para essas ofertas, mas um olheiro de uma ótima agência entrou em contato. Meio que não dá para recusar.

— Eu recuso — Lupe afirma por cima dos comentários sussurrados de Soledad. Ela se inclina para frente, tira uma mecha de cabelo preto de Soledad, beija o seu rosto e apoia a cabeça no seu ombro.

E eu noto. A harmonia entre essas três filhas. A confiança serena que cada uma delas exibe com tanta facilidade. A afeição fácil e profunda entre Soledad e as suas meninas não ocorre por acaso. Não acredito que isso só aconteça com mulheres que são donas de casa, mas entendo os objetivos de Soledad em relação à sua família, às suas filhas, e eu respeito isso.

— Deja vai vir, sra. Wade? — Lupe pergunta.

— Vai — respondo e engulo um pedaço de quiche. — Ela e Kassim estão vindo com o pai.

— Eu sinto muito de novo... pelo meu deslize. — Lupe parece arrasada. — Nunca quis meter Deja em apuros.

— Não tem problema. — Dou um aceno de mão despreocupado, como se o incidente não tivesse desencadeado uma grande briga entre Deja e mim.

— E você deve mesmo contar quando uma de suas colegas está fazendo algo que não deve — Soledad afirma, franzindo as sobrancelhas delicadas. — A segurança de uma amiga é o mais importante.

— Ela só faltou à aula de inglês — Lupe diz, seca. — Você fala como se Deja estivesse usando metanfetamina ou dançando pelada pelos corredores. Você tem que parar de assistir à Euphoria, mãe.

— Mas eu adoro aquelas crianças malucas. — Soledad faz beicinho, com os olhos escuros brilhando de diversão. — Aí vêm os seus filhos, Yas.

Viro a cabeça e sorrio para Kassim, que caminha depressa pelo gramado em nossa direção, com Otis logo atrás. Deja segue no ritmo "Eu tenho mesmo que estar aqui", mas nem isso atrapalha o meu astral. É o último suspiro do verão. Estou de volta à rotina, trabalhando, estável mental e emocionalmente, saudável de corpo e espírito, rodeada de amigas. Talvez as melhores amigas que já tive.

Levo uma garfada de quiche à boca no exato momento em que Josiah e Vashti aparecem, seguindo Deja.

De. Mãos. Dadas. Porra.

Minha bolha zen explode.

Procuro respirar com consciência como ensinou a Dra. Abrams, minha terapeuta. Tento usar a técnica de respiração 4-7-8 da aula de ioga. Nada funciona. Cada respiração entrecortada passa pelos meus lábios de forma rasa.

Já se passaram quase dois anos. Você sabia que isso iria acontecer. Ele ia encontrar alguém e você teria que vê-los juntos. Isso não deveria incomodá-la tanto assim.

— Controle-se — Hendrix diz pelo canto da boca. — Parece que alguém acabou de dar um soco no seu estômago.

Dou uma olhada para o casal que se aproxima e depois olho para a minha amiga. Hendrix ergue as sobrancelhas e me entrega uma taça de vinho rosé.

— Tudo bem?

— Ah, sim. Claro. — Tomo um gole da bebida gelada e controlo as minhas feições para manter uma expressão de tranquilidade. — Eu só...

— Não estava preparada para ver o seu ex num relacionamento tão sério? — Hendrix lança um olhar discreto por cima do meu ombro. — Bem, é melhor você se preparar. Eles estão quase chegando, e ela não consegue perceber o quanto isso incomoda você. Agora, senhora, preciso que você encontre o seu lugar feliz e traga de volta uma mulher poderosa.

— Saquei. Posso fazer isso.

Mulher poderosa.

Mulher poderosa.

Mulher poderosa.

O mantra ainda está ecoando em minha cabeça quando Josiah e Vashti nos alcançam.

— Oi — Josiah nos cumprimenta com uma única palavra e uma rápida olhada.

Todas nós murmuramos uma resposta, mas não sou a única a sentir a tensão. Algumas pessoas ao nosso redor estão olhando para o teatro familiar que se desenrola no gramado, como se fosse melhor do que um filme. É um grande drama para o nosso pequeno e pitoresco bairro. É uma notícia quente quando o casal com maior probabilidade de durar para sempre... não dura, e o marido aparece segurando a mão de outra mulher. Josiah estende uma grande manta num lugar adjacente ao nosso.

Que maravilha. Um lugar na primeira fila para ver Vashti mandando olhares nojentos de adoração para Josiah a cada três segundos. Minha noite não pode ficar pior.

— Oi, mãe — Deja fala arrastado, se sentando na junção das duas mantas.

Me precipitei. Tenho certeza de que Deja encontrará maneiras extremamente criativas de piorar a noite.

— A quiche está deliciosa, Soledad — Vashti diz antes de tomar um gole do vinho rosé. — Obrigada por compartilhar o seu jantar.

— Vindo de você, é um grande elogio — Soledad agradece e, em seguida, lança um olhar rápido de desculpas para mim.

Josiah e Vashti agindo como um casal com os meus filhos parece algo tão... estabelecido, como se já fossem uma unidade familiar completamente separada de mim. Ainda não integrados de fato. Eu não estou com raiva — Josiah e eu discutimos isso —, mas vai levar algum tempo para me acostumar.

— Caramba, olha só! — Hendrix diz, dá uma cotovelada em mim e belisca Soledad.

— Ai! — Soledad grita, esfregando a pele avermelhada do braço. — Por que você fez isso?

— Alerta de branquelo gostoso. — Hendrix inclina sutilmente a cabeça em direção a um ponto atrás de mim. — Vindo direto para nós.

Começo a virar a cabeça.

— Não olhe! Droga! — Hendrix dá um tapinha na minha coxa. — Você vai vê-lo quando ele chegar aqui, porque é óbvio que está vindo para nós.

— Ohhhh. — Soledad sorri e se inclina, fechando o nosso pequeno círculo para sussurrar. — Ele não está vindo até nós. Ele está vindo para a Yasmen.

Assim, não consigo deixar de me virar para ver quem está chegando. Mark Lancaster, um dos empreendedores imobiliários de maior sucesso de Skyland e recém-declarado candidato ao Congresso, está cruzando o gramado com passos seguros.

— Estou fazendo trabalho voluntário na campanha dele — Soledad informa, com os olhos já brilhando por causa de algo malicioso. — De alguma forma, ele sempre consegue fazer as nossas conversas girarem em torno da Yasmen. Por falar em redes de esgoto, como está Yasmen?

Hendrix cai na gargalhada, mas logo fica séria.

— Aí vem ele.

— Boa noite, senhoras — Mark diz ao nos alcançar. Ele cumprimenta Josiah e Kassim com um aceno de cabeça. — E senhores. Prontos para o filme?

— Sim — Hendrix responde. — Por que você não se junta a nós?

Pelo visto, como a anfitriã autonomeada, ela dá um tapinha no lugar vazio ao meu lado.

Ah, nada óbvio.

— Com licença. — Mark se senta, ajeitando o corpo alto e em forma ao meu lado.

Ele tem o tipo de beleza do boneco Ken. Algo meio liso e plastificado, com partes móveis. Olhos azuis e cabelo loiro. Sorriso muito branco, ensaiado e constante, um pouco político demais para o meu gosto, mas bonito o suficiente.

Não há nada de errado com Mark, o futuro congressista, mas a minha libido hibernante não se manifesta perto dele. Lanço um olhar sorrateiro para Josiah, que está recostado sobre a palma das mãos, com os braços musculosos esticados para trás. Ele está usando uma camisa polo verde-menta justa no peito largo, que contrasta com a pele semelhante a mogno polido. Kassim diz algo que tira um sorriso preguiçoso dele. Não quero checar o quão "tesudo" ainda acho o meu ex-marido.

Josiah levanta os olhos e me flagra o observando. Sou boa em disfarçar as coisas e sei que fazer de conta que não estava olhando é uma jogada muito amadora. Então, finjo um sorriso natural, esperando que ele retribua. Josiah é bom em muitas coisas. Fingir não é uma delas. Ele não sorri de volta, mas lança um olhar desconfiado para mim e para Mark.

Eu me viro para Mark, com um sorriso um pouco mais largo. Posso piscar um pouquinho. É mesquinho da minha parte, mas o meu ex está aqui com os nossos filhos e o nosso cachorro, para todo mundo ver. Chegando aqui de mãos dadas. Então, sim, rio um pouco mais e mais alto quando Mark conta uma piada que não tem muita graça. Posso me inclinar um pouco mais à frente para tornar mais fácil para Mark conferir os meus consideráveis atributos acima da cintura. Tipo... esses são os truques aos quais recorro quando estou encurralada. Uma coisa é saber que eles estão namorando. Se Hendrix tiver razão, eles já podem estar transando. Bate diferente ver a prova pessoalmente de um relacionamento que se aprofunda entre Josiah e Vashti. Pega mais pesado.

E às vezes não lido bem com isso.

— Parece que o filme está para começar — Mark diz após alguns minutos de bate-papo e paquera discreta.

Estou fora de forma em relação à paquera, mas acho que estou me saindo bem. Pelo entusiasmo do seu sorriso e pela maneira como ele está completamente focado em mim, eu diria que talvez até melhor do que bem.

— Posso falar com você um segundo antes de o filme começar? — Mark pergunta, sem esperar pela minha resposta, mas estendendo a mão para me ajudar a ficar de pé.

— Claro — respondo e o sigo alguns passos para longe, olhando para trás na direção de Hendrix e Soledad. As duas sorriem para mim de modo encorajador. Se não fosse tão óbvio, acho que Hendrix faria um sinal de positivo com o polegar.

— Talvez eu tenha sido um pouco sutil demais em expressar o meu interesse — Mark diz quando chegamos à última fila de público, fora do alcance auditivo de qualquer pessoa.

Não é a primeira vez que ele tenta me paquerar desde o divórcio. Se ele acha que foi sutil, o ataque de Pearl Harbor foi como um dia de praia.

— Sutil? — pergunto, mantendo a expressão impassível. — O que você quer dizer?

— Eu gosto de você, Yasmen. — Seu sorriso é aberto e sincero, seu olhar ardente. — Gosto... muito.

Olho para o chão e enfio as mãos nos bolsos do meu vestido de verão, de repente pouco à vontade. Há uma esperança em sua expressão que não sei se mereço. Não porque não sou boa o suficiente, mas porque não sinto o suficiente. Não por ele.

— Não quero machucar você, Mark.

— Por que você me machucaria? — Ele inclina o meu queixo para cima com o seu dedo indicador, mantendo os meus olhos fixos nos dele.

Não quero que ninguém seja pego no fogo cruzado entre Josiah e mim, ainda que Josiah não esteja brincando ou fingindo que gosta de Vashti para me deixar com ciúmes. Ele gosta dela. Ele quer mesmo estar com ela. Não posso arrastar Mark para jogos que eu jogaria para me sentir mais à vontade com isso.

— Não saio com ninguém desde o meu divórcio — digo finalmente, olhando para ele com total franqueza. — E não sei se você quer ser o primeiro a tentar. Não estou pronta para nada sério ou...

— Olha, não estou pedindo nada sério. Pode ser o que você quiser. Estou disposto a correr o risco de ser o primeiro a tentar. — Ele fica olhando com admiração para mim, começando pelo meu cabelo, em cachos e solto esta noite, passando pelas curvas do meu corpo, e chegando até as sandálias em meus pés. — Acho você linda, Yasmen. Sexy demais. Inteligente. Uma líder natural. Gentil. Você é completa, e eu gostaria de conhecê-la melhor.

A mulher que Mark está descrevendo é a que existia antes. Aquela que sempre conseguia superar todos os obstáculos para dar conta do recado. Aquela que carregava os fardos de todo mundo, mal sentindo o peso extra. Não aquela que implodiu. Não aquela que caiu e não conseguiu se levantar. Não aquela que se escondeu. É inebriante ter alguém que me enxergue dessa maneira de novo. Senti que estava voltando a ser eu mesma, mas ouvir Mark enunciar o que ele enxerga quando olha para mim é reconfortante. E depois do quanto foi chocante ver Josiah com Vashti hoje, esta é uma sensação boa.

— Tudo bem. — Rio e dou um olhar incerto para ele. — Então, o primeiro a tentar?

Mark pega a minha mão, acariciando a palma com o polegar.

— Poderia ser um gol de placa — ele brinca, abaixando a cabeça para me olhar nos olhos e arrancar um sorriso de mim. — Me passa o seu número. Vou ligar e quem sabe a gente pode sair para jantar.

Trocamos os nossos números. Ele dá um último aperto suave em minha mão e voltamos para onde está o público.

Respiro fundo, acalmando meu coração. Não que Mark faça o meu coração disparar. Sou honesta o suficiente para admitir que, embora ele seja atraente, e carismático, e tudo aquilo que uma mulher poderia querer, simplesmente não estou muito interessada nele. Ainda. Porém, o fato de eu estar dando uma chance a ele, de estar me dando uma chance, parece uma nova aventura quando, por tanto tempo enquanto eu me recuperava, tive que agir com cautela.

Mark se junta outra vez ao grupo com quem veio, e eu começo a voltar para as nossas mantas e famílias misturadas, amando a maneira pela qual a minha pequena turma e a de Soledad estão unidas. A maneira pela qual Hendrix faz Deja morrer de rir por causa de alguma coisa, deixando a expressão da minha filha, pelo menos uma vez, não petulante, mas alegre e aberta.

E então vejo Vashti e Josiah sentados juntos a alguns metros de distância. Com o seu queixo bem definido e ombros largos, ele é a imagem da força e da virilidade controladas. Eu o conheço intimamente. Conheço-o por baixo das suas roupas. Conheço-o por baixo do controle que ele impõe a si mesmo. Eu já o vi morrer. De prazer, de raiva, de angústia. E nunca me dei conta de como me afetaria outra mulher conhecê-lo assim, vê-lo assim.

Agora noto.

Quando volto a me sentar na manta, o filme começa e todos ficam em silêncio.

Exceto Hendrix, é claro.

— Então, o que houve? — ela sussurra junto ao meu ouvido.

Alguém teve a precaução de comprar pipoca. Que Deus abençoe o seu coração. Fixo os olhos na tela, enfiando a mão no balde de papel e sem responder.

— Yas! — ela volta a sussurrar. — O que ele queria?

Eu me viro para ela, abandonando toda a pretensão de assistir aos créditos iniciais.

— Um encontro — digo mais alto do que pretendia. Algumas pessoas se viram para nós e fazem "shhhhh". Soledad se aproxima, se inclinando.

— Sobre o que vocês estão falando? — ela sussurra, movendo os olhos do rosto de Hendrix para o meu. — Yas vai sair com o Mark?

— Ela deveria, pelo menos para fins de pesquisa comparativa — Hendrix dá uma risada. — Eu só transei com negros, então os únicos paus que conheço são os dos manos, mas diria que com a grossura, comprimento e velocidade adequados...

— Jesus amado — murmuro, pondo a mão sobre a boca para abafar uma risada. — Velocidade? Como assim?

— Você sabe — Hendrix responde. — A força da estocada.

— Isso é um uso impróprio e descarado da palavra "velocidade". — Soledad balança a cabeça.

— Mas será que é mesmo? — Hendrix refuta, dando um tapinha na testa. — É a velocidade e a direção do movimento. Mulher, isso sim é uma estocada.

— Ela tem razão — admito a contragosto. — Mas não tenho a intenção de descobrir nada a respeito da velocidade de Mark, ainda mais no primeiro encontro.

— Você vai sair com o Mark, porque ele — Hendrix inclina sutilmente a cabeça na direção de Josiah — está com ela?

— Não. — Murcho sob o olhar incisivo de Hendrix. — Tudo bem. Talvez um pouco. Sei lá. Eu disse para o Mark que não estou pronta para nada sério.

— Mãe! — Deja sussurra, mas de maneira enfática. — Vocês podem ficar quietas? Tipo, de verdade.

Nós três nos inclinamos uma para a outra como crianças, silenciando uma a outra, com as risadas escorrendo entre os nossos dedos. Com o meu bom humor sob controle, desvio o olhar para Josiah, sentado nas proximidades, com a sua aparência física, mesmo relaxada, forte e atraente. Vashti apoia a cabeça no seu ombro e entrelaça as mãos no colo dela. Tenho que conter a raiva.

Que diabos está acontecendo?

Eu não tenho o direito de ficar com raiva, ficar irritada ou achar que Vashti está passando dos limites. Eu pedi o divórcio. Eu mandei Josiah embora. Não posso decidir que não o quero e, ao mesmo tempo, que ninguém mais deve tê-lo. A dura realidade dessa verdade pesa em meu peito como um bloco de gelo e, pelo resto da noite, é fácil não rir.

JOSIAH

— Estarei de volta em cerca de uma hora — digo a Anthony, o gerente do Canja, ajustando os meus fones de ouvido e navegando pelas mensagens do meu celular. Há duas mensagens de Vashti.

— Sem problema — ele diz do outro lado da linha. — Está lotado hoje à noite, ainda mais para uma quarta-feira, mas conseguimos.

— Valeu, cara. — Me sento na sala de aula vazia, examinando o quadro branco vazio e os cartazes motivacionais pregados nas paredes. — A reunião de pais e professores não deve demorar muito. Estarei aí assim que acabar.

Após desligar a chamada, ouço o som de passos se aproximando e me viro, vendo Yasmen parada à entrada da sala. Ela dá um sorriso hesitante e entra. Não nos vimos muito desde o Cinema no Parque no sábado passado.

— Oi — ela diz, se sentando à carteira ao meu lado.

Tiro os fones de ouvido e dou uma olhada em minha ex-mulher. Ela está usando uma blusa rosa-pétala de manga curta que abraça os seus seios de uma maneira que, em minha opinião objetiva, é indecente. Yasmen nunca foi magrela e, a cada gravidez, a sua forma foi ficando ainda mais cheia, mais exuberante.

Seios maiores. Mais bunda. Coxas mais grossas.

Mas ela sempre conseguiu manter tudo firme e tonificado. Apenas mais de tudo.

E eu sempre fui o beneficiário, mas agora vejo outros homens a seguirem com os olhos, sabendo que se ela desse qualquer sinal de interesse, eles correriam atrás dela. Até agora, Yasmen nunca deu nenhum sinal. Pelo menos até onde sei. Como vou me sentir quando ela fizer isso?

Talvez ela escolha Mark. Claro, não deixei de perceber a paquera dele em cima da minha ex-mulher no Cinema no Parque. Droga, sempre que ele vai ao restaurante, e se Yasmen estiver lá, ele segue direto para ela, com os olhos sempre na bunda dela. Quando éramos casados, se um homem tivesse olhado para Yasmen do jeito que Mark olha, eu teria dado um soco na cara do desgraçado.

Mas... ela não é mais a minha mulher. Então Mark pode olhar para ela do jeito que quiser. Não é da minha conta. Abro lentamente os punhos apoiados no joelho e relaxo a mandíbula. Hábito. Apenas hábito de sentir vontade de puxar as bolas dele pelo nariz por causa da maneira como ele olha para Yasmen.

— Tudo bem com as crianças? — pergunto, direcionando o olhar acima do pescoço de Yasmen, já que tudo abaixo é muito perigoso.

— Sim, elas estão jantando com Clint e depois vão para casa para fazer a lição. Clint vai ficar de olho nelas. — Yasmen deixa a sua bolsa enorme no chão e cruza as pernas. — Tudo bem no Canja?

— Sim. Anthony tem tudo sob controle.

— Ele foi um achado.

— Foi você quem quis trazê-lo.

Yasmen sorri, mas faz um gesto negativo com a cabeça.

— Só fiquei feliz por você ter me pedido para conhecê-lo antes de contratá-lo.

— Jamais contratei alguém sem a sua aprovação — eu a lembro com a testa franzida.

— É verdade, mas nós dois sabemos que eu não estive por perto. Então, gostei de tomar parte do processo.

— Bem, Anthony foi uma boa escolha. — Consulto o relógio e faço uma careta. — Eu disse para ele que estaria lá assim que isto aqui terminasse. Então, espero que não demore muito.

— Do que você acha que se trata? O e-mail da sra. Halstead foi meio vago: "Gostaria de discutir algumas coisas a respeito do aproveitamento de Kassim". O que isso significa?

— Não pode ser nada ruim. Se trata do Kassim.

— Não é o comportamento do Kassim que me preocupa. Ele é o único menino negro da classe. A escola não deve causar problemas.

— Sou tão vigilante quanto você, mas não seja muito suscetível. Lembra-se de como você talvez tenha exagerado naquele comentário que a sra. Thatcher fez sobre a Deja no ano passado?

— A mulher chamou a nossa filha de articulada. Isso é uma microagressão de merda. Tipo, ai, nossa! — O rosto de Yasmen se transforma numa imitação assombrosamente precisa da expressão tensa da sra. Tatcher. — Estou muito surpresa que essa menininha negra consiga juntar duas frases inteiras usando o inglês formal. Ela é muito articulada.

Pelo visto, Yasmen está usando um colete à prova de balas sob a blusa rosa e está em modo Mamãe Negra totalmente armada.

— Vamos manter a calma, né, Yas? Sem tirar conclusões precipitadas.

— Ah, como se tivesse sido eu que fiquei louca quando tentaram colocar o Kassim no grupo de leitura amarelo.

— Antes de tudo, isso foi na segunda série e foi ridículo. Ele estava lendo melhor do que todas as outras crianças e…

Seu sorriso presunçoso interrompe o resto da minha frase, e tenho que sorrir de volta.

— Tudo bem, você já provou o que queria, irmã.

— Gostei de ouvir isso, irmão.

Por um instante, nós nos entreolhamos e, então, quebramos o silêncio com uma risada. Com tantas brigas antes do nosso divórcio e tanta tensão depois, esqueci que formamos um grande time.

A sra. Halstead, com a sua pele pálida e sardenta, cabelo castanho encaracolado e olhos castanhos-esverdeados, entra e atravessa a sala depressa.

— Desculpe por deixar vocês esperando.

— Tudo bem — Yasmen murmura com um sorriso com uma curva perfeita demais, me dando um olhar de soslaio que significa "É melhor ela se comportar direitinho".

A sra. Halstead vira uma carteira até ficar de frente para nós. Ela arregaça as mangas do cardigã creme e apoia os cotovelos na mesa.

— Que bom voltar a ver vocês dois — ela afirma, com um sorriso amigável e cordial. — Comentei na orientação que ouvi maravilhas a respeito do Kassim. Ele mais do que correspondeu a todos os elogios que os professores anteriores lhe fizeram.

— Isso é incrível — Yasmen diz, relaxando os ombros e sorrindo com mais naturalidade.

— Maravilha — digo, seco. — Então a senhora queria que viéssemos apenas para celebrar o quão incrível Kassim está se saindo? — Yasmen me dá um chute discreto no tornozelo, que eu ignoro. — Ou há algum problema?

A sra. Halstead muda de posição na carteira, cruzando os tornozelos e pigarreando.

— Kassim é um dos nossos alunos mais brilhantes. Na verdade, tão brilhante que acho que o currículo pode não o desafiar o suficiente. Para ser sincera, ele pode ficar entediado.

Há um "mas" tão óbvio chegando que Yasmen e eu trocamos um olhar rápido e cúmplice, e eu me preparo para isso.

— E — a sra. Halstead continua, escolhendo uma conjunção diferente. — Eu gostaria de discutir opções de adiantamento.

— Adiantamento? — Yasmen pergunta. — Tipo, pular uma série?

— Essa é uma opção — a sra. Halstead responde. — Mas Kassim precisaria de algum desenvolvimento emocional e social antes de considerarmos a possibilidade de ele pular uma série.

— Explique melhor — digo, num tom mais duro do que eu pretendia. — Por favor.

— A sexta série é muito importante para a formação das crianças. O salto da sexta para a sétima série é enorme em termos sociais e de desenvolvimento. Pular da quinta para a sétima... Bem, não tenho nenhuma dúvida de que Kassim se sairia bem academicamente, mas teríamos que trabalhar um pouco este ano para prepará-lo.

— Que tipo de trabalho? — Yasmen pergunta. — O que está motivando isso? Por que acho que há algo específico que a senhora quer discutir. Gostamos de uma conversa franca, sra. Halstead. Já ouvimos todas as coisas boas. Quais são as suas preocupações? Consigo perceber que a senhora as tem.

Yasmen sempre vai direto ao ponto, sobretudo quando se trata dos nossos filhos. Uma das coisas de que eu mais gosto nela. Mesmo quando a depressão parecia arrastá-la a algo cada vez mais fundo, ela nunca perdeu a capacidade de proteger ferozmente Kassim e Day.

A sra. Halstead se levanta e caminha até a frente da sala de aula, pegando uma pasta em sua mesa. Respirando fundo, ela volta a se sentar e abre a pasta.

— Aqui na Harrington, estamos comprometidos em garantir que os alunos não só se destaquem academicamente, mas também sejam emocionalmente inteligentes — ela explica. — Os alunos que estão em sintonia com os seus sentimentos apresentam um melhor desempenho e se sentem melhor consigo mesmos e com o mundo.

Impeço um revirar de olhos bem a tempo, assumindo uma expressão neutra que não revela o quão iogue e Geração Z isso soa.

— Continue — Yasmen pede, com o olhar atento.

Ela deve estar interessada nisso, considerando todo o tempo que passa com a sua terapeuta. Ei, sem ofensas. Parece tê-la ajudado quando nada mais funcionou. Mais poder, mas eu não preciso disso e tampouco acho que Kassim precise.

— Nesse sentido, pedimos que os alunos mantenham uma espécie de diário — a sra. Halstead diz. — Registrem os sentimentos. Também o usamos como uma avaliação para garantir que eles não estejam enfrentando dificuldades. Kassim escreveu acerca dos medos dele, e acho que isso expõe algumas questões com as quais talvez ele não tenha lidado.

— O que isso significa? — Yasmen quer saber, com os sentidos aguçados ao extremo.

A sra. Halstead passa o dedo indicador ao longo da borda da pasta.

— Por exemplo, pedimos para que a turma registrasse no diário os seus maiores medos.

— E? — pergunto. — O que Kassim disse?

— Primeiro, quero lembrá-los que os alunos sabem que lemos os diários — ela informa. — Então, não estamos violando a privacidade ou desrespeitando a confiança deles.

— Entendi — Yasmen afirma, rangendo os dentes com impaciência. — O que ele disse?

— Kassim disse que o maior medo dele é que toda a sua família morra. — A sra. Halstead arrasta o seu olhar solene de mim para Yasmen. — Do jeito que a tia e o irmão dele morreram. Acho que essas duas perdas aconteceram perto uma da outra?

— Tia Byrd morreu primeiro — Yasmen afirma, com a voz contida e os olhos fixos nas mãos em seu colo. — E o meu... o nosso...

Ela hesita, umedece os lábios, cerrando os punhos.

— Henry, o nosso filho, nasceu morto algumas semanas depois — digo com firmeza.

— Sinto muito por suas perdas — a sra. Halstead lamenta com sinceridade nos olhos. — Faz sentido que Kassim tenha medo de perder entes queridos. Ele também menciona a sua perda especificamente, sr. Wade.
— A minha morte? — pergunto.
— Que você fosse embora — a sra. Halstead responde. — Com base nas anotações de Kassim, ele parece sentir muita insegurança em relação à estrutura familiar.
— Nós nos divorciamos cerca de um ano depois que a tia Byrd e Henry morreram. — Yasmen diz isso como se fosse uma confissão, mantendo os olhos abaixados.
— Kassim falou com algum profissional? Um orientador psicológico ou terapeuta quando tudo isso aconteceu? — a sra. Halstead pergunta.
— Ele e a nossa filha conversaram algumas vezes com o orientador psicológico aqui da escola. — Yasmen morde o lábio. — Eles deveriam ter continuado. Mas eu estava tão...
— Na época, não vimos a necessidade de eles continuarem — interrompo. — A senhora acha que ele deveria agora?
— Com base no que vimos nas anotações dele — a sra. Halstead oferece um tom firme, mas hesitante —, pode ser uma boa ideia que ele volte a falar com alguém, ainda mais se considerarmos a possibilidade de adiantamento para ele no ano que vem. Se Kassim não estiver emocional ou socialmente apto a pular uma série, então podemos desenvolver acelerações específicas para o seu nível de escolaridade.
— Mas de qualquer forma, a senhora acha que ele deveria consultar um terapeuta? — Yasmen insiste.
— Algum de vocês já consultou um? — A sra. Halstead olha para nós dois.
— Eu já. — Yasmen pigarreia. — Eu faço terapia. Kassim sabe disso. Os nossos dois filhos sabem.
— E você, sr. Wade? — a sra. Halstead pergunta, com um olhar inquiridor.
Eu sinto mais do que vejo Yasmen ficar tensa ao meu lado. O fato de eu não fazer terapia era mais um ponto de discórdia entre nós. Naquela época, eu achava que era perda de tempo. Estava ocupado demais tentando manter a nossa família unida, pagar a nossa hipoteca, salvar o nosso negócio. Não tinha tempo para algo que eu achava que não iria ajudar de fato.
— Não — respondo à pergunta da sra. Halstead. — Nunca consultei um psiquiatra... quer dizer, um terapeuta.
— Se vocês decidirem que Kassim pode se beneficiar, isso deverá ser apresentado de forma positiva — a sra. Halstead diz, com a voz severa pela primeira vez. — Vocês não podem fazer isso parecer uma coisa ruim ou algo que vocês não respeitam.
— Nós não vamos fazer isso. — Yasmen me lança um olhar significativo.
— Não é mesmo, Josiah?

— Claro que não — digo, como se não tivesse dito a Yasmen que terapia é uma grande bobagem e que eu preferiria correr pelado através de um ninho de vespas. Tenho quase certeza de que é uma citação exata.

— Ótimo — a sra. Halstead diz, deixando escapar um suspiro de alívio e seu sorriso vai se afrouxando. — Que bom que tivemos esta oportunidade de conversar. Talvez vocês devessem discutir isso e me informar a respeito da decisão. Como sabem, temos orientadores disponíveis aqui, ou Kassim pode consultar um psicólogo infantil particular.

— E quanto ao adiantamento? — pergunto.

— Por enquanto, vou encontrar maneiras de desafiá-lo onde ele está — sra. Halstead responde. — Sob vários aspectos, Kassim é um menino superdotado, mas vamos deixar as coisas como estão. Gostaria que vocês pensassem na possibilidade de fazê-lo conversar com alguém, talvez nos próximos meses. Mais perto do final deste ano letivo, voltaremos a conversar a respeito.

Exibindo o seu melhor sorriso de professora, repleto de otimismo, a sra. Halstead pergunta:

— Parece bom para vocês?

Yasmen e eu sempre formamos um grande time, mas terapia foi algo em que nunca concordamos. Nós nos entreolhamos com cautela e simplesmente concordamos com movimentos de cabeça.

9

YASMEN

— A pizza chegou! — Deja grita do andar de baixo.

— Está paga, Day! — respondo, também gritando. — Pegue a pizza e podem começar a comer.

Eu me requebro para tirar a calça. A minha bunda atrapalha. Faço ioga três vezes por semana e ela continua igual. Atravesso o quarto até o closet, deixando a calça no cesto de roupa suja. O meu closet é enorme, tão grande quanto o quarto do nosso primeiro e minúsculo apartamento. Minhas bolsas e sapatos, organizados em nichos, ocupam uma parede inteira. Os vestidos, as calças, as blusas e os macacões estão pendurados — combinados mais ou menos por cores — em outra parede. Usando apenas calcinha e camiseta, me sento no pufe redondo cor de sálvia, posicionado no centro do espaço, observando as prateleiras e os espaços vazios que costumavam ser ocupados pelos pertences de Josiah. Por muito tempo, deixei o seu lado completamente vazio. Achei errado "substituir" as coisas deles pelas minhas num closet que nós projetamos juntos, deixando bastante espaço para a sua enorme coleção de tênis. Contemplo todos os nichos vazios que ainda não consegui preencher. Nunca vou gostar tanto de tênis quanto Josiah, mas apenas uma pequena parte do que antes era o seu lado permanece vazia. Peça por peça, estou preenchendo as lacunas com as minhas novas roupas, com a minha nova vida.

Me levanto, caminho até o seu lado e abro uma gaveta. Está vazia, exceto por um par de tênis azul-claro.

— Não consigo encontrar os meus Air Jordan OG UNC — Josiah disse algumas semanas depois de se mudar, com um ressentimento novo marcando cada um dos nossos diálogos. — Você os viu?

— Não — menti. — Mas vou ficar de olho.

Por que estou mantendo este par de tênis?

Eu os calço e os meus pés são engolidos pelo tamanho 44. O que é que dizem mesmo a respeito de um homem com pés grandes? Caramba, Josiah fez jus a isso. Sinto um arrepio percorrer a espinha e uma inquietação conhecida se manifesta entre as pernas, me fazendo perder o fôlego. Olho para a cama king-size onde, antes de tudo dar errado, fizemos tudo certo.

— Pare! — exclamo para o closet vazio e para a garota excitada.

Dependendo do dia e do site, esses tênis são vendidos por cerca de mil e quinhentos dólares, e Josiah nunca os usou mais do que uma ou duas vezes. Ao me lembrar da empolgação dele quando os encontrou, eu acaricio a pequena etiqueta laranja que ele disse que provava a autenticidade. O couro permanece intacto e o cheiro de novo ainda está impregnado nele. Levanto os olhos e fico assustada com a imagem refletida no espelho emoldurado no final do closet. Uma mulher seminua, com quadris arredondados, cabelo desgrenhado e olheiras, usando o tênis do homem que ela mandou embora.

O retrato de uma idiota.

O som de mensagem vindo do quarto me afasta dos meus próprios pensamentos. Saio às pressas do closet para pegar o celular na cama, meio tropeçando e perdendo um dos enormes tênis no caminho.

Josiah: Oi. Vou chegar aí daqui a uns dez minutos. Você contou para ele que queremos conversar? Ou é uma cilada na certa?

Eu: Cilada na certa. Achei que seria melhor contar quando você chegar aqui. Pedi uma pizza para deixá-lo de bom humor.

Josiah: Guarda uma fatia.

Eu: Anchova?

Josiah: Deixa pra lá.

Eu: Foi mal! Até já.

Sentada na cama, descalço o tênis, segurando-o e o girando nas mãos. Em seguida, me levanto para recolher o pé que perdi no caminho. Como uma ladra, acelero o passo até o closet e guardo o par na gaveta vazia. Josiah logo estará aqui e vamos conversar com Kassim a respeito de terapia. Preciso me concentrar nessa conversa, sem me perder no passado.

Após um dia dentro de uma calça jeans justa, nada parece melhor do que usar uma calça de moletom que flutua em meu corpo cansado e não o aperta. Coloco uma camiseta justa que chega até logo abaixo da cintura. Passo um brilho nos lábios e dou uma rápida arrumada no cabelo. O novo condicionador de Deja faz com que ele pareça incrível. Com relutância, admito que a minha filha entende de cabelo, mas não dá para ela ganhar a vida com postagens no Instagram sobre desembaraçamento capilar.

Uma criança de cada vez. Lidar com Kassim hoje e descobrir como interessar a minha filha a respeito de uma carreira profissional viável mais tarde. Quando entro na cozinha, meus dois filhos estão sentados no balcão, em seus celulares e comendo pizza.

— Está boa? — pergunto, abrindo uma porta de vidro do armário para pegar um prato. — Resolvi experimentar a pizza desse novo restaurante chamado Guido's.

— Está ótima. — Kassim sorri, mostrando os dentes da frente. — É ainda melhor do que a da outra pizzaria.

Ponho uma fatia no prato, removendo as anchovas. Não tenho certeza a respeito da origem do amor de Deja e Kassim por esse sabor, já que Josiah e eu o abominamos.

Tia Byrd.

Por um instante, fico imóvel e me lembro de Byrd preparando uma pizza e apresentando anchovas para as crianças. Foi amor à primeira mordida. Por um tempo, a dor da ausência de Byrd fica quase insuportável. Ao perdermos alguém tão próximo, a enormidade e o caráter definitivo disso, às vezes nos atinge com toda a força quando menos esperamos. Quando estamos menos preparados. E o nosso coração fraqueja e os nossos joelhos quase se dobram, como quando ficamos sabendo que a pessoa se foi. Quando perdemos alguém como Byrd, jamais banimos completamente o pesar. Contudo, aprendi a domar o sofrimento, para que ele não fique fora de controle e arruíne a minha vida. São nesses momentos de descuido que a dor sibila e ruge, como uma fera raivosa com o rosto pressionado contra as grades da jaula.

Porém, eu seguro o chicote e a cadeira. Mantenho o cadeado e a chave.

— O pai de vocês está vindo — digo a eles, sem tirar os olhos do prato.

Pela visão periférica, vejo os dois pararem de mastigar e se entreolharem. Josiah vem aqui o tempo todo, mas sempre há um motivo. Ele virá pegá-los e levá-los para sair. Ele os deixará em casa. Ele ajudará com as lições. Para mim, anunciar que Josiah está vindo revela algum plano.

— Por quê? — Deja pergunta, semicerrando os olhos para mim.

— Só para conversar. — Abro a geladeira e pego uma garrafa de água com gás frutada.

— Tipo uma reunião de família? — Deja insiste.

Antes de eu dar uma resposta, a campainha toca. Salva pelo gongo, de fato. Deja se levanta depressa e sai da cozinha para atender.

— Está tudo bem? — Kassim pergunta, arrancando a borda da fatia de pizza.

— Sim, tudo ótimo. — Me inclino sobre o balcão para beijar a sua testa. — É só uma conversa, querido.

Otis irrompe na cozinha e esfrega o focinho na minha perna.

— Ei, amigo. — Sorrio e acaricio a sua cabeça, mais uma vez agradecendo em silêncio Byrd por tê-lo deixado com a gente. Apesar dos meus melhores esforços do contrário, de vez em quando me preocupo com Josiah. A noite em que Otis deixou bem claro que queria morar com o meu ex, por mais irracional que parecesse, fiquei feliz. Não porque Otis não ficaria aqui tanto tempo, mas porque ele ficaria com Josiah. Um pequeno consolo, eu sei, mas é o que temos. Otis se move até a cama que sempre mantivemos no canto para ele e se deita, pelo visto satisfeito. Sempre senti que tia Byrd o deixou como o seu próprio anjo da guarda para cuidar de nós. Do tipo que é capaz de fazer xixi no tapete de que você gosta se você se esquecer de levá-lo para passear.

Deja e Josiah aparecem logo depois, rindo de alguma coisa. Às vezes, invejo a afinidade fácil deles. Ainda não entendo o que Josiah fez para escapar da causticidade de Deja, mas gostaria de que ele compartilhasse o segredo. Comigo, ela é uma loba adolescente e sempre é noite de lua cheia. Com o papai? Ela é só sorrisos e "sim, senhor".

— Pizza? — pergunto a Josiah, apontando para o meu prato. — Tirei as anchovas.

— Não. Trouxe comida do restaurante. Vou jantar quando chegar em casa.

— Ele se senta numa das banquetas altas e me dá um olhar significativo, um silencioso "Então, qual é o plano?" em suas sobrancelhas erguidas.

— Deja, queremos falar com Kassim por uns minutinhos — digo. — Que tal comer a sua pizza na sala de jantar?

— O que está acontecendo? — Kassim pergunta, com um certo pânico elevando o seu tom de voz.

— Não está acontecendo nada, filho — Josiah responde. — Só queremos falar com você.

— Eu quero ficar — Deja afirma, com a mandíbula determinada. — Se você quiser que eu fique, Seem, eu fico.

— Você está transformando isso num grande drama sem necessidade — digo a ela.

— Ah, é? — Deja se recosta e cruza os braços. — Da última vez que você fez a gente se sentar assim "só para conversar", você disse que estava se divorciando. Se é uma má notícia, também quero estar aqui.

As palavras de Deja me transportam de volta para a noite em que ficamos sentados com os nossos filhos junto a esse balcão e lhes dissemos que as nossas vidas estavam prestes a mudar para sempre. A única coisa mais difícil do que dizer às crianças que estávamos nos divorciando foi pedir o divórcio a Josiah. A lembrança rodopia ao nosso redor na cozinha e, por um momento, o peso dela é tão visceral, tão real, que me sufoca.

— Precisamos conversar com o Kassim a respeito da nossa reunião com a professora dele — Josiah afirma, com o timbre grave da sua voz uniforme, intenso e reconfortante.

— Ah. Por que não disseram antes? — Deja pega o seu prato. — Boa sorte, Seem.

Ela requebra os seus quadris estreitos ao sair da cozinha, com insolência a cada passo.

— Eu estou encrencado? — Kassim murmura, encarando o prato.

— Não. — Ergo o seu queixo para que ele possa olhar em meus olhos. — É o contrário. Você está se saindo muito bem, filho. Temos boas notícias.

Dou uma olhada em Josiah, que, com as sobrancelhas erguidas, inclina a cabeça para que eu continue.

— A sra. Halstead disse que você é um dos alunos mais inteligentes da turma. — Passo a mão no cabelo de Kassim, que encrespa como o de Josiah quando precisa de um corte, como agora.

— Sim — Kassim afirma com a cabeça, como se essa não fosse uma informação nova, prestes a se vangloriar. — Sou mesmo.

Troco um rápido sorriso largo com Josiah, cujos olhos brilham com orgulho e afeição.

— Confie em si mesmo, filho, mas não seja arrogante — ele lembra a Kassim.

— Sim, senhor — Kassim responde, embora a contração dos seus lábios indique que ele está longe de se arrepender.

— Você já se sentiu entediado nas aulas? — pergunto.
Kassim confirma.
— Sim, mas tudo bem. Os outros garotos têm muito a aprender e então temos que ir mais devagar.
Josiah se permite um sorriso rápido antes de continuar.
— A sra. Halstead não quer que você se sinta entediado. Ela acha que precisamos encontrar uma maneira de desafiar mais você. Ainda não temos certeza se o desafio é dar trabalhos da próxima série ou se pode ser pular uma série.
Kassim arregala os olhos e fica boquiaberto.
— Ir para a sexta série agora?
— Não — me apresso em esclarecer. — Mas talvez no próximo ano, em vez de ir para a sexta, ir direto para a sétima série. Ainda não temos certeza, mas queremos conversar com você sobre isso. Ver se você se sente à vontade e pronto para o que vem a seguir.
— Mas se eu pular para a sétima série, Jamal continuaria na sexta — Kassim diz, franzindo a testa.
— Verdade — Josiah confirma. — Jamal e os seus outros amigos ainda poderiam ser seus amigos, mas não estudariam mais na sua classe. Isso se todos nós concordarmos que você deve pular uma série. Como dissemos, podemos achar melhor dar a você um trabalho mais desafiador em certas matérias. Só não queremos que você fique entediado.
— E para garantir que você esteja alcançando o seu potencial — acrescento com um sorriso. — Estamos muito orgulhosos de você, Kassim.
— Estão? — ele pergunta, olhando para nós dois.
— Claro. — Josiah segura a nuca de Kassim e a aperta. — Você sabe que estamos.
Um sorrisinho aparece nos cantos da boca de Kassim.
— Na nossa reunião com a sra. Halstead... — começo a falar, lançando um olhar inquiridor para Josiah. Ele acena com a cabeça para que eu continue. — Ela disse que se você decidir pular uma série, precisamos ter certeza de que esteja pronto, não apenas academicamente, mas em todos os aspectos.
— Como assim? — Kassim pergunta.
— Muitas crianças são inteligentes o suficiente para pular uma série — Josiah responde. — Mas elas acabam tendo dificuldades para fazer novos amigos ou para se ajustar. A sra. Halstead sugeriu que talvez você devesse conversar com alguém sobre o que você... bem...
Josiah olha para mim e percebo que ele não sabe como descrever uma terapia de uma maneira compreensível para o nosso filho.
— Seem — digo, me inclinando para frente e olhando em seus olhos. — Como eu disse para você e a Deja, vocês sabem que a mamãe precisou falar com alguém.

— A sua terapeuta? — Kassim pergunta, arregalando os olhos. — Você disse que estava doente e triste.

Dito dessa maneira, soa bastante duro e simples, mas era verdade. Há dias em que ainda é verdade. Sempre pode haver dias assim, e posso entrar e sair da terapia pelo resto da minha vida.

— Sim, é verdade — afirmo, esperando que o meu sorriso seja natural e reconfortante. — Mas também é bom ter alguém com quem você possa conversar sobre coisas que são confusas ou difíceis de entender.

— Como robótica? — Kassim se arrisca. — Porque existe um novo nível de...

— Não — Josiah interrompe, rindo. — Não a robótica, apesar de que isso sempre me confunde. Coisas mais pessoais, como a morte da tia Byrd. E do Henry.

Respiro fundo ao ouvir o nome do meu filho dito por Josiah. Ele raramente o menciona. Eu costumava ficar magoada com Josiah por causa disso, por não dizer o nome de Henry. Por ele não ser o chorão ranhoso que eu fui todos os dias durante meses. Por se controlar, enquanto eu continuava desmoronando. Agora sei que lidamos com as coisas de maneiras diferentes, ainda que haja muitas coisas com as quais Josiah não tenha lidado. Eu não sou a terapeuta dele. Droga, eu nem sou mais a mulher dele.

Kassim fica com a expressão fechada. Me parte um pouco o coração ver esse semblante, em geral tão aberto, mesmo nessa idade, tentando se esconder.

— Tive que falar com alguém sobre o quanto doía, sabe — digo a ele. — Quando perdemos os dois.

— Por isso você ficou na cama o tempo todo, parou de pentear o cabelo e coisas assim, não é? — Kassim pergunta.

Sinto um nó na garganta. Percebo o olhar de Josiah em mim, mas não consigo encará-lo, sem saber se encontrarei desprezo ou compaixão.

— Isso mesmo — respondo ao meu filho, forçando uma risada. — Eu meio que desmoronei um pouco naquela época, mas conversar com alguém ajudou.

— Eu não estou doente nem triste — Kassim diz. — Também não estou desmoronando.

Por um momento, a afirmação, dita com total inocência e sem qualquer malícia, me abala. Sim, eu fui a única que desmoronou. Aqueles demônios familiares de vergonha e culpa se acomodam ao meu lado, passando dedos frios pelo meu cabelo e sussurrando mentiras em meus ouvidos.

— Às vezes, todos nós precisamos de ajuda — Josiah diz a Kassim, mas olha para mim. O desprezo que eu temia em seu olhar não está lá. Não sei o que há, mas Josiah é difícil de ler mesmo nos melhores momentos.

— Você precisa de ajuda, papai? — Kassim pergunta, parecendo surpreso, com as sobrancelhas erguidas. — Você vai a um terapeuta?

Ah, isso vai ser engraçado.

Eu não socorro Josiah. Não posso. No passado, Josiah sempre foi tão irredutível quanto a necessidade de consultar um "psiquiatra" que não sei como ajudar. Sendo sincera, não quero ajudá-lo.

— Não, nunca fui — Josiah diz, encontrando o olhar atento de Kassim. — Mas posso ir, se você quiser.

Quase caio da banqueta.

É mesmo?

— Você vai? — Kassim pergunta, com evidente surpresa no rosto.

Até onde sei Josiah, que sempre dá a impressão de ser autossuficiente, seguro de si e inabalável, nunca disse para as crianças que considera terapia um mero placebo para fazer você se sentir melhor e enriquecer "charlatões". Então, ouvir que ele pode precisar de "ajuda" deve ter chocado Kassim tanto quanto me chocou.

— Vou — Josiah diz suavemente, mas com a mandíbula tensa, o que me diz que a necessidade de Kassim de que o pai faça isso é outra forma de pressão. Josiah faria qualquer coisa pelos nossos filhos. Sei disso. Ele tinha dito que faria qualquer coisa por mim, mas terapia era um limite invisível na areia movediça de nossa vida juntos, e ele nunca havia consultado um terapeuta. E aqui estamos nós.

— Você consulta alguém e eu também — Josiah diz, estendendo a mão para Kassim. — Fechado?

Kassim fica radiante e agarra a mão muito maior do pai.

— Fechado.

10

JOSIAH

O que diabos acabou de acontecer?

Eu acabei de concordar em consultar um maldito terapeuta? Não acredito na ideia de que apenas falarmos com alguém sobre os nossos sentimentos melhora algo em nossa vida. Pode nos fazer sentir melhor em relação aos nossos problemas, como se estivéssemos "dando alguns passos", mas, na verdade, não muda nada. Sei que Yasmen acha que isso a ajudou, mas ela também estava tomando antidepressivos. Remédios? Claro, eles podem ajudar. Os efeitos dos medicamentos são mensuráveis. Eles são reais. E o papo-furado?

— Oláááá — Deja diz da porta entre a cozinha e a sala de jantar. — Posso pegar mais uma fatia de pizza caso vocês tenham terminado de falar a respeito de como Seem é brilhante e perfeito?

Deja exibe um rápido sorriso para o irmão, suavizando as palavras duras, e bagunça o cabelo dele a caminho da caixa de pizza no balcão. Eles podem provocar um ao outro sem dó nem piedade, e são o caso clássico de irmã mais velha, irmão mais novo, mas fariam qualquer coisa um pelo outro. Os dois se aproximaram quando as costuras da nossa família começaram a rasgar.

— Sim, acho que terminamos — digo, olhando para Yasmen e pedindo em silêncio a sua confirmação.

— Sim, claro. — Ela olha para Kassim, cuja expressão é serena enquanto pega mais uma fatia de pizza. — Acho que temos um plano.

Eu me levanto, mexendo nas chaves em meu bolso.

— Então vou para casa. Estou cansado, com fome e quero relaxar um pouco. Começo cedo amanhã. — Dou dois tapinhas na minha perna. — Otis, você vem?

Sempre pergunto, como se o cachorro tivesse a permissão de decidir onde vai dormir. Ele poderia alternar entre as duas casas como as crianças fazem, mas Otis sempre fica comigo. Ele se levanta e caminha em direção ao vestíbulo, com a cabeça inclinada num ângulo majestoso. Maldito presunçoso. Depois do banho, ele praticamente desfila no parque.

— Vou acompanhar vocês até lá fora — Yasmen afirma, se levantando da banqueta e seguindo Otis.

Deixo Yasmen ir um pouco à minha frente. Essa maldita calça que ela está usando. O tecido deve ter sido costurado à mão pelo diabo e enviado do inferno pela maneira como marca o traseiro e os quadris dela. A camiseta, que termina pouco acima da cintura, proporciona vislumbres do seu abdome sarado. Sob a camiseta, seus seios pairam maduros e fartos. Quando éramos casados, Yasmen andava pela casa sem sutiã para me torturar. Eu nunca perdia a oportunidade de arrastá-la para a despensa ou para um canto, puxar a sua camiseta para cima, expor os seus seios e sugar os seus mamilos. Era o nosso próprio tipo de carícias preliminares. Às vezes, se as crianças estivessem no andar de cima ou ausentes, eu a levava até o balcão da cozinha e transávamos ali mesmo.

Meu Deus, meu pau está duro.

Não é bom. Não é nada bom. Não há como me enganar achando que essa ereção tem algo a ver com a minha atual namorada, que me enviou duas mensagens de texto, sugerindo que gostaria de passar a noite comigo. Não. Tem tudo a ver com Yasmen, droga. Eu me ajeito em minha calça sutilmente, na esperança de descer correndo a escada da varanda e chegar ao carro antes que ela perceba.

— Ei. — Yasmen agarra o meu braço quando me movo para passar por ela na varanda. — Podemos conversar?

Com um rápido olhar para a sua mão em meu braço, concordo com um aceno breve de cabeça e me sento no balanço. Talvez se eu ficar sentado e a luz da varanda não acender, Yasmen não note o volume em minha calça.

Porém, o sensor de movimento faz a luz se acender.

Ótimo.

Me inclino para frente e apoio os cotovelos nos joelhos. Ela vem se sentar ao meu lado no balanço e acaricia a cabeça de Otis. Ele se inclina na palma da sua mão e revira os olhos em êxtase canino.

— Foi melhor do que eu esperava. — Yasmen cruza uma perna sobre a outra. — O que você achou?

— Sim. Foi muito bom. Ele pareceu aceitar bem.

— Acho... tenho certeza de que a sua oferta de consultar um terapeuta se ele também for ajudou muito. — Ela olha de soslaio para mim. — Você falou a sério?

Dobro os joelhos algumas vezes para mover um pouco o balanço.

— Caramba, Yas. Você acha que eu diria algo assim e não cumpriria a minha palavra?

— Não, claro que não. Mas você sempre foi tão irredutível sobre não consultar um terapeuta quando nós... quando eu... Bem, então fiquei surpresa quando você se ofereceu.

— Estou empolgado com isso? Não. Acho que consultar um terapeuta vai fazer algo por mim? Droga, não, mas se isso ajudar o Kassim, eu vou.

— Entendo. — Ela pisca, seus lindos lábios se moldam em uma curva irônica. — Então a terapia pode ajudar crianças ou pessoas de mente fraca como eu, mas não pode ter nenhum benefício para alguém tão forte quanto você.

— Você sabe que não foi isso o que eu quis dizer. Não distorça as minhas palavras.

— Nem preciso. — Ela se levanta de repente, com uma frieza no olhar insuficiente para disfarçar a mágoa. — Você quer indicações? Se sim, posso pedir para a Dra. Abrams me indicar alguns nomes. Ou você só está fazendo isso por fazer e para deixar o Kassim feliz?

Os dois.

Sei que proferir isso em voz alta apenas aumentaria a tensão entre nós. Então, me mantenho impassível antes de responder.

— Seria ótimo algumas indicações.

— Vou informar à sra. Halstead que vamos avançar — ela diz, se virando para agarrar a maçaneta da porta da frente.

— Ei, Yas. — Me levanto. Desta vez, sou eu quem pega o seu braço. — Eu não quis insinuar que sou bom demais para fazer terapia ou que você é fraca ou...

— Você não precisava insinuar nada, Si. — Ela puxa o braço, se livrando de mim e olhando para baixo. — Sem dúvida, você percebe o bem-estar emocional do nosso filho como algo pelo qual vale a pena lutar, vale a pena fazer terapia. Acho isso incrível.

Só que parece que Yasmen poderia muito bem ter dito: "Acho que você é um babaca".

— Então, está tudo bem entre a gente? — pergunto, ainda que a tensão no ar, a tensão na expressão dela, me diga que não.

Yasmen me encara, com a mão na maçaneta, e não sei se é aversão ou decepção que escurece o seu olhar, mas isso me faz sentir como se eu fosse um ser asqueroso.

— Sim. — Ela abre a porta. — Está tudo bem.

11

YASMEN

— Tem certeza de que está tudo bem você levar a Deja, Hen? — pergunto, carregando uma caixa térmica cheia de gelo com garrafas de isotônico. — Procuramos por toda a cidade ontem e não conseguimos achar esses apliques de cabelo que ela quer.

— Sei que há numa loja na avenida Candler. — Sentada junto ao balcão da minha cozinha, Hendrix toma um gole de café. — Muitas das minhas clientes compram apliques ali em segredo. Quando você vê na TV, nunca imagina que vem de uma loja nos fundos de um supermercado.

Faço uma pausa, com uma garrafa em cada mão, para encará-la.

— A loja fica dentro de um supermercado?

— Um desses bazares onde você encontra de tudo. Você pode comprar leite e ovos, fazer as unhas, declarar o imposto de renda, penhorar o relógio e levar quatro ou cinco pacotes de aplique de cabelo antes de sair. — Hendrix pega o longo rabo de cavalo caído sobre o ombro, levanta-o e o deixa cair. — Foi lá que consegui este cabelo supersedoso.

— Bem, obrigada. Não posso perder o jogo de futebol de Kassim, e Josiah está palestrando em uma conferência de empreendedores, então ele não pode ajudar — digo, segurando uma garrafa de isotônico e um pacote de iogurtes de frutas. — Esqueci que sou a mãe responsável pelos lanches hoje. Então, estou correndo para conseguir fazer tudo.

Abro a geladeira e pego uma garrafa de suco de laranja para Kassim.

— Enfim, a primeira sessão com o psicólogo infantil é depois do jogo — continuo. — Josiah, eu e Kassim tivemos um primeiro encontro com o Dr. Cabbot na semana passada, apenas para conhecê-lo e para algo do tipo coleta de informações, mas hoje será a primeira sessão individual. Foi o único horário disponível dele, por isso não tenho tempo para procurar esses apliques. Você está me ajudando muito mesmo.

— Kassim está nervoso?

— Talvez seja melhor perguntar se eu estou nervosa. — Faço uma pausa para encostar o quadril no balcão. Como foi que não percebi que ele estava tão concentrado na morte? E em perder a família? Estou com ele todos os dias, e Kassim nunca mencionou nada parecido com o que a sua professora disse que está em seu diário.

— Não é nenhuma surpresa quando você pensa a esse respeito. As crianças andam mesmo por aí confessando espontaneamente os seus medos mais profundos para os pais? — Hendrix pergunta. — Pode ser que algumas façam isso, mas eu não fiz quando era criança. Fique orgulhosa por descobrir isso agora e enviá-lo a um terapeuta, em vez de se condenar por não descobrir antes que ele precisava disso.

— Tem razão. Isso fez uma grande diferença para mim, e ainda bem que Kassim esteja experimentando isso tão jovem. Talvez se ele precisar quando for mais velho, uma terapia não será algo tão estigmatizado quanto é por tantos homens.

— Ainda mais por homens negros. O meu primo Bilail passou por muita coisa ruim por toda a vida. Pais divorciados. Assédio do tio. Mãe viciada. Mas você acha que ele está falando com alguém sobre os seus sentimentos? Não, senhora. Ele não consegue entender por que todos os relacionamentos dele têm prazo de validade antes mesmo de começar.

— Por falar em homens negros e terapia — digo, colocando mais garrafas na caixa térmica. — Já comentei que Kassim está indo porque Josiah disse que também iria?

Com a caneca de café pairando nos lábios, Hendrix ergue as sobrancelhas.

— Ele não era totalmente contra isso quando vocês estavam juntos?

— Pois é. — Me inclino para colocar o último isotônico na caixa térmica. — Ele sempre disse que não adiantaria nada, mas pelo jeito considerou que, se ele fizesse uma terapia, convenceria Kassim a fazer. Então, ele vai fazer. Isso dá o que pensar.

— Pensar o quê? — Hendrix pergunta.

Levanto os olhos e encontro seu olhar inquiridor por um milissegundo. Então, viro as costas para ela e pego o último pote de iogurte na geladeira.

— Nada. Então, o aplique se chama Kinky Curly ou algo assim. Deja…

— Pensar o quê, Yas? Por que o Josiah não iria por você?

Minhas mãos ainda estão a meio caminho entre a geladeira e a caixa térmica, e acho difícil encarar os olhos de Hendrix novamente quando me viro, mas encaro.

— Talvez. Não por mim, mas por ele mesmo quando eu sugeri. Josiah nem considerou a ideia, mas se ofereceu quando surgiu a oportunidade com Kassim. E eu me pergunto o que mudou. — Solto uma risada e fecho a caixa térmica. — Não que ele espere obter algo com isso. Josiah ainda acha que fazer terapia é algo inútil, mas pelo menos está disposto.

— Uma terapia pode ser algo intimidador e as pessoas nem sempre estão prontas quando queremos que estejam. Elas estão prontas quando estão prontas. Josiah acha que está indo por causa de Kassim, mas talvez, lá no fundo, ele finalmente esteja pronto. Uma terapia pode surpreendê-lo. Ele pode ficar sabendo muito sobre ele mesmo. O terapeuta certo pode mudar tudo.

— Pois é, e o ruim às vezes não muda nada. — Reviro os olhos. — Graças a Deus encontrei a Dra. Abrams.

A conversa é interrompida por passos que estão descendo a escada. Fico meio aliviada. Não quero pensar em Josiah finalmente fazendo terapia, e como isso poderia ter afetado o que aconteceu conosco. Muito menos falar sobre isso.

— Oi, tia Hen — Deja diz, com o seu sorriso largo e brilhante. — Obrigada por me levar hoje.

— Não é nenhum problema. — Hendrix se levanta para jogar o resto do café na pia e enxaguar a caneca.

— E você acha mesmo que esse lugar tem os apliques de que eu preciso? — Deja pergunta.

— Eu já liguei e me disseram que têm — Hendrix responde, com um sorriso um pouco presunçoso.

— Oba! — Deja exclama, erguendo as mãos num gesto de aleluia. — Procurei em vários lugares. Quero participar de um concurso de tranças na próxima semana e preciso desses apliques.

— Pode contar comigo — Hendrix diz. — E há um restaurante perto da loja chamado Ruby's. O melhor pescoço de porco da cidade.

— Pescoço de porco? — O ceticismo de Deja é evidente.

— Peraí. — Hendrix coloca as mãos na cintura. — Quer dizer que os seus pais são donos de um restaurante de soul food e você nunca comeu pescoço de porco?

— Não está no nosso cardápio. — Dou uma risada e pego a minha bolsa na banqueta. — Byrd odiava, e Vashti também não gosta.

Hendrix entrelaça o braço no de Deja.

— Bem, você vai descobrir hoje. Podemos comer no almoço, se você quiser.

— Tudo bem — Deja diz, fazendo a sua maria-chiquinha balançar em cada lado da cabeça.

— A que horas você quer a Deja de volta, Yas? — Hendrix pergunta.

Pela primeira vez, Deja olha diretamente para mim. Seu sorriso desaparece. Sou como o alfinete que estoura todos os balões para ela.

— Quando vocês terminarem — digo, forçando um sorriso. — Obrigada mais uma vez pela ajuda.

Hendrix olha de mim para Deja, com o sorriso desaparecendo.

— Você é minha parceira. Não estou fazendo nada demais.

Ao sair da cozinha, dou um aperto rápido no braço de Hen e me dirijo ao vestíbulo, parando ao pé da escada.

— Kassim! — grito para o segundo andar. — Estamos atrasados. Vamos.

Ele surge no alto da escada com o seu uniforme vermelho e branco e a sua mochila pendurada no ombro. Dou uma olhada em seus pés.

— Os seus tornozelos estão bastante ressecados. Solto um suspiro e inclino a cabeça em direção à garagem. — Há um creme no carro.

— O papai vai vir? — ele pergunta, descendo a escada.

Josiah passou muitas tardes e noites em nosso quintal, jogando bola com Kassim. Claro que o meu filho gosta da minha presença nos jogos, mas é o rosto e a aprovação do pai que ele busca na torcida toda vez que marca um gol.

— Hoje não, mas prometo que vou conseguir um vídeo para ele, está bem?

— Então ele também não vai aparecer na terapia, não é? — A expressão de Kassim não muda, mas a inquietação em seu olhar deixa o meu peito apertado.

— Ele vai palestrar em uma conferência hoje, filho. Lamento. Foi agendada há meses, e ele não conseguiu desmarcar. Com certeza ele vai ligar hoje à noite para saber como foi.

— Tudo bem — Kassim afirma, mudando a mochila de ombro. — Tenho tempo para comer alguma coisa?

— Há uma barra de cereais e suco de laranja no balcão da cozinha. Pegue e vá direto para o carro. Tenho os lanches do time. Não podemos nos atrasar.

— Você é a mãe responsável pelos lanches? — Kassim pergunta, boquiaberto.

— Sou — respondo, fazendo uma careta. — Eu esqueci.

— Então a gente tem que ir!

Em todas as situações, Kassim é definitivamente "o responsável". Ele passa correndo por mim nem mesmo desacelerando quando pega o café da manhã que deixei para ele. Acena para Hendrix e Deja, mas não para no caminho para a garagem.

— Acho que está na hora de a gente ir também — Hendrix diz, pegando a sua bolsa Hermès, presente de uma dessas cerimônias de premiação chiques.

— Comporte-se, Day. — Agarro a alça da caixa térmica e começo a me dirigir para a garagem, arrastando-a atrás de mim.

— Sim, mãe. — Seu habitual tom de exasperação reverbera em sua voz, mas não consegue disfarçar a empolgação subjacente.

Deja está falando desse concurso há uma semana, e por mais que eu discorde que se tornar uma guru capilar nas redes sociais seja uma escolha profissional sensata, não quero vê-la decepcionada.

Dou um beijo rápido no rosto de Hendrix.

— Te devo uma.

— Temos uma conta aberta — ela diz, retribuindo o beijo. — Você sabe disso.

Ela e Deja me acompanham até a garagem e depois seguem pela entrada para carros até o Mercedes Classe G de Hendrix estacionado na rua. Quando dou marcha à ré e a porta da garagem abaixa, elas já se foram.

Chegamos ao campo bem a tempo. O time está reunido, e o técnico está começando a sua preleção motivacional. Coloco a caixa térmica na extremidade do banco e posiciono a minha cadeira dobrável com os outros pais na lateral do campo. No final do segundo tempo, a partida ganha intensidade e Kassim está conduzindo a bola pelo campo.

— Vai, Seem! — grito e me levanto, apontando a câmera do meu celular bem a tempo de gravar o gol da vitória marcado por ele.

Todos os pais se cumprimentam, enquanto os nossos filhos apertam as mãos dos jogadores do time adversário.

— Você viu o gol que eu marquei, mãe? — Kassim pergunta, dando um sorriso largo entre goles de isotônico, com o suor escorrendo pela testa e molhando a sua camisa.

— Claro que vi. — Levanto o meu celular. — E eu gravei.

— Podemos mostrar para o papai!

— Vou mandar para ele daqui a pouco. — Consulto o relógio do celular. — Mas precisamos ir se quisermos chegar ao consultório do Dr. Cabbot no horário.

A empolgação some da expressão de Kassim, substituída por algo próximo ao pavor, e eu me arrependo de ter falado disso.

— Ah, é — ele murmura. — Tinha quase esquecido. Terapia.

"Terapia" soa como "pelotão de fuzilamento" quando Kassim fala.

Pego a caixa térmica e a levo para o carro. Ainda extraordinariamente contido, considerando a sua vitória, Kassim carrega a sua mochila e se senta no banco de trás. Eu não pergunto o motivo nem o pressiono para se sentar na frente, como ele costuma fazer. Se alguém entende o nervosismo de uma primeira sessão, sou eu.

Ao chegarmos ao consultório do Dr. Cabbot, estaciono o carro e me viro para olhar para Kassim.

— Ei. — Espero que ele me olhe nos olhos. — Sei que você está nervoso...

— Eu não estou nervoso. — Ele desvia o olhar. — Só acho que não vamos ter nada para conversar. Não há nada de errado comigo.

— Eu converso com a minha terapeuta o tempo todo. Você acha que há algo de errado comigo?

Seus olhos castanhos arregalados se fixam nos meus olhos.

— Não. Não há nada de errado com você, mãe. Eu... só quis dizer... Desculpa.

— Você não tem que pedir desculpas, querido — digo, estendo a mão e a coloco em seu joelho. — Às vezes, não sabemos o que fazer com alguns sentimentos que temos, entende?

Kassim hesita, mas depois concorda com a cabeça e puxa um fio do seu short.

— A Dra. Abrams diz que os sentimentos se manifestam de uma forma ou de outra. Tipo, se estamos com raiva, às vezes descontamos em outras pessoas. Podemos discutir com o garçom do restaurante, gritar com os nossos filhos ou dar um chute no nosso cachorro.

— Se alguém der um chute no Otis, ele vai chutar de volta — Kassim diz, contraindo um pouco os lábios por causa do nervosismo.

— Tem razão. Não é bom mexer com o Otis. O que quero dizer é que, às vezes, quando não entendemos os nossos sentimentos, nós os apontamos na direção errada. Ou se eles ficam presos dentro da gente, começam a nos fazer mal. Queremos que você entenda um pouco do que pode estar sentindo em relação à tia Byrd, ao Henry, a qualquer coisa que esteja na sua mente.

— Aí eu não vou dar um chute no Otis? — ele pergunta, com um sorrisinho que ainda parece um tanto inquieto, mas pelo menos ele aparenta estar um pouco mais relaxado.

— Sim, algo assim. Só quero que saiba que as coisas que você sente de vez em quando a respeito de eles terem partido, eu também sinto.

— Mas você está bem, não é, mãe?

A incerteza em sua voz faz Kassim parecer ainda mais jovem do que é, e eu me pergunto de que maneira os meus problemas afetaram os meus filhos, como mesmo quando eu tentei esconder a minha total incapacidade de lidar com o mundo, eles podem ter sentido isso. Posso me afogar em culpa ao imaginar como posso ter contribuído para os medos de Kassim ou posso fazer a minha parte agora para amainá-los.

— Ninguém está sempre bem, Seem. — Pego sua mão. — A vida não consiste em estar sempre bem. Consiste sim em obter ajuda quando não estamos. Em deixar a nossa família e os nossos amigos ajudarem a gente. Em deixar pessoas como o Dr. Cabbot ajudar a gente. Você entende o que quero dizer?

— O papai nem sempre está bem?

Uma parte de mim quer gritar que não, o papai nem sempre está bem, mesmo que pareça. Só porque alguém nunca pede ajuda, não significa que não precise.

— Como eu disse, ninguém está sempre bem, mas o seu pai é uma das pessoas mais fortes que conheço — digo a Kassim. — Ele sempre vai estar presente para você. Nós dois vamos.

Sua expressão se ilumina, mas antes que eu possa me parabenizar por minha sabedoria materna, ele grita:

— Pai!

Sigo o seu olhar por cima do meu ombro e vejo o Range Rover preto de Josiah estacionado a algumas vagas de distância. Kassim solta o cinto de segurança e sai do carro às pressas. Mais devagar, eu o sigo. Quero dar a eles alguns momentos juntos, mas também quero algum tempo para me recompor. Josiah sempre está com uma boa aparência, claro, mas hoje está vestido para a conferência. O terno de corte impecável molda os seus ombros largos e condiz com os músculos poderosos das suas pernas. Sua expressão austera se suaviza quando Kassim o alcança. Ele segura a nuca do nosso filho e se inclina para beijar a testa dele. Uma parte de mim se enternece. Mesmo em nosso momento mais difícil, nunca duvidei do amor de Josiah por Deja e Kassim.

— Achei que você tinha que palestrar na conferência. — Ouço Kassim dizer quando chego mais perto deles.

— Sim, tenho — Josiah esclarece. — Na verdade, tenho duas palestras. Uma foi logo cedo e a outra é daqui a uma hora, mais ou menos. Ou seja, não posso ficar muito tempo.

Josiah desvia o olhar de Kassim e olha para mim. Suas feições se fecham e a afeição em seu olhar esfria. A vulnerabilidade que costumava ser reservada para nós três — Kassim, Deja e eu — não está mais disponível para mim. Perdi o privilégio dos seus sentimentos, do seu corpo, do seu coração; ou melhor, perdi essas intimidades quando pedi o divórcio.

— Oi. — Mordo o lábio e enfio as mãos nos bolsos da calça jeans. — Não esperava ver você aqui.

— Eu tinha que ver o meu garoto — ele diz, voltando a olhar para Kassim e abrindo um sorriso largo. — Achei que você estaria bem, mas queria ver como você estava. Está tudo bem?

— Sim. — Kassim olha para mim. — Mas a mamãe disse que tudo bem não estar bem. Ela disse que ninguém está sempre bem.

Josiah não hesita. Ele confirma com a cabeça e se inclina um pouco para olhar Kassim nos olhos.

— Ela tem razão.

— Você também? — Kassim sussurra, com a voz tão baixa que mal ouço.

No breve silêncio após a pergunta de Kassim, quero arrastar Josiah para o lado e lhe implorar que baixe a guarda apenas desta vez. Pelo menos para fazer de conta que também sofre como a maioria dos mortais, para que o seu filho não se sinta sozinho.

— Eu também. — Josiah aperta o ombro de Kassim, com aquela ternura única que ele nega a todos, exceto a nossos filhos, brilhando em seus olhos escuros. — Lembre-se, eu também vou consultar um terapeuta.

— Quando? — Kassim abre um sorriso largo, cheio de esperança e entusiasmo.

— Na segunda — Josiah responde. — Que tal você me contar como foi a sua sessão e eu conto como foi a minha?

— Tudo bem. — Kassim ainda sorrindo. — Fechado.

Josiah consulta o relógio.

— Tenho que voltar logo para a conferência. Então, vamos antes que eu tenha que ir embora.

— Ah, você vai entrar? — pergunto.

— Sim. — Ele sorri para Kassim. — Está pronto, filho?

Ainda vestindo o seu uniforme, Kassim fica saltitando entre nós enquanto caminhamos em direção ao prédio do consultório do Dr. Cabbot. A sala de espera é decorada em tons quentes de dourado e verde, incluindo brinquedos educativos, quebra-cabeças e um enorme aquário embutido na parede. Kassim está disputando um concurso de olhar fixo com um baiacu. Então, uma porta se abre e um homem de trinta e tantos anos ou quarenta e poucos surge. Seu cabelo cor de areia está bem aparado e os seus olhos ainda estão decidindo se devem ser castanhos ou verdes. Ele estende a mão para Josiah e depois para mim.

— Bom rever você, Kassim — o Dr. Cabbot diz com um sorriso gentil ao ver o nosso filho.

— Sim — Kassim responde. — Quer dizer, sim, senhor.

— Hoje só vamos nos conhecer um pouco, você e eu — o Dr. Cabbot aponta para a porta por onde acabou de passar. — O que acha?

Kassim acena a cabeça com hesitação, mas responde:
— Tudo bem.
— Preciso ir, filho — Josiah diz. — A gente se fala à noite, está bem?
— Tudo bem, pai.
— Te amo, Seem — digo, esperando parecer uma pessoa perfeitamente normal quando, na verdade, só quero implorar ao Dr. Cabbot que cuide bem do meu menino.
— Te amo, mãe — Kassim diz e caminha à frente do Dr. Cabbot. Então, a porta se fecha.
— Você está bem? — Josiah pergunta, com a primeira nota de humor evidente em sua voz desde que chegou.
— Não muito. — Afundo no sofá de couro e procuro um chiclete na bolsa para tentar controlar a ansiedade. — Obrigada por vir. Sei que isso significou muito para ele.
— Eu sabia que Kassim ficaria nervoso e queria que ele soubesse que estou cumprindo a minha parte no acordo.
— Apesar de que você não espera conseguir nada com isso, não é? — pergunto, levantando a cabeça para examinar seu rosto.
Ele ergue uma sobrancelha para mim.
— Não disse que uma terapia não é útil para as pessoas. Só acho que não é para mim.
— O que você sabe com base em todas as outras vezes que fez terapia. Agora me lembre quantas vezes isso aconteceu. — Cutuco o queixo, fingindo pensar. — Ah, é. Zero vez.
Seus lábios carnudos se contorcem nos cantos, e ele revira os olhos.
— Estou fazendo isso pelo Kassim, mas não espero nada. A gente conversa mais tarde para ver como foi a primeira sessão dele. Preciso ir.
Sem expectativas. Não foi assim que me senti na minha primeira sessão. Tinha muita esperança de que a primeira terapeuta conseguisse dar um jeito na minha vida, conseguisse dissipar a nuvem negra que pairava sobre a minha cabeça todos os dias quando eu acordava. Só que ela não fez nada disso, e de certa forma, me fez sentir pior. Entendi que o problema não era ela quando, após seis semanas de tratamento, não me senti melhor. Então, só podia ser eu o problema. E quando outros dois meses de tratamento com uma segunda terapeuta não deram nenhum resultado, isso só reforçou a ideia que zumbia em minha cabeça como uma motosserra.
Eu não tinha conserto.
Nunca mais me sentiria feliz.
Seria um fardo e uma vergonha para a minha família e os meus amigos.

Aquela voz continuou sussurrando que as coisas nunca melhorariam. Eu havia me divorciado do homem que sempre amei porque doía demais estar com ele, brigar com ele, doía demais ter mágoas dele... e aquilo não tinha melhorado nada. Que desperdício. Que fracasso.

Não havia nada de errado com aquelas duas primeiras terapeutas. Só não deu liga. Mas com a Dra. Abrams deu, demorou muito para ela me ajudar a silenciar aquela voz, para desligar aquela motosserra que me retalhava por dentro, mas quando consegui, foi um alívio. E é isso o que quero para Kassim. A certeza de que os seus medos são "normais". Que ele está bem mesmo quando não está completamente bem.

Encaro o peixe nadando no mundo subaquático artificial. Minha mente gira com o pensando em Josiah e no que esse passo pode significar para ele, mas sobretudo imaginando como Kassim está se saindo do outro lado da porta com um estranho bisbilhotando a sua mente e o seu coração.

Meu celular toca, me tirando do turbilhão da minha própria contemplação.

— Oi, Hendrix. — Sou a única na sala de espera e, assim, continuo sentada para atender a ligação. — E aí? Deu certo?

— Ah, sim, encontramos os apliques. Vamos fazer as unhas. Pode ser?

— Ah... claro. — Umedeço os lábios, apertando o celular. — Parece que vocês estão se divertindo.

— Maravilha. E ainda vamos passar no Ruby's. Tudo bem?

— Claro. Faça essa garota comer pescoço de porco.

Damos risadas juntas, a gargalhada habitual de Hendrix soa fácil e natural, enquanto a minha parece estar sendo filtrada por um coador. Deja e eu costumávamos fazer as unhas juntas. Tínhamos dias de mãe e filha o tempo todo. Agora não consigo me lembrar da última vez que ela passou um tempo comigo por vontade própria.

— Obrigada, Hen — digo, muito agradecida. — De verdade.

— Garota, não esquenta. — Hendrix faz uma pausa. — Ela é uma boa menina. Sei que vocês duas estão atravessando uma fase ruim, mas vejo muito de você nela e você está fazendo um ótimo trabalho, mesmo que não pareça.

Fecho os olhos e deixo o elogio me envolver. Deixei-o mergulhar fundo e superar a dúvida e a culpa que parecem viver logo abaixo da superfície.

— Obrigada por tudo. Fiquem à vontade. Vejo vocês quando terminarem.

A porta se abre, e Kassim aparece com o Dr. Cabbot.

— Ei, Hen, preciso desligar. Seem acabou de sair. Te amo.

— Também te amo. Beijo.

Eu me levanto e me aproximo de Kassim, segurando o seu queixo e analisando a sua expressão, como se fosse capaz de detectar qualquer mudança após uma sessão de terapia de quarenta e cinco minutos.

— Como foi? — pergunto ao Dr. Cabbot.

— Bem. — Ele sorri para Kassim. — Apenas começando a nos conhecer hoje.

— Tudo bem — digo. — E aí, o que você achou por enquanto, Kassim?

Ele dá de ombros.

— Foi legal. Mas podemos ir embora agora? Tenho um torneio de Halo à tarde.

— Claro. — Pego a minha bolsa na cadeira da sala de espera e entrego a Kassim um chaveiro. — Espere no carro. Eu já vou.

Pela janela, eu o vejo atravessar o pequeno estacionamento. As luzes do meu carro piscam ao ser destrancado. Em seguida, Kassim embarca nele. Eu me viro para o Dr. Cabbot, me forçando a não disparar uma série de perguntas.

— Então, com o que estamos lidando? — pergunto.

— Na verdade, foi só um dia para nos conhecermos — o Dr. Cabbot responde. — Não mergulhamos fundo, mas ficou evidente que Kassim tem alguma incerteza sobre o futuro e um medo muito compreensível de perder as pessoas que ama.

— Mesmo se decidirmos que ele não deve pular uma série, gostei de trazê-lo. Sei o valor de um ambiente seguro para compartilhar os pensamentos e os fardos.

— Que bom que você o trouxe aqui para falar a respeito dos problemas.

É muito reconfortante ouvir isso, mesmo que seja apenas um pequeno elogio. Isso me faz perceber como tenho estado árida por dentro, como tenho precisado de água. A Dra. Abrams sempre diz que preciso ser mais gentil comigo mesma. Com base na maneira como respondi primeiro a Hendrix e agora ao Dr. Cabbot, reforçando que estou fazendo um bom trabalho como mãe, acho que ela pode ter razão.

12

JOSIAH

— Então, me fale um pouco a seu respeito.

Sério?

— Ah, o que você quer saber? — pergunto ao terapeuta sentado diante de mim numa poltrona de couro idêntica à que estou sentado.

— O formulário que você preencheu me disse muito sobre as coisas que aconteceram com você — o Dr. Musa responde, apoiando os cotovelos nos braços da poltrona. — Mas não muito sobre a sua vida, se é que isso faz sentido.

— Se o formulário já disse o que aconteceu comigo, então você não sabe sobre a minha vida?

O Dr. Musa ergue as sobrancelhas escuras acima dos seus óculos de armação preta.

— Não necessariamente. Alguém poderia ter perdido o pai e a mãe ainda muito jovem, perdido a pessoa que o criou, perdido um filho e um casamento, tudo em questão de mais ou menos um ano, e processado isso de maneira completamente diferente. Existem infinitas portas a escolher quando perdemos coisas e pessoas que são importantes para nós. Um milhão de maneiras de passar pelo luto. Eu gostaria de saber quais portas você escolheu.

Deixo escapar uma risadinha hostil diante da catalogação desapaixonada das desgraças que enfrentei na vida.

— Então vamos direto ao assunto, é isso?

— Sou bom em avaliar as pessoas — o Dr. Musa diz, sorrindo. — Sinto que você é um homem que gosta de ir direto ao ponto.

Os dreads caindo até os ombros apresentam alguns fios grisalhos, mas o rosto do qual eles são afastados quase não tem rugas. Ele não deve ser muito mais velho do que eu. Observo as máscaras e os artesanatos africanos decorando as paredes, com certificados e diplomas intercalados entre eles.

— Vejo que você estudou em Morehouse — digo, observando seu diploma de graduação: bacharel em Psicologia.

— Sim. E você?

— Também estudei lá. Graduação em Administração.

— Nada que se compare a Morehouse, hein? — ele pergunta, com o seu sorriso relaxando em torno das experiências compartilhadas específicas dos ex-alunos dessa instituição de ensino historicamente negra e que os outros não entenderiam tão bem.

— Nada mesmo. — Desvio o olhar para os outros diplomas dele: Emory e Yale. — Parece que você é um homem muito inteligente. Todos esses diplomas vão dizer para você o que há de errado comigo?

— Você acha que há algo de errado com você?

— Não, não há nada de errado comigo. — Cruzo o tornozelo sobre o joelho, me divertindo ao olhar para a caixa de lenços de papel na mesa ao seu lado. Não vou precisar deles. — Sem desrespeito pelo que você faz aqui, mas eu não preciso disto. Estou fazendo isso pelo meu filho.

— Seu filho está fazendo terapia indiretamente por meio de você? — Ele abre um sorrisinho. — Não sabia que isso era possível.

— O que eu quero dizer é que o meu filho estava ansioso sobre falar com alguém e eu queria que ele entendesse que não havia nada com o que se preocupar. Que é normal as pessoas fazerem terapia. Então, estou servindo de exemplo para ele.

— Você tem um cartão de presença para eu assinar e mostrar para o seu filho que veio? E talvez a gente possa apenas discutir as chances do time dos Falcons nesta temporada ou relembrar os bons e velhos tempos no campus durante as nossas sessões, já que não há trabalho a sério que precisamos fazer aqui.

Seu sarcasmo arranca um sorriso relutante de mim.

— Eu realmente não quero insultar o que você faz. Minha mulher... ex-mulher... se beneficiou muito fazendo terapia e jura que é verdade. Qualquer coisa que ajude as pessoas de quem eu gosto, sou totalmente a favor.

— Que tal começarmos por aí?

— Começar por onde?

— A sua ex-mulher. Você disse no formulário que está divorciado há quase dois anos. Como tem sido isso?

Fico tenso. Uma coisa é vir aqui para algumas sessões até Kassim se sentir à vontade, mas outra é esse estranho começar a cavar em cavernas que fechei com pedras do tamanho de rochedos.

— Está tudo bem. Ela está bem. Ela recebeu a ajuda de que precisava. — Me mexo, colocando ambos os pés no chão. — Nós formamos um grande time. Criamos os nossos filhos juntos. Administramos o nosso negócio juntos. Está tudo bem.

— Parece tudo muito amigável e cordial.

— Por que não seria? Não queríamos sacrificar os nossos filhos e o negócio que trabalhamos tanto para construir só porque ela não... — Pigarreio. — Porque nós não queríamos continuar casados.

— Foi ela quem pediu o divórcio, foi você ou foi mútuo? — ele pergunta e pega o bloco de anotações. — Raramente é mútuo.

— Você faz essas perguntas intrusivas a todos os seus clientes na primeira sessão? — pergunto, bastante irritado.

— Até tenho umas luvas de pelica por aí em algum lugar — o Dr. Musa ironiza, percorrendo o consultório com os olhos. — Posso usá-las se você preferir, mas parece que você não planeja vir a muitas sessões. Achei melhor aproveitar ao máximo o tempo que temos.

Por um tempo, nós nos encaramos num silêncio que fica mais tenso conforme se prolonga. Estou decidido a não o quebrar, a não dar nada ao Dr. Musa. Por que eu daria? Nunca vi esse filho da mãe, e ele quer fuxicar a minha cabeça? Arrastar para fora toda a merda que guardo em compartimentos bem organizados para conseguir um pouco de paz? Ele quer chacoalhar tudo isso, mas ele não teria que lidar com as consequências. Eu teria.

— Me fale um pouco sobre a sua ex-mulher — ele finalmente diz para quebrar o nosso silêncio. — Como ela se chama?

Eu não relaxo. Não tiro os olhos dele, como se ele fosse um caçador preparando uma armadilha e eu tropeçaria nela se fosse descuidado.

— O nome dela é Yasmen — respondo, me recostando e cruzando os braços.

— Por que você se casou com ela?

Porque ela foi a melhor coisa que já me aconteceu.

Já é ruim o suficiente deixar este pensamento escapar da gaiola e entrar na área comum da minha mente. Não vou falar essa merda em voz alta. É um absurdo ingênuo e romântico, e a versão de mim que conheceu Yasmen, que se apaixonou por ela quase à primeira vista, pode se safar dessa bobagem piegas, mas o cara que a viu partir em incrementos todos os dias durante um ano, que implorou para ela ficar e teve que aceitar que ela ia embora, é capaz? Esse cara não tem permissão para se entregar a pensamentos suaves e melosos sobre a minha ex-mulher.

— Eu queria transar com ela todos os dias pelo resto da minha vida — respondo, meio brincando. — Ela é muito bonita. É uma boa razão?

Ainda que absolutamente verdadeira, a resposta deixa muito de fora, e posso dizer que o Dr. Musa reconhece uma versão resumida quando ele a ouve. Ele solta uma risada, balançando a cabeça.

— Se isso for verdade, e isso é tudo o que vocês tinham juntos, então não me surpreende que vocês tenham se divorciado. Deve ter enjoado.

— Eu sei o que você está fazendo. Essa técnica de psicologia reversa não funciona comigo.

— A psicologia reversa supõe que apresentar a crença oposta persuadirá alguém a compartilhar a sua crença real. Se este for o caso, você está dizendo que eu acredito que o seu casamento se baseou em mais do que apenas o quanto queria transar com a sua mulher. — Ele puxa uma pasta debaixo do seu bloco de anotações, abrindo-a. — Então você se cansou dela? Talvez ela tenha deixado de se cuidar depois de duas gestações.

— Três — corrijo de imediato. — Três gestações.

A lembrança de mais uma perda, mesmo que dita baixinho, cai no consultório como uma bomba.

— Claro, três — ele afirma, suavizando o tom.

Eu não quero dar a ele nem isso, mas há algo dentro de mim que resiste basicamente a qualquer um falar sobre Yas, sobre o que tivemos, em termos tão indiferentes.

Mesmo que eu tenha começado.

— Ela não deixou de se cuidar, como você disse, mas não teria importância se ela tivesse. Eu não teria me importado. Ela sabia disso.

— Então me conte o que aconteceu.

— Nós, hã, passamos por uma fase difícil, como você já sabe. — Aceno para a pasta em seu colo, que compacta uma vida inteira de dor num maço de papel e tinta, quando, na verdade, era algo volumoso que teria consumido toda a minha existência se eu tivesse deixado. É mais seguro comprimir entre as páginas do que liberar para vagar e devastar. Ao longo dos anos, aprendi que esse tipo de dor deve ser contido.

— Fale um pouco sobre a perda da sua tia.

Observando-o com cautela, fico tenso na poltrona.

— O que você quer saber?

— O que você quiser me dizer.

— Isso parece uma desculpa — murmuro, mas me permito dar um meio sorriso.

O Dr. Musa usa a outra metade do meu sorriso.

— Talvez, mas prefiro que você me diga o que parece certo na superfície para você. Se eu precisar ir mais a fundo, irei.

— Entendo. A minha tia me criou. Eu tinha apenas oito anos quando os meus pais morreram num acidente de carro. Um engavetamento na interestadual. — Esfrego as mãos no rosto. — Ela era a irmã mais velha do meu pai. Morávamos no Texas. Eu só tinha visto a minha tia algumas vezes, mas ela se responsabilizou por mim logo de cara, porque não havia mais ninguém. Eu teria entrado no sistema de adoção se ela não tivesse me levado para Atlanta com ela.

— Uau. Isso é admirável. Como era a sua relação com ela?

Não consigo conter um sorriso largo. Pensar em Byrd traz dor, mas não vou ignorar a alegria que ela trouxe não só para a minha vida, mas para todos que a conheciam.

— Ela não era uma típica guardiã. Ela deve ter me dado muita liberdade, porque era independente demais e odiava que as pessoas dissessem a ela o que fazer. — Meu sorriso desaparece e a dura realidade da sua ausência ressurge. — Éramos uma família, mas também éramos amigos. — Pigarreio e olho para as minhas botas pretas de cano curto. — Ela estava lá e, de repente... não estava mais. Um infarto fulminante. Eu... bem... eu a encontrei.

— Sinto muito, Josiah. Deve ter sido difícil.

— Sim. Ela estava na cozinha. — Solto uma risada rouca. — A comida era a linguagem do amor dela. A melhor cozinheira que já conheci.

A melhor pessoa que já conheci.

— Ela costumava carregar pacotes fechados de meias e roupas íntimas de todos os tamanhos no carro para que, quando os sem-teto pedissem dinheiro em semáforos ou em qualquer lugar, ela pudesse oferecer para eles.

— Parece uma pessoa fantástica.

— Ela era. Outro dia, vi uma mulher sem-teto no centro da cidade. Ela não estava usando sapatos. As suas roupas estavam... era óbvio que ela estava passando por dificuldades. E tudo o que consegui pensar foi: O que Byrd faria? Como ela ajudaria? Yasmen ainda carrega meias e roupas íntimas no carro por causa disso.

— Elas eram próximas? A sua ex-mulher e Byrd?

— Ela era como uma segunda mãe para Yas. Elas eram muito próximas. Quando a minha tia conheceu a Yasmen, falou para eu não deixar que ela escapasse.

— E o que você disse?

Meu sorriso se esvai, a amargura endurece minha boca.

— Disse que nunca deixaria a Yasmen escapar, mas ela escapou, não foi? Pode rir.

— Desculpe perguntar, de quantos meses a sua ex-mulher estava quando perdeu o bebê?

— Trinta e seis semanas. — Agarro os braços da poltrona. — Ela estava sozinha no restaurante. Pronta para fechá-lo. Eu disse para ela... — Balanço a cabeça e cerro os dentes para reprimir palavras que possam parecer que eu culpo Yasmen pelo que aconteceu. Eu não a culpo. — Pedi para ela deixar outra pessoa fechar, mas a Yasmen estava sempre envolvida. A gravidez dela foi tranquila. Sem complicações. Nunca lhe ocorreu que algo assim poderia acontecer. Nem a mim. Eu não estava na cidade. — Faço um movimento circular com os ombros, tentando aliviar a tensão, desejando poder me livrar da culpa. — Droga. O nosso tempo não acabou? Tipo, já é hora de ir embora?

— Acabamos de começar — o Dr. Musa diz. — Você estava dizendo que não estava na cidade. Onde você estava?

— Eu estava numa maldita convenção em Santa Bárbara.

Se eu pudesse voltar no tempo, teria cancelado aquela viagem. Yasmen ainda não estava prestes a dar à luz. E nós dois concordamos que seria melhor para o nosso restaurante se eu participasse da convenção, mas assim que o avião decolou, tive um mal pressentimento. Fiquei enviando mensagens e ligando para ter certeza de que ela estava bem. Nessa época, já tínhamos enterrado a tia Byrd. Talvez fosse a fragilidade da vida que me deixou ansioso, tendo acabado de perder alguém que eu amava tanto. Talvez fosse uma premonição. O que quer que fosse, isso me manteve acordado na primeira noite no hotel. No dia seguinte, quando alguém do hospital ligou para dizer que a Yasmen tinha perdido o bebê, um pensamento torturante passou pela minha cabeça.

Eu deveria estar lá.

Se eu estivesse lá, Yasmen não teria ficado para fechar. O restaurante não estaria vazio. Ela não teria caído. Aqueles momentos preciosos em que Henry não estava conseguindo respirar não teriam sido perdidos com o celular dela em outro cômodo.

E então ele se foi.

— Você quer falar sobre essa viagem, Josiah? — o Dr. Musa pergunta com a sua voz baixa e gentil interrompendo o fluxo turbulento dos meus pensamentos.

Engulo a emoção que queima minha garganta. Viu só? É por isso que não faço esta droga de terapia. É por isso que quero deixar as minhas coisas em paz.

Mas será que elas ficam mesmo em paz?

— Você acha que as perdas que você sofreu tão próximas umas das outras contribuíram para o fracasso do seu casamento?

— Pode-se dizer que sim. Eu sabia que as coisas estavam muito ruins, mas uma noite ela simplesmente...

Eu costumava alternar entre bloquear os acontecimentos da noite em que Yasmen terminou tudo e reproduzi-los várias vezes na mente, analisando se havia algo que eu poderia ter feito ou dito de maneira diferente e que teria mudado o resultado. Que isso teria nos salvado.

— Você quer falar sobre essa noite? — o Dr. Musa pergunta. — Temos bastante tempo.

De jeito nenhum.

Por que eu iria expor uma das noites mais dolorosas da minha vida para esse estranho? Minha boca está aberta e a recusa está na ponta da língua, mas uma imagem se intromete, abalando a minha certeza absoluta de que esse cara não pode fazer nada por mim. É a imagem de Kassim entrando no consultório do Dr. Cabbot, olhando para trás por cima do ombro para a mãe e para mim. Nervoso, assustado, indeciso, mas seguro de si, porque Yasmen disse que tudo bem não estar sempre bem.

Você também, papai?

Eu também.

Pigarreio, engolindo a resposta afiada que planejei dar para o Dr. Musa e olho para as mãos agarradas aos joelhos.

— Você quer falar sobre essa noite? — o Dr. Musa repete, com a voz baixa como seu fosse um animal arisco que poderia escapulir.

— Claro — respondo finalmente, esperando não me arrepender. — O que você quer saber?

O Dr. Musa dá uma olhada em seu relógio e sorri.

— Temos tempo suficiente para tudo.

13

JOSIAH: NAQUELA ÉPOCA

Dirijo devagar para casa após fechar o Canja, mal registrando todas as coisas que tanto nos encantaram em Skyland quando nos mudamos para cá. Minha mente ainda está fervilhando. O meu dia começou antes de o sol nascer e está terminando muito depois de ele se pôr. Viro na Quadra Um, a rua onde moro, ladeada por casas de mais de um milhão de dólares adornadas com gramados bem cuidados e arbustos bem podados. Era o cenário perfeito para todas as nossas ambições. Não dá para morar no coração de Skyland sem pagar o preço da localização, e o preço é alto. Se as coisas tivessem se desenrolado conforme o planejado, não teríamos problema em pagar esse preço, mas tudo deu errado e a nossa hipoteca se tornou um fardo pesado. Mentalmente afogado num mar de contas e boletos vencidos, quase não percebo o papel branco fixado no portão da garagem.

— O que diabos é isso? — murmuro, observando a nossa grama um pouco crescida demais e os arbustos não podados. O jardineiro paisagista que presta serviços para a maioria das casas da nossa rua estava programado para vir hoje. Saio do carro e pego o bilhete.

Cheque sem fundos.

Está escrito no papel manchado de grama e lama, rude e ofensivo. Um rastro enlameado de vergonha e fúria passa pela minha mente. Eu não tinha um cheque devolvido desde o tempo da faculdade, e agora que moro numa rua de casas milionárias, isso acontece?

Pego o celular para consultar o nosso saldo. Com certeza, a nossa conta está no vermelho. Para economizar, enquanto tentamos nos reequilibrar após a morte de Byrd, Yasmen e eu tivemos que fazer cortes em nossos salários. Isso fez sentido, ainda mais porque ela mal aparecia no Canja depois que perdemos Henry. Com a redução da nossa renda, tive que cortar gastos em algum lugar, e eu não ia reduzir o salário dos nossos funcionários. Eles tinham famílias e responsabilidades. Podemos enfrentar isso melhor do que eles.

Ou achei que poderíamos.

Tirar Deja e Kassim da Harrington pareceria mais uma admissão de fracasso, mas talvez tenhamos que fazer isso.

Amasso o papel, com emoções tão emaranhadas quanto estes arbustos. Minha vida está tão malcuidada quanto eles. Mais uma coisa com a qual terei que lidar amanhã.

Entro na nossa casa dos sonhos e logo quero dar meia-volta e ir embora. As cortinas pendem como se estivessem tomadas de tristeza. Os pisos estão encerados com ela. Ela paira pesada e pungente no ar. Prefiro trabalhar no restaurante quatorze horas por dia a lidar com o trabalho de luto nesta casa. Os últimos meses têm sido um buraco negro. É claro, todos nós precisamos de tempo, mas há algo muito sombrio, frio e desolador no lugar onde Yasmen está agora. Não consigo alcançá-la. Quero agarrá-la e arrastá-la de volta para a nossa vida, ou o que resta dela. Quero implorar para que ela a recrie comigo. Para que ela reconstrua a reputação do restaurante comigo. Sempre fomos parceiros. Estou sendo egoísta ao querê-la ao meu lado de novo? Ou será que estou apenas solitário? Frustrado? Amargo? Tudo isso ao mesmo tempo?

Pois é, tudo isso. Eu me odeio por me sentir assim.

Solto um suspiro pesaroso, com os ombros caídos após enfrentar o dia e ainda ter que enfrentar o que resta da noite. Ao subir a escada, tenho a impressão de que estou escalando o Everest. Dou uma espiada nos quartos das crianças. Deja e Kassim dormem serenamente. É difícil protegê-los do nosso desmoronamento, porque se não estamos pisando na superfície congelada e silenciosa de um lago, estamos nos debatendo em fontes termais, gritando como se não houvesse amanhã. Não consigo acreditar que somos nós. Dissemos que ficaríamos um ao lado do outro até o fim, até que as rodas caíssem. Ultimamente, o nosso casamento parece um carro desgovernado, e nós dois agarramos o volante, tentando recuperar o controle do veículo e evitando por pouco um acidente catastrófico todos os dias.

Ao chegar nosso quarto, vejo que está vazio. Sei que Yasmen está no quarto do bebê. Com os meus sapatos parecendo que têm solas de chumbo, vou até o aposento ao final do corredor que tínhamos usado como escritório antes de precisarmos dele para o bebê. Sugeri que guardássemos os móveis do quarto do bebê até decidirmos o que fazer com eles. Precisamos repintar o espaço e recolocar a escrivaninha e a impressora. Remover todos os vestígios do que esperávamos que este quarto fosse, mas Yasmen surtaria se eu sugerisse isso. Fico parado à porta do quarto, observando-a, sobrenaturalmente imóvel na cadeira de balanço, como se tivesse deixado o corpo para trás e estivesse em outro lugar. Uma luminária em forma de carrossel que compramos após a primeira ultrassonografia de Deja está sobre a mesa, girando devagar, espalhando luz e lançando sombras nas paredes.

— Está tarde, amor. — O cansaço faz o nome carinhoso pesar nos meus lábios. — Venha para a cama.

Na verdade, não posso culpá-la por escolher qualquer outro lugar diferente daquele lado frio do colchão em nosso quarto. Na cama king-size, os nossos corpos não precisam se tocar, na verdade, não se tocam mais, mas parece que não é grande o suficiente para nós dois e os fantasmas que monopolizam as cobertas.

Ela não vira a cabeça para olhar para mim. Seu olhar permanece fixo na parede. Sinto um aperto no peito sempre que vejo a letra cursiva — a caligrafia de Yasmen —, um alegre azul-bebê contra a tinta cinza escura que escolhemos para o quarto de Henry.

Eu sei dos planos que tenho para você... Para lhe dar esperança e um futuro.

Deja e Kassim tinham um versinho infantil para cada um em suas paredes, mas Yasmen viu esse versículo de Jeremias 29:11 num cartão de felicitações em algum lugar e quis usá-lo para decorar o quarto de Henry.

— Você alguma vez pensa nele? — Yasmen pergunta, ainda sem olhar para mim, com a voz assustadoramente firme.

Eu me apoio na parede e cruzo os braços, uma posição de defesa frágil para um coração partido que eu ainda não descobri como expressar.

— É claro que penso.

— Você nunca fala sobre ele. — A acusação endurece suas palavras suaves. — Você nunca chorou por ele.

Não tenho defesa contra isso, porque Yasmen tem razão. Por mais que tivesse doído perder Henry, por mais que a dor tivesse abalado as minhas entranhas, nunca derramei uma lágrima. Nem mesmo em seu enterro, carregando um caixão tão pequeno que me despedaçou só de pensar nele lá dentro. Nenhuma lágrima. Nenhuma rachadura. A princípio, eu me convenci de que estava sendo forte para todos os outros, mas depois percebi que não conseguia chorar. Por mais aguda que fosse a minha dor por dentro, a minha incapacidade de expressá-la me fez sentir como se eu fosse um robô ou um monstro.

E é assim que Yasmen me vê agora quando finalmente vira a cabeça para me olhar nos olhos. Como se eu fosse alguma espécie de androide incapaz de se compadecer da dor humana dela.

Yasmen retorce o tecido sedoso da camisola com os dedos. Não, não é uma camisola. É um baby-doll. Algo que eu não via há muito tempo. Não, nunca. Nunca vi esse baby-doll antes. É novo? Ela comprou algo novo? Algo sexy e novo? Para ela? Para mim? Para nós? Mal cobrindo as suas curvas generosas, a seda, fina e transparente, se agarra ao volume dos seus quadris e pressiona os seus seios. Yasmen se levanta, deixando a cadeira de balanço e atravessando o quarto para ficar na minha frente. Eu me forço a ficar encostado na parede, a não a atacar do jeito exigido pelos meus instintos. A luminária lança uma luz suave e cintilante em seu corpo, tocando a leve curvatura dos seus ombros sob as alças finas, acariciando a plenitude dos seus seios e os seus mamilos que se destacam sob a seda.

Eu quero transar com ela.

Rápido. Bem aqui. Uma transa tão intensa e febril que faríamos a parede tremer. Eu gozaria rápido, porque faz tanto tempo. E então cambalearíamos até a cama e faríamos de novo. Devagar. Saboreando um ao outro, porque quase esqueci o sabor e o som do prazer dela. Levaria a noite toda para me lembrar. É como se Yasmen pudesse ler os meus pensamentos. A promessa brilha como ouro em pó em seus olhos escuros como a noite. Ela chega tão perto que sinto o cheiro do óleo perfumado que ela adiciona ao banho e passa pelo cabelo. Ela empurra os meus braços para baixo e se encosta em mim, corpo a corpo. Seus seios pressionam o meu peito. Ela fica na ponta dos pés, olha nos meus olhos e aproxima a boca para capturar a minha. Primeiro o lábio superior entre os dela e depois o inferior. Devagar, Yasmen desliza a língua para dentro da minha boca, arrancando um gemido de mim. Esse beijo é o nosso ritual. Uma sucção suave. Um entrelaçamento lento e faminto. Adoro beijá-la. Sempre adorei. Não como um prelúdio para o sexo. Não com ela. Apenas o ato de saborear, tocar os seus lábios, amá-la em cada carícia e cada respiração.

— Me foda, Si — ela pede, ofegante, com as palavras envoltas em menta e atrevimento.

Seu corpo está mais cheio desde a última gravidez. Seus seios estão mais redondos e pesados. Testo o peso deles em minhas mãos e acaricio os seus mamilos com reverência.

— Meu Deus, amor. Sim.

Essas são as únicas palavras que consigo pronunciar, porque é tudo o que eu queria e não conseguia me obrigar a pedir. Não quando Yasmen se sentia triste demais. Não quando o mundo estava em chamas e todos os navios afundavam. Eu achava que o sexo não podia ser a coisa mais importante. O principal era ela ficar bem e se sentir melhor. Mas eu estava enganado, porque o sexo parece urgente. O arranhão dos seus dentes em meus lábios é fundamental. O movimento da sua língua dentro da minha boca é necessário. Cada respiração parece um suspiro antes da morte, e o meu coração dispara, correndo para acompanhar o desespero tanto das suas mãos, acariciando o meu peito, como dos seus dedos, firmes e seguros em meu zíper. Arrasto o baby-doll de seda por sua coxa, imaginando as pernas firmes e nuas envolvendo a minha cintura. Hesito, sabendo onde quero tocá-la, mas ainda sem saber se ela quer isso. Já faz muito tempo e esta é a primeira vez que ela demonstra interesse em transar.

— Isso. — Yasmen suspira, espalhando beijos pelo meu queixo e chupando o meu pescoço. — Me toca onde eu gosto.

Deslizo os dedos até lá e depois para dentro. Faço uma pausa. Sei como Yasmen se sente quando quer isso. Ela está molhada, e escorregadia, e lubrificada. E de repente, a excitação se esvai. O novo baby-doll. A forma como ela está recém-depilada e aveludada entre as pernas. Até mesmo o hálito de menta à meia-noite. Tudo isso parece calculado. Premeditado, e não desesperado. Errado, e não cru.

Com a testa franzida, Yasmen recua um pouco para examinar o meu rosto na penumbra.

— Vamos.

— Por quê? — pergunto, mesmo sabendo. Temo a sua resposta, evitei esta conversa, mas sabia que teríamos que tê-la. Mais uma briga.

— Por quê? — Ela ri, ofegante e nervosa. Olha para o chão e morde o lábio. — Eu quero outro bebê.

— Não! — impulsivamente a palavra dispara de mim, assustando a nós dois. Seus olhos arregalados encontram os meus. — Chega de bebês.

Chega de perdas. Chega de morte. Chega de riscos. Chega de lutos.

— Yasmen, a médica disse...

— O quê? — Ela se afasta mais um pouco, a confusão se transformando em desprezo. — Que é arriscado? Que eu posso...

— Morrer? — A minha alma expele a palavra, que ricocheteia nas paredes do quarto de Henry. — É isso o que você quer que esta família enfrente? Outra morte?

Yasmen ignora e volta a se pressionar em mim. No desenho da sua boca, na firmeza da sua mão que tenta agarrar o meu pau, há a confiança de que o meu desejo e do jeito que eu sempre a quero vai se sobrepor a todo o resto, vai anular as minhas objeções. E houve um tempo em que a suavidade feminina, o peso perfeito dela contra mim, teriam sido suficientes, mas quando Yasmen entra em contato comigo, eu sei o que ela encontrará.

— Qual é o problema? — ela pergunta, com o rosto suave e belo marcado pela consternação. — Você quer isso.

Nesse tempo todo, eu não fiquei excitado. Não fico excitado há muito tempo. Os beijos famintos, as línguas inquietas e as respirações entrecortadas: é tudo real. Tudo um clamor por proximidade, por intimidade, por contato que não tínhamos desde o dia em que ela voltou do hospital de mãos vazias. Eu queria querer isso, mas o meu corpo não responde. Sempre tivemos isto: o fogo que se acende ao menor toque. Em um piscar de olhos. Perdemos até isso.

Nós somos um desastre. Ela, planejando me seduzir para conseguir um bebê que nunca poderemos ter. Eu, buscando o fogo que costumava inflamar entre nós, e encontrando apenas cinzas. O que quer exista entre nós agora está seco e flácido.

— Por que você iria querer outro filho? — ela pergunta, com o tom de voz se elevando. — Você nem sequer queria o Henry.

— Isso é mentira! — exclamo, com a raiva chamejando com a injustiça da sua flechada certeira. — Que merda é essa, Yas?

— O que eu deveria pensar? Você nem estava lá.

— Não é justo. Você... — Me interrompo e respiro fundo. — Você me disse para ir àquela convenção, e sabe disso. Você não estava prestes a dar à luz. Não poderíamos saber...

— Que eu quase morreria sozinha? Que eu perderia o nosso filho por ter caído no chão? — A histeria matiza a sua voz em tons de tristeza. — Que eu iria...

Eu a puxo para perto, segurando de uma maneira que eu não estava lá para segurar quando foi preciso. Ela me odeia por eu não ter estado lá quando ela precisava de mim? Não tanto quanto eu me odeio.

Yasmen se contorce em meus braços, se debatendo como se eu a estivesse prendendo, e não confortando.

— Me solta. Não quero que você me toque.

Meus braços ficam frouxos de repente.

— Um minuto atrás você estava me implorando para transar com você.

— Eu quero um bebê, Si — ela afirma, com as lágrimas regando as suas palavras mesmo quando a voz fica mais alta. — Apenas me dê outro bebê e nós...

— Eu sou o quê? O seu garanhão ou o seu marido?

— Você está sendo irracional. Você quer brigar. Eu só quero...

— Transar. Já entendi. Para que você possa ter um bebê, não importa o que eu queira. Não importa o risco. Apesar do que a médica disse.

— Eu voltei a falar com a médica e ela...

— Sem mim? Você consultou a médica a respeito de ter outro bebê sem nem discutir isso comigo?

Agarro sua mão e a puxo para fora do quarto do bebê, atravesso o corredor, desço as escadas, passando pela sala e cozinha, levando-a até a garagem. Longe dos ouvidos curiosos dos nossos filhos, a garagem se tornou o nosso ringue de boxe. Onde chegamos a gritar e berrar quando quebramos os nossos silêncios glaciais. Em nosso endereço nobre, o Acura MDX de Yasmen está graciosamente parado ao lado do meu Range Rover, e deveriam ser o símbolo dos nossos sonhos. Mas, em vez disso, a garagem é um congelador que abriga monstros metálicos cujos faróis iluminam as nossas inadequações e que fecham a cara para o quão ingênuos fomos ao pensar que isso seria suficiente.

— Não vamos ter outro bebê, Yas — digo num tom rude e inflexível. Não posso perder mais uma coisa. Mais uma pessoa. Não posso perdê-la. Eu não sobreviveria a isso. — Não vai acontecer. É inacreditável que, depois de tudo o que esta família passou, você nem considerou isso.

— Nós dissemos que queríamos ter uma família grande. Você não quer mais isso?

— Podemos ter uma família tão grande quanto você quiser. — Pego a sua mão. — Podemos acolher, adotar...

— Não. — Ela larga a minha mão, contorna o seu carro, olha para mim por cima do teto, incongruente em seu baby-doll, cercada pelo soprador de folhas, mangueira de água e o cortador de grama. — Eu quero... eu preciso...

Yasmen balança a cabeça, com a expressão frustrada. Sei o que ela quer. Uma nova oportunidade. Uma chance de sentir um bebê chutando, se movendo dentro dela. Ver aquele bebê sair vivo do seu ventre. Não como Henry saiu. Quieto. A alma dele já tinha partido.

— Ter outro bebê não vai resolver o que está errado, Yas.

— E o que está errado? — Sua risada corta o ar frio. — Você quer dizer, o que está errado comigo?

— Eu não disse que há algo errado com você, mas se esconder o tempo todo no quarto do bebê não está ajudando. Correr para ter outro bebê não vai ajudar.

— Eu estou me escondendo? E quem é que mora no restaurante porque nem sabe mais como é estar nesta casa? E não é só o Henry. Você não reduziu o ritmo desde a morte da Byrd. Você não para um minuto. Nunca reserva um tempo para ficar de luto. Você também não chorou por ela.

— Pare com isso.

— Você tem que ouvir isso. Pode ser que eu esteja presa, Si. Pode ser que eu mal consiga sair de casa na maioria dos dias e pode ser que eu esteja enlouquecendo.

— Eu nunca disse que você está enlouquecendo.

— Bem, é assim que parece, mas pelo menos estou me permitindo sentir tudo. Cada pedacinho. Henry e Byrd merecem isso, os dois. Eu não tenho medo de lamentar, sofrer, ficar de luto.

— Você acha que eu não sofro? — A raiva, a descrença e o ressentimento dividem as minhas palavras ao meio. — Só porque eu não me encolho na escuridão todos os dias, mal sendo capaz de funcionar? Eu não sofro?

— Cala a boca! — A dor na sua expressão me atravessa, ecoa ao nosso redor, absorvida pelas paredes forradas de prateleiras da garagem.

— Não podemos nos dar ao luxo de entrar em colapso — continuo, impulsionado por minhas próprias defesas. — Quem você acha que está mantendo um teto sobre a nossa maldita cabeça? — pergunto e golpeio com a mão o capô do carro entre nós. — Eu! Quem está mantendo as portas do nosso negócio abertas? — Eu!

— Você tem tudo sob controle, Si! Por que você precisa de mim?

— Eu não preciso.

As palavras escapam antes que eu tenha tempo de pensar no efeito que terão. Como elas vão ecoar no frio aprisionado nestas quatro paredes sem ter para onde ir.

— Tudo bem — ela diz, com uma risada desprovida de humor. — Porque você tem o mundo inteiro funcionando como uma máquina bem lubrificada.

— Uma máquina bem lubrificada? — Tiro do bolso o bilhete que estava pregado no portão da garagem e o estendo para ela, segurando-o. — Nem sequer temos dinheiro para pagar o jardineiro, Yas. O restaurante está dando prejuízo e a cozinheira medíocre que temos pediu demissão. Estou trabalhando quinze horas por dia.

O choque em seu olhar vai do meu rosto para o papel amassado em minhas mãos.

— Por que você escondeu tudo isso de mim? — ela pergunta, com um tom inexpressivo. — Porque sou tão louca ou tão frágil que sofreria um colapso?

— Por que escondi tudo isso de você? Faz meses que você não se interessa por nada, amor — aponto —, exceto aquele maldito quarto de bebê. Mal tem prestado atenção nas crianças.

— Eu cuido dos meus filhos! — As palavras soam altas e estridentes. — Você não faz ideia do meu esforço para sair da cama na maioria das manhãs, mas eu saio. Tudo dói, mas continuo fazendo isso.

Sou silenciado pelo som da sua aflição, pela profundidade da sua dor. O quão abrangente ela é. Ainda.

— E eu tentei com você, mas você nunca está aqui. Você está ocupado salvando o mundo, para que todos nós sejamos gratos. Bem, quer saber, Si? — Ela avança em direção ao portão da garagem, num turbilhão de seda e fúria. — Eu não sou grata. Estou cansada.

— De mim? Você está cansada de mim? — eu a questiono, enquanto ela se afasta.

Yasmen olha por cima da curva suave e marrom de um ombro e não responde com palavras, mas o seu ressentimento e a sua raiva confessam a verdade. Ela atravessa o portão da garagem e entra em casa sem dizer uma palavra.

E é demais. Sua indiferença e a amargura. Meu corpo se recusa a cooperar, a fazer o que deveria fazer. Não chora quando alguém morre. Não tem uma ereção quando a minha mulher quase nua, a quem eu amo como a minha própria respiração, me toca e me beija. A fúria circula pelo meu sangue, que corre quente e ágil do meu coração até as minhas mãos e pés. Vou até a fileira de armários ao longo da parede da garagem e abro uma das portas com força, examinando o conteúdo até encontrar o que procuro. Um pincel e uma lata de tinta rosa que sobrou da reforma do quarto de Deja. Pego-a pela alça, sentindo o peso da lata meio cheia, atravesso o portão da garagem em disparada e entro na cozinha. A raiva e a adrenalina impelem minhas pernas cansadas escada acima, de dois em dois degraus, e percorro o corredor até o quarto do bebê. Com certeza, Yasmen está lá de novo, encolhida na cadeira de balanço com um cobertor cobrindo o seu corpo seminu. Calado, me aproximo da parede onde está o verso e, com uma pincelada rápida, começo a cobrir as palavras.

— O que você está fazendo? — Yasmen corre e tenta pegar o pincel, que seguro acima da cabeça, fora do seu alcance.

Golpeio rápido o pincel contra a parede, arrastando-o sobre os desejos que tínhamos para Henry e que morreram com ele.

Yasmen chora, me empurrando, batendo em meu peito, esmurrando minhas costas.

— Eu te odeio. Não acredito que...

Prendo os seus braços ao lado do corpo, pressionando-a contra a parede úmida, sem me importar com a tinta rosa manchando o seu baby-doll e o meu terno.

— Eu não quero mais isso — ela diz, com lágrimas rolando pelo rosto. — Não podemos continuar assim. Eu quero... eu preciso do divórcio.

Fico completamente paralisado, com o sangue congelando nas veias ante a palavra que nunca esperei ouvir dela.

Até as rodas caírem.

— Você não quis dizer isso. — Engulo o nó quente na garganta. Finalmente, as lágrimas podem vir.

— Só sei que me sinto muito triste o tempo todo. Dói o tempo todo. — Seus ombros tremem pelos soluços, seu rosto se contorce pela intensidade das suas emoções. — Fico imaginando se a tristeza que sentiria sem você doeria menos do que a que sinto com você.

— Eu faço você sofrer?

— Sim — ela sussurra, fechando os olhos sobre as lágrimas que rolam pelo seu rosto.

— Você não me ama mais?

— Não consigo encontrar o amor. Não consigo encontrar o nosso amor. Está enterrado sob toda essa dor.

— Não está enterrado. Eu não preciso procurá-lo. Eu não quero o divórcio. Eu te amo, Yas, e você me ama. Estamos passando por um momento difícil, mas dissemos que ficaríamos juntos até o fim, até as rodas caírem.

— Olhe para a gente — ela diz, olhando para baixo, onde eu pressiono o seu corpo contra a parede com tinta fresca. — Você nos ouviu hoje? É isso que queremos que os nossos filhos vejam? Eu disse que te odiava, mas não odeio. Ainda não, mas se continuarmos assim, vou odiar, Si. E você vai me odiar.

— Nunca seria capaz de te odiar. — Passo um dedo em seu rosto úmido. — Eu vou te amar até a morte. Nós dissemos até que a morte nos separe.

— A morte está nos separando. — Sua risada amarga e curta. — Presumimos que teriam que ser as nossas mortes que acabariam com isso. Acontece que foi a deles.

— Nós fizemos votos.

— São palavras, e não paredes. Elas não defendem. Elas não garantem. Elas não nos protegem da vida. Da dor. De como as coisas mudam. Eu não quero ficar nisto só porque dissemos que ficaríamos. Preciso parar de sofrer. E estar com você agora dói.

As palavras me golpeiam com a agudeza da verdade. Percebo na sua voz que ela acredita nisso. De todas as coisas que a machucam, estar comigo é a que mais dói. Ela se debate em meus braços, tentando se desvencilhar. Eu a agarro com mais força por instinto, segurando-a junto a mim, prendendo-a contra a parede.

— Me solta — Yasmen sussurra, as lágrimas embargam sua voz e brilham em seu rosto. Ela não quer dizer apenas neste momento. Ela quer dizer para sempre, e por mais forte que eu tenha sido diante de tudo, a perda de Byrd, a perda de Henry, o esforço para manter o nosso negócio, não sei se sou forte o suficiente para abrir mão de Yasmen.

Nós nos entreolhamos, e a tristeza nos seus olhos engolem o dourado. Eu achava que as manchas mais claras em seus olhos escuros significavam que ela poderia resplandecer na noite mais escura. Agora não há luz nos olhos voltados para os meus. Com o lábio inferior trêmulo, ela cerra os dentes, procurando conter novas lágrimas. Meus braços estão doendo pela tensão de segurá-la, de aprisioná-la.

Aos poucos, alivio a pressão, dou um passo para trás, dando espaço para Yasmen se mover. Imediatamente, ela abandona o círculo dos meus braços e se dirige para a porta. Olha para a parede, e eu também, para as listras rosa-choque de um otimismo irritante através da tinta cinza-escura, ocultando o verso. A vergonha embrulha o meu estômago. É claro que precisamos seguir em frente, e parte disso será dar um novo propósito a este quarto, mas o jeito que fiz isso, num acesso de raiva, parece que eu o eliminei. A tinta escorre pela parede em filetes espessos, lacrimejando sem controle ao longo da superfície e manchando o carpete. É um muro das lamentações. Mesmo essa coisa plana e inanimada consegue chorar, mas eu não.

— Falei a sério, Si — ela diz, baixinho, mas com determinação suficiente para que as palavras penetrem fundo em meu coração, acorrentadas a uma âncora. — Eu quero o divórcio.

O quarto está tão quieto e abafado como um túmulo. Sinto dificuldade para respirar. A verdade impossível do que ela está me pedindo para fazer, para desistir, cai sobre mim com a força de um rochedo. Cambaleante, me dirijo até a cadeira de balanço, me afundo em sua almofada, sofrendo pela perda do filho que nunca cheguei a conhecer. Eu o segurei uma vez, com o seu corpinho se agarrando ao último resquício de calor, ao remanescente da vida. Cerro os dentes contra o grito selvagem aprisionado em minha garganta. Apesar de todos os meus esforços — a despeito de todas as maneiras pelas quais mantive tudo junto —, sinto que estou descosturando. O próprio tecido da minha vida, cada parte que importa, está se rasgando. Coloco a cadeira de balanço em movimento, esperando por alguma mágica no para frente e para trás, mas não há consolação nisto. Nem sequer um falso consolo pode ser encontrado. Então, paro, mas não consigo sair deste lugar. Fico sentado aqui, onde, depois de chegar em casa tantas noites, encontrei Yasmen exatamente assim. Imóvel e encarando uma parede de desejos mortos.

14

YASMEN

— Parece que as coisas estão indo bem — a Dra. Abrams afirma, me espreitando com os seus olhos inteligentes na tela do meu laptop.

Em geral, a sessão é em seu consultório, mas ela está fora da cidade esta semana. Graças a Deus pela teleconsulta. Temos apenas alguns minutos restantes em nossa sessão, e a mesma sensação de paz que costumo experimentar após o nosso tempo juntas impregna a claridade do meu escritório em casa.

— Acho que sim. — Sorrio e brinco com um monte de clipes de papel em minha escrivaninha. — Esqueci de dizer que voltei a trabalhar com a Associação de Skyland. Já tivemos dois eventos e foram muito bons.

— Isso é ótimo, Yasmen. — A Dra. Abrams se recosta, cruza os braços e sorri. — Você deveria se orgulhar. Você percorreu um longo caminho.

Quando comecei a terapia com a Dra. Abrams, não conseguia imaginar acordar empolgada ou passar o dia sem chorar pelo menos uma vez. Esse tipo de depressão é mais contundente do que a tristeza. Mais aguçado do que a aflição. É a escuridão impenetrável da meia-noite aprofundada com os traços mais sombrios da melancolia: uma contusão em seu espírito que parece que nunca desaparecerá. Até que um dia… finalmente desaparece. Com a ajuda da mulher na tela, isso aconteceu.

Não é exagero dizer que a Dra. Abrams — com o cabelo sempre impecável e sedoso, blusas e saias lápis elegantes e olhar atento e sábio — mudou a minha vida. Eu confio nela cegamente, e ela me ensinou mais a confiar em mim mesma.

— Como estão as coisas com as crianças? — ela pergunta. — Como está Deja?

Suspiro, revirando os olhos, mas abro um sorrisinho.

— Ela está testando os meus limites e me dando nos nervos.

— É isso que os adolescentes fazem. — A Dra. Abrams dá uma risadinha.

— Estou tentando ser sensível a todas as mudanças que ela experimentou, mas às vezes ela me deixa tão irritada que acabo perdendo o controle.

— Você não é um robô. Você é um ser humano. Deixe claro isso e apenas peça desculpas quando necessário. Siga em frente, mas deixe que ela saiba que só porque você comete erros não significa que ela deve poder fazer o que quiser. Você é a mãe dela, e não uma santa. Tudo o que você pode fazer é amá-la e tentar corrigir as coisas quando você errar.

— Eu sei, mas às vezes é difícil. Deja é rebelde, e malcriada, e malvada comigo e... aff. Acho que muitos pais lidam com os adolescentes reagindo da mesma maneira, mas parece ser mais do que isso.

— Provavelmente é mais — a Dra. Abrams diz. — A sua família passou por muitas coisas, e isso aconteceu durante uma fase muito formativa da vida dela.

— Então, Deja tem um passe livre por quanto tempo? — brinco. — Porque a minha paciência está chegando ao fim.

— Continue mantendo os canais de comunicação abertos. Ela não tem um passe livre, mas merece compreensão. Você ainda tem que ser a mãe dela. Ainda precisa fixar os limites que discutimos, e quando ela os ultrapassar, é necessário impor consequências. — Ela faz uma pausa e inclina a cabeça. — E como está o relacionamento de Deja com o seu ex-marido?

Baixo os olhos, examinando a escrivaninha ao ouvir a menção a Josiah.

— Melhor do que o meu. Ela mal se surpreendeu quando ele começou a namorar.

— Josiah está namorando? Como você está se sentindo a esse respeito? — a Dra. Abrams pergunta, com um olhar mais aguçado.

— Para mim, tudo bem — respondo, dando de ombros, mas a minha indiferença é desmentida pela caneta que seguro com firmeza entre os dedos.

Ela abre a boca, pronta para sondar, se a conheço tão bem quanto penso, mas ela consulta o relógio na mesa e franze a testa.

— Tenho outra consulta, mas, da próxima vez, gostaria de saber mais sobre essa nova fase em que você e Josiah estão entrando.

— Claro — digo depressa, sorrindo, aliviada. — Da próxima vez.

Ela me lança um olhar cúmplice, e seus lábios se curvam num leve sorriso.

— Se cuida, Yasmen.

Encerramos a sessão, e eu me afundo na cadeira. A Dra. Abrams tem um jeito de investigar para além das minhas camadas de proteção até chegar à verdade. E quando se trata de como o fato do namoro de Josiah está me afetando, não sei se quero examinar a verdade neste momento.

Eu me levanto e me espreguiço, pegando o regador debaixo da escrivaninha e me dirigindo até a figueira em frente à janela. Percorro com os olhos o escritório, observando as plantas penduradas e as que estão nas bordas da minha escrivaninha. Agora temos plantas por toda a casa. A Dra. Abrams sugeriu cultivá-las como uma atividade para me motivar quando eu estava em meu momento mais difícil. Eu tinha os meus filhos para cuidar, e então tinha as minhas plantas. Enquanto esfrego uma folha verde cerosa, o meu celular toca. Vou até a mesa e o pego, olhando para a tela para ver quem está ligando.

— Oi, Seem — digo. — O que você...

— Mãe, eu esqueci em casa — ele diz às pressas, com o pânico perpassando as palavras. — Você pode trazer? Achei que tinha trazido, mas eu...

— Kassim, acalme-se — peço, segurando o celular entre a orelha e o ombro e colocando o regador na mesa. — Em primeiro lugar, por que você está me ligando em vez de estar na aula?

— Estamos no intervalo. O robô que construí para a minha tarefa de ciências — ele responde, arfando como se tivesse acabado de correr para a escola. — Eu esqueci o controle remoto na casa do papai. Você pode trazê-lo?

— Para quando você precisa dele?

— Agora. Agora mesmo, mãe.

— Você tentou falar com o seu pai?

— Três vezes. Caiu direto na caixa postal.

— O restaurante fecha às segundas-feiras, e ele tem aquele jogo de basquete fixo. O celular dele deve ter ficado no armário do vestiário.

— Você tem uma chave da casa dele, não tem? Você não pode ir buscar o controle remoto e trazê-lo para mim?

Eu tenho uma chave e, é claro, já estive dentro da casa... quando Byrd morava lá, mas não quero desrespeitar o espaço de Josiah entrando lá quando ele não está.

— Vamos dar mais um tempinho para o seu pai responder. Ele sempre anda com o celular. Então, logo ele vai...

— Mãe, por favor. Quero testar o robô no intervalo antes de apresentá-lo na aula.

Ai, meu Deus.

— Tudo bem, Seem. Vou tentar o seu pai mais uma vez...

— Mas...

— Se ele não atender, vou até lá e pego o controle remoto. Onde ele está?

— Isso! — Kassim exclama e posso vê-lo quase dando um soco no ar. — Não tem como não ver. Está na escrivaninha do meu quarto.

— Entendi. Vou enviar uma mensagem para você quando estiver a caminho. Agora vá para a aula.

Assim que desligamos, ligo imediatamente para Josiah. Como era de se esperar, cai direto na caixa postal depois de alguns toques, e a sua voz grave ressoa na linha. Mesmo em sua mensagem, ele não parece dispor de mais de três segundos de atenção. A mensagem é curta, quase rude, mas supersexy.

Isso tem que parar.

— Oi. — Minhas bochechas ficam quentes como se eu estivesse bem na frente de Josiah, em vez da versão desencarnada da caixa postal. — Sou eu. Kassim deixou o controle remoto do robô na sua casa. Ele precisa dele. — Dou uma risada e mordo o lábio. — Dá até para achar que ele é Tony Stark e que o controle remoto é a chave para salvar o mundo ou algo assim, do jeito que ele está em pânico. Então, Kassim quer que eu o pegue. Mas não quero entrar na sua casa sem que você esteja lá. — Dou uma olhada no canto superior direito do meu laptop para conferir a hora. — Mas ele quer testar o robô na hora do almoço. Aí preciso sair agora para chegar a Harrington a tempo. Me liga se você ouvir esta mensagem. Caso contrário, estou a caminho para pegar o controle para ele.

Ajeito depressa o cabelo com a mão. Claro que eu já tinha saído de casa, porque levei as crianças para a escola, mas era um daqueles dias de óculos escuros e turbante.

— Você não vai vê-lo — murmuro, mesmo enquanto passo um pouco de rímel e brilho labial.

Pego a bolsa e as chaves, e me dirijo depressa para a garagem.

— E mesmo que fosse — lembro a mim mesma, olhando pelo espelho retrovisor enquanto dou ré na entrada da garagem. — Não é desse jeito. Você precisa controlar isso.

O que mais eu preciso ver para entender que Josiah já seguiu em frente e é hora de eu fazer o mesmo?

Estaciono na entrada da garagem da sua sólida casa azul-escura com venezianas cinza-claro. Não chega nem perto da área construída da nossa casa, mas tem um quarto para cada criança e um cômodo extra no porão, que Josiah usa como escritório quando não está no restaurante. A casa não tem garagem, mas apenas um espaço coberto para um carro. Seu Rover não está estacionado ali, confirmando que ele não está em casa. Em vez de tocar a campainha, uso a minha chave para abrir a porta. Me viro automaticamente para desativar o alarme e digito a senha — a data de nascimento de Byrd —, mas o sistema não emite o sinal sonoro.

— Ficando descuidado na velhice, Si?

Percorro com os olhos o vestíbulo para observar as mudanças. É compreensível que Josiah tenha redecorado o lugar.

— Muito chique — comento enquanto passo pela sala de estar com móveis de linhas elegantes e acabamentos texturizados.

Uma garrafa de vinho e duas taças estão sobre a mesa no centro da sala. Um palpite de quem seria a outra taça.

— Melhor sair daqui antes que a minha imaginação comece a preencher as lacunas.

Os quartos de Deja e Kassim ficam no final do corredor, um de frente para o outro. Então, sigo naquela direção. Assim que entro no quarto de Kassim, vejo o controle remoto em sua escrivaninha.

Após pegá-lo, me viro para sair, mas paro quando avisto a foto enfiada no canto, entre o intocado cubo mágico que Kassim se recusa a usar, chamando-o de "vintage", e o seu boneco do Pantera Negra, ainda fechado na caixa. É o último retrato de família que tiramos. Estamos ao ar livre, e Kassim parece tão novo, com o seu sorriso largo e despreocupado, como sempre, mas com dentes faltando. Deja ainda estava no ensino fundamental, e só de olhar para esta foto compreendo plenamente a sua inocência: uma pureza emocional, algo intocado pela dor, e perda, e pesar. Deja olha para o mundo agora com menos ilusões. Há uma despreocupação na jovem garota da foto, com tranças roçando os ombros da sua camiseta de *Descendentes*, o filme da Disney.

Quero penetrar nesta foto e abraçar os meus filhos com força, protegê-los da tempestade iminente que nenhum de nós previu.

Quase com relutância, desvio os olhos para Josiah. Ele está atrás de mim e apoia a minha cabeça em seu ombro numa intimidade tranquila. Nossos dedos se entrelaçam sobre o meu ventre, e há um contentamento secreto entre nós. Ainda não tínhamos contado para as crianças que eu estava grávida de Henry e, naquele momento congelado, éramos as duas únicas pessoas do planeta que sabiam disso. Queríamos guardar e cultivar esse segredo só para nós o máximo que pudéssemos. Todo o meu mundo cabe nesta foto; os limites da minha felicidade dentro desta moldura.

Rememorando, questionando, lembrando... Eu não tenho o tempo e ainda não cheguei longe o suficiente para olhar para trás dessa maneira. Esse dia, embora anos atrás, ainda parece muito próximo. Se fechar os olhos, vou sentir o ar revigorante do outono, vou ver as folhas salpicadas de cores, vou sentir o cheiro do homem parado atrás de mim e vou saborear o meu futuro. Ansiosa, limpo as lágrimas que nem percebi que rolavam pelo meu rosto e paro de repente ao ver Vashti parada à porta. Nós duas demos um pulo como se tivéssemos visto fantasmas.

— Ai, meu Deus! — Ela ri, pressionando a mão no peito. — Achei que ouvi alguém. Você quase me matou de susto.

— Desculpe. Eu... — As palavras morrem quando percebo o que ela está vestindo.

A barra da camisa social branca de Josiah chega até alguns centímetros acima dos seus joelhos, cobrindo parte das suas pernas esbeltas e musculosas. Está desabotoada logo abaixo dos seios nus. Ela é uma daquelas garotas que eu invejava quando era mais jovem, que tem seios empinados que cabem na palma da mão e que podem sair sem sutiã.

— Eu não estava esperando ninguém — Vashti afirma, com o rímel da noite anterior borrado sob os olhos e os lábios ainda levemente rosados com vestígios de cor. — Na segunda-feira de manhã, Josiah sai para...

— Jogar basquete. Eu sei.

Quero gritar para Vashti que sei da programação e da vida dele melhor do que ela. Que eu conheço Josiah melhor do que ela, mas ela o conheceu ontem à noite de uma forma que eu não conheço há muito tempo. Íntima. Carnalmente.

Sorte pra caralho.

— Desculpe se assustei você — continuo, sem querer parecer abalada. — Kassim deixou o controle remoto dele... hum... para a feira de ciências, quer dizer, projeto. Tarefa. É uma tarefa, e não uma feira. Ou um projeto. Daí... ele me ligou e eu vim, porque o Josiah não está aqui. Então... é isso.

Bem, isso foi dito de um jeito tão sereno. Sem nervosismo nenhum.

— Certo. — Vashti diz devagar, com os olhos fixos em mim. — Olha, sei que isso é meio constrangedor.

— O quê? Nãããããão! — Rio, até zombo. — Por que seria constrangedor?

— Porque sou a primeira mulher com quem o Josiah sai desde o divórcio.

Odeio a suavidade da sua voz. Como se eu precisasse ser tratada com cuidado. Como se eu fosse frágil. Ela não faz ideia do que posso suportar, de como sobrevivi, do que sou capaz.

Do que eu perdi.

Sua expressão é tão suave, tão compreensiva, como se estivéssemos numa competição e eu tivesse acabado de perder.

— Não é nada constrangedor. — O hábito de mentir retorna com facilidade para mim e no momento certo. — Vashti, sério. Fico feliz que o Josiah tenha encontrado alguém tão incrível. E alguém que as crianças adoram.

— Eu sei que o Josiah contou para você que conversamos sobre a dinâmica de trabalho, e se você está preocupada que isso afete as coisas no restaurante...

— Não estou preocupada. Vocês dois são adultos maduros, e sei que o Josiah nunca faria algo para prejudicar o negócio.

— Nem eu. Se algo ficar estranho, nós terminamos, mas que bom que neste momento tudo está indo bem. Você sabe bem como Josiah é incrível.

— Sim, ele é ótimo — sussurro, segurando o controle remoto junto ao peito como um escudo de batalha. — Bem, é melhor levar isto para o Kassim.

Começo a caminhar em direção à porta, mas Vashti não se move de imediato. Então, tenho que ficar ali, sentindo o cheiro de Josiah nela. Ficar sujeita ao cheiro da água de colônia dele misturado com qualquer perfume da preferência dela. Sinto um aperto no meu coração traidor. Estou perto o suficiente para ver as iniciais dele bordadas no punho que está desabotoado próximo de uma das mãos de Vashti. Essas pequenas intimidades parecem tesouros que ela roubou de mim, mas não são. Eu os entreguei, e me ocorre de repente que não tenho direito legítimo a nenhuma das emoções que tomam conta de mim. Eu perdi o direito de ficar indignada, com ciúmes ou ressentida. O único sentimento ao qual tenho direito é o vazio no peito.

Sinto como se eu estivesse ficando vermelha de vergonha ao passar por Vashti e seguir pelo corredor, desviando o olhar para não ver uma marca roxa no seu pescoço ou outras evidências da noite deles juntos. Josiah de que eu me lembro, antes do nosso casamento virar uma geleira, era uma mistura de agressividade e ternura. Ele sabia quando ser gentil e quando ser bruto. Josiah costumava dizer que podia olhar nos meus olhos e saber o que eu queria.

O que os olhos de Vashti disseram a ele ontem à noite?

— Vou dizer a Josiah que você passou por aqui — ela diz, me seguindo até a porta.

— Deixei uma mensagem de voz para ele, mas obrigada. — Não espero a sua resposta e digo por sobre o ombro: — Tchau!

Eu me forço a caminhar em um ritmo sem pressa até a entrada da garagem. Dou a partida no carro e saio com cuidado para não bater em nenhuma lata de lixo ou caixa de correio pelo caminho. Não sei como entrei na interestadual, mas consigo pegar a saída correta para a Harrington. Após deixar o controle remoto na recepção, envio uma mensagem para Kassim para avisá-lo, e saio do estacionamento da escola. Meu celular toca pelo sistema do carro e me assusta tanto que quase passo no sinal vermelho.

O nome de Josiah aparece na tela.

Respiro fundo uma vez antes de atender.

— Alô! — Dobro a palavra à minha vontade, moldando-a em um tom alegre. — Tudo bem?

— Tudo bem. O jogo acabou faz pouco tempo. Desculpe por não ter atendido a sua ligação. Recebi a sua mensagem sobre o controle remoto do Kassim. Posso pegá-lo e levá-lo para ele.

— Não há necessidade. Passei na sua casa e usei a minha chave. Na verdade, acabei de deixar o controle para o Kassim na escola.

Seu silêncio é ensurdecedor. Sem dúvida, as implicações das minhas palavras o fazem perceber de repente o que aconteceu.

— Você passou na minha casa? — ele pergunta, cauteloso, como se ainda houvesse uma maneira de eu não saber que ele está transando com a sua nova namorada.

— Sim. — A minha risada soa como uma trilha sonora de risos de um programa humorístico: artificial, e forçada, e programada. — Espero não ter assustado demais a pobre Vashti.

— Então, ela ainda estava lá quando você...

— Sim. — Faço a palavra estalar para não revelar nenhuma emoção. — Olha, tenho que desligar, porque preciso entregar as previsões para a festa do quarteirão.

— Ah, sim. Você precisa de alguma...

— Não. Estou bem. Eu só... — Solto um longo suspiro. Não sei por quanto tempo vou conseguir manter a minha voz firme e os olhos secos. — Eu só tenho que ir, está bem?

— Sim, claro. Olha, Yas, sobre...

— Desculpe, Si. Eu tenho mesmo que ir.

Em vez de esperar que ele volte a falar, desligo o celular. A placa que indica a saída para a interestadual surge mais adiante, e sei que vou ficar atrapalhada no trânsito de Atlanta agora. Devo dedicar um momento para absorver esta nova situação? Ou faço o que sempre fiz? Apenas sigo em frente, ignoro a dor e me forço a dirigir os poucos quilômetros até em casa. A Dra. Abrams costuma falar sobre os perigos de reprimir as emoções, mas acho que se eu não reprimir, não as ignorar, as coisas podem ficar muito feias.

E então Deus me dá um sinal.

É grande, vermelho e branco, e tem a forma de um alvo.

Em vez de entrar na interestadual, encosto o carro no estacionamento de um supermercado, desligo o motor, encosto a testa no volante e choro.

Fazia muito tempo que não chorava assim. É bom chorar de vez em quando. Isso nos faz sentir melhor, como se estivéssemos desintoxicando o nosso organismo. Mas este não é um desses momentos. Cada lágrima parece estar sendo arrancada dos meus olhos. Meu coração bate como o tique-taque de uma bomba, em contagem regressiva até o momento da explosão. Não posso fingir que não dói vê-lo se entregando a outra pessoa. Era de se esperar, não era? Isso não significa que eu ainda o amo. Isso não parece o fim, mas o começo de algo. Não para mim, mas para ele. A novidade da cabeça de outra pessoa em seu travesseiro. De ela esquecer a escova de dentes e usar a dele, sem saber o quanto ele odiaria isso. De outra mulher descobrir que o café dele é perfeito com uma colher e cerca de um quarto de açúcar. Os dedos dela, e não os meus, encontram os pontos de tensão na nuca dele quando ele está estressado. Ele revela todos os segredos que eu levei anos para descobrir.

Sim, dói saber que Josiah está dormindo com outra mulher.

Não, não quero analisar completamente por que isso parece uma traição, mesmo que nada o impeça de ter alguém diferente em sua cama todas as noites, se ele assim desejar.

Eu disse a mim mesma que deixá-lo faria a dor parar. Então por que isto dói tanto? O sofrimento e as implicações disto são demais para processar. Assim, busco uma emoção mais fácil. Raiva. Ele está tendo o que merece? Eu também vou ter o que mereço.

Pego o celular na bolsa e abro a mensagem que Mark me enviou na semana passada.

Eu: Oi! Você ainda quer sair para jantar na quinta à noite?

Olho para a tela e prendo a respiração por alguns instantes. Então, a resposta aparece.

Mark: Eu adoraria. A que horas devo buscá-la?

Eu: Às sete. Nos vemos então.

15

JOSIAH

Droga.

Encaro o celular e resisto ao impulso de socar o armário do vestiário. Não era assim que eu queria que Yasmen descobrisse que Vashti e eu demos um passo à frente em nosso relacionamento. Para ser sincero, nem mesmo queria discutir isso com ela. Não é da conta dela o que eu faço. Eu queria evitar constrangimentos como o que acabou de acontecer na minha casa. E talvez, de certa forma, eu não quisesse magoá-la. Não que Yasmen ainda me queira, mas se fosse o contrário... Eu não iria gostar de ser pego de surpresa assim.

Eu ficaria arrasado.

— Por que você está bravo? — Charles "Pregador" Hollister, meu amigo de longa data, pergunta. — O seu time ganhou, mas só porque Kevin está doente. Ele vai estar de volta na próxima segunda e a gente...

— Não tem nada a ver com o jogo. — Fecho o zíper da minha bolsa esportiva e bato a porta do armário. — É só... Deixa pra lá.

— As crianças? — o Pregador insiste, se apoiando no armário vizinho. — O Seem? A Day?

— Não. As crianças estão bem. Está tudo tranquilo.

O Pregador, apelido que ele ganhou depois de passar por uma fase religiosa intensa, embora breve, no segundo semestre do primeiro ano da faculdade, analisa o meu rosto. Não sei se a máscara que coloquei consegue esconder algo dele, não depois de tudo o que passamos juntos.

— Espero que esse seu terapeuta consiga fazer você se abrir — o Pregador diz, pegando a sua bolsa e fechando o armário.

Suspiro e coloco a bolsa no ombro, ainda surpreso com a quantidade de coisas que revelei ao Dr. Musa em nossa primeira sessão. Foi algo simplesmente... libertador? É certo contar tudo para aquele estranho? Nada mudou, mas de alguma forma, me senti melhor. Não entendo completamente, mas depois de toda a merda dos últimos anos, se sentir melhor vale algo.

— Tenho outra sessão daqui a alguns dias — digo.

— Já era hora.

— Que nada. E me diga, qual é mesmo o nome do seu terapeuta?

— Bem, eu, sabe como é...

— Pois é. Você não tem um. Então, pare de falar a respeito de toda a terapia de que eu preciso.

— Eu ponho tudo para fora. Eu e a Liz conversamos sobre tudo.

— Nem todo mundo tem uma mulher que também é orientadora psicológica — digo com amargura evidente.

O Pregador se contrai.

— Foi mal. Falei da boca pra fora. Você e a Yas...

— Não conversávamos sobre tudo. Mas são águas passadas. Você sabe disso. Então, não se sinta mal só porque você e Liz se deram bem.

— Eu me preocupo com você, cara, guardando todas essas merdas aí dentro.

— Estou com prisão de vente ou emocionalmente atrofiado? — pergunto, conseguindo esboçar um sorriso.

— Se você continuar comendo o macarrão com queijo da Vashti, vai ficar com os dois. Essa garota sabe cozinhar — ele diz e dá uma risadinha, se apoiando no armário. — Tem algo a ver com ela?

Será que quero mesmo fazer isso? Mexer neste vespeiro com o Pregador, que vai continuar pressionando até que as minhas entranhas se espalhem pelo chão. Não estou com vontade de ser emocionalmente estripado no ginásio de esportes.

— Tem a ver com a Yas — admito com relutância. — Ela precisou passar na minha casa para pegar algo para a aula de ciências do Kassim. Ela entrou e... — Deixo escapar um suspiro prolongado. — Vashti ainda estava lá.

— Ah, merda! — Ele se endireita, abandonando a sua posição indolente junto ao armário, com o olhar atento e um sorriso maroto. — Tipo, Vashti passou a noite com você e a sua ex-mulher a viu lá? E agora ela sabe que vocês estão transando.

— Transamos, não transando. Ontem foi a primeira vez.

— Mas, tipo, vocês estão namorando. Não é que vocês vão parar agora depois do fato consumado. — Seu sorriso se alarga. — E como foi?

Por mais próximos que o Pregador e eu sejamos, nunca compartilhei com ele detalhes da minha vida sexual com Yasmen. Ele me disse que essa atitude foi uma das maneiras de saber o quão sério era o meu relacionamento com ela, porque, na faculdade, sempre competíamos em nossas aventuras e sempre disputávamos o direito de nos gabar. Até ontem à noite, eu não tinha ficado com mais ninguém além da Yas desde a faculdade.

Como foi?

Fazia muito tempo que eu não transava. Então, é claro que foi bom ter algo além da minha mão. Foi um alívio. Mas depois que acabou, com Vashti ao meu lado, olhei para o teto e algo rachou por dentro. O último vestígio de sentimento? O último fio de esperança que talvez algum dia... Não. Parei de pensar que Yasmen e eu iríamos nos reconciliar muito tempo atrás. Parei de querer isso. Eu nunca mais poderia voltar a confiar nela com o meu coração, a minha felicidade, mas talvez alguma lasca renegada e obstinada da minha alma ainda se sentisse presa a ela. Embora divorciados, essa parte pequena e estúpida de mim sentiu como se eu tivesse traído Yasmen ao transar com Vashti.

Fiquei em silêncio durante um bom tempo, e Pregador substitui o olhar ansioso por um desconfiado.

— Não foi bom? — ele pergunta. — Com a Vashti? Não se preocupa. Já ouvi dizer que homens recém-saídos da prisão quando transam com uma mulher depois de muito tempo de abstinência...

— Não seja desrespeitoso. Já estamos velhos demais para essas bobagens. Foi normal.

— Você sabe que não quis desrespeitar. Já faz tempo que você não fica com ninguém além da Yas, aí perguntei. — Ele semicerra os olhos. — E foi normal? Vashti é uma mulher bonita, e até um cego pode ver que ela está a fim de você. Então, normal soa um pouco desanimador.

— Não vou entrar em detalhes com você. Nem ia contar, seu maluco. — Dou uma risada contra a minha vontade. Pregador provoca esse efeito. — É melhor eu ir. — Eu o cumprimento com um soco leve e forço um sorriso. — Preciso levar o Kassim na barbearia.

— Já passou da hora. O garoto já deve estar até com dreads. Já faz muito tempo que ele não corta o cabelo.

— Nem tanto, mas Yas não vai parar de atazanar a gente se eu não resolver isso.

— Leve ele logo de manhã, antes que o dia comece a ficar agitado. Você sabe como o salão fica cheio aos sábados.

— Pode apostar.

E ainda pensando na noite com Vashti e no telefonema constrangedor de Yasmen, vou embora.

16

YASMEN

Estou temendo esse telefonema. Minha última conversa com Josiah foi bastante constrangedora. Morro de vergonha só de pensar em como Vashti deve ter relatado o nosso encontro.

— Não há tempo a perder — murmuro, tirando o celular do bolso lateral da minha calça de ioga e ligando.

— Oi, Yas — Josiah diz, atendendo ao primeiro toque, mas parece que estou apenas com metade da sua atenção. — E aí?

— Você está ocupado? Se você estiver no meio de...

— Espera um pouco. — O silêncio dura alguns instantes e, então, ouço uma porta se fechar do outro lado. — Desculpe. Eu estava na sala de jantar. Agora estou no escritório. Você precisa de algo?

— Vou sair hoje à noite e achei que as crianças poderiam ficar sozinhas, porque Clint e Brock estariam em casa, mas Brock tem um compromisso de trabalho, então...

— Posso ir até aí ou as crianças podem vir para a minha casa. Tanto faz.

— Bem, elas vão ter que dormir cedo. Aí talvez seja melhor você só passar por aqui para dar uma olhada nelas. Deja é grande o suficiente. Eu só... Você sabe o que eu quero dizer.

— Sem problema. Passo por aí. Outra noite só de mulheres? Um aniversário?

Por alguma razão, eu não esperava que Josiah perguntasse. Ele nunca demonstrou muita curiosidade pela minha vida social no passado, pelo pouco que havia dela.

— Não, na verdade... — Entro na cozinha e me sento numa banqueta alta junto ao balcão. — Tenho um encontro.

O silêncio que se segue é como um charuto deve se sentir dentro de um umidificador. Um silêncio completo fechado numa caixa hermética.

— Um encontro! — ele exclama, parecendo que está testando a autenticidade da palavra. — Uau! Quem é o sortudo?

— Mark Lancaster.

— Claro... — ele diz de modo sarcástico.

— O que você quer dizer com "claro"?

— Tenha dó, Yas. O cara dá em cima de você toda vez que vocês se veem. Ele nem tenta esconder.

— Talvez eu goste da ousadia. Não preciso ficar me perguntando onde estou ou o que ele quer.

— E o que você acha que ele quer?

— Um encontro. É óbvio.

— Com caras como ele, nada é óbvio.

— Caras como ele? Preciso que você explique, porque não sei o que você...

— Caras ricos, Yas. Homens privilegiados acostumados a sempre conseguir o que querem, o tempo todo.

— Alguns podem afirmar, considerando o carro que você dirige, o bairro onde você mora, as roupas que você usa e o dinheiro que você gasta em tênis sem pestanejar, que você também é um cara rico.

— Você sabe o que quero dizer.

— Você quer dizer branco?

— Não. Não é isso o que eu quero dizer. Não quero me intrometer nos seus assuntos...

— E mesmo assim, percebo que você está se intrometendo nos meus assuntos. Enquanto eu tenho tomado o maior cuidado para ficar bem longe dos seus.

— Então é isso? Olho por olho, dente por dente? Eu começo a namorar a Vashti e você sai correndo para pegar o primeiro cara que demonstra algum interesse?

— Pode acreditar, ele não é o primeiro cara que demonstra interesse.

— Eu só quis dizer que...

— Ele é só o primeiro de quem aceitei o convite. E espero que você não esteja insinuando que estou saindo com Mark porque você está namorando agora.

Uma vozinha na minha cabeça me lembra que não pensei muito na proposta de Mark até ver Vashti na casa de Josiah. Mas mesmo assim, Josiah não tem o direito de dizer isso para mim.

— Eu não quis insinuar isso, mas sei que ficou óbvio que Vashti passou a noite e…

— Não vou ficar discutindo com você — digo, passando um rolo imaginário para achatar as palavras num tom tão uniforme que só eu sei o quanto me custa.

Josiah faz uma pausa, deixando a poeira assentar sobre todas as coisas que jogamos na cara um do outro antes de continuar.

— E eu não tenho tempo para discutir com você — ele finalmente responde, com as palavras entrecortadas pela impaciência. — A que horas você vai sair de casa? Dou uma passada para ver como estão as crianças.

— Às sete.

— Tudo bem. Agora preciso desligar.

Largo o celular na bancada e apoio a cabeça nas mãos.

— Que maravilha.

Não tenho muito tempo para pensar na discussão, porque logo estou enfrentando o trânsito para pegar as crianças a tempo. Felizmente, não há treino de futebol hoje. No caminho para casa, olho para Kassim de soslaio no assento de passageiro e observo Deja pelo retrovisor.

— Vou sair hoje, pessoal — digo, mantendo uma expressão despreocupada. — Mas o seu pai vai passar para ver como vocês estão.

— Podemos ficar muito bem sozinhos — Deja afirma, com um tom defensivo se insinuando em sua habitual indiferença deliberada. — Tenho quase quatorze anos.

— Eu sei — digo, desviando o olhar do caminho para encontrar os seus olhos no retrovisor por um breve segundo. — Mas Clint e Brock também vão sair e, então, o seu pai vai aparecer talvez quando estiver voltando para casa.

— Aonde você vai? — Kassim pergunta.

Eu poderia mentir. Omitir a verdade. Evitar com uma resposta vaga, mas por quê? Em relação a Vashti, eles já demonstraram que não têm problemas em ver os seus pais namorando outras pessoas. Além disso, Mark vem me buscar em casa, e não quero que as crianças fiquem confusas quando o cara cujo rosto está estampado em todos os comerciais de campanha aparecer para sair com a mãe deles.

— Eu tenho um encontro.

A julgar pelo silêncio surpreso que se seguiu às minhas palavras, parece que eu disse que ia me juntar a Elon Musk em sua próxima viagem a Marte.

— Com quem? — Kassim pergunta, com a voz mais tensa, mais contida.

Arrisco um olhar para ele, e algo em sua expressão aperta o meu peito. Decepção? Tristeza? Não sei, mas claramente não é o seu otimismo habitual.

— Com Mark Lancaster.

— O branquelo dos cartazes idiotas espalhados por todo o bairro?

Deja bufa e imita a voz característica de Mark quando repete o slogan da sua campanha:

— Lancaster pode!

— Ele é muito legal, Day — continuo num tom suave, saindo da rodovia em direção à nossa casa. — Ele vai me buscar às sete e, como eu disse, o seu pai vai passar mais tarde.

— O que tem pro jantar? — Kassim pergunta.

Não sei dizer se Kassim de fato superou isso tão rápido, e o seu gatilho habitual de devorar toda a comida de casa foi acionado, ou se ele está redirecionando a conversa, porque o tema é incômodo demais. De qualquer forma, acolho a mudança de assunto.

— As sobras da lasanha.

Achei um dos cadernos de receita de Byrd quando esvaziamos a casa dela. Foi um desafio pessoal tentar fazer cada prato pelo menos uma vez, e comecei com a sua famosa lasanha. A princípio, era só para aprender alguns truques na cozinha, mas cada vez que preparo uma receita que ela escreveu, de alguma forma me sinto mais próxima dela.

— Credo — Deja reclama do banco de trás. — Se o papai vai vir, podemos pedir para ele trazer algo do restaurante?

— Sim, sim! — A expressão de Kassim fica animada. — Costelas que a Vashti faz.

As costelas que se fodam.

Estou de saco cheio de ouvir falar sobre a incrível chef de Josiah. Não sou a cozinheira mais talentosa, mas a lasanha de ontem à noite estava ótima, e os meus filhos agem como se eu estivesse requentando comida de cachorro para o jantar.

— Se vocês quiserem — murmuro, virando para entrar no acesso para carros e abrindo o portão da garagem com o controle remoto. — Por mim, tudo bem. Vocês vão ficar bem enquanto eu estiver fora, não é?

— Com certeza. — Deja abre a porta do carro e sai depressa. — Não somos criancinhas, mãe.

Preciso entrar em casa para ter tempo de sobra para me arrumar, mas Kassim não se mexeu. Ele continua sentado no banco do carro, brincando com o zíper da sua mochila.

— Está tudo bem, Seem? — pergunto, desligo o motor e me viro para observá-lo.

— Sim, tudo bem. — Ele respira fundo e concorda com a cabeça.

— Olha, imagino que seja estranho para você o fato de o seu pai e eu sairmos com outras pessoas. Um divórcio é difícil para todos.

— Não estou chateado por vocês estarem saindo com outras pessoas, e prefiro que vocês estejam divorciados do que brigando o tempo todo como costumavam fazer.

Fico surpresa. Tentamos ser bastante cuidadosos, sempre levando as nossas discussões para a garagem para proteger as crianças de nossas conversas cada vez mais hostis. Quer dizer, é claro que eles nos ouviam brigando de vez em quando, mas Kassim dá a entender que isso acontecia com frequência.

— Quando você nos ouviu brigando, Seem?

— O tempo todo. — Ele dá de ombros, pega a mochila pela alça e abre a porta do carro. — Eu costumava ir para o quarto da Deja e ficar na cama com ela às vezes, porque sentia medo.

— Medo de quê, filho?

— De que vocês se divorciassem, mas a Deja dizia que, mesmo que as coisas mudassem, sempre teríamos um ao outro, ela e eu.

— Você também ainda tem a gente. — Estendo a mão para acariciar o seu cabelo, precisando urgentemente de um corte.

— Eu sei. — Kassim dá um sorrisinho muito maduro e compreensivo para a sua idade. — Mas agora é diferente. — Seus olhos arregalados encontram os meus. — Quer dizer, não faz mal. Só que é diferente.

— Você lembra o que a gente disse? Tudo bem não estar bem, e você sempre tem alguém com quem conversar. Se não for o seu pai ou eu, então pode ser o Dr. Cabbot. Entendeu?

— Entendi. — Kassim sai, para junto à porta aberta do carro e enfia a cabeça de volta, com os olhos muito parecidos com os do pai, escuros e sérios. — Eu posso... acho que vou comer a sua lasanha. Tudo bem?

O meu doce menininho. Tão sensível.

— Você não precisa comer a lasanha, se não quiser. Seu pai pode trazer uma porção das costelas...

— Não, eu quero a sua lasanha. Estava ótima. De verdade — Kassim torce os lábios. — Sei que Deja disse credo, mas ela só estava sendo... você sabe.

— Sim. — Faço uma careta, pego a bolsa e saio do carro. — Eu sei.

Tiro a lasanha da geladeira, coloco-a no forno e subo correndo para me aprontar. Gostaria de ter mais tempo, mas é a versão a jato, como um lava-rápido barato, com a água correndo pelo corpo, esfregação meio duvidosa e acabamento não tão completo no final. Passo às pressas um massageador facial de jade, esperando que a pedra fria exerça a sua magia relaxante não só em minha pele, mas também em meus nervos.

— Mas o que fazer com este cabelo? — Franzo a testa para meu reflexo.

A minha cabeleireira está fora da cidade, e não queria arriscar um alisamento com alguém novo. Uma chapinha de seda a uma temperatura muito alta poderia arruinar o padrão dos meus cachos.

— Mãe.

Eu me viro do espelho e vejo Deja parada à entrada do meu banheiro.

— O que foi, Day?

— Ouvi dizer que vai ter um reencontro especial de Hotwives sendo gravado no centro da cidade no final de temporada. — Ela junta as mãos sob o queixo. — Você pode ver se a tia Hen me consegue um convite, por favor? Eu quero muito ir.

— Eu falo com a Hendrix. Se ela conseguir um convite para você e também estiver presente, veremos.

Por ora, Deja concorda, parecendo se acalmar com a minha resposta. Então, ela desvia o olhar para a minha cabeça. Franze a testa.

— O que está rolando aí em cima? — ela pergunta, apontando o dedo em direção ao meu ninho capilar.

— Carmen está fora da cidade, então eu mesma fiz isto... — Levanto a mão para puxar um cacho rebelde. — Você não gostou?

— Tá bom. — Sua testa franzida diz o contrário. Ela entra no banheiro e puxa algumas mechas que estão penduradas sem vida ao redor do meu rosto.

— Queria fazer melhor para o meu primeiro encontro desde... — Paro de falar de repente, sem querer arrumar confusão.

— Entendo, mas esse penteado não tá legal.

— Alguma sugestão? — pergunto, dando um nó mais apertado no cinto do meu roupão e me apoiando na bancada do banheiro.

— O que você vai vestir? — Deja pergunta, lançando um olhar crítico para o meu cabelo.

Aponto para um macacão alaranjado que encontrei no fundo do meu closet, agora pendurado na parte detrás da porta do banheiro.

Deja lança um olhar especulativo entre a roupa e mim.

— Já volto. — Logo depois, ela volta carregando uma caixa grande pela alça. Coloca-a na bancada e tira um borrifador, diversos produtos e um difusor. — Senta. — Ela aponta com a cabeça para a banqueta de frente à penteadeira.

Após umedecer o meu cabelo e adicionar alguns produtos para realçar os cachos, Deja passa um finalizador pegajoso, separa os cachos e me faz virar o cabelo de cabeça para baixo enquanto ela utiliza o difusor. Ao olhar para o resultado final no espelho, fico boquiaberta com o quão diferente o cabelo parece. Com certeza, muito melhor do que quando eu faço. Na verdade, tão bom como quando Carmen faz.

— Uau, Day! — exclamo e estico um dos cachos, observando-o voltar à forma. — Você fez um ótimo trabalho.

— Ainda não terminei. — Ela inclina a cabeça, pensativa. Em seguida, vasculha a sua caixa mágica de produtos para cabelo e retira grampos adornados. — Comprei estes na loja de produtos de beleza que a tia Hen me levou.

Deja divide o meu cabelo ao meio, escovando a frente e, em seguida, prende os grampos ao longo dos lados achatados, deixando uma nuvem de cachos flutuando ao redor das orelhas e sobre os ombros.

Pego o espelho de mão da bancada e examino o meu cabelo de todos os ângulos.

— Está fantástico. — Olho para Deja, com um novo orgulho se apossando de mim pela minha filha. — Você tem mesmo jeito para isso!

— Eu sei — ela afirma, sem sorrir muito, mas contraindo os lábios como se estivesse segurando um sorriso mais largo. — Então, você gostou?

— Muito. — Fico de pé e pego o macacão, dando um sorriso ansioso. — Quer ver tudo junto?

O prazer na sua expressão se esvai, como se ela se lembrasse de que não gosta mais de mim.

— Não, não quero. Você me avisa sobre o que rolou com a tia Hen sobre a gravação da Hotwives?

Achei que estávamos experimentando um breve momento de afinidade. Sempre que uma ligação de verdade parece ao nosso alcance, eu digo algo, faço algo — eu nunca sei o que — para estragá-la.

— Sim, claro. Vou falar com a Hendrix e te aviso. — Olho para ela por cima do ombro, conseguindo sorrir. — Obrigada pela ajuda, Day. Adorei.

Deja acena com a cabeça e se vira para sair sem dizer mais nada. Suspirando, eu me sento para me maquiar. Os grampos cintilantes combinados com a sombra dourada e verde para os olhos, a cor acobreada dos meus lábios e o bronzer em minhas bochechas tornam o meu rosto uma paleta impressionante de metais preciosos.

Capto um vislumbre de mim mesma no espelho usando apenas sutiã e calcinha. Observo os seios fartos que costumavam me atormentar quando eu era mais jovem, as estrias finas ao redor do meu umbigo e todas as mudanças sutis e não tão sutis em meu corpo ao longo dos anos. Aprendi a não criticar as minhas coxas por serem roliças demais, mas a ser grata por como tenho sido capaz de mantê-las. Visto um modelador de corpo sem alças e coloco o macacão. Ele tem um corpete estruturado que levanta os meus seios, deixando-os em evidência. O tecido, uma mistura leve de lã e caxemira, abraça e roça as curvas cheias dos meus quadris e traseiro, caindo em bocas largas até tocar o chão.

No espelho de corpo inteiro do closet, a mulher que me encara é uma estranha ou, pelo menos, alguém perdida há muito tempo e que não vejo há uma eternidade. Uma sensualidade confiante me envolve como uma capa invisível. O alaranjado do macacão chamusca o intenso tom marrom acobreado da minha pele, expondo as curvas fortes de um braço e ombro nus. O modelador aperta a minha cintura, deixando mais acentuada a curva das costas até o traseiro e os quadris, realçando os declives e os ângulos radicais.

Várias vezes os meus olhos no espelho estiveram inexpressivos ou marcados pela tristeza. Hoje, estão límpidos e delineados com kajal, pelo visto escurecidos por mistérios e segredos; um olhar felino brilha em expectativa. Rindo, corro para o quarto e pego o celular na mesa de cabeceira para fazer uma chamada de vídeo para Hendrix e Soledad, como eu havia prometido. Uma das filhas de Soledad tem um treino de futebol hoje e Hendrix tem uma apresentação enorme amanhã.

— E aí? — Hendrix diz para a câmera, sentada ao balcão da cozinha com um laptop aberto e uma tigela de sopa vietnamita à sua frente. — Vamos ver a imagem completa.

— Mostra pra gente! — Soledad diz do banco do motorista do seu carro.

Apoio o celular contra o espelho da bancada do banheiro e dou alguns passos para trás, girando para que elas possam ver todos os ângulos.

— Caramba, garota! — Hendrix exclama. — O que você está tentando fazer? Fazer o cara se apaixonar no primeiro encontro?

— Você está fantástica, Yas. — Soledad abana o rosto. — Gostosa!

— Vocês acham mesmo? — Mordo o lábio inferior. — Já faz tempo que não vou a um encontro e simplesmente não sei. Será que é demais? Será que não é suficiente?

— Está perfeito — Hendrix assegura. — E o seu cabelo dá o toque final. Foi você que fez?

— Deja. — Afago os cachos. — Vocês gostaram?

— Ficou ótimo — Hendrix responde. — Estou dizendo. Os influenciadores mirins estão fazendo sucesso. Deja pode estar no caminho certo com esse lance do cabelo.

— Que seja. — Reviro os olhos. — Ela precisa se dedicar à escola. Estou mais interessada em suas notas do que na quantidade de seguidores que ela tem.

— Entendo — Hendrix afirma. — Só estou dizendo que ela tem talento de verdade e é ótima nas redes sociais.

— Tá bom. Tá bom. — Volto para junto da bancada e me sento. — Falamos sobre isso depois.

— Sim, depois — Soledad afirma. — Hoje à noite tudo gira em torno de você e do Mark. Você está nervosa?

— Na verdade, não. — Vejo dois pares de olhos incrédulos na tela. — Tudo bem. Um pouco.

— Vai dar tudo certo — Hendrix afirma.

— Obrigada, garotas — digo. — Vou nessa, mas depois conto para vocês como tudo rolou.

Quando a campainha toca, respiro fundo, enchendo os pulmões ávidos de ar. Me forço a descer a escada com serenidade até o vestíbulo, fixo um sorriso largo no rosto e abro a porta.

Imponente, Josiah está parado à varanda, com a luz esculpindo sombras sob as suas maçãs do rosto proeminentes. Que droga o meu ex estar tão atraente quando estou prestes a sair para o meu primeiro encontro pós-divórcio em uma década e meia.

— Oi, Si. Achei que fosse o Mark. Você está adiantado — digo e me viro de volta para o vestíbulo.

— Com o Anthony e a Vashti, está tudo sob controle no restaurante hoje. — Ele entra, seguido por Otis, e fecha a porta, segurando uma embalagem de comida para viagem. — Além disso, Deja me mandou uma mensagem pedindo para eu trazer o jantar dela.

— Kassim fez questão de comer as sobras da lasanha, mas é claro que não chegam aos pés das costelas da Vashti.

— Frango frito — Josiah corrige com um sorriso discreto. — Você está...

Ele dedica algum tempo avaliando os grampos em meus cachos, percorrendo o macacão vibrante que molda as minhas curvas e os sapatos brilhantes que me forcei a usar.

— Bonita. — Josiah, desvia o olhar, com uma linha desenhada entre as sobrancelhas.

— Obrigada — digo, com um tom irônico. — Sem chance de eu ficar convencida com os seus elogios efusivos.

— Vou deixar isso para o seu par. — Ele caminha até o pé da escada e grita: — Day, a sua comida chegou.

Ela desce correndo ao encontro do pai, com a expressão radiante, como se o Papai Noel tivesse acabado de escorregar pela chaminé.

— Pai! — Deja fica na ponta dos pés, beija o rosto de Josiah e pega a comida dele.

Não me lembro da última vez que ela me recebeu assim. Sei que estamos passando por uma fase, mas há uma pequena parte de mim que cobiça a desenvoltura que Deja e Josiah ainda compartilham. Algo macio e quente roça a minha mão, e eu olho para baixo e encontro Otis sentado aos meus pés, esfregando o focinho liso em minha palma.

— Oi, amigão. — Faço carinho atrás das suas orelhas, me inclinando para sussurrar: — Você sempre fica feliz em me ver, não é?

Já peguei Josiah conversando com o nosso cachorro antes. Até caçoei dele por isso, mas observando os olhos escuros e serenos de Otis, não posso culpar Josiah por achar que ele entende cada palavra, porque Otis me faz sentir mais visível do que em todo o meu dia.

— Você é demais! — digo a Otis com uma risada.

A campainha toca e toda a conversa cessa; Deja e Josiah dirigem toda a atenção para a porta. No momento perfeito... ou imperfeito, do meu ponto de vista... Kassim desce a escada e se senta num degrau no meio do caminho, apoiando o cotovelo no joelho e o queixo na mão, como se estivesse assistindo a um jogo bem de perto.

— Vocês vão ficar só... — digo e ergo as sobrancelhas com expectativa, esperando que eles chispem e me deem um pouco de privacidade, mas ninguém se mexe. — Que saco!

Colocando o meu sorriso de primeiro encontro, abro a porta. Mark Lancaster está parado à varanda, segurando um buquê de flores. Um terno escuro de corte impecável e uma camisa cinza ardósia de colarinho aberto contrastam com o seu cabelo loiro penteado para trás. Apesar do peso de três pares de olhos em minhas costas, o meu humor se ilumina com prazer genuíno ao ver as flores e ao vê-lo. Ele é alto, e bonito, e está me olhando como se quisesse a sobremesa primeiro.

Sou eu. Eu sou a sobremesa.

— Oi, Mark. — Aceito o buquê e abaixo o nariz para cheirar as flores silvestres envoltas em papel. — São lindas. Obrigada.

— Oi, Yasmen. Você está... — Seus olhos azuis brilham cada vez mais enquanto percorrem o meu rosto e a minha figura. Então, se arregalam quando ele percebe a minha família reunida atrás de mim no vestíbulo. — Ummm, ótima. Você está ótima.

— Obrigada. — Não quero convidá-lo para entrar, não com a turma toda aqui monitorando cada movimento nosso. Eu me viro, empurrando as flores para o Wade mais próximo, que por acaso é Josiah. — Você poderia colocar as flores na água para mim? Obrigada.

Após alguma hesitação e um olhar demorado para Mark, que parece ao mesmo tempo sondar e advertir, Josiah concorda. O homem está concorrendo ao Congresso. Josiah acha que ele vai cortar a minha garganta e me jogar no porta-malas do Tesla dele? Ele não é mais o meu marido. Sei exatamente o quão pouco ele se importa com quem estou saindo. Também sei como Vashti fica usando apenas a camisa dele. Com esse lembrete mental, confiro a bolsa em busca dos itens essenciais e me viro para os espectadores.

— Vocês já conhecem o sr. Lancaster. — Aponto para o homem alto à varanda. — Mark, a minha família.

— Oi. — Mark sorri, com o olhar passando mais tempo em meus filhos e desviando rápido para o meu ex-marido, que está constrangido e segurando o buquê que ele trouxe para mim.

— Olá — Kassim diz. — Para onde você vai levá-la?

Lanço um olhar meio envergonhado, meio divertido, escada acima, na direção da expressão séria do meu filho.

— Ao Rail — Mark responde. — É um lugar novo um pouco ao norte.

— Li algo a respeito desse lugar — Josiah diz, com algum interesse. Ele é basicamente um dono de restaurante, e o conceito o intriga. — Converteram um antigo vagão de trem num restaurante.

O sorriso de Mark se descontrai um pouco e os seus ombros relaxam um centímetro ou dois.

— Está recebendo boas críticas.

— Ouvi dizer que…

— Depois te conto o que eu achei — digo, interrompendo Josiah. Em seguida, dirijo a minha atenção para Mark e faço um aceno com a cabeça para a varanda, indicando a minha fuga. — Pronto?

— Claro.

Seu sorriso se alarga, e ele faz um gesto para que eu vá na frente. Depois de sair para a varanda, fecho a porta sob os olhares vigilantes dos Wade e me viro para o meu par com um sorriso radiante.

— Vamos. Estou morrendo de fome!

17

YASMEN

Mark Lancaster seria capaz de seduzir o casco de uma tartaruga.

Político típico, ele tem a aparência e a voz grave e suave que faz uma pessoa querer se inclinar para ouvi-lo.

Bem-dotado?

Não. Não vou por aí. Não vou descobrir isso hoje. Vamos com calma. Josiah pode estar pronto para transar, mas eu não. Jantar, bebidas, conversa e talvez um beijo, se eu sentir vontade. Um selinho ou algo mais íntimo, decidirei na hora.

Caso contrário, esta será uma noite casta. As únicas coisas pelas quais me enfeitiçarei hoje são o frango assado e o purê de batatas com alho em meu prato.

— A comida é uma delícia — digo, percorrendo o vagão transformado num elegante restaurante. — E o lugar é lindo. Ótima escolha.

— Como dona de um dos melhores restaurantes de Skyland, você é uma mulher difícil de impressionar, mas eu estava determinado — Mark afirma, sorrindo para mim por cima da borda da sua taça de vinho.

— A minha filha diria que você mandou bem.

— Mandei bem? — A confusão deixa sua testa franzida.

— Desculpe. — Engulo a comida e tomo um gole rápido de água. — É algo que as crianças dizem.

— A minha filha reviraria os olhos agora mesmo sem acreditar que eu não sabia disso.

— Você tem uma filha? Qual é o nome dela? Quantos anos ela tem?

— O nome dela é Brenna, e ela tem dezesseis anos. Ela odeia aparecer em público durante a campanha. Então, tento proteger a privacidade dela. A mãe dela também, aliás. Nenhuma delas se candidatou ao Congresso. A minha ex gosta de dizer que nos divorciamos no momento certo para que ela não precisasse passar por todas essas coisas de campanha.

— Há quanto tempo vocês estão divorciados?

— Cinco anos — ele responde. — Não fui o melhor marido ou pai. Costumava negligenciar a minha família em favor do trabalho. A minha ambição deu resultados, mas também me custou tudo. Ainda estou reconstruindo a minha vida.

— É isso que significa concorrer a um cargo público? Você está se reconstruindo?

— Talvez um pouco. A minha família se foi, e isso me deixou com o negócio no qual eu investi tudo. Acho que descobri que não era tão satisfatório quanto pensei que seria, e comecei a me perguntar o que mais pode haver por aí.

— Bem, você provavelmente terá o meu voto — digo, meio brincando.

— Provavelmente?

Dou uma risada como ele pretendia e dou de ombros.

— O que posso dizer? O meu voto custa muito para muitas pessoas para eu simplesmente entregá-lo assim.

— Sério. — Ele larga o guardanapo na mesa e se inclina para frente, me olhando nos olhos. — Quais as preocupações que você gostaria que fossem abordadas?

— Muitas, mas o que me deixa curiosa mesmo é como você planeja lidar com a gentrificação.

Os mesmos grupos de interesse que investem dinheiro e recursos nas comunidades negras históricas de Atlanta são os mesmos que forçam os cidadãos de longa data a sair.

— Acredito que existem soluções que podem beneficiar todos os envolvidos — ele afirma.

— Não seja diplomático comigo — digo, ainda sorrindo, mas um sorriso tenso. — As pessoas que vivem nessas comunidades há décadas têm o direito de permanecer lá, se quiserem, sem serem intimidadas ou sobrecarregadas com impostos, e é isso o que está acontecendo.

— O meu plano inclui moradia a preço acessível para os que estão sendo deslocados e proteções para a maioria dos que vivem nessas comunidades atualmente. — Mark sorri, um sorriso jovial com dentes anormalmente brancos que devem ter ajudado a se safar de encrencas desde o ensino médio. — Poderíamos passar o resto da noite discutindo os meus planos para o distrito, mas eu estava esperando uma noite de folga com uma bela mulher.

Eu solto uma risada e volto a comer.

— Desculpe. Não pretendia interrogar você.

— Ei, se eu não consigo aguentar isso vindo da minha companhia, não estou pronto para o grande palco. — Mark se recosta na cadeira. — Mas posso pensar num uso melhor para o nosso tempo.

Seu olhar percorre o meu rosto, passa pelo meu ombro nu e então, inevitavelmente, como os homens sempre fazem, pousa em meus seios. Resisto à tentação de estalar os dedos e lembrá-lo de que estou aqui em cima, mas de que adianta me vestir para chamar a atenção se não posso curti-la quando consigo? Já faz muito tempo desde que um homem olhou para mim dessa maneira, sem contar os assobios e comentários grosseiros de homens aleatórios na rua. Esse olhar focado, prolongado e intenso, inflamado pelo desejo. Deixo que ele aqueça a minha pele e retribuo o seu sorriso.

— Então, sou o seu primeiro encontro desde o divórcio? — Mark pergunta.

— Sim. — Ergo a taça e sorrio para ele antes de tomar um gole. — O que me denunciou? O comitê de boas-vindas dos Wade reunido no meu vestíbulo? O meu filho de dez anos querendo saber as suas intenções?

— Tenho quase certeza de que as flores já estão no lixo.

Eu quase cuspo o vinho.

— Por que você diz isso?

Mark hesita, semicerrando os olhos e me observando com atenção antes de continuar:

— Você se importa se eu perguntar o que fez você separar do Josiah? Todos ficaram chocados com isso. O casamento de vocês parecia tão sólido.

— Foi sólido enquanto durou. — Rio com amargura. — Não existe uma escala Richter para medir a magnitude dos nossos terremotos, um após o outro.

— Você o amava — ele afirma como um fato, não como uma pergunta.

Engulo o nó da garganta.

— Muito.

— E ele amava você.

Vou te amar até o dia em que eu morrer.

— Muito — concordo, deixando a taça de vinho sobre a mesa e abaixando os olhos.

— Sei de todas as perdas que vocês sofreram, mas um casal tão forte como vocês, achei que isso os uniria.

— Eu esperava que sim, mas talvez não estivéssemos bem o suficiente para consolar um ao outro. Sei que eu estava... Não ajudou muito com o estado que eu estava.

— Deprimida? — ele pergunta, com um tom tão suave que consigo lidar.

— Sim. — Abro um sorriso triste. — Muito e por um bom tempo. Simplesmente não conseguia me recuperar. Um luto complicado. Depressão. Foi o que me disseram. Sempre fui capaz de me levantar e sacudir a poeira, mas depois de Byrd e Henry... simplesmente não consegui. Não sei ao certo por quê. A minha terapeuta diz que às vezes as pessoas que sempre mantêm tudo sob controle são menos preparadas quando desmoronam.

— Isso teria sido muito para qualquer pessoa. Todos nós lidamos com a perda de maneira diferente.

— Sim, naquela época, não entendi que ao mesmo tempo em que eu precisava ficar absolutamente parada, Josiah precisava estar sempre em movimento, evitando a dor na qual eu estava presa.

Me recordo das noites em que Josiah se arrastava escada acima e pelo corredor até o quarto do bebê, olhando para mim na cadeira de balanço, com o seu cansaço num impasse diante da minha letargia causada pelo luto. Éramos duas almas arruinadas, incapazes de descobrir como salvar uma à outra. Ambas afundando.

Como eu transformei o meu primeiro encontro desde o divórcio numa autópsia do meu casamento? Tudo sempre parece voltar para Josiah. Não hoje.

— Vamos falar de algo muito mais urgente — digo, exibindo o meu sorriso mais doce para Mark. — A sobremesa.

18

JOSIAH

— Você não deveria estar se aprontando para dormir? — pergunto, encostado no batente da porta do quarto de Deja.

Ela está ajeitando o tripé com anel de luz, como se estivesse se preparando para gravar, mas Deja tem aula amanhã e está ficando tarde.

— Você não deveria estar indo para casa? — ela retruca. — Ou você está esperando a mamãe chegar?

Espertinha.

— Eu estava ajudando o seu irmão com a lição de casa.

Descrente, Deja ergue uma sobrancelha.

— Você estava ajudando o nosso gênio residente a fazer uma lição de casa que ele poderia fazer literalmente dormindo?

— E também estávamos conversando sobre a terapia. — Entro em seu quarto. — Kassim estava me contando como as coisas estão indo com o Dr. Cabbot, e eu estava contando para ele sobre as minhas sessões.

— Como estão indo?

Meço as palavras. Terapia pode não ser a minha praia, mas pelas conversas que tive com Kassim, ele está curtindo. Acha que está ajudando, e tenho que concordar. É difícil para mim admitir, mesmo para a minha filha de treze anos, que talvez... só talvez... eu também esteja me beneficiando de alguma maneira com a terapia.

E o que isso diz a meu respeito?

— O Dr. Musa é legal — afirmo.

Deja larga o celular na escrivaninha e me examina por baixo da borda rendada do seu gorro preto, enfeitado com fantasmas laranja e branco em homenagem ao Halloween na próxima semana.

— Vocês falam sobre Henry? — ela pergunta. — E sobre a tia Byrd?

Cerro os dentes ao redor das palavras, pois discuti muito pouco sobre isso antes.

— Sim.

Pigarreio e me sento na sua cama, querendo indicar que estou disposto a falar mais, se ela quiser. Ainda há poucas semanas, eu provavelmente teria encontrado uma maneira de sair daqui, interrompendo a conversa na hora. Algo mudou depois de discutir isso com o Dr. Musa, ao analisar como a perda dos meus pais com tão pouca idade me prejudicou de uma maneira que nunca admiti, e muito menos reparei. Abriu a porta para irmos mais a fundo e associarmos esse trauma a como processei a perda da tia Byrd e do Henry.

Ou como nem processei a perda deles, o que parece ser o caso.

Deja vira a cadeira que está voltada para a escrivaninha e se senta de frente para mim.

— Você foi tão forte quando eles morreram. Aguentou firme — ela diz, com os seus traços joviais, tão parecidos com os da mãe, se enrijecendo. — E a mamãe simplesmente desmoronou. Colapsou total.

— Deja, o que eu já disse sobre falar coisas assim sobre a sua mãe? Ela fez o que podia. Todos nós fizemos. O luto se expressa de forma diferente em cada pessoa. Você a viu como alguém que desmorona e eu como alguém forte, quando talvez ela estivesse fazendo algo que não fui capaz de fazer.

Engulo em seco e olho para baixo, para as mãos entrelaçadas e os cotovelos apoiados nos joelhos.

— Talvez ela estivesse sentindo isso. Aceitando que eles se foram quando, em algum nível, eu não conseguia aceitar. Fazendo o que era necessário para ela se curar. — Percebo resquícios de ressentimento na expressão de Deja. — Isso requer força.

Não sei se eu acreditava nisso quando estávamos passando por isso. Será que fiz Yasmen se sentir fraca? Com as minhas expectativas? Com a minha impaciência de retomar as nossas vidas e seguir em frente? Com a minha incapacidade de lidar com todas as nossas perdas? Será que eu contribuí para aumentar a dor de Yasmen?

— Você não precisa defendê-la, pai. Eu estava lá.

— Estava? — Franzo a testa. — Onde? Onde você estava, Day?

Ficando de pé e virando as costas para mim, Deja desliga o anel de luz do tripé e dobra as pernas dele.

— Estava me referindo ao divórcio e tudo o que aconteceu. Eu vi com os meus próprios olhos. — Ela caminha em direção à cama, bocejando e sem olhar para mim. — Você tem razão — continua, arrumando o edredom. — Já é tarde. Boa noite, pai.

A minha filha acabou de me dispensar?

Deja ajeita o gorro e se deita na cama, puxando a cortina translúcida suspensa sobre o travesseiro e a cabeceira, de modo que eu fico vendo uma forma vaga encimada por figuras de fantasmas e duendes.

— Você pode apagar a luz, papai? — ela pergunta.

Com certeza dispensado.

Eu não a confronto a respeito da tática de evasão, mas anoto para descobrir a causa do ressentimento de Deja em relação à Yasmen. Não posso mais atribuir isso apenas ao típico mau humor adolescente.

Apago a luz e fecho a porta. Desço a escada, parando no último degrau ao ouvir o portão da garagem de Clint e Brock se abrindo. Com a chegada dos vizinhos da casa ao lado, posso ir embora sem me preocupar com as crianças, mas eu não me mexo.

Será que estou à espera de Yasmen?

Ela deve chegar logo, não é? Ela precisa levantar cedo amanhã.

— Cara, ela não tem dezesseis anos — digo ao entrar na cozinha. — E você não é o pai dela.

Paro perto da cama do cachorro no canto da cozinha, onde Otis está todo enrolado e cochilando. Dou um tapinha na minha perna para ele acordar. Do jeito que Otis ofega, se recusando a se levantar, parece que pedi para ele correr uma maratona em vez de caminhar ao meu lado alguns quarteirões.

— Vamos sair daqui antes que ela volte para casa.

Apesar das minhas palavras, me aproximo do balcão, onde deixei o maldito buquê de Mark.

— Coloque as flores na água — digo, imitando Yasmen. — De jeito nenhum! Elas vão virar adubo se você está contando comigo para colocar as suas flores de merda na água.

Seria muito fácil jogar "sem querer" o buquê na lata de lixo, mas isso seria imaturo. Olho de relance e percebo que Otis está me observando.

— Canalha julgador — murmuro.

Olho além das flores e vejo a lasanha que Kassim não se deu ao trabalho de guardar. O cheiro está bom. Yasmen tem muitos talentos, mas cozinhar nunca foi um deles. Então, sinto curiosidade para provar como ficou. Pego um garfo na gaveta próxima e me sirvo de uma porção generosa.

— Hummm — gemo, mastigando a massa, o queijo e o peru moído. — Até fria, está boa.

Otis se aproxima para verificar por si mesmo, tão alto que consegue apoiar a cabeça no balcão. Ele cheira, olhando para a forma de vidro e choramingando melancolicamente.

— Nem pensar — digo a ele, puxando a sua coleira para afastá-lo do balcão. — Com todo o trabalho que tenho para seguir a sua dieta crua especial, você acha que vou te dar lasanha? Aí eu é que vou ser o...

A imagem de um pequeno monitor na parede chama a minha atenção. O sistema de segurança que instalamos possui monitores em vários lugares, como na sala de estar, no quarto de casal e na cozinha. A câmera registra qualquer atividade na varanda em tempo real. Sei o que vou ver ao me aproximar do monitor.

Yasmen voltou do encontro. Eu deveria ir embora, sair pela porta dos fundos e não me meter na vida dos outros. Foi um dia longo e tenho um café da manhã para empreendedores negros às sete da manhã.

Mas não consigo ir embora.

Meus pés estão fincados no chão, e os meus olhos, fixados no monitor.

Não consigo ouvir o que Yasmen e Mark estão dizendo, mas se trata da clássica dança do primeiro encontro. Ele é quase tão alto quanto eu, então ela precisa inclinar a cabeça para trás para rir olhando para ele, e isso expõe a elegante curvatura do seu pescoço. O sorriso de Mark é bastante inocente, mas o seu olhar é ardente, chamuscando o pescoço, o braço e o ombro nu de Yasmen, e se demorando nos seios dela.

Meu Deus, ela está linda hoje. Quer dizer, é a Yasmen, então ela sempre está linda para mim, mas quando ela abriu a porta mais cedo, por hábito, quase a toquei. Costumava ser um jogo entre nós. Ela se arrumava, depois se maquiava, sabendo muito bem que eu iria borrá-la quando a beijasse. Sabendo que havia uma boa chance de eu acabar abaixando a sua calcinha, tirando o seu sutiã e segurando os seus seios. Eu não conseguia ter o suficiente dela. Não conseguia manter as minhas mãos longe dela.

Antes.

Nós éramos assim antes, e então... éramos o que nos tornamos no final. Tensos. Frios. Calados.

Mark se aproxima, dentes muito brancos brilham à luz cálida da varanda. Ele entrelaça os dedos com os de Yasmen. E eu cerro o punho. Por que simplesmente não vou embora? Isso é invasivo. Ela merece privacidade, mas não consigo parar de assistir ao que poderia ser o primeiro beijo deles. Mark a puxa para mais perto, tocando a parte inferior das costas de Yasmen com a mão livre, atraindo-a para si até os seus corpos ficarem colados.

Meus dentes estão doendo, e percebo que eu estou rangendo com força. Um rosnado grave ressoa no fundo da minha garganta. As orelhas de Otis se contorcem, sinal de que os seus sentidos estão sintonizados com o som animalesco. Mark está tocando Yasmen de um jeito que, por anos, só eu podia tocar, e isso parece errado. Parece que ainda tenho todo o direito de irromper na varanda e quebrar a mão dele se ele não a tirar do arredondado quadril dela e da curva exuberante do traseiro dela.

Porém, fico onde estou, sabendo que deveria ir embora, mas incapaz de fazer isso.

No mesmo instante, o sorriso que eles compartilham desaparece, e Mark inclina a cabeça para beijá-la, provocando a abertura dos lábios de Yasmen. E sei o que ele vai encontrar ali. Algo doce. Me lembro do gosto doce dela. Como amoras, e hortelã, e luxúria. Ele mergulha e intensifica o beijo, com a mão viajando para empalmar o traseiro de Yasmen. Então, acho que vou enlouquecer. Algum interruptor na minha cabeça se desliga, e preciso de todo o meu autocontrole para não ir jogar Mark contra a parede. É preciso tudo para não o empurrar para fora da minha varanda e para longe da minha mulher.

Só que Yasmen não é mais minha.

Nada desta vida é meu. Claro, tenho proximidade com ela, com esta casa, mas nada disto me pertence, e eu não pertenço mais a isto. A Yasmen.

Foi ela quem tomou essa decisão, e não pela primeira vez, a frustração e o desamparo em relação a tudo que perdi embrulha o meu estômago. O caos da vida e como podemos calcular, e projetar, e planejar, e economizar... e então as pessoas que amamos morrem. Pode haver uma esperança crescendo dentro da mulher que você ama mais do que tudo e, num piscar de olhos, essa esperança pode ser perdida. Esse futuro, extinto. Essa mulher, beijando outro homem na varanda da casa que era sua.

E não temos controle sobre nada disso.

O celular vibra em meu bolso. Então, desvio o olhar do casal se beijando para checar a mensagem.

Vashti: Oi, amor.

Eu: Oi. Já acabou?

Vashti: Sim. Acabamos de fechar. Estou com saudade. Vamos passar a noite juntos? Eu adoraria.

Olho de volta para o monitor na parede. Eles estão separados agora. O primeiro beijo ficou para trás. Não consigo ver o rosto de Yasmen, mas os olhos de Mark estão vidrados de paixão, e a sua mão percorre as costas dela e depois agarra a cintura dela.

Eu deveria aceitar a oferta de Vashti. Me perder em outra mulher e não pensar na primeira vez que beijei Yasmen. Terminamos a noite dentro do seu apartamento miserável. Eu a pressionei contra a parede, com as nossas línguas se enroscando e as nossas mãos se movendo freneticamente. Deslizei os dedos para dentro da sua calcinha, e ela gemeu, afastando a boca da minha e inclinando a cabeça para trás, para me observar tocá-la. Em seguida, ficamos nos entreolhando até que ela gozasse em minha mão. Eu a vi desfalecer, com os olhos enevoados e o lábio inferior belo e carnudo preso entre os dentes. Os seios grandes e lindos se tensionando, ofegantes de paixão, com a agitação violenta de como os nossos corpos se desejavam.

De como as nossas almas pareciam se ligar num vínculo que nem mesmo o tempo poderia quebrar.

Sinto o pau cutucar o zíper da calça, e cravo uma das mãos no balcão e pressiono a outra na ereção. Só a lembrança daquela noite já me deixa excitado. Como, sem nunca baixar os olhos, Yasmen se apossou do meu pau através do jeans, friccionando-o de leve no começo e depois, a meu pedido, com mais força, me fazendo gemer. Gozei na calça como um adolescente, e não dei a mínima. Foi caótico e excitante. Parecia como nos filmes, quando duas pessoas que foram feitas uma para a outra se encontram e se chocam. Elas entram em combustão. Elas se encaram maravilhadas, porque quais são as chances de encontrarmos isso na vida?

Éramos assim.

E agora ela está na varanda, beijando um cara chamado Mark, e eu deveria estar a caminho de casa para esperar na cama por outra mulher.

Só que eu não consigo. Sentir isso e depois ficar com Vashti? Parece errado. Desrespeitoso. Egoísta. Sou capaz de ouvir a voz de Byrd em meu ouvido.

Garoto, criei você melhor do que isso.

— Sim, criou — murmuro com tristeza, me resignando a uma noite comigo mesmo e a minha mão.

Eu: Oi, talvez amanhã? Foi um dia longo. Começo cedo.

Por alguns momentos, não recebo nenhuma resposta, e quase consigo ver o seu belo rosto franzido de consternação, enquanto ela procura a forma perfeita de responder. Vashti é sempre cuidadosa, ponderada. Ela e eu temos uma natureza muito parecida. Talvez seja por isso que nos damos bem.

Vashti: Tudo bem. Eu entendo. Descanse um pouco e nos vemos amanhã.

Pouco convencido de que não vou me arrepender desse momento de nobreza, volto a dar um tapinha na minha perna para chamar Otis. Ele olha para a imagem da varanda na tela e arreganha os dentes, com as orelhas em pé e tensiona o corpo esbelto, com o instinto protetor em alerta máximo quando ele vê um estranho tocando alguém que considera seu.

— Cara, já entendi — digo, com uma risada um pouco amarga ao abrir a porta dos fundos. — Mas temos que ir.

E me recusando a olhar para a cena na varanda por mais um segundo, finalmente vou embora.

19

YASMEN

— Não posso adiar isso por mais tempo.

Estou do lado de fora da porta fechada do escritório de Josiah, com os aromas e sons da cozinha trazendo algum conforto. Nosso restaurante se tornou uma casa mal-assombrada desde que perdi Henry aqui no chão, sozinha no escuro, mas antes daquela noite, este lugar era o meu segundo lar. Finalmente, está começando a parecer assim de novo.

Respirando fundo, me preparo para ver Josiah esta manhã. Temos nos evitado nas últimas semanas. Desde a noite em que ele dormiu com Vashti. Desde o meu encontro com Mark. Além de nos cruzarmos de vez em quando nos corredores aqui do restaurante, mal estivemos no mesmo ambiente esses dias. Mesmo nos jogos de futebol, não ficamos juntos nas laterais do campo. Se não tivéssemos uma reunião com o nosso consultor de negócios esta manhã, eu estaria em casa, trabalhando em projetos para a Associação de Skyland, evitando o homem do outro lado desta porta.

Bato à porta e espero a voz grave de barítono de Josiah autorizar a minha entrada. Ele está sentado atrás da mesa, com os olhos fixos no laptop diante dele. Ele não me olha e continua digitando. O silêncio persiste, prolonga-se até ficar constrangedor. Então, me sento numa das poltronas no centro do recinto, ao lado de um sofá e uma mesa de centro, e largo a bolsa no chão.

— Harvey está a caminho — Josiah informa, ainda sem tirar os olhos da tela. — A última reunião com ele atrasou um pouco, mas ele estará aqui em breve.

— Ah, claro. Tudo bem.

Passo a palma úmida das mãos sobre as minhas pernas, sentindo o jeans macio e frio. Inquieta e procurando algo para fazer, aperto o meu coque. Coloquei tranças no fim de semana passado, porque estava cansada de mexer em meu cabelo. Hoje, elas estão adornadas com algumas argolas douradas espalhadas entre as mechas.

No geral, me sinto bonita. E confiante, e não vou deixar o mau humor que Josiah parece ter reservado para mim me abalar. Finalmente, ele fecha o laptop e se aproxima da área de estar. Examino as unhas, aproveitando a minha vez de ignorá-lo.

— Gostei das tranças.

Surpresa, levanto os olhos e o encontro sentado no braço do sofá de couro diante de mim. Não esperava que ele dissesse algo pessoal. Muito menos acerca da minha aparência. Ao olhá-lo nos olhos, estão frios como nas últimas semanas, e a sua expressão permanece imperturbável.

— Obrigada.

Procuro em minha mente algo mais a dizer. Os dias em que eu não dava conta de falar o suficiente para ele já se foram. Víamos casais jantando em silêncio absoluto e prometíamos um ao outro que isso nunca aconteceria conosco.

— Ah, você viu o boletim da Deja? — pergunto.

— Sim. — Ele franze a testa. — Não consigo acreditar que ela só tirou C em Inglês.

— Costumava ser a matéria preferida dela. Não é apenas a nota em si, mas estou preocupada com o tempo que ela passa nas redes sociais.

— Acho que ela vai encontrar o equilíbrio sem precisarmos ser muito rigorosos. O seu relacionamento com Deja já está bastante tenso e…

— Tenso? — pergunto, com a voz saindo numa advertência baixinha.

— Você mesma disse isso, Yas. — Ele cruza os seus malditos braços musculosos sobre o seu maldito peito largo. — Não vamos brigar a respeito de como precisamos lidar com as coisas em relação a Day. Já pensou que o Kassim pode jogar futebol americano?

— Desde que eu respondi "nunca" quando você perguntou da última vez? Não. Além disso, ele já joga futebol.

— Ele também quer jogar futebol americano.

— Um garoto pode querer muitas coisas que não são boas para ele, como literalmente bater a cabeça contra uma parede de tijolos repetidas vezes e arriscar a vida, o cérebro, para quê? Um jogo? Com tudo o que foi publicado sobre encefalopatia traumática crônica, não acho que vale a pena correr o risco. Muitos pais não estão mais deixando os filhos jogarem futebol americano.

— Você não acha que está sendo um tanto dramática? Eu joguei futebol americano. O Pregador jogou. Theo está jogando.

— Eu adoro o Pregador, mas o fato de ele deixar o Theo jogar não significa nada para mim. O que ele e Liz decidem para os filhos não tem influência sobre o que nós decidimos para os nossos. Kassim mal falou de futebol americano para mim.

— Ele não falou porque te ama e não quer te desagradar, mas ele me pergunta quase todos os dias. — A paciência de Josiah já está se esgotando.

— Claro, porque você é o pai legal.

— Bem, não sou eu que diz não para tudo só porque tenho medo ou sou muito rígido para permitir que os meus filhos tenham alguma liberdade para tomar as próprias decisões.

— Como você se atreve!

Fico de pé num pulo, incapaz de permanecer sentada por mais um segundo. Preciso me mover, deixar a raiva circular ou ela vai entupir as minhas veias. Meus passos vencem depressa a distância que nos separa e, antes que eu perceba, estou bem diante de Josiah, parada no espaço entre as pernas poderosas dele. O ar estala como uma descarga elétrica, repentina, quente, perigosa. Imprevisível. Eu deveria buscar abrigo, mas não recuo.

Sua expressão permanece inescrutável e com a beleza extrema do seu rosto intacta, porém ele respira mais fundo. Em resposta, vejo os meus seios subirem e descerem enquanto me esforço para recuperar o fôlego à medida que o ar fica mais pesado entre nós. Tão perto, sua presença me subjuga e os meus sentidos carentes se entregam completamente a ele. A maneira como o cheiro da sua água de colônia se mistura com o seu odor masculino único. A solidez do seu queixo em contraste com a curva sensual da sua boca. O calor que o seu corpanzil irradia, mesmo em repouso, me envolve.

Passo a língua pelos lábios secos de repente, e ele acompanha o movimento com os olhos semicerrados. Me sinto perseguida por aquele olhar, como se tivesse caído numa armadilha preparada pelo meu próprio corpo, concebida pela minha própria mente. Algo que pensei ter enterrado há muito tempo ressurge, nos envolve, dando nova vida a uma ligação que achava que estava morta. Há meses, sei que ainda sinto atração por Josiah, mas neste momento, com o seu olhar ficando mais intenso, o seu queixo se contraindo e o seu punho se cerrando, não posso deixar de me perguntar…

Será que ele ainda sente atração por mim também?

— Desculpem o atraso. — Nosso consultor de negócios entra apressado, se joga na poltrona e larga a maleta no chão. — Posso tomar um café antes de começarmos? — ele pergunta, ainda sem olhar para nós e tirando um monte de papéis da maleta aberta aos seus pés.

— Claro — Josiah responde.

Quando o meu ex-marido se levanta, como eu não me movi, apenas alguns centímetros nos separam. Com o calor que emana do seu corpo, meu coração fica aos pulos, como se estivesse enjaulado e pronto para tentar escapar. Por um instante, Josiah me encara, respirando fundo antes de me contornar e sair do escritório a passos largos. O ar me escapa e agarro o braço do sofá para me apoiar. Minha mente está girando, como uma centrífuga que separa todas as emoções que aqueles breves segundos incitaram.

Raiva. Confusão. Alegria.

Desejo.

— Interrompi alguma coisa? — Harvey pergunta, sem tirar os olhos dos papéis espalhados na mesa de centro.

— Hein? — pergunto, baixinho, me sentando em uma extremidade do sofá. — Como assim?

— Trabalho com vocês dois há mais de dez anos. A essa altura, acho que consigo dizer quem teve a última palavra só de olhar para vocês.

— Está tudo bem. — Esfrego a mão na nuca, massageando a nova tensão presente ali.

Harvey me lança um olhar duvidoso, mas antes que ele possa fazer outras perguntas para as quais não tenho respostas razoáveis, Josiah volta trazendo uma xícara de café.

— Puro, não é? — ele pergunta.

— Sim. Obrigado. — Harvey aceita a xícara, toma um longo gole e fecha os olhos. — Não tomei café pela manhã e a dor de cabeça já começou. Isso aqui alivia muito.

— Que bom. — Josiah desvia o olhar da poltrona que Harvey ocupou para o sofá onde estou sentada. É óbvio que ele não tem outra opção a não ser se juntar a mim. Ainda assim, ele hesita antes de ocupar a outra extremidade, esticando as longas pernas à sua frente.

— Em primeiro lugar, devo dizer que é muito admirável como vocês administraram essa transição — Harvey diz depois de tomar outro longo gole. — Não são muitos os casais que continuam trabalhando juntos depois do divórcio.

Nenhum de nós responde, mas quando dou uma espiada em Josiah, ele está olhando para frente, com a expressão impenetrável.

Josiah consulta o seu relógio.

— Podemos ir direto ao assunto para eu poder participar da reunião da equipe antes de abrirmos para o almoço? Já estamos começando atrasados.

— Claro. — Harvey ergue as sobrancelhas, mas não parece ofendido pela rudeza de Josiah. A essa altura, ele sabe que Josiah sempre prioriza os negócios. Harvey deixa a caneca de café na mesa. — Gostaria de rever a discussão sobre a expansão do negócio, principalmente a abertura de uma filial em Charlotte.

Josiah e eu recebemos esse comentário em silêncio. Pouco antes de Byrd morrer, o negócio estava indo tão bem que sonhávamos em expandi-lo para outras localidades na Geórgia ou até mesmo para uma cidade atraente em outro estado.

— Antes de discutirmos isso, quero fazer uma observação — digo, evitando cuidadosamente o olhar de Josiah. — Quando começamos a falar em expansão, eu era a principal defensora disso, mas muita coisa mudou. Si, sei que você salvou este lugar quando eu... não era capaz de estar aqui. Se você acha que não devemos expandir agora, vou acatar a sua decisão.

A ideia de expansão ainda me empolga, mas considerando o quão distante estou das operações diárias, não vou insistir.

— O Canja é tão seu quanto meu, Yas — Josiah afirma, inclinando a cabeça para me olhar nos olhos.

— Obrigada por dizer isso, mas todos nós sabemos que eu estava...

— Você estava cuidado daquilo que é mais importante para mim: os meus filhos. — Seus olhos, iluminados pela sinceridade, encontram os meus. — E também cuidando de si mesma. Com tudo o que você passou, isso era tudo o que eu tinha o direito de esperar. Se você não tivesse cuidado da Day e do Seem, eu não teria conseguido manter tudo sob controle aqui. — Ele ri. O som raso e autodepreciativo. — Embora não tenha um trabalho tão bom por aqui se...

— Pare — eu o interrompo. — É um milagre que você nos tenha feito decolar. Desculpe se não valorizei na época. Se alguma vez tornei as coisas mais difíceis para você.

Nós nos encaramos nos segundos que se estendem entre nós. Após a tensão que pairou na sala antes de Harvey chegar, as nossas palavras de apoio mútuo parecem estranhas, mas bem-vindas.

— Então, qual é a sua ideia, Harvey? — pergunto, esperando voltar a uma posição mais neutra. — Quer dizer, as coisas estão indo muito bem, mas estamos apenas nos reerguendo. O que faz você achar que devemos expandir as atividades agora?

— Oportunidade! — Sua boca se estica em um sorriso que gosto de chamar de grandes lucros à vista. — Um restaurante vai fechar em NoDa, North Davidson, que é uma das áreas mais valorizadas de Charlotte. Estamos falando de um imóvel de alto nível.

— Se é um imóvel tão bom assim, por que o restaurante vai fechar? — Josiah pergunta.

— Aposentadoria. — Harvey dá de ombros, torcendo os cantos dos lábios. — É um casal de idade que decidiu vender o negócio e se mudar para a Flórida.

— E estamos em condições de comprar se tudo estiver em ordem? — pergunto.

— Estamos — Harvey responde. — Os últimos trimestres, com a liderança de Vashti na cozinha, com a contratação de Anthony como gerente, e vocês tomando decisões estratégicas e inteligentes, foram muito bons. Os melhores que o Canja já teve.

— Verdade. — Josiah inclina a cabeça, com uma expressão alerta e curiosa. — O espaço é alugado?

— É uma casa que o casal reformou, parecida com o que vocês fizeram aqui — Harvey responde. — Vocês assumiriam a hipoteca, mas podem acreditar, o ponto é tão bom que vocês não teriam problema em pagar. Charlotte está virando a próxima Atlanta.

— Não existe "próxima Atlanta" — Josiah diz, presunçoso, sendo a única pessoa do recinto que cresceu na cidade.

— Charlotte está na lista das melhores cidades para viver — Harvey replica. — O setor financeiro é grande, e as pessoas estão prosperando. E a região de Charlotte em que se situa o imóvel está bombando. Muitos artistas e ótimos restaurantes. O casal gostaria de saber se vocês poderiam dar uma olhada entre o Dia de Ação de Graças e o Natal por um ou dois dias.

— Um ou dois dias? — Desvio o olhar da expressão ansiosa de Harvey para a repentinamente fechada de Josiah.

— Sim, eu gostaria que vocês dois vissem, é claro — Harvey afirma. — E eles gostariam que vocês ficassem um tempinho para discutir algumas coisas, conhecer a vizinhança. E também para que eles possam conhecer vocês um pouco. Eles não querem passar o ponto para qualquer um. Uma viagem rápida, com um pernoite.

Com um pernoite? A minha mente se agita, acionando alarmes nos ouvidos. Juntos?

— Yas e eu podemos discutir isso um pouco mais? — Josiah pergunta, com o olhar fixo em Harvey.

— Claro. — Harvey se inclina para a frente para pegar algumas páginas na mesa de centro, passando algumas para mim e algumas para Josiah. — Enquanto isso, eis um material promocional do restaurante e do bairro.

Dou uma olhada nas fotos e me pego sorrindo e com o coração batendo forte. A região de NoDa é eclética, e charmosa, e muito parecida com Skyland. O restaurante se situa numa casa, menor do que a que reformamos para o Canja, mas tão pitoresca quanto. As fotos foram tiradas durante o verão, já que todo mundo está usando regatas, sandálias e shorts. Há um gramado na frente e as mesas estão colocadas ali. Pessoas de todas as tonalidades circulam, sorrindo e comendo.

Algo a respeito desse lugar me atrai. Josiah sempre foi o homem dos números. Mostre-lhe os dados e os fatos, e ele decidirá. Meu cálculo é... mais descontraído. Localizado mais ao sul, não em minha cabeça, mas num meio-termo entre o meu coração e a minha intuição. Ao considerar a hostilidade que surgiu entre Josiah e mim, é fácil esquecer que desenvolvemos uma grande parceria. Entre a cabeça dele e os meus instintos, construímos algo fantástico aqui em Atlanta.

Poderíamos fazer isso de novo?

— Vou deixar tudo isso com vocês — Harvey afirma, indicando com a cabeça a pasta aberta e espalhando as fotos coloridas e lustrosas sobre a mesa de centro. — Vou mandar um e-mail com alguns números e especificações que podem ajudá-los a decidir. Na minha opinião, seria uma loucura se vocês pelo menos não fossem ver esse lugar. Se a venda do imóvel for anunciada, pela localização, ele será muito disputado, e o casal não vai esperar muito tempo.

Harvey fecha a maleta e se levanta, sorrindo para mim. Eu também me levanto e me inclino para o abraço e beijo no rosto que sei que está por vir.

— Este lugar não é o mesmo sem você — ele sussurra junto ao meu ouvido, me abraçando com um pouco mais de força. — Que bom que você está de volta e ele também.

Surpresa e sensibilizada, olho para o nosso velho amigo e retribuo o seu sorriso e o seu abraço.

— Obrigada, Harv.

— Vou acompanhar você — Josiah diz, também ficando de pé. — Está com fome? Podemos preparar algo para levar, se você quiser.

— Ah, eu sempre quero — Harvey afirma, seguindo Josiah até a porta do escritório.

As vozes e as risadas deles vindas do corredor ressoam no escritório. Pouco depois, ficam longe demais para eu ouvir. Pego uma das fotos, retratando um homem e uma mulher, algumas décadas mais velhos que Josiah e eu, sentados numa varanda.

Merry Herman e Ken Harris, proprietários.

— Qual é a história de vocês? — reflito em voz alta, olhando para o casal que quer nos conhecer.

Uma viagem rápida, com um pernoite.

Juntos.

Josiah e eu ficaríamos em quartos separados, claro, mas ainda assim a ideia de nós dois em outra cidade sem os nossos filhos, sem o Canja.

Sem a Vashti.

Sinto uma animação indesejada. O momento que compartilhamos antes de Harvey chegar volta à minha mente e perco o fôlego. A excitação se liquefaz em minhas veias, circulando e ardendo dentro de mim.

Eu quero o Josiah.

Eu não deveria. É tarde demais. Não vou agir em relação a isso, mas este desejo traiçoeiro que quase tinha esquecido ruge para mim de cantos empoeirados, espreita das sombras e me alcança através de teias finamente tecidas. Ele é selvagem e faminto. Se eu for esperta, vou deixá-lo morrer de fome, negá-lo, porque, ao contrário do passado, ele não ficará saciado.

20

JOSIAH

Deixo Harvey seguir o seu caminho satisfeito e, em seguida, volto com relutância para o escritório, parando por um momento no corredor.

O que diabos foi aquilo com Yas antes de Harvey chegar?

Quero esquecer aqueles momentos em que Yasmen ficou entre as minhas pernas, mas o seu perfume perdura em minhas roupas e em minha mente. Seu ardor está gravado em meus poros. Mesmo que os nossos corpos não tenham se tocado, eu ainda a sinto. Porém, o que eu me lembro com absoluta clareza é do fogo em seus olhos.

Um fogo que eu não vejo há anos. Raiva? Sim. Indignação? Talvez. Desejo? Com certeza.

O que é pior do que admitir que eu ainda a quero é a perspectiva de que ela também possa me querer.

Essa merda não vai acontecer. De novo não.

— Harvey já foi? — Vashti pergunta, pegando o corredor depois de sair da cozinha, usando o seu dólmã branco de chef.

Ela é pequena, mas não delicada. Há uma força interior e resiliência nela, um núcleo de serenidade que acho reconfortante. Gosto demais dela. Eu a respeito ainda mais e jamais quero machucá-la ou enganá-la.

— Sim — respondo e sorrio para ela. — Ele adora a torta de frango.

— Quem não gosta? — Ela ri, se aproximando até se encostar em mim. Vashti fica na ponta dos pés, pressiona a mão em meu peito e sussurra em meu ouvido: — Mal posso esperar para levar você para casa hoje.

Somos cautelosos no trabalho. Se alguém não soubesse que estamos namorando, nunca adivinharia pelo nosso comportamento, mas não é por isso que estou deixando um espaço entre nós agora. Com a lembrança de Yasmen ainda emaranhada em meus pensamentos, parece errado ficar aqui e falar sobre a noite com Vashti. Dou um beijinho em seus lábios, mas a mantenho delicadamente afastada de mim. A decepção surge e desaparece em sua expressão, quase antes que eu perceba.

— É melhor eu voltar para a cozinha — Vashti diz, com o seu sorriso sem o brilho habitual. — O prato especial de hoje precisa ser preparado direitinho, senão vai ser um desastre.

— Arrasa! — Aceno com a cabeça na direção do escritório. — Preciso falar com a Yas antes de ela ir embora.

Sei que Vashti fica imaginando sobre Yasmen e eu, mas ela perguntou relativamente pouco a respeito do nosso casamento, do nosso divórcio ou mesmo do nosso arranjo atual. Ela confia em mim e me acha um cara legal. E eu serei. Eu me inclino e dou um beijo demorado em sua boca, apertando de leve a curva do seu quadril. Vashti deixa escapar um gemido e inclina a cabeça para aprofundar o beijo. Um som à porta me distrai e, por cima do ombro de Vashti, vejo Yasmen. Ela está perto da porta do escritório, com um olhar confuso e o contorno exuberante da sua boca tenso. Não consigo deixar de pensar na noite em que eu assisti ao primeiro beijo entre ela e Mark. Será que eles voltaram a se beijar? Eles saíram de novo?

Transaram?

Eu não quero saber.

Vashti olha para trás e, tranquila, vê Yasmen nos observando. Ela sorri para ela, aperta a minha mão e volta para a cozinha.

— Você tem um minuto? — pergunto, olhando da bolsa que Yasmen carrega para a sua expressão reservada. — Eu queria conversar um pouco a respeito do que Harvey disse.

— Claro. — Ela se vira e volta para o escritório.

Vashti está na cozinha, e Yasmen está no escritório. O Pregador iria morrer de rir e dizer que estou dividido entre duas mulheres, mas não há nada dividido em relação ao que sinto. Está bem claro. Querer a minha ex-mulher não é novidade. Alguma vez eu não a quis? Posso querê-la até o dia em que eu morrer. Vamos ter oitenta anos e provavelmente o meu pau ainda vai ficar duro quando ela entrar num lugar usando a sua bengala, mas não vou deixá-la se aproximar novamente. Ela já demonstrou que não é confiável, e eu seria um tolo em acreditar no contrário.

— Então, o que você acha? Vale a pena considerar? — pergunto, pegando algumas fotos que Harvey deixou. Espero que agir como se tudo estivesse normal faça com que assim seja. Levando em conta as minhas conversas com o Dr. Musa, ao que tudo indica, esse é o meu *modus operandi*.

— A minha intuição diz que sim. — Yasmen se acomoda na poltrona. — Mas posso estar enganada.

Nós dois sabemos o quão confiável foi a intuição dela no passado. Optando por manter alguma distância entre nós, me sento na beirada da minha escrivaninha em vez de no sofá diante dela.

— Quero ver os números — digo. — Mas se for uma oportunidade tão boa quanto Harvey parece achar...

— E ele raramente se engana.

— E ele raramente se engana, então isso colocaria exatamente o que queríamos fazer antes... — Paro de falar, olho para ela e deixo a frase incompleta falar por si mesma. Antes de tudo.

— Isso nos colocaria de volta ao objetivo original — ela completa. — Quer dizer, a expansão.

— Isso. E tudo bem para você fazer uma visita numa viagem com pernoite? — pergunto, como se fosse algo inocente.

Yasmen pigarreia e levanta os olhos para encontrar os meus.

— Claro. A minha mãe virá para cá para passar o Dia de Ação de Graças e vai ficar uma semana. Talvez possamos ir enquanto ela estiver aqui. Aí ela ficaria com as crianças.

— Não é uma má ideia. — Meu sorriso surge involuntariamente. — Então a Carole vai vir? Espero que ela faça dobradinha de novo. As crianças não guardam boas lembranças.

— Ai, meu Deus. O cheiro. Lembra como elas reclamaram e se recusaram a tocar no prato? A minha mãe está decidida a fazer com que elas experimentem este ano — Seu sorriso mingua. — E... você, hein? Bem, nós não conversamos sobre os seus planos para o Dia de Ação de Graças.

— Sem dúvida, ficarei aqui.

Para onde mais eu iria? Desde o início, concordamos que não pediríamos aos nossos funcionários para trabalhar no Dia de Ação de Graças e no Natal. Nós mesmos não queríamos.

— Ah, não sei se a Vashti... — Yasmen desvia o olhar e passa a língua nos lábios. — Achei que talvez você fosse conhecer a família dela ou algo assim.

— Ainda não. — Cruzo as pernas e observo Yasmen com atenção. — E o Mark? Ele vai vir para conhecer a sua mãe?

— Você está brincando? Por que eu...? Não.

— É cedo demais? — pergunto, esperando que o meu tom seja relaxado.

— Nem sequer discutimos isso. Ainda não chegamos a esse ponto.

— Vocês voltaram a sair?

Ela semicerra os olhos e inclina a cabeça.

— Algumas vezes. Por quê?

— Só por curiosidade — respondo. — Vamos ver se a sua mãe quer ficar um dia ou dois com as crianças.

— E perguntar para o Harvey se o casal concordaria com a nossa visita talvez no sábado após o Dia de Ação de Graças.

— Isso.

Com isso resolvido, Yasmen se levanta, mas não sai de imediato.

— Bem, então, sobre o Dia de Ação de Graças. Você vai comer com a gente?

— Por que eu não comeria? — pergunto com a testa franzida. — Foi bom no ano passado, não foi?

Não sei se descrever o silêncio amargo que pairou sobre o jantar de Ação de Graças do ano passado como "bom" é inteiramente correto, mas é mais seguro do que a verdade. Foi bastante constrangedor o fato de Yas e eu estarmos no mesmo espaço, mas a família estava reunida, caramba. As crianças subiram para os seus quartos assim que terminaram de comer e eu fui embora de lá na mesma hora.

— Sim, foi bom. — Seu sorriso amarelo me diz que ela se lembra do jantar da mesma maneira. — Só não queria supor nada.

Yasmen está lutando contra algo. Indicações: mordida no lábio inferior, puxão no lóbulo da orelha esquerda, ruga entre as sobrancelhas.

Espero que ela decida se o que quer que esteja prestes a dizer vale a pena.

— Quer dizer, você poderia trazer Vashti — ela diz depois de mais três segundos. — Para o jantar de Ação de Graças.

Por essa eu não esperava.

— Vashti? Você quer que eu a leve comigo para o jantar de Ação de Graças?

Ouvir isso em voz alta parece fazer Yasmen hesitar. Ela confirma com um gesto lento de cabeça, piscando diversas vezes, como se estivesse processando a ideia.

— Sim. Se você quiser. É com você. Quer dizer, as crianças vão querer que você esteja presente e...

— Vou perguntar para a Vashti o que ela quer fazer e aviso você. Obrigado por pensar nela.

— Claro — Yasmen diz, e sem mais conversas que poderiam se tornar constrangedoras, ela vai embora.

21

YASMEN

— Então, me deixa ver se entendi — a minha mãe diz.

Paro de lavar as batatas-doces na pia e olho para ela. Se olhar para Deja é como olhar no espelho retrovisor do meu eu passado, olhar para a minha mãe oferece um vislumbre possível do meu futuro. Além de algumas rugas ao redor dos olhos, sua pele permanece firme e lisa. Tenho quase certeza de que minha mãe usou cosméticos a vida toda. Eu costumava vê-la espalhar um espesso creme branco de vez em quando à noite. Não é um produto especial ou caro. Tudo direto da farmácia, mas a sua pele é fantástica. Só espero que a minha esteja assim quando eu tiver a idade dela.

— Você achou que foi uma boa ideia convidar o Josiah e a nova namorada dele para o jantar de Ação de Graças — ela continua, com os olhos semicerrados atrás dos óculos de armação vermelha.

— Vai dar tudo certo, mamãe. — Fecho a torneira e coloco as batatas-doces numa tigela sobre a bancada. — Estão lavadas.

— Descasque-as. Como é mesmo o nome dela?

— Vashti.

Minha mãe sabe o nome dela. Ela já perguntou três vezes e tem uma memória de elefante. Evitando o seu olhar penetrante, começo a descascar as batatas-doces.

— Disse para eles que o jantar é às quatro. Vai dar? — pergunto.

— Hummmmm. Ela é cozinheira, né?

— Sim, uma chef de alto nível. — Reprimo um sorriso, porque já sei para onde essa conversa está se encaminhando.

— Mas ela sabe que sou eu quem está preparando o jantar, não é? — Mamãe toma um gole de gemada alcoólica. Ela não espera pelo Natal. — Ela pode trazer alguns acompanhamentos, mas...

— Claro que Vashti perguntou se poderia trazer alguma coisa. Eu disse para ela que adoraríamos, mas que você estava preparando o...

— O peru, as verduras, o purê de batata-doce e a caçarola de batata-doce alaranjada, o pescoço de porco.

— Tenho certeza de que temos suficiente pescoço de porco.

— As vagens, o frango frito, o...

— Sim, mamãe. Ela vai trazer alguns acompanhamentos que você não está preparando. Vai dar tudo certo.

— Você está bem?

— Como assim?

Mamãe apoia um quadril roliço na bancada e empurra os óculos até o alto da cabeça.

— Garota, não se faça de boba. Eu criei você. Eu conheço você. O que você acha do fato de o Josiah estar namorando essa moça?

— Mãe...

— Nada de "mãe". — Ela indica uma banqueta junto à bancada com um gesto de cabeça. — Senta.

— Teremos convidados amanhã e muita coisa para fazer antes...

— Eu cuido disso. Por que você acha que peguei um voo mais cedo? Agora, senta aí e conversa comigo.

Respiro fundo e solto o ar lentamente antes de me sentar. Com as sobrancelhas erguidas, olho para ela com expectativa.

— Por que você está me encarando? — ela pergunta. — Eu já fiz uma pergunta para você. O que você acha do fato de o Josiah estar voltando a namorar?

— Tudo bem para mim. — Dou de ombros, abaixo os olhos e traço a superfície de granito da bancada com um dedo. — Ela tem sido ótima para o restaurante. As crianças gostam dela. Josiah... — Procuro as palavras certas. Será que ele a ama? — Posso dizer que Josiah se importa muito com ela — concluo. — As coisas parecem estar progredindo. Então, desejo o melhor para eles.

— Progredindo? Tipo, você acha que ele pode pedir ela em casamento ou algo assim?

Ao ouvir a palavra "pedir", não posso deixar de pensar em como Josiah me pediu em casamento. Um ato surpreendente e impulsivo quando nós dois menos esperávamos.

— Hum, não. Pelo menos, acho que não. — Franzo a testa, porque do que é que eu sei? — Eu só... sei que eles estão dormindo juntos.

Eu não planejava dizer isso, contar isso a ela, mas a minha mãe tem um jeito de tirar coisas de mim que jamais pretendo compartilhar. Não escapei impune na minha infância.

Minha mãe se senta na banqueta ao meu lado.

— E você fica dizendo que isso não te incomoda... em nada.

— Estamos divorciados há quase dois anos. Era inevitável que isso acontecesse. Além disso, também estou conhecendo alguém.

— Quem? — Mamãe ergue uma sobrancelha.

— Um homem chamado Mark. Tipo, não temos um relacionamento sério ou exclusivo, mas já saímos juntos algumas vezes. Gostei dele. Ele é uma boa companhia.

— Então vocês estão seguindo em frente?

— Você acha que posso fazer o recheio?

Mamãe quase cospe a gemada alcoólica, seja pela abrupta mudança de assunto ou pela ideia de eu preparar o recheio. Não tenho certeza.

— Você?

— Sim, eu. — Forço uma risadinha e volto a descascar as batatas-doces, com os olhos fixos nos dedos. — Quero experimentar a receita de Byrd.

Os segundos se passam em silêncio. Paro de descascar e olho para a minha mãe, que está sorrindo.

— Sinto saudade daquela maluca — minha mãe diz, baixinho. — Costumávamos arrasar nas festas de fim de ano.

Byrd era uma das poucas pessoas com quem a minha mãe dividia uma cozinha. As histórias escandalosas delas a respeito dos bons e velhos tempos, as gargalhadas estrondosas e o amor inegável pela comida e pela família matizam muitas das minhas lembranças das festas.

— Eu também. — Aperto a sua mão e ofereço um sorriso. — Achei um dos cadernos de receitas dela quando esvaziamos a casa. Todas as receitas estão escritas à mão. Tenho experimentado algumas delas.

De alguma forma, usar as receitas de Byrd me fez sentir mais ligada a ela.

Dou de ombros e volto para as batatas-doces.

— Todos sabem que não sou uma grande cozinheira, mas quero tentar fazer o recheio dela este ano. Se ficar uma porcaria, você pode...

— Não vai ficar. Vamos garantir que fique perfeito. — Ela dá uma piscadela. — Você devia ter me escutado quando tentei te ensinar a cozinhar no ensino médio.

É uma piada recorrente o fato de eu não ter demonstrado interesse em cozinhar na juventude, mas acabar sendo dona de um restaurante.

— Lição aprendida. — Dou uma risadinha. — Acho que estou compensando o tempo perdido.

— Antes tarde do que nunca.

— Por falar em tarde... — Consulto o meu relógio. — A sessão de terapia já deve ter terminado. Vou enviar uma mensagem para o Josiah para saber se está tudo bem.

Estou estendendo a mão para pegar o celular quando Kassim irrompe pela porta dos fundos e entra na cozinha, com um sorriso largo estampado no rosto. Josiah o segue, num ritmo mais calmo.

— Vovó! — Kassim exclama e se atira em cima da minha mãe, inclinando-a para trás com a força do abraço.

— Kassim, cuidado — Josiah diz, mas num tom sereno. — Não nocauteie a sua avó antes de ela preparar o meu jantar de Ação de Graças.

Minha mãe segura o rosto de Kassim entre as mãos e beija o alto da sua cabeça. Em seguida, dirige a sua atenção para Josiah.

— Bem, olha só quem está aqui! — ela exclama, com profunda afeição no olhar. — É melhor você agradecer por ser tão bonito, senão não ia cozinhar nada para você.

Dando uma risadinha, Josiah dá alguns passos, alcança a minha mãe e a abraça.

— Não vou desafiar a sorte — ele diz. — Como foi o seu voo?

— Foi bom. — Ela se inclina para olhar para cima e examinar o seu rosto. — Tudo bem com você?

O sorriso de Josiah desaparece, porque ele reconhece a pergunta pelo que é. Uma prova da inteligência da minha mãe. Byrd tornava as festas especiais, e ninguém sentia a sua ausência agora com tanta intensidade como Josiah.

— Sim, senhora. Tudo bem — ele responde simplesmente.

— Mãe, nós jantamos comida indiana — Kassim afirma, pendurando a sua mochila no gancho perto da porta dos fundos.

— Fiquei sem saber onde vocês estavam — digo.

— Desculpe. — Josiah se encosta na ilha da cozinha e pega uma fatia de maçã da torta que a minha mãe está fazendo. — Achei que tinha dito que íamos jantar fora depois de sairmos do Dr. Cabbot. Fomos ao Saffron's.

Mamãe dá um tapa na mão de Josiah e tira a torta do alcance dele.

— Não tem problema — afirmo, me virando para limpar a bancada para não ter que olhar para ele. Josiah está usando um blusão de moletom com uma estampa da Morehouse e jeans escuro, e não sei se prefiro vê-lo de terno e gravata ou em traje esporte fino. Ele precisa parar de malhar. E de envelhecer, porque pelo visto isso não está ajudando em nada. Ele fica cada vez mais bonito à medida que fica mais velho, e eu não consigo me concentrar. Vou esperar até ele ir embora para continuar descascando essas batatas-doces ou vou acabar perdendo a ponta de um dedo enquanto babo disfarçadamente pelo meu ex.

— Posso jogar Fortnite? — Kassim me pergunta com um olhar suplicante.

— Não tem aula amanhã.

— Claro, mas não pegue no sono com isso ligado. Sei como você e Jamal ficam.

Ele sai correndo da cozinha e sobe a escada, fazendo um barulho parecido com o de uma manada de cavalos em disparada.

— Esse garoto e os seus jogos — minha mãe resmunga, voltando a sua atenção para a torta de maçã. — Vou cuidar do armário dele quando vocês forem para Charlotte. Da última vez que estive aqui, reorganizamos tudo e aposto que já está tudo bagunçado de novo.

Josiah e eu trocamos um olhar rápido e significativo. Sempre que a minha mãe vem, ela precisa organizar e fazer uma limpeza profunda em tudo até o último detalhe. As crianças reclamam, mas se tornou uma piada entre nós. Elas vão nos odiar quando voltarmos de Charlotte.

— Então amanhã às quatro para o jantar? — Josiah pergunta, olhando para a minha mãe.

— Sim, e não se atrase. Ouvi dizer que você vai trazer uma convidada. — Ela torce os lábios.

— Sim, senhora.

— E ela recebeu a lista de coisas que estou preparando e pelas quais ela não precisa se preocupar? — mamãe pergunta, com um olhar tão desafiador quanto provocativo.

— Sim, já transmiti a mensagem. — Ele abre outro sorriso largo e se inclina para beijá-la.

— Não vejo a hora de conhecê-la — minha mãe diz.

— Tenho certeza de que ela vai amar você. — A suavidade na expressão de Josiah desaparece um pouco quando ele olha para mim. — Vou nessa.

— Te acompanho até a porta — digo e enxugo as mãos num pano de prato. — Quero saber como foi a sessão com o Dr. Cabbot.

— Até amanhã, mãe — Josiah afirma, saindo pela porta dos fundos.

Saímos da casa, e ele se apoia no seu carro. Mantenho uma distância segura entre nós. Não perto o suficiente para o perfume e o calor dele me envolverem.

— Então, como foi? — pergunto.

— Muito bem. O Dr. Cabbot está satisfeito com o que está vendo. Ele não me conta tudo, é claro, mas falou que Kassim está um pouco ansioso com o fato de se sair bem o suficiente para pular a sexta série. Ele parece ter na cabeça que a terapia é parte de um teste para ver se ele é bom o bastante para ir direto para a sétima série.

Dou um sorriso amarelo.

— Acho que você pensa que a culpa é minha por esperar tanto? Provavelmente você não está enganado.

Com um dedo, Josiah levanta com delicadeza o meu queixo para que nos encaremos, me surpreendendo com o seu toque.

— Não fale assim. — Ele faz uma careta. — Eu devo me desculpar pelo comentário que fiz sobre colocar pressão neles. Não tenho desculpas, exceto que sou um idiota às vezes, mas a culpa não é sua.

— Eu sei que sou intensa.

Encosto o meu rosto na palma quente da sua mão. Parece que percebemos ao mesmo tempo que o seu polegar está traçando a pele sensível acima do meu queixo, abaixo da minha boca. Com certeza é apenas a memória muscular que faz Josiah me tocar dessa maneira. Nossos corpos se lembram de coisas que preferimos esquecer. Espero que ele se afaste imediatamente, mas o modo como ele me observa na penumbra da noite, a forma como os seus dedos se arrastam pelo meu queixo no momento em que ele decide parar de me tocar quase com relutância, me deixa sem fôlego.

Minha mente folheia um álbum de lembranças das quais não posso me permitir desfrutar. Por alguns segundos de tirar o fôlego, sou transportada de volta para a primeira vez que vi Josiah. Para a primeira vez que o beijei. Para a primeira vez que fizemos amor, que confessamos o nosso amor, com vozes roucas no ardor pós-sexo de lençóis amassados, de braços e pernas entrelaçados, de lábios marcados por beijos. Tínhamos o tipo de química que fazia entrar em combustão os lugares tocados: pele, cama, corações. Nada estava a salvo, e se há uma coisa que quero depois dos meus últimos e arriscados anos, é estar a salvo.

Josiah está num relacionamento agora. Então, fora de cogitação.

— Então, às quatro horas, não é? — Dou um passo para trás. — Você e a Vashti estarão aqui?

— Sim. — Ele aperta o controle remoto, fazendo as luzes do Rover piscarem. — É melhor ir para casa antes que o Otis encontre algo caro para metabolizar. Ainda não descartei a hipótese de ele ter comido o par de tênis que não consigo encontrar.

Engasgo pelo meu próprio subterfúgio, tossindo pelo tênis de Josiah cuidadosamente escondido em meu armário.

— Sim, não duvido disso — concordo. Foi mal, Otis.

Com um sorriso irônico, Josiah olha para a casa, depois para a de Brock e Clint, e para a nossa rua com todas as imponentes casas enfileiradas em nosso cantinho de Skyland.

— Você já parou para pensar até onde chegamos?

Se eu pensar nisso, também terei que pensar em tudo o que perdemos.

— Sim — respondo, enfiando as mãos nos bolsos da calça.

— Aquele primeiro apartamento era minúsculo.

— E as baratas? — Rio, balançando a cabeça.

— E a falta de pressão de água no chuveiro? Fiquei um ano sem conseguir tomar um bom banho. — Um sorriso leve surge em seu rosto. — Lembra do primeiro Dia de Ação de Graças? Não tínhamos onde cair mortos.

Eu me rendo à lembrança do supermercado na noite anterior ao nosso primeiro Dia de Ação de Graças. O meu marido normalmente sério me colocou dentro do carrinho de compras. Ele subiu na parte de trás e o impulsionou com um pé. A toda velocidade pelos corredores, começamos a rir, ignorando os olhares de todos. Quase posso sentir o ar batendo no rosto, ouvir o barulho das rodinhas protestando contra o nosso peso somado. Respiro o cheiro inconfundível de Josiah — limpo, masculino, dele — e sinto o seu calor em minhas costas.

Pegamos alguns itens básicos: leite, ovos, pão, frios. Tínhamos muito pouco dinheiro, mas como um agrado, cada um de nós escolheu algo de que gostava muito. Um pacote de meia dúzia de latas de Fanta uva para mim. Um saco de pipoca doce e salgada para ele.

— Não tínhamos dinheiro suficiente para pagar a conta — Josiah diz, sorrindo, como se ele estivesse revisitando aquela noite comigo em minha mente.

— Ai, meu Deus! — Rio e enterro o rosto nas mãos por um momento. — Todas aquelas pessoas na fila atrás da gente, com os carrinhos cheios de compras para o jantar de Ação de Graças, e a gente entregando um produto de cada vez para a caixa, tentando descobrir quantos itens precisávamos devolver para conseguir pagar a conta.

— Mas mantivemos a minha pipoca — ele diz.

Franzo a testa, mas um pequeno sorriso puxa meus lábios.

— Tenho quase certeza de que conseguimos pagar os meus refrigerantes. Você se lembra de que a luz tinha sido cortada e estávamos congelando no nosso apartamento de merda, mas o refrigerante estava quente?

Poderíamos ter ido ao jantar de Byrd, mas ela sempre tinha a casa cheia nas festas, e queríamos ficar sozinhos. Então, ficamos por nossa conta. Não me lembro de reclamar uma vez sequer do frio naquele apartamento miserável no gueto. Pelo contrário, embalados por "Let's Stay Together", de All Green, tocado alto no celular de Josiah, aproveitamos ao máximo a noite com velas acesas, sanduíches de pasta de amendoim e geleia e Fanta uva morna. Quando transamos, foi algo frenético e emocionante, como se Josiah fosse tudo o que tinha no mundo e eu fosse tudo para ele. Porque era verdade. Até hoje, fico um pouco corada ao ouvir "Let's Stay Together". A música pertence àquela noite e às coisas doces e obscenas que fizemos para nos manter aquecidos.

Aqueles anos, os mais pobres do nosso casamento, de alguma forma também foram os melhores.

É irônico que Josiah se lembre de eu ter sacrificado o meu refrigerante e eu me lembre de ter sido ele que sacrificou a pipoca. Eu me pergunto se isso é verdade para tudo e se a verdade se esconde em algum lugar entre o que cada um de nós lembra? Remodelando a nossa memória para ser o que achávamos que deveria ter sido. Será que eu fiz parecer melhor do que era? Ou será que eu fiz parecer pior?

Eu o observo, com os ângulos bem definidos do seu rosto sobrepostos à plenitude da sua boca. Sua severidade em contraste com a sua ternura pelas pessoas que mais significam para ele. Josiah é um enigma que faz todo o sentido para mim. Ou pelo menos costumava fazer.

— Foi uma noite boa — digo, com um nó na garganta, enquanto tento desviar o meu olhar do dele. É como se estivéssemos no meio daquele apartamento minúsculo outra vez, tremendo de frio, encolhidos sob cobertores e comendo comida barata à luz de velas. Muito contentes. Sinto um aperto no peito até a nostalgia e o remorso se esvaírem.

— Tenho que ir — Josiah diz, finalmente desviando o olhar e se afastando.

— Sim, até amanhã — digo, com o meu sorriso por um fio.

Josiah abre a porta do carro, embarca, dá a partida e vai embora. Fico parada à entrada da garagem por muito tempo depois que ele se foi, tremendo de frio.

22

JOSIAH

— Espera um pouco. Não toque a campainha ainda.

Olho para Vashti por cima da caixa com porções de comida que equilibro nos braços, com um dedo pronto para apertar o botão da campainha de Yasmen.

— Estou nervosa — ela diz, apertando os olhos. — Sei que é besteira, mas não consigo evitar. Parece que estou conhecendo a sua família.

Otis, esperando à varanda conosco, olha de Vashti para mim e se deita, apoiando a cabeça nas patas, como se estivesse se acomodando, enquanto tento acalmar Vashti.

— Não há motivo para você ficar nervosa. — Ajeito a caixa e dou um sorriso tranquilizador para ela. — São apenas as crianças e a Yas, e acho que algumas pessoas do restaurante que não tinham para onde ir.

— E a sua sogra.

— A minha ex-sogra — corrijo, embora Carole Miller nunca pareça ser uma ex-qualquer coisa. Ela me tratou como um filho desde o início, e isso não acabou com o divórcio. O fato de ela e Byrd terem se amado tanto só consolidou o vínculo entre as nossas famílias. — Você vai gostar da Carole, e ela vai gostar de você.

— O convite de Yasmen para mim foi incrível. Poucas mulheres seriam tão gentis e acolhedoras com a nova namorada do ex-marido.

— Essa é a Yas. — Aponto com o queixo para a caixa menor com porções de comida que Vashti carrega. — Além disso, você está trazendo um monte de presentes saborosos.

— Fiz questão de não preparar nada que consta da lista da Carole.

— Você é uma das melhores chefs da cidade, então, valeu por aceitar bem as exigências da Carole.

— Ah, eu entendo. Só porque fiz uma faculdade de gastronomia não significa que eu possa assumir o controle da cozinha dela. Minha mãe é igual. À moda antiga, e eu respeito isso.

— Acho que vocês vão se dar muito bem. — Ergo um pouco as sobrancelhas e aproximo o dedo indicador da campainha. — Pronta? — pergunto.

Vashti respira fundo.

— Pronta.

A porta se abre pouco depois.

— Pai! — Kassim diz, praticamente pulando. — Tem tanta comida.

— Não por muito tempo no que depender de você. Ajude a Vashti com essa caixa, Seem — digo, enquanto Otis passa rápido por nós em direção ao vestíbulo como um prisioneiro libertado. — Otis!

Ele para, obediente, mas impaciente, com as orelhas se contraindo e o rabo abanando. Sei que ele quer ir direto para a cozinha em busca de Yasmen, e Carole não tolera cachorros em seu domínio.

— Fique aqui. — Indico com a cabeça para a sua cama no canto da sala de estar. Ele bufa com desdém, mas assume a posição e se enrodilha perto da lareira.

Kassim pega a caixa de Vashti, e seguimos para a cozinha. Eu esperava um caos generalizado, mas já deveria ter adivinhado. Entre a destreza de Carole como cozinheira e a primazia de Yasmen como anfitriã, a cozinha está impecavelmente limpa e repleta de aromas de dar água na boca. Todos os pratos estão primorosamente enfileirados na bancada e na ilha da cozinha. Ao espiar a sala de jantar, a mesa está posta com a familiar louça fina e os talheres de prata. Há uma quantidade absurda de comida. Meu estômago ronca, e Carole levanta os olhos enquanto adiciona nozes-pecãs à caçarola de batata-doce.

— Já ouço a sua barriga roncando. — Ela ri, indicando um espaço vazio na ilha da cozinha. — Coloque a comida ali.

Kassim e eu colocamos as nossas caixas com cuidado. Carole enfia as mãos nos bolsos frontais de um avental com a frase "Não sou a vovó da vovó" estampada na frente.

— E quem temos aqui? — Carole pergunta com um sorriso amigável, observando Vashti por cima da armação dos óculos.

— É a Vashti — apresento. — Vashti, Carole Miller.

— Muito prazer em conhecê-la — Vashti diz, colocando as caixas no lugar.

— O prazer é todo meu. — Carole destampa um dos recipientes tirado das caixas. — Hummm, que delícia. Croquetes de salmão.

— Sim, senhora. É uma receita da minha mãe — Vashti diz, com um pouco menos de incerteza na voz agora que estão falando de comida. — Assim como a do pudim de milho.

— Pudim de milho?! — Carole exclama e fica alerta. — E onde está?

Vashti tira a tampa de outro recipiente, revelando o doce amarelo-ouro e de cheiro adocicado.

— Faz anos que não como isso. — Carole dá um sorriso de aprovação. — De onde é a sua família?

— Todos os meus familiares moram na Califórnia agora — Vashti informa. — Mas eram de Luisiana.

— Ah, então você tem algum sangue cajun.

— Tenho. Dê uma olhada nisto. — Vashti sorri e destampa um recipiente, revelando beignets polvilhados com açúcar de confeiteiro.

— Quando vai começar o jantar? — resmungo.

— Está tudo pronto — Carole responde, distraída, ainda comendo com os olhos os beignets. — Só falta Yas descer. Ela subiu para tomar banho e se trocar. Assim que ela aparecer, podemos começar.

— Estou aqui.

Yasmen entra na cozinha, impregnando o ar com um aroma adocicado de baunilha. Alguns grampos dourados estão espalhados pelas tranças presas num penteado para cima. A calça preta de boca larga e o suéter verde-esmeralda justo realçam as curvas generosas da sua figura. Um batom vermelho fosco adorna os seus lábios. Todos esses detalhes a deixam com uma aparência fresca e bonita, mas são os brincos que chamam a minha atenção.

— Você achou eles! — Kassim exclama, se aproximando para puxar com delicadeza os brincos em forma de peru.

— Sim. — Ela sorri para o filho. — Estavam numa caixa no fundo do meu armário junto com outras joias que eu não sabia onde tinha colocado. Já nem me lembro em que aniversário vocês me deram eles.

— De trinta anos — digo, mordendo a língua tarde demais.

Yasmen dirige o seu olhar para mim como se tivesse acabado de se dar conta de que estou aqui. Por um instante, o seu sorriso vacila e, em seguida, ela o firma.

— Ah, sim — ela diz. — Acho que você tem razão.

Sei que tenho razão, porque foi o ano em que dei a ela um colar de ouro com um pequeno pingente em forma de roda. "Até as rodas caírem" estava gravado no verso. Tenho certeza de que ela também não sabe onde ele está, mas nem deve ter se dado ao trabalho de procurar, já que as rodas do nosso casamento definitivamente caíram.

— Oi, Vashti. — Yasmen sorri e levanta a tampa de alguns recipientes. — Obrigada por vir e trazer tanta comida.

— Imagina. — O nervosismo de Vashti parece ter desaparecido e seu sorriso é largo e natural. — Obrigada por me receber.

— Não tem de quê. — Yasmen desvia o olhar de mim para Carole. — Tudo pronto, mamãe?

— Todos aqueles famintos da sala esperam que sim, — Carole dá uma risadinha. — Até uns seis funcionários do seu restaurante apareceram.

O prazer ilumina a expressão de Yasmen. Ela adora uma festa. Quanto mais, melhor.

— Então, vamos lá.

É muito bom ver tantos rostos familiares do restaurante ao redor da mesa enquanto nos servimos e mergulhamos de cabeça em nossos pratos. Milky acaba sentado ao meu lado, e Vashti, do outro.

— Como está a sua filha, Milky? — pergunto, tentando decidir por onde começar no meu prato cheio com tudo, desde macarrão com queijo até a famosa broa de milho de Carole.

— Ela está bem. — Ele dá uma mordida num pão e mastiga um pouco antes de continuar. — Ela e a família dela foram passar o feriado com a família do marido em Memphis. Eles vão passar o Natal aqui. — Milky faz uma pausa e olha para mim. — Agradeço por vocês me receberem. As festas são quando sentimos mais saudade daqueles que perdemos, não é?

Me dou conta de que não sou o único a sentir saudade de tia Byrd hoje. Tentando descobrir como seguir em frente sem ela. Vincos profundos aparecem ao redor da boca de Milky e marcam sua testa. Pela primeira vez desde que o conheço, ele aparenta a idade que tem.

— Que bom que você está aqui, Milky — digo, baixinho. — Você sabe que é sempre bem-vindo.

Antes que as coisas fiquem desconfortáveis, ambos cortamos o peru, que Carole sempre tempera com esmero. Pego um pouco do recheio. Assim que a comida toca a minha língua, fico paralisado, com o garfo suspenso entre a boca e o prato. Abaixo o garfo e saboreio o recheio durante algum tempo.

— Carole — digo, franzindo a testa —, o seu recheio está delicioso. Parece o da...

Byrd.

Não digo em voz alta, porque não quero me lembrar de perdas hoje, mas uma onda de nostalgia me envolve. Não acompanhada de tristeza, mas de alegria. Os sabores excitam o meu paladar, exatamente como só os de Byrd excitavam. Ela podia estar sentada aqui, transbordante com o prazer de cozinhar para as pessoas que amava.

— Não fui eu que fiz o recheio — Carol e informa.

— Uau! — Desvio o olhar para Vashti. — Você fez um ótimo trabalho, Vashti. Não como um recheio tão bom há muito tempo.

— Também não fui eu — Vashti diz um pouco tensa. — E o meu recheio no cardápio do restaurante? Você disse que gostou.

— Gostei, mas se não foi você que fez este, então quem...

— Eu fiz — Yasmen diz do outro lado da mesa.

— Você?! — exclamo, incrédulo. Vejo sua boca ficar tensa e ela lançar um olhar autocrítico pela fileira de pessoas que estão meio comendo, todas ouvindo. — Não foi isso que eu quis dizer, Yas. Eu só... tem exatamente o gosto do recheio de Byrd.

A tensão ao redor de sua boca suaviza, e ela abre um leve sorriso.

— Eu usei a receita dela.

— Você está com ela?

— Quando estava dando uma olhada nas coisas dela, encontrei um caderno com algumas das receitas. Escritas à mão — Yasmen responde, enrolando uma porção de macarrão com queijo com o garfo.

Todos estão ouvindo e eu deveria guardar as minhas perguntas para mais tarde, mas preciso saber. Algumas receitas que Byrd não usava no restaurante, ela reservava para a família e os amigos, como se guardasse algo especial para nós. Esta versão específica do seu recheio do peru é uma delas. Vashti já reformulou o cardápio do restaurante, criando o seu próprio, assim, a comida que servimos agora não reflete o estilo de Byrd de verdade. Tenho fotos, lembranças e todo tipo de coisa que Byrd deixou para que eu me lembre dela. Caramba, já tenho o cachorro dela, mas a comida dela? Jamais poderei ter isso de novo. Não do jeito que ela preparava. Então, qualquer coisa que chegue perto é algo a ser valorizado. E ver as receitas escritas à mão... É algo inestimável.

Yasmen dá de ombros, abaixa os olhos para o seu prato e sorri com tristeza.

— Acho que isso me faz sentir mais próxima dela. Todos nós sabemos que não sou uma grande cozinheira, mas...

— Está delicioso. — Ignoro todas as outras pessoas à mesa e olho Yasmen nos olhos, tentando transmitir a minha gratidão de onde estou. — Gostaria de ver o caderno algum dia.

Lentamente, percebo que todos pararam de comer, desviando o olhar de Yasmen para mim com diferentes graus de curiosidade. Todos, exceto Vashti, cujos olhos estão fixos em seu colo e as costas estão rígidas e eretas.

— Enfim, este peru também está ótimo, Carole, como sempre — digo, esperando dissipar a tensão repentina.

— Obrigada — Carole responde, dando um olhar inquiridor para a filha.

— Agora que você mencionou — Milky diz, pegando uma garfada de recheio. — Tem mesmo o gosto do de Byrd. Também vou querer ver as receitas, Yas.

— Quando você quiser. — Yasmen ri, satisfeita com a aprovação de Milky. — Então, Kassim, a vovó fez o seu prato favorito. O que você está achando da caçarola de batata-doce?

Diante de tal mudança de assunto, todos voltam a saborear as refeições, deixando escapar grunhidos de satisfação que pontuam o zumbido das conversas à mesa.

— Os croquetes de salmão estão ótimos — digo a Vashti em voz baixa, estendendo a mão sob a mesa para segurar a dela. Parece um gesto insincero de alguma forma, como se eu estivesse a tocando apenas para tranquilizá-la de algo, mas ela aperta os meus dedos e ergue a cabeça para me dar um sorriso amarelo.

— Obrigada — ela diz e toma um gole de chá doce. — Agora me fale mais a respeito dessa viagem a Charlotte.

— Vamos no sábado — digo, mantendo um tom de voz uniforme e neutro. De propósito, não dei muita importância à viagem. — É um bate e volta. Voltamos no domingo à tarde, de avião.

— Você, Harvey e Yasmen? Vocês vão todos junto no sábado?

Me sirvo de uma colher de purê de batata-doce, mastigo devagar e respondo:

— Harvey tem família em Charlotte. Então, ele já está lá para o Dia de Ação de Graças. Vamos encontrá-lo na cidade.

Vashti coloca o garfo na mesa e me observa com os olhos semicerrados.

— Então só você e a Yasmen vão viajar no sábado?

— Sim — Deja se intromete na conversa. Ela está sentada ao lado de Vashti e com a boca cheia. — A nossa avó vai ficar com a gente. Ela vai nos fazer limpar tudo. Espero que ela não prepare dobradinha de novo. Você já experimentou, Vashti?

Vashti desvia o olhar de mim para Deja.

— O quê? Desculpe. Eu já experimentei o quê?

— Dobradinha. — Deja cobre a boca, com os olhos cintilando. — Cheira muito mal.

— Eu deixo o bucho do porco numa solução de água sanitária — Carole interrompe, rindo das expressões horrorizadas de Deja e Vashti. — Todo o veneno evapora no preparo. Ninguém nunca morreu comendo a minha dobradinha. Vocês não sabem o que é bom. Vou guardar um pouco pra você, Vashti.

— Acho que não precisa, Carole. Obrigada. — Vashti consegue dar uma risadinha, mas logo ela se volta para mim e eu sei que ela ainda está pensando nas implicações de Yasmen e eu viajarmos juntos. Não deveria haver implicações.

Somos dois adultos que não estão mais casados e que seguiram em frente, até mesmo saindo com outras pessoas.

E mesmo assim... não tinha mencionado isso para Vashti, porque sinto algo em relação a isso. Algo entre a apreensão e a expectativa. Sufoco esses sentimentos, porque são irracionais, e perigosos, e inúteis.

— É um bate e volta — eu lembro a Vashti, voltando a apertar a sua mão.

— Eu sei. Só queria que você tivesse me contado. — Ela puxa a mão de modo brusco, aparentemente para tomar outro gole de chá, mas não consigo deixar de sentir que é um gesto de reprovação.

— Eu teria contado se fosse algo importante — digo, apenas alto o suficiente para ela ouvir. — Mas não é. É só um negócio.

— Tudo bem, Josiah. Se você está dizendo. — O olhar que ela me lança é irônico e um pouquinho preocupado.

Vashti volta a comer e conversar com Deja ao seu lado. Arrisco um olhar para o outro lado da mesa, onde Yasmen está conversando com Bayli, uma das melhores recepcionistas do Canja. A minha ex-mulher está com a cabeça jogada para trás dando uma daquelas risadas que tomam conta do ambiente e fazem você querer participar da piada. Os brincos cafonas em forma de peru e de cores chamativas balançam quando ela se inclina para frente para pegar o seu copo de água. Seus olhos escuros estão iluminados pela alegria, suas bochechas levantadas em um sorriso que a faz parecer feliz. Não a vejo tão feliz há muito tempo. Na verdade, isso não está correto. Ela está parecendo feliz há meses agora, e a percepção súbita é como um alfinete picando o meu peito.

Ela está de volta.

A mulher com quem me casei, que administrava o mundo ao seu redor sem transpirar, cuidava dos nossos filhos, de si mesma, de todos... ela está de volta.

A mulher que eu amava está de volta. Terapia, remédios, tempo. Caramba, ah, se eu soubesse tudo o que foi preciso para trazê-la de volta para nós, tão bonita, e luminosa, e confiante como sempre, mas aconteceu.

Vashti puxa a manga da minha camisa e eu olho para ela, me forçando a sorrir para acompanhar o seu sorriso. Sua expressão tranquila me diz que ela deixou de lado as preocupações acerca de Yasmen e eu viajarmos juntos. Vashti acredita que tudo vai correr bem. Ela acredita em mim.

Espero merecer a sua confiança.

— Vamos dizer pelo que somos gratos? — Deja pergunta quando há mais gente conversando do que comendo.

Olho para a minha filha, surpreso, mas satisfeito. É evidente que Deja está passando por algumas coisas, mas, no fundo, ela ainda é aquela menina que adora estar cercada pela família e se empolga com as festas.

— É uma excelente ideia — respondo e sorrio para ela e depois para Kassim, cuja expressão se ilumina com a sugestão.

— Sempre pedimos que todos à mesa digam pelo que são gratos — Deja diz a todos. — Um de cada vez.

— Fico feliz que você tenha lembrado, Day — Yasmen afirma, entrelaçando as mãos sob o queixo. — Você quer começar?

— Ah, com certeza — Deja diz. — Sou grata por todos os meus novos seguidores. Vocês podem me encontrar em Kurly Girly, no Instagram e no TikTok.

Todos riem como esperado, e Deja abre um sorriso que cobre todo o seu rosto. Encantadora.

Ao redor da mesa, cada um compartilha o motivo pelo qual é grato. É bom ouvir os funcionários do restaurante falarem acerca das coisas que são importantes para eles. São vislumbres de suas vidas, sobretudo os de Milky. Ele e eu não conversamos muito sobre Byrd, mas se há alguém que sente saudade dela quase tanto quanto Yasmen e eu, é Milky. Não sei por que não me aproximei mais dele. Talvez, de certo modo, ele me lembre do que perdi. Mesmo as poucas sessões de terapia que tive com o Dr. Musa me ajudaram a perceber que, quando fico magoado, me fecho e me entrego ao trabalho. O que eu já sabia. Mas também estou percebendo o quanto me isolo, lambendo as minhas feridas sozinho. Talvez, de forma inconsciente, por ter perdido tanto, tenho medo de que um dia eu acabe sozinho.

Se eu estivesse diante do Dr. Musa, eu daria risada com ele a respeito do seu psicologismo barato que está me contagiando.

— Pelo que sou grata? — Yasmen inclina a cabeça. — Nossa! Não sei por onde começar. Vou ter que trapacear e dizer mais de uma coisa.

Ela abaixa os olhos para os restos da comida em seu prato, morde o lábio e brinca com o garfo.

— Sou grata pelos meus filhos. Eles são a razão pela qual eu ainda estou aqui. — Ela olha para cima com os olhos arregalados, como se tivesse dito algo que não pretendia. — Todos sabem que foram dois anos difíceis. Deja e Kassim, vocês significam tudo para mim. Sou grata por amigas que são como minhas irmãs. E acho que sou mais grata pelo tempo, que nem sempre cura todas as feridas, mas nos ensina a sermos felizes de novo mesmo com as nossas cicatrizes.

Suas palavras ecoam entre nós, afetando alguns mais do que outros. Carole pisca depressa, lutando contra as lágrimas. Nem mesmo ela conseguiu ajudar a filha quando Yas estava em seu momento mais difícil. Ver Carole aqui, rindo com Yasmen novamente, torna esta festa ainda mais especial.

— Kassim, sua vez — Yasmen diz.

Kassim se apruma na cadeira, dando a impressão de que ele está na frente de uma classe, se preparando para apresentar um trabalho. Não sei em quem o gene do desempenho além das expectativas é mais forte, se em mim ou em Yasmen, mas Kassim deve ter recebido em dose dupla.

— Sou grato pela terapia — Kassim afirma sem hesitação. — O Dr. Cabbot é muito legal. Eu gosto de ter alguém para conversar.

É algo simples, mas profundo, esse garoto dizer que faz terapia e que ela o ajuda. Quantos adultos jamais admitem que precisam de ajuda? Que precisam de alguém para conversar? Nunca obtêm a ajuda que comecei a entender que a terapia pode oferecer. Uma ponta de vergonha me atinge. Aos dez anos, meu filho é mais corajoso em relação aos sentimentos do que eu jamais fui. Ergo os olhos e encontro o olhar de Yasmen não em Kassim, mas em mim. Seu sorriso sutil manifesta uma mistura de prazer e orgulho.

Após a sobremesa, alguns convidados vão embora, outros se postam diante da televisão para assistir a uma partida de futebol americano.

— Foi ótimo — Vashti sussurra para mim. — Adorei.

— Que bom. Vamos embora? — pergunto. Ela confirma com a cabeça, e eu olho ao redor, mas não há sinal dos meus filhos. — Vou dizer para o Kassim e a Deja que estamos indo.

— Se despeça deles por mim. Vou para o carro. Fui deitar tarde e acordei cedo para cozinhar. Estou exausta.

— Eu disse para você que não havia nada com o que se preocupar — provoco. — Carole não morde.

— Ela é maravilhosa. Vou me despedir dela e agradecê-la por tudo.

Subo a escada, bastante certo de onde Deja está. E, como era de se esperar, ela já está com o celular e o tripé a postos, junto com uma grande variedade de produtos para os cabelos. Com a promessa de não passar a noite inteira no celular, Deja me beija e me empurra para fora. Kassim também está em seu quarto, usando o seu fone de ouvido e jogando videogame com Jamal. Otis cochila aos pés dele.

— Oi, pai — ele diz, sem tirar os olhos da ação na tela. — Será que o Otis pode ficar comigo hoje?

Olho para Otis. Não é incomum, ainda mais em festas, ele ficar aqui em vez de voltar comigo, embora às vezes ele faça questão de ir para casa. Otis não suporta dormir longe de mim.

— Claro, mas eu não vou voltar para cá se ele começar a choramingar.

— Ele vai ficar bem — Kassim diz e acaricia a cabeça do cachorro. — Não é mesmo, Otis?

Otis apoia a cabeça no colo de Kassim, o que já é um sinal suficiente para mim.

— Você e a Deja precisam levar Otis para passear de manhã cedo — lembro Kassim. — Ainda vai estar escuro. Você não pode ir sozinho.

— Eu sei. Já falei com a Deja. Ela disse que tudo bem.

Estendo a mão para coçar a parte de trás das orelhas de Otis, e ele encosta a cabeça em minha palma por um instante antes de voltar para Kassim.

— Tudo bem, então — digo, dando um beijo rápido na cabeça do meu filho. — Te amo, garoto.

— Também te amo, pai.

Carole está ao pé da escada, com marcas de cansaço contornando a sua boca e os olhos. Ela não é mais tão jovem como costumava parecer, e dois dias cozinhando para tantas pessoas podem tê-la sobrecarregado.

— Estava esperando te encontrar aqui ainda — ela diz, entrelaçando o seu braço no meu. — Foi bom te ver.

Dou um abraço lateral nela, e parece como outras cem vezes que a nossa família se reuniu e Carole ficou ao meu lado, mas tudo é diferente agora.

— Também foi bom te ver, Carole. Trabalho incrível como sempre.

— Foi um prazer conhecer a Vashti. Ela é uma graça. — Ela olha para mim, com um sorriso no rosto, mas semicerra os olhos. — Eu odiaria ver essa garota se machucar.

— Por que você está dizendo isso? — pergunto, mesmo que ache que já sei.

— Rapaz, você não é burro, e eu também não sou. — Seu sorriso some. — Eu conheço você, Josiah, e conheço a minha filha.

— Bem, talvez seja com ela que você deva conversar — digo, amenizando o comentário. — Porque agora é tarde demais, e foi a Yasmen quem quis o divórcio. Acabou.

— Não tenho essa impressão. Não do jeito que você olha para Yasmen quando outra mulher está sentada bem ao seu lado.

A última coisa de que preciso, com todas as emoções conflitantes conflagradas dentro de mim, é de Carole piorando as coisas.

— Vashti está esperando no carro — afirmo, colocando um ponto-final na conversa. — Melhor eu ir.

— Eu não disse por mal. Eu te amo como um filho. Você sabe disso.

— Eu sei — digo e me inclino para beijar o seu rosto.

— Ah! Acho que a Vashti deixou um dos recipientes dela na cozinha. Você pode pegá-lo antes de sair? E agradeça a ela mais uma vez pelo beignets.

Ao entrar na cozinha, vejo que ela está incrivelmente limpa depois de um jantar com tantos pratos e tantas pessoas, mas Yasmen, sorrindo ao celular, é a única pessoa aqui.

— Você fez tudo isso sozinha? — pergunto, descontente comigo mesmo por não ter considerado a possibilidade de ajudar na limpeza. Carole havia nos assegurado de que elas tinham tudo sob controle, mas será que foram apenas ela e Yasmen que fizerem todo o trabalho?

Quando Yasmen percebe a minha presença, seu sorriso vacila um pouco.

— Ah, não! Mamãe e Bayli ajudaram. A minha mãe até conseguiu convencer a Deja a pôr a louça suja no lava-louças. Não levou muito tempo.

— Que bom! — Aponto para o celular com a cabeça. — Namorado?

Não é da minha conta e o olhar de Yasmen confirma isso. Quando foi que perdi todo o controle da minha capacidade de pensar antes de falar? Não era a minha intenção perguntar isso. Não me importo se ela está enviando uma mensagem para Mark.

— Eu não tenho namorado. — Ela enfia o celular no bolso da calça e me olha com um sorrisinho. — Mas se você está se referindo ao Mark, não, não estou trocando mensagens com ele. Hendrix e Soledad estavam só querendo notícias.

— A sua mãe disse que a Vashti esqueceu um dos recipientes dela?

— Acho que não. — Yasmen franze a testa. — Ela checou duas vezes antes de sair.

Hesito. Sei que não tenho motivo para prolongar a conversa, mas me sinto compelido a falar.

— Foi legal o que Seem disse hoje, não foi?

Yasmen suspira e coloca ambas as mãos sobre o coração.

— Acho que nunca tive tanto orgulho do Kassim. Para mim, nenhuma nota máxima ou prêmio que ele já ganhou se compara ao que ele disse à mesa hoje.

— É verdade. — Me encosto na bancada ao seu lado. — Ele é demais! Seem simplesmente falou, sem nenhum constrangimento. A maioria das pessoas que conheço não faria isso, mesmo que esteja fazendo terapia.

— Esse é o rapazinho que você está criado — Yasmen afirma, olhando para mim pela curvatura dos cílios longos. — Sei que você teve os seus problemas em relação à terapia, mas está fazendo a sua parte por ele. Você serviu de exemplo para Kassim, mostrando que não havia motivo para ele não fazer. Ele será mais saudável por causa disso.

— Eu servi de exemplo? — zombo. — Acho que nós dois sabemos que você fez muito mais para demonstrar os benefícios disso do que eu.

— Fizemos juntos então — Yasmen afirma. — Ainda formamos um grande time, não é?

Uma nova tensão circula no ar, nos envolvendo. Ela me arrasta e, embora nenhum de nós tenha se movido um centímetro, parece que estamos a apenas um suspiro de distância. Como se o espaço entre os nossos corpos desaparecesse e estivéssemos muito próximos. Sinto o frescor do hálito de Yasmen e o aroma inebriante da baunilha que escapa da sua pele, que sei de lembrança que é macia ao toque. Meus sentidos absorvem Yasmen em longas doses e parece que vou sufocar se eu não...

— É melhor eu ir — digo, me afastando do balcão, atravesso a cozinha com passos largos até a porta dos fundos e a abro, esperando que o ar fresco e revigorante faça Yasmen sumir da minha mente.

Mas não sei se é possível. Não sei se será algum dia, mesmo que eu tenha que tentar, porque ela fez a escolha dela. Não fui eu. Não tem a ver comigo. Não posso ficar aqui. Nem nesta cozinha, nem aqui, ainda a desejando.

— Josiah — ela me chama.

Eu não a encaro, mas viro a cabeça, mostrando apenas o meu perfil.

— Sim?

— Vejo você no sábado de manhã, certo?

Droga. Charlotte.

— Sim. O carro vem nos pegar às dez.

— Ótimo. Hum... — Parece que nós dois prendemos a respiração ao mesmo tempo, enquanto eu espero que ela diga o que tem a dizer. — Feliz Dia de Ação de Graças.

Concordo com um gesto de cabeça, sem olhar para trás, e caminho em direção ao carro, onde Vashti está me esperando.

— Idiota. — Enfio as mãos nos bolsos, rangendo os dentes em frustração. — Você nunca aprende.

23

JOSIAH

Vashti quer passar a noite comigo.

Claro que ela quer. É feriado. Ultimamente, tivemos muito pouco tempo sozinhos, já que andamos bastante ocupados. E para ser sincero — e preciso ser comigo mesmo e com ela —, desde aquele momento intenso com Yasmen em meu escritório, tenho evitado isso. Talvez desde que eu a vi beijando aquele aspirante a congressista na varanda. Minha reação ao vê-la com outro homem foi irracional, exagerada e preocupante. Preciso mesmo destrinchar isso com o Dr. Musa na próxima semana, mas ele não está aqui para ajudar a conduzir esta conversa que já deve ter passado da hora.

— O jantar foi muito legal — Vashti afirma, empilhando recipientes na sua geladeira. — Todos foram ótimos. A mãe da Yasmen é tão gentil.

— Sim. — Pego uma das banquetas altas próximas da bancada da cozinha do apartamento de Vashti. — Carole é única.

Eu odiaria ver essa garota se machucar.

As palavras de minha ex-sogra ressoaram em minha mente durante todo o trajeto até o apartamento de Vashti. Eu não queria ouvir o que ela havia dito, e Deus sabe que eu não quero lidar com isso, mas Carole tem razão. Não posso machucar Vashti. Não consigo me livrar da imagem de Yasmen do outro lado da mesa, com a cabeça jogada para trás, com a sua risada rouca flutuando suavemente até mim. Aqueles absurdos brincos em forma de peru gorgolejando junto ao seu pescoço. Tem sido difícil, e frio, e solitário desde o divórcio, e eu precisava mesmo seguir em frente. Até certo ponto, ao querer seguir em frente após o período mais doloroso da minha vida, eu esperava que este relacionamento com Vashti diminuísse o sofrimento. Se eu esperar até não sentir nada por Yasmen, não sairei nunca do lugar.

Porém, talvez eu precise ficar parado até sentir menos por Yasmen do que sinto agora.

É uma pílula difícil e amarga de engolir. E está descendo direto, sem água, mas quanto mais penso nisso, mais parece a coisa certa a fazer.

Depois que as sobras de comida são guardadas, Vashti se aproxima da ilha da cozinha para ficar entre as minhas pernas e me olha com olhos límpidos. Ela confia em mim, mas eu não confio em mim mesmo. Não estou dizendo que farei algo acerca do meu desejo por Yasmen, mas não posso me relacionar com outra mulher enquanto me sentir assim.

— Vash — começo, pondo a minha mão sobre a dela, impedindo-a de ir além. — Precisamos conversar.

— Claro. — Ela se inclina para me beijar atrás da orelha. — Depois?

Fico de pé e afasto Vashti delicadamente um passo para trás. Caminho até o outro lado da ilha e apoio os meus cotovelos na superfície de granito para encará-la.

— Agora.

— Tudo bem. — Sua risada curta contém uma nota de nervosa incerteza. De certo modo, será que ela percebe o que está por vir? Sem dúvida, durante o jantar de Ação de Graças, suas suspeitas vieram à tona, mesmo que ela logo as tenha escondido. Talvez ela estivesse em negação tanto quanto eu.

— Vamos precisar de uma bebida para esta conversa? — ela pergunta, meio brincando, se aproximando da bancada para pegar uma garrafa de vinho.

— Hum... não. Obrigado.

— Eu vou beber. — Vashti enche uma taça de vinho quase até a borda, deixa a garrafa na bancada e se senta na banqueta alta. — Porque "precisamos conversar" não costuma ser um bom sinal.

Não consigo tranquilizá-la em relação a isto, porque não sei como fazer isto sem magoá-la. Só sei que quanto mais tempo eu esperar, pior vai ser.

— Eu não quero machucar você, Vash.

— Então não machuque — ela diz num sussurro fraco, com o brilho nos olhos diminuindo um pouco.

— Acho que a gente não deveria mais sair. — Me apresso em consertar o que disse, porque sei o quanto o Canja significa para ela. — Fora do trabalho, é claro. Estou dizendo...

— Você está querendo terminar comigo?

Sobre sua taça de vinho intocada, nossos olhares se encontram, e eu respiro fundo.

— Acho que é melhor se terminarmos agora.

Vashti olha para baixo, toma um longo gole de vinho e deixa a taça sobre a bancada com cuidado.

— Yasmen? — ela pergunta.

Diante da sua pergunta, tão direta e franca, gostaria de dar uma resposta assim também, mas é mais complicado do que isso.

— Sim — respondo. — E não. Ao ver sua sobrancelha erguida, continuo: — Sim, eu tenho algumas questões não resolvidas do meu casamento. Não, não está rolando nada entre Yasmen e mim. E não estou planejando que role.

— Então, por que nós não podemos simplesmente...

— Porque não é justo. Você quer um cara que fica pensando em outra mulher quando está com você?

— Ah. — Ela pisca depressa e morde o lábio inferior. — Então, você tem pensado nela sempre que está comigo?

— Não é bem assim.

— Mas você pensa nela e tem sentimentos por ela. — Ela parece estar prendendo a respiração à espera de minha resposta, exibindo tensão nos ombros e nos dedos que seguram a delicada haste da taça de vinho.

— Se eu esperasse até não ter mais sentimentos pela Yasmen antes de seguir em frente, eu nunca começaria algo novo — digo o mais delicadamente possível.

A verdade das minhas palavras é captada por nós dois. Aí está. Por mais que eu não queira que seja esse o caso, conseguir superar os sentimentos que tenho por Yasmen pode ser impossível. O que não significa que eu possa confiar nela ou voltar a ficar com ela. Não sei se consigo fazer qualquer uma dessas coisas, mas não sou capaz de extirpar essas emoções do meu coração. Elas estão entrelaçadas na essência do que sou. É um impasse emocional que preciso resolver por conta própria, e até resolvê-lo, não posso envolver mais ninguém.

— Sei que você gosta de mim — Vashti afirma, com lágrimas brilhando nos olhos. — Posso dar um tempo para você. Podemos continuar tentando fazer isto funcionar.

Isso parece exaustivo. Lutar contra o que sinto por Yasmen se tornou um trabalho em tempo integral. Fazer um malabarismo para garantir que estou dando a Vashti o que ela precisa não é justo nem para ela, nem para mim e nem mesmo para Yasmen.

— Você merece tudo do homem da sua vida, Vash — digo, estendendo a mão para segurar a dela. — Eu esperava que pudesse ser eu. Eu esperava de verdade, mas não quero que você se contente com menos.

Uma lágrima rola pelo seu rosto e cai no dorso da minha mão. Eu me sinto um imbecil. De maneira desesperada, queria seguir em frente, extirpar Yasmen de mim, mas acabei envolvendo outra pessoa no nosso atoleiro. A culpa consome as minhas entranhas, e só quero terminar isto da maneira mais gentil possível. Assim, permaneço sentado num silêncio desconfortável, dando espaço para ela processar tudo.

— Nós nunca dissemos que isto era amor, não é? — Vashti murmura, com uma risada contida.

Eu nunca disse que a amava. Sempre soube que não era verdade. Entreguei essas palavras e o meu coração a uma única mulher em toda a minha vida, e isso acabou de forma desastrosa, como uma bomba de merda, de dor e arrependimento. Da próxima vez que eu disser essas palavras, será porque, de alguma forma, consegui arrancar Yasmen de mim e, por algum milagre, deixei outra pessoa entrar. Porém, este não é o momento.

Pigarreio.

— No trabalho, nós...

— Eu dou um jeito — Vashti interrompe, com o olhar ficando mais firme e o queixo projetado em um ângulo desafiador. — Eu ralei muito e por muito tempo para deixar um relacionamento atrapalhar a minha carreira. O Canja é um dos restaurantes mais badalados da cidade. Não vou desistir dele.

— Ótimo. Então estamos de acordo.

— Acho que só devemos contar para as pessoas se elas perguntarem. Não vamos tornar isso um grande drama. — Ela solta uma risadinha rápida. — Quer dizer, não foi nada demais.

— Ei! — exclamo e espero que Vashti levante os olhos. — Eu não estava brincando com você. Eu queria mesmo seguir em frente. Achava que estava pronto para algo com alguém de quem eu gostava. Foi isso que aconteceu. Espero que você acredite nisso. Eu nunca tive a intenção de fazer você pensar que era algo diferente.

— É verdade. Você nunca fez isso. — Ela dá um sorriso lacrimoso. — Mas você tem razão. Eu mereço um homem que seja tão maluco por mim quanto você é pela Yasmen.

— Eu não sou... — começo a falar, mas paro ao notar o olhar incrédulo que ela lança para mim. — Espero que você consiga tudo o que merece.

24

YASMEN

— Yasmen! — minha mãe grita do andar de baixo. — O motorista está esperando para levar você ao aeroporto.

— Preciso de mais alguns minutos — grito de volta.

Faço uma avaliação do quarto. Alguns minutos parecem uma meta bastante ambiciosa, já que as minhas roupas estão espalhadas na cama ao lado da mala em vez de dentro dela. Tomei banho e ainda estou de roupão, com um lenço amarrado sobre as minhas tranças.

— Logo hoje para perder a hora — resmungo, tentando organizar os pensamentos e descobrir o que fazer primeiro.

Na ponta dos pés, vou até a janela e espreito através das cortinas. Um SUV imenso está parado na entrada da garagem. Talvez eu possa pedir para o motorista ir buscar Josiah, se ele ainda não o tiver pegado, e depois voltar até aqui. Escuto uma batida forte à porta antes de ter tempo de executar esse plano excelente.

— Entra, mãe. — Jogo o roupão na cama. — Na verdade, estou precisando de ajuda.

— Imaginei, já estamos esperando há dez minutos lá fora — Josiah diz, num tom impaciente, a irritação se espalha por sua expressão. — Vamos perder o voo se você não se apressar. O que você quer que eu faça?

Quando nos entreolhamos, nós dois ficamos paralisados. Eu, imóvel, apenas de calcinha e sutiã.

— O que eu quero é que você saia daqui — falo entre os dentes cerrados e volto a pegar o roupão e vesti-lo.

Josiah não se move, mas mantém o olhar fixo em algum lugar sobre o meu ombro.

— Carole disse que estava ocupada e não podia ajudar, mas me mandou subir para dar uma olhada no que estava acontecendo.

Primeiro, a minha mãe mandou Josiah até a cozinha em busca de um recipiente que Vashti não tinha esquecido.

Já entendi, mãe.

Tentar juntar outra vez a sua filha e o seu ex-marido deveria ser um delito passível de punição.

Matricídio?

— Ela não deveria mandar você aqui para o meu quarto quando ainda estou me vestindo — digo, segurando a gola do roupão junto ao pescoço.

— Pode ser que ela tenha se dado conta de que não é nada que eu já não tenha visto antes. — Seu tom é deliberadamente casual, mas não havia nada de casual na maneira como ele observou o meu corpo antes de desviar o olhar. — Acho que sou capaz de ficar no mesmo quarto que você sem perder o controle.

E quanto ao meu controle?

— Precisamos ir — ele diz. — Você precisa de ajuda com o quê?

Suspiro de má vontade e indico com um aceno de cabeça as roupas espalhadas na casa.

— Já tomei banho. Então, só falta jogar as roupas na mala.

— Tudo isso para uma estadia de um dia? — Ele ergue uma sobrancelha e começa a dobrar as roupas.

— Uma mulher precisa estar preparada para tudo. — Com um sorriso forçado, saio do quarto e entro em meu closet. Só então percebo que deixei as roupas de viagem na cama. Ao voltar para o quarto, Josiah balança uma calcinha fio dental preta de renda no dedo indicador.

— Me dê isso! — Agarro a calcinha e a jogo na mala. — Quer saber? Eu cuido disso. Vá para o carro e eu já desço.

— Só estou tentando ajudar, sua molenga. — Josiah dá uma risadinha.

— Se você me deixar em paz, eu consigo me aprontar rapidinho.

Reviro os olhos e empurro seu braço em direção à porta. Um suéter azul-marinho, não muito justo, molda os músculos esculpidos dos seus braços e tronco. Tenho bastante consciência do pequeno espaço entre o seu peito e o meu. Consciência do fato de que os meus seios parecem mais cheios pressionados contra o roupão. Meu sutiã, uma gaiola de seda, roça os meus mamilos sensíveis. Meu coração, uma fera selvagem, bate aos pulos, querendo se libertar. Estou descalça. Alto e forte, Josiah se ergue sobre mim de uma maneira que costumava me deixar segura quando estávamos juntos. Mas não me sinto segura agora. Cada respiração ofegante, cada segundo deste silêncio pulsante entre nós parece perigoso. Me sinto ameaçada, mas o inimigo está dentro de mim. O perigo reside em minhas próprias reações traiçoeiras a um homem que costumava ser meu. Ele olha para mim, com os olhos escuros meio encobertos pelas pálpebras, e não faz nenhum movimento para sair. Meus dedos se fecham em torno do seu braço e, dedo por dedo, vou soltando o aperto.

— Me dê dez minutos — digo com a voz rouca e sussurrante. Estou desesperada para tirá-lo deste quarto e da minha proximidade.

— Cinco. — Ele atira a palavra concisa por sobre o ombro e sai pela porta.

Eu levo sete. Correndo pelo quarto como se os cães do inferno estivessem em meu encalço, o que não está muito longe da verdade, jogo as roupas e os artigos de higiene pessoal na mala com rodinhas e coloco o meu nécessaire de maquiagem numa bolsa grande. Eu me visto e bato à porta do quarto de Deja, esperando pelo convite para entrar. Depois da minha entrada, ela abre a cortina translúcida que circunda a sua cama. Põe a cabeça para fora e pisca sonolenta para mim. Ela está usando um gorro de seda de oncinha para cobrir o cabelo e veste um pijama com estampas da Marvel. A personagem Tempestade me observa com os seus olhos brancos muito claros de maneira quase tão intensa quanto os da minha filha. Assim, ela parece jovem e vulnerável, sem tempo para adotar uma postura defensiva.

— Oi. — Sorrio, me apoiando no batente da porta.

— Oi. — Ela se alonga e boceja. — Que horas são?

— Cedo. Você pode voltar a dormir. Eu e o seu pai estamos indo para o aeroporto. A sua avó vai cuidar de vocês. Se comportem.

Deja cai de volta nos travesseiros e puxa o cobertor sobre o pescoço e os ombros.

— Relaxa, mãe — ela murmura das profundezas dos cobertores. — Vamos ficar bem.

— Vou ligar assim que chegarmos em Charlotte. A vovó está aqui, mas tome conta do seu irmão.

— Sempre faço isso. — Sua voz vai sumindo à medida que ela volta a dormir.

Fecho a porta do quarto e abro a do de Kassim. Ele ainda está dormindo profundamente, com o cobertor jogado para fora da cama e os braços dobrados sob o travesseiro. Não o acordo, mas dou um beijinho no alto da sua cabeça, saio de mansinho e desço a escada.

No vestíbulo, o cheiro de café e do bacon me recebe. Depois de deixar a minha bagagem perto da porta da cozinha, entro nela. Minha mãe desvia o olhar da massa que está amassando para fazer biscoitos.

— Já está indo? — ela pergunta.

— Sim. — Vou em sua direção e encosto o quadril na ilha. — Sei o que você está tentando fazer e quero que pare com isso.

— Não faço a menor ideia do que você está falando — ela diz, arregalando os olhos numa surpresa fingida.

— Na noite de Ação de Graças, você pediu para o Josiah ir até a cozinha para pegar um recipiente que a Vashti não esqueceu. E hoje você pediu para ele ir ao meu quarto para "ajudar".

— Eu estava ocupada. — Ela indica a massa que está abrindo com as mãos cobertas de farinha.

— Nós nos divorciamos, mãe. Nós não estamos dando um tempo. Nós não estamos separados. O nosso casamento acabou, e o Josiah já está com outra mulher.

— E eu gostei muito da Vashti — minha mãe diz. — Um doce de garota.

— Ela é.

— Doce demais para ficar no meio de duas pessoas que claramente pertencem uma à outra.

Eu a encaro sem piscar, mas sentindo intensa frustração.

— Mãe, não...

— Você acha que as outras pessoas não percebem? Que você ainda quer o Josiah e que ele ainda te quer?

— Ele não me quer — respondo sem rodeios.

— Vejo que você não negou que ainda o quer — ela diz com uma irritante expressão de triunfo.

— Dá para parar com isso? — falo com a voz mais alta e mais forte do que pretendia, impulsionada por toda a minha frustração, e irritação, e raiva. Todas concentradas em mim, mas dirigidas à minha mãe. Ela não se abala com o tom cortante da minha voz, mantendo o olhar fixo em mim.

— Você o quer de volta? — ela pergunta, sem me dar chance de responder. — Porque se quiser, você tem uma oportunidade única nessa viagem. Um fim de semana sozinhos, sem distrações. Só vocês dois. Talvez vocês possam conversar a sério e descobrir como duas pessoas que se amaram, desculpe, se amam, tanto não conseguem ficar juntas. Juro que não entendo.

A questão posta por minha mãe ressoa em mim.

Você o quer de volta?

Mesmo que eu quisesse, agora ele está com outra mulher. Encontrou uma mulher que não o faz sentir como se ele estivesse preso num círculo vicioso de turbulência.

Um som de buzina irritante ressoa na frente da casa, felizmente interrompendo o sermão dela. Sei que Josiah pressionou o motorista a fazer isso.

— Preciso ir. — Beijo seu rosto. — Você tem os nossos números, não é? Ligue se você ou as crianças precisarem de algo. Voltamos amanhã à noite.

— Deixa comigo. Mas preste atenção, Yasmen: você precisa pensar no que eu disse. Ainda não é tarde demais, mas e se ele casar com ela?

Fico paralisada ao ouvir a palavra "casar" e agarro com força a alça da mala. A pergunta de minha mãe cai como uma bomba. É claro que sempre soube que Josiah poderia se casar de novo, mas a possibilidade nunca teve um rosto, e um corpo, e uma pessoa ligada a ela. Agora tem. E ela é uma mulher bonita, talentosa e confiante, que provavelmente nunca perderia o controle da vida de maneira tão grave que levantar da cama parecia um esporte olímpico.

— Tchau, mamãe — digo, puxando a mala em direção ao vestíbulo. — Preciso ir.

Vejo Josiah encostado na lateral do SUV quando fecho a porta de casa e saio na varanda. Afastando-se do carro, ele vem em minha direção e pega a minha mala para colocar no porta-malas.

Não há muito trânsito e o percurso é sem incidentes. Enquanto isso, faço a minha maquiagem e Josiah responde a e-mails no celular.

— As crianças ainda estavam dormindo quando dei uma olhada nelas — ele afirma.

— Sim. — Com um pequeno espelho equilibrado no colo, aplico corretivo sob os olhos e em algumas manchas. — Falei rapidinho com a Deja, mas o Seem nem se mexeu.

— Vamos ver como eles estão depois que pousarmos em Charlotte.

— E a Vashti? Como ela está? — pergunto, me amaldiçoando assim que deixo escapar a pergunta, mas conseguindo manter a mão firme enquanto passo a base com a esponja.

Josiah vira a cabeça para olhar para mim.

— Não nos falamos hoje, mas acho que está tudo bem. Ela e o Anthony vão cuidar do restaurante até voltarmos, se é isso o que você quer saber.

Não é.

Depois de vê-la na casa dele naquela manhã, presumi que Vashti passasse a noite lá sempre. Minha curiosidade a respeito do relacionamento deles é ilimitada. Sem dúvida, eles são muito discretos no trabalho, não sendo um casal que exibe afeto em público. De vez em quando, já os vi de mãos dadas, mas nunca estão grudados um no outro. Não é como Josiah e eu éramos quando estava tudo bem entre nós. Embora mais contido do que eu, Josiah sempre foi despudoradamente carinhoso e facilmente expansivo. Será que ele se contém com Vashti quando estou por perto para me poupar do desconforto? Ou eles sempre são contidos? Como eles são quando estão sozinhos?

Como eles se dão na cama?

Minha mão escorrega, deixando um traço de lápis marrom escuro abaixo da fileira inferior de cílios.

— Droga! — Lambo o dedo e limpo com cuidado o traço acidental.

— Está tudo bem? — Josiah pergunta, sem tirar os olhos do seu relógio inteligente.

— Sim. Só um pequeno contratempo.

Volto a me concentrar na maquiagem do olho. Com a sombra pronta, aplico um pouco de iluminador nas bochechas e no queixo. Se Rihanna nunca mais gravar outra música, ficarei bem desde que a Fenty, a marca de cosméticos dela, continue lançando produtos. É uma troca justa.

Os nossos celulares vibram ao mesmo tempo ao receberem uma mensagem. Estou no meio de preencher as minhas sobrancelhas. Então deixo a leitura para Josiah.

— É do Harvey — ele diz, lendo a mensagem no relógio. — Está querendo saber se a sua assistente nos enviou as informações sobre o hotel.

— Eu recebi. — Dou um olhar de lado para Josiah. — É o Hardway, não é? O hotel-boutique não muito longe do restaurante?

— Sim, parece muito bem on-line.

Tirando o celular do bolso, Josiah digita uma resposta.

Ao chegarmos à área de embarque do aeroporto Hartsfield-Jackson, a minha maquiagem está pronta e já tirei o lenço que cobria as minhas tranças, deixando-as caídas em minhas costas. Josiah pega as nossas malas e as puxa em direção à entrada do aeroporto.

Nas próximas horas, desejo que Harvey estivesse viajando com a gente para agir como uma barreira de proteção. Quando somos só nós dois, parecemos pecar pelo excesso de falar demais ou de menos. Falar a coisa errada em vez da certa. Não vejo a hora de chegar a Charlotte, entrar em meu quarto e interagir com Josiah apenas quando for absolutamente necessário. Ao que tudo indica, tendo a mesma ideia, ele coloca os fones de ouvido assim que nos sentamos no avião. Fecho os olhos e finjo dormir durante todo o voo.

Assim que pousamos, vemos o carro que Harvey providenciou para nos levar ao Hardway. As poucas horas de sono e o início da manhã estão me irritando, e só consigo pensar na possibilidade de descansar no quarto por uma hora antes do encontro com o casal que está vendendo o restaurante. O saguão do hotel está cheio. Esperamos alguns minutos na fila de hóspedes para fazer o check-in. Ao finalmente chegarmos ao balcão da recepção, sinto os pés doendo e anseio pelos meus sapatos mais confortáveis. Estou tão concentrada na dor do dedinho do pé que mal consigo prestar atenção nas palavras da recepcionista.

— Não tem outro quarto? Como assim? — Josiah retruca, com uma ruga se formando entre suas sobrancelhas. — Eu tenho uma reserva. Bem aqui. — Ele mostra o e-mail enviado pela assistente de Harvey com o número da confirmação.

— Sim, senhor — diz Amanda, de acordo com o crachá em seu uniforme, com paciência exagerada. — Eu dei a você a chave do quarto 428.

— Sim, mas você também me deu uma chave para ela — ele afirma, inclinando a cabeça em minha direção. — Para o mesmo quarto.

— Sim, a sua reserva inclui uma cama king-size — Amanda diz, consultando o monitor. — Dois ocupantes. Josiah Wade e Yasmen Wade.

— Deveríamos ter quartos separados — eu quase grito.

— Sem dúvida, há um engano — Josiah me diz. — Eles vão nos dar outro quarto.

— Sinto muito, senhor, mas como eu disse, não há outros quartos disponíveis. — Amanda divide o seu olhar de desculpas entre nós dois. — Há uma grande conferência de mulheres na cidade. Um evento da igreja, e todos os quartos nas redondezas estão reservados. O quarto 428 é o único que temos.

— Vou ligar para o Harvey. Ele vai resolver isso — digo em tom de desespero, enquanto reviro a bolsa em busca do celular. Sem chance de eu passar a noite com Josiah em uma cama.

— Há um sofá-cama na sala de estar — Amanda informa, sem ajudar. — Talvez vocês possam...

— Não — interrompo, com o coração batendo mais rápido a cada toque do celular de Harvey.

— Yasmen — Harvey diz, finalmente atendendo. — Vocês já chegaram? Gostaram do hotel?

— O hotel quer nos colocar juntos num único quarto — digo.

Deixo Harvey assimilar essa informação para poder compreender o quanto a situação é desastrosa.

— Ah, a minha nova assistente deve ter se confundido. Ela tem cometido muito erros ultimamente. Ela tem essa...

— Harvey, me perdoe por não dar a mínima para a sua nova assistente, mas você tem uma solução?

— O hotel não tem outro quarto disponível?

— Não, há uma conferência de mulheres acontecendo na cidade e não há vagas nos hotéis. Você precisa dar um jeito nisso. — Minha voz vai subindo à medida que a realidade da nossa situação pesa sobre mim. — Não podemos...

— Yas — Josiah interrompe, num tom calmo. — Não é um grande problema. Eu durmo no sofá-cama da sala. É só por uma noite.

O mundo foi abalado em questão de um dia. Um acontecimento pode mudar fundamentalmente o curso de nossa vida para sempre. Sei que é apenas uma noite, mas será a nossa primeira vez sob o mesmo teto durante a noite em mais de dois anos.

Encaro Josiah, e a sua expressão é impassível, mas parece ser um controle deliberado que ele está impondo a si mesmo e, por extensão, também a mim.

E talvez funcionasse, me tranquilizasse, se a lembrança daquele momento no escritório não tivesse me assombrando nas últimas semanas. Ter ficado entre as pernas dele, com a força das nossas vontades se confrontando, com a emoção fervilhando no ar. Por mais que eu tente ignorar, acreditar que não significou nada, não me convenço.

Tudo sempre significou algo entre nós.

— Vai dar tudo certo — ele diz, enfiando a chave do quarto no bolso. — Confie em mim.

Como posso dizer a Josiah que não é nele em que eu não confio.

É em mim.

25

JOSIAH

— Harvey, você tem que dar um jeito nisso.

Ando de um lado para o outro no corredor em frente ao quarto 428, segurando o celular junto à orelha com uma das mãos e esfregando a nuca com a outra.

— Você não disse que poderia dormir no sofá-cama? Que tudo ficaria bem? — Harvey diz, confuso.

— Eu menti.

— Como... Por que você mentiria?

— É claro que não quero que a Yasmen fique sabendo que não está tudo bem — respondo em voz baixa.

— Isso não faz sentido.

— Você não está ouvindo.

— Sim, estou. Parece que você está com medo de passar uma noite no quarto com a sua ex-mulher.

— Com medo? — Paro de andar. — Pffff.

Que grande refutação, hein?

— Você vai ficar no sofá da sala, e a Yasmen vai ficar no quarto. Eu não entendo qual é o problema.

Não deveria haver um problema. Sei disso, mas não consigo me livrar da sensação de que, se passarmos a noite juntos neste quarto, tudo vai mudar... De novo.

— Você acha mesmo que algo vai acontecer? — Harvey pergunta. — Quero dizer, entre você e a Yasmen?

Já está acontecendo.

Já sinto um leve tremor desde aquele dia em meu escritório. Talvez até mesmo antes. Passar a noite no mesmo quarto? Um movimento errado, e essa mudança pode se converter num terremoto.

— Você acha que vai trair a Vashti? É isso que te preocupa?

— Isso é irrelevante. — Esfrego o queixo e deixo escapar um longo suspiro. — Vashti e eu terminamos.

Um breve suspiro atrás de mim me faz virar devagar para encontrar os olhos arregalados de Yasmen.

Droga!

Eu não estava planejando contar para ela ainda, e com certeza não desse jeito.

— Harvey, preciso desligar — digo, observando a minha ex-mulher com cautela. — Temos um almoço marcado para a uma da tarde, não é?

— Sim, a gente se vê lá — ele diz. — Vai dar tudo certo.

Desligo sem responder, guardo o celular no bolso e controlo a minha expressão, mantendo-a completamente impassível.

— Você e a Vashti terminaram? — Yasmen pergunta, franzindo as sobrancelhas elegantes.

— Sim.

— Quando?

— No Dia de Ação de Graças.

— Ah, eu... — Ela abaixa os olhos para o chão. — Sinto muito.

— Sente mesmo? — pergunto, num tom suave e desprovido de qualquer curiosidade real.

Yasmen volta a erguer os olhos e a sua expressão não me revela nada. Ela retorna para o quarto, sem se preocupar em responder. Depois de hesitar por um instante, eu a sigo e fecho a porta.

Estamos em plena luz do dia. Temos uma reunião daqui a menos de uma hora. Assuntos de negócios a tratar. Sei que nada vai acontecer, mas ultimamente, quando estamos sozinhos, aquela corda que sempre pareceu nos puxar, aquela que achei que tinha sido cortada para sempre, voltou a me puxar.

— Acho que o que estou vestindo é um pouco casual demais. Estava bom para o avião — Yasmen fala em voz alta do quarto. — Vou me trocar.

Eu me acomodo no sofá e pego o cardápio do serviço de quarto. Não como nada desde o café da manhã, e o meu estômago está roncando feito um monstro.

— Espero que o restaurante deles tenha boa comida — digo alto o suficiente para que ela ouça no outro cômodo.

— Estou com tanta fome que tanto faz se a comida deles é boa ou não. Como qualquer coisa.

Tiro os olhos do cardápio e a resposta fica presa em minha garganta. A porta do quarto de dormir está entreaberta, deixando ver um pedaço dele. Yasmen está só de calcinha e sutiã. Só consigo ter vislumbres de cetim rosa, e renda, e pele, mas a minha imaginação pode preencher as lacunas. Já foi péssimo vê-la meio nua e encontrar por acaso a sua calcinha fio dental hoje. Eu não deveria saber que seria um erro seguir o conselho de Carole e subir para "ajudar" Yasmen? Não me dei conta do perigo de ir ao seu quarto — antes o meu quarto — quando ela estava se vestindo? Vislumbrar o perigo e correr em direção a ele é algo tolo e imprudente. Duas coisas que não posso me dar ao luxo de ser. Duas coisas que em geral não sou, mas o anormal sempre aconteceu com essa mulher.

— Hã, sim. — Desvio deliberadamente o olhar da visão tentadora. — Eu também estou morrendo de fome.

Ela abre a porta e coloca a cabeça para fora.

— Você precisa ir ao banheiro? Eu já terminei aqui.

As tranças caem como cascata sobre seus ombros e alcançam os cotovelos, fazendo-a parecer ainda mais jovem. O vestido de tricô vermelho que ela acabou de colocar adora cada curva do seu corpo, e o cinto preto apertando a sua cintura realça os seios fartos, a cintura esbelta e o quadril e o traseiro arredondados.

— Não preciso. Estou bem. — Pigarreio, desvio o olhar dela e volto a observar o cardápio. — Mas vou pedir tudo o que tem aqui se não comermos alguma coisa logo.

— Adivinha o que eu trouxe? — Seu sorriso é meigo, e familiar, e contagiante, e me vejo sorrindo de volta.

— O quê?

Yasmen entra depressa no quarto e sai instantes depois com a sua bolsa enorme.

— Surpresa! — Ela joga uma sacolinha para mim.

Eu a pego e meu sorriso vacila quando abaixo os olhos para ver o seu conteúdo: pipoca ao estilo de Chicago, a minha fraqueza.

— Uau! — Seguro o saco por alguns segundos sem abri-lo. — Obrigado.

— Você ainda gosta, não é? — Seu sorriso diminui. — Peguei alguns petiscos para mim no supermercado ontem à noite e vi a pipoca. Se você não quiser...

— Continuo viciado — admito, abro o saco e como um punhado de pipoca doce e salgada viciante. — Obrigado. Isso vai matar a minha fome até o almoço.

— Você já chamou o Uber?

— Vou fazer isso agora.

Yasmen junta partes da frente das tranças e levanta os braços para torcê-las num coque alto, deixando o resto solto nas costas. O movimento ergue os seios, pressionando-os com firmeza contra o vestido justo. Eu trituro a pipoca entre os dentes. Estou sendo testado. É evidente. Tenho que ser aprovado. Ser reprovado seria desastroso e estúpido. Não sou glutão por rejeição e também não sou bobo da corte de ninguém. Teria que ser ambos para pensar na possibilidade de ceder a esta luxúria que me afeta visceralmente, enrijece o meu pau e nunca fui capaz de sufocar. Mas não sou desatento. Tenho quase certeza de que a atração é mútua, que ela também ainda me quer de alguma forma. Só que ela não me quer pelo resto da vida, e essa é a promessa que fizemos um ao outro. A que ela descumpriu. Isso não é totalmente justo. Entendo o que ela estava passando, mas entender como você foi machucado nunca faz doer menos.

Deixo o saco de pipoca na mesa de centro da sala e pego o celular para chamar o Uber, me dando algo em que me concentrar além de quão bem Yasmen fica nesse maldito vestido.

Já no Uber, relaxo um pouco, sentado em segurança no meu lado, com a largura do banco de trás nos separando. Mal fecho os olhos, determinado a deixar Yasmen de fora da minha mente durante o trajeto de dez minutos até o restaurante, ela encontra outra maneira de torturar os meus sentidos. Desta vez com o seu perfume.

— Que cheiro é esse? — pergunto, virando a cabeça para examinar seu rosto.

— Desculpe, senhor — o motorista diz, lançando um olhar de desculpas para mim pelo espelho retrovisor. — Comi pão de alho no almoço. Talvez ainda tenha ficado o cheiro...

— Não, o cheiro não vem de você — digo a ele, com o olhar ainda fixo em Yasmen. — Vem de você.

Ela cheira debaixo dos braços, franzindo a testa.

— Não sou eu.

— É um cheiro bom — admito. — Mas é novo. Não é o que você costumava usar.

— Ah! — Ela coloca o pulso perto do meu nariz. — É este? — Ela não faz ideia de quão perto estou de levar o seu pulso à boca e sugá-lo, percorrendo as veias com a língua como um vampiro sedento. Isso está piorando a cada segundo.

— Sim, é esse. — Afasto o seu pulso para longe e viro a cabeça para olhar pela janela, sem prestar atenção no charmoso bairro já decorado para o Natal, com guirlandas e luzes nos postes.

— Comprei na Honey Chile. Baunilha. Gostou?

— É bom — respondo de forma brusca.

— "É bom" é um dos melhores elogios que alguém já me fez — ela diz com um sorriso amarelo.

— É isso o que você quer? — Viro a cabeça para encará-la. — Elogios? Você precisa que eu diga como você está bem-vestida e cheirosa? O Mark não está inflando o seu ego o suficiente? — Por que eu disse isso?

O sorriso murcha em seus lábios, e ela semicerra os olhos. É muito mais fácil lidar com Yasmen quando ela está com raiva e irritada do que quando está doce e sedutora.

— Não preciso de elogios de ninguém — ela fala com a voz cortante. — Muito menos dos seus, que eu sei que não são nada sinceros.

Balanço a cabeça e solto uma risada autodepreciativa. Não são nada sinceros? Ah, se ela soubesse.

— Olha, Yas, foi mal. — Sendo o covarde que sou, dirijo o pedido de desculpas para a minha janela e não direto para ela. Ela é muito perspicaz, e não quero que ela saiba o que de fato está rolando na minha mente e na minha calça. — Há muitas coisas acontecendo, mas eu não deveria descontar em você.

— Não, não deveria — ela diz, o calor já sumindo da sua voz. — Posso ajudar em algo?

— Não — respondo. Não quando você é o meu problema. — Mas obrigado. Parece que chegamos ao nosso destino.

O Uber para em frente a uma casa branca em estilo vitoriano com venezianas vermelho-escuras. Algumas floreiras ladeiam a escadinha que leva a uma porta vermelho-escura. Luzes natalinas piscam na varanda e guirlandas estão penduradas nas janelas.

Ao entrarmos no HH Eatz, Harvey se levanta do banco na área de espera para nos cumprimentar.

— Aí estão vocês — ele diz. — Pontuais. Desculpe mais uma vez pelos quartos do hotel. A minha assistente ficou transtornada por causa do erro.

— Nós também — resmungo.

— Vai dar tudo certo — Yas afirma, me dando um olhar significativo. — Essas coisas acontecem. Vamos aproveitar ao máximo, não é, Si?

— Claro que vamos. — Dou uma olhada para além do pódio da recepcionista e observo o restaurante, notando a decoração, que é composta sobretudo por couro escuro e madeira envelhecida. — Por favor, me diga que o almoço faz parte do programa.

— É claro que sim. Merry e Ken prepararam algo especial para vocês — Harvey afirma e faz um gesto para que entremos no salão junto com ele.

É menor do que o Canja, mas um pouco mais aconchegante. De fato, nós pendemos para uma atmosfera de luxo e acolhimento, e a nossa decoração reflete essa ascensão. Os pratos podem ser os queridinhos ao estilo caseiro, mas a decoração luxuosa do Canja e a apresentação de primeira classe elevam a experiência. Pelo menos é isso o que pretendemos. Aqui, há uma sensação de calor humano e intimidade, que pode ser uma característica de uma cidade menor, mas deve ser um cálculo deliberado dos proprietários.

— Eles já estão nos esperando — Harvey diz, nos conduzindo até o casal sentado numa mesa espaçosa no fundo do restaurante. — Josiah e Yasmen Wade, apresento vocês a Merry Herman e Ken Harris.

Yasmen estende a mão e dá um sorriso amigável.

— Prazer em conhecê-los.

— Igualmente. Não víamos a hora de conhecer vocês — Merry afirma, apertando a mão de Yasmen e depois a minha. — Preparamos o nosso prato mais popular, mas se vocês preferirem algo diferente do cardápio, basta nos avisar.

— Talvez devêssemos dizer a eles quais são as opções, querida — Ken diz.

Ele é um homem branco de estatura mediana com cabelos grisalhos e olhos castanho-esverdeados atentos. Eu diria que ele tem entre sessenta e cinco e setenta anos, mas às vezes é difícil dizer.

— Tem razão — Merry afirma.

Ela é uma mulher de estatura baixa, com a pele pálida e cabelo que devia ser loiro, mas que agora se mistura com o grisalho, e os olhos azuis brilham quando ela ri ao olhar para o marido.

— Vamos nos sentar e então vamos explicar tudo a vocês.

Yasmen e eu nos acomodamos em um lado da mesa, Harvey senta na cabeceira, e Merry e Ken ficam diante de nós. Eu me esquivo quando a longa coxa de Yasmen toca na minha.

— Tudo bem com você? — ela pergunta, me observando com preocupação.

Ela se inclina um pouco e o seu seio pressiona o meu braço.

Droga. Este almoço será uma tortura se eu não conseguir me concentrar.

— Sim, tudo bem. — Por força do hábito, controlo o meu desejo, dou um sorriso forçado e me dirijo ao casal. — Estou faminto. O que temos aí?

26

YASMEN

Merry e Ken são um casal exemplar. Enquanto saboreamos uma torta de frango desfiado perfeitamente temperada e legumes tenros, conhecemos melhor o casal mais velho. Eles não conseguem manter as mãos longe um do outro. Não de uma maneira lasciva. Quando não estão segurando um garfo, estão de mãos dadas. Ele brinca com o brinco de Merry enquanto conversa. Ela se aconchega no braço de Ken e apoia a cabeça no seu ombro. O casal compartilha uma intimidade natural, que é tão familiar e acolhedora quanto um cobertor que alguém tem há anos e ainda valoriza.

— Essa foi uma das melhores comidas que comi nos últimos tempos — Josiah afirma, se recostando depois que a última porção desaparece do seu prato. — E olha que a nossa chef é uma das melhores de Atlanta.

Vashti.

Mal tive tempo de assimilar que eles não estão mais juntos. Uma dúzia de perguntas me assomam e agora não é o momento de respostas para nenhuma delas. Ele não me deve respostas ou explicações. Eles estavam namorando. Agora não estão mais. Isso não muda nada entre nós, mas ao ver Merry e Ken, só penso em como Josiah e eu costumávamos ser. Ironicamente, quando éramos mais jovens, tínhamos esse zelo um pelo outro, e agora estamos sentados diante de um casal com o dobro da nossa idade cujo amor ainda arde, enquanto o nosso jaz em cinzas.

— A nossa chef é excelente — Ken afirma. — Mas ela vai se mudar para Paris assim que encerrarmos as nossas atividades.

Curiosamente, é a primeira vez que o assunto da venda é abordado, que é o motivo pelo qual estamos aqui. Eles nos falaram a respeito dos filhos, e nós mostramos fotos dos nossos para eles. Trocamos histórias acerca de como começamos os nossos negócios. Eles se conheceram numa grande empresa de aprovisionamento onde ambos trabalhavam e decidiram seguir por conta própria.

— Não teríamos nenhum problema em encontrar um ótimo chef para garantir a continuidade da excelência da cozinha entre o restaurante de Atlanta e este de Charlotte — Josiah afirma, tomando um gole de água. — Caso seja necessário.

— Vocês viram os nossos números — Merry diz. — Vocês sabem o quão rentável tem sido o nosso negócio aqui. Nós também realizamos uma pesquisa e ficamos sabendo um pouco a respeito do Canja. Há muitas semelhanças entre o que fazemos e o que vocês fazem. NoDa é uma das áreas mais badaladas da cidade. É um boom dentro de um boom. Charlotte é uma estrela em rápida ascensão, e este bairro é um dos mais procurados.

— É um bairro bem eclético — Ken continua. — Há uma comunidade de artesãos aqui, junto com alguns dos melhores restaurantes da cidade. Isso gera um grande movimento de pedestres. Mal conseguimos atender à demanda nos fins de semana.

— É impressionante o que vocês fizeram aqui — digo, sorrindo.

— Bem, estamos impressionados com vocês dois — Merry afirma. — Gostamos muito de todas as semelhanças entre as nossas jornadas e a sua. Encontrar outro casal para assumir isto aqui seria incrível.

— Há, não somos mais um casal — Josiah informa, traçando os veios da madeira da mesa com a ponta do dedo. — Nós nos divorciamos.

— Ah. — Ken ergue as sobrancelhas. — Então estou ainda mais impressionado. Já é bastante difícil ter um negócio com a sua companheira, quanto mais com a sua ex-companheira. É o que eu suponho. Pósso estar errado. Desculpe.

— Tudo bem — eu o tranquilizo. — Colocamos o nosso negócio e os nossos filhos em primeiro lugar. Eles são o mais importante. Conseguimos continuar amigos.

Ergo os olhos e percebo Josiah me observando. Por alguns instantes, nossos olhares se encontram. O calor sobe pelo meu pescoço e cora o meu rosto. Finalmente, desvio o olhar para o guardanapo de linho em meu colo.

— Amigos, hein? — Merry olha para nós com um sorriso irônico. — Dá para notar. Bem, Ken e eu nunca nos preocupamos em casar de papel passado, mas fizemos todo o resto.

— Como é? — Levanto a cabeça, surpresa por suas palavras. — Vocês não são casados? Mas há quanto tempo vocês...

— Estamos juntos há trinta anos. — Ken beija o alto da cabeça de Merry. — Um negócio de sucesso e dois filhos de sucesso, mas sem alianças.

— Isso... é incomum — Josiah diz.

— Nós somos assim — Merry diz e ri. — Mas funciona para nós. Não precisamos do papel ou do objeto de metal. A maioria dos casamentos que testemunhei acabaram sendo armadilhas, uma maneira de manter as mulheres submissas. Não que eu ache que o meu Ken faria isso.

Ela ergue a mão dele para dar um beijo.

— Apenas não acreditamos no casamento como instituição — Ken acrescenta. — Mas acreditamos um no outro para sempre. Construímos uma vida juntos do nosso jeito.

— A única coisa que nos mantém juntos é o nosso amor — Merry diz, olhando para Ken com carinho. — A prova disso é que poderíamos deixar o relacionamento a qualquer momento.

— Mas nenhum de nós jamais faria isso. Nunca fizemos. Eu diria que o que construímos é mais forte e mais verdadeiro que a maioria dos casamentos por causa da liberdade que nos proporciona.

— Então vocês têm um relacionamento aberto? — Harvey pergunta. — Eu não sabia disso.

— Não é aberto. Somos monogâmicos — Ken responde e dá um olhar bem-humorado para Merry. — Pelo menos, acho que sempre fomos.

— Sempre — Merry afirma, dá uma risadinha e se aconchega ainda mais no braço de Ken. — Escolhemos um ao outro e nunca mudamos de ideia.

Um garçom se aproxima da nossa mesa com uma bandeja de sobremesas e redireciona a conversa, mas não consigo deixar de lado o que Merry e Ken disseram. Se Josiah e eu tivéssemos seguido o mesmo caminho, nunca teríamos nos divorciado. Apenas teríamos nos separado, mas acho que a mágoa e a amargura ainda nos acompanhariam. A certidão de casamento não define o compromisso de ninguém, mas a sua ausência também não. Desconfio que o que Josiah e eu tivemos antes teria sido igualmente forte se tivéssemos escolhido não nos casar, e teria doído da mesma maneira quando nos separamos. Meus pensamentos remontam para a aliança de ouro simples e o anel com um pequeno diamante que Josiah me deu. Tudo o que ele podia pagar na época. Estão no mesmo porta-joias com os brincos em forma de peru e o colar com pingente em forma de roda que ele me deu em nosso aniversário. Um túmulo para diamantes, e demônios, e fantasmas.

— Bolo de chocolate? — Josiah pergunta, me tirando dos meus pensamentos melancólicos.

— Hein? — Olho para o prato de sobremesa que ele oferece.

— O bolo de chocolate está delicioso — Merry afirma. — Mas o de pera está sublime. Recomendo que todos experimentem.

— A minha fruta favorita é pera — digo a ela com um sorriso. — Não como uma pera há muito tempo. Quero experimentar uma fatia.

— As pereiras ficam nos fundos — Ken informa e me serve uma fatia do bolo. — Elas já estavam aqui muito antes de nós. Apenas as mantemos. Dão uma das melhores peras do estado.

— Já ganharam concursos — Merry acrescenta, com um sorriso orgulhoso. — Você não vai se arrepender de experimentar.

— Minha nossa! — gemo, saboreando as peras quentinhas e a crosta crocante. — Isto só pode ser um pecado mortal.

— Não falei? — Merry ri.

— Prove — digo, pondo uma porção do doce pegajoso no garfo e levando-o à boca de Josiah. É um hábito. Nós costumávamos compartilhar a nossa comida. Ele abre a boca de imediato e fecha os olhos em apreciação.

— Nossa! — ele exclama, deixando de lado o bolo de chocolate para pegar uma fatia do de pera na bandeja. — A receita desta maravilha vem junto com o negócio?

— A deixa perfeita — Ken afirma. — Vocês nos viram no material promocional e agora nos conheceram pessoalmente. Viram como operamos.

— Comeram a nossa comida — Merry continua e sorri. — Estão interessados?

— O lugar é incrível — Josiah diz e deixa o garfo no prato diante de si. — O espaço é lindo. O bairro é ótimo. Yasmen e eu precisamos conversar antes de fazermos planos concretos.

— Não se trata apenas do que poderia acontecer aqui — digo. — Mas também de não deixar que a expansão comprometa o que estamos fazendo em Atlanta.

— Eu tenho todos os números — Harvey interrompe.

— Yasmen não está se referindo só ao dinheiro — Josiah diz. — Vamos precisar supervisionar essa expansão. Também estamos crescendo e isso exige muito de nós. Não queremos ficar sobrecarregados.

— Os nossos filhos são a nossa prioridade — digo. — Precisamos ter certeza de que não vamos prejudicá-los, perdendo momentos em que deveríamos estar presentes se assumirmos essa expansão.

— Entendemos e respeitamos — Merry afirma, entrelaçando os dedos com os de Ken sobre a mesa. — Quantos anos têm mesmo os seus filhos?

— Deja tem treze anos — Josiah responde.

— E Kassim tem dez — acrescento.

— Estávamos no meio da construção deste lugar quando os nossos gêmeos eram pequenos — Ken afirma, trocando um sorriso melancólico com Merry. — Perdemos muita coisa.

— E pagamos caro por isso. — Merry suspira, com a sua expressão sempre alegre se entristecendo um pouco. — Ainda bem que percebemos que eles estavam se desencaminhando antes que chegassem a um ponto crítico.

— Então, ponderem os prós e os contras, priorizando os seus filhos — Ken diz. — E nos avisem, mas não demorem muito. Seria bom demais que este lugar em que investimos tanto ficasse em boas mãos quando partirmos. Vocês parecem exatamente o tipo de pessoas que gostaríamos de ver aqui, mas de qualquer forma, vamos colocar este lugar à venda no próximo ano.

— E assim que isso acontecer, será vendido bem rápido. — Merry estala os dedos.

Terminamos de comer a sobremesa e damos uma volta para observar de forma mais detalhada a propriedade do que quando passamos pelo salão principal até a mesa. Nos fundos, há uma grande adega com inúmeras garrafas de vinhos e uma grande variedade de bebidas destiladas forrando as paredes. Ken pega uma garrafa de uma prateleira e a entrega para Josiah.

— Como uma forma de agradecimento — Ken afirma. — O fato de vocês dois terem vindo até aqui para ver o lugar, reservando um tempo para conhecer o que somos, significa muito para nós.

— Uau! — Josiah lê o rótulo da garrafa quadrada, com um tom de admiração. — Yamazaki! Uma maravilha. Muito obrigado.

Já ouvi Josiah falar a respeito desse caro uísque japonês, mas nunca provei. Terminamos a visita num pequeno pátio, onde, quando está calor, os clientes podem comer junto a mesas de ferro forjado. É exatamente o tipo de coisa que eu imaginaria oferecer aos nossos clientes. O lugar é ótimo, e um segundo

Canja prosperaria aqui. Percebo o brilho nos olhos de Josiah. Era o mesmo que percebi quando começamos em Atlanta. Ele adora um desafio.

— Foi muito bom conhecer você — Merry afirma, se inclinando para me dar um beijo no rosto, enquanto esperamos pelo Uber. Recuo um pouco, mas ela segura o meu braço com delicadeza, me trazendo para mais perto. — Ainda não é tarde demais — ela sussurra junto ao meu ouvido.

Recuo para olhar o seu rosto. Merry inclina a cabeça sutilmente na direção de Josiah e Ken, que estão se despedindo bem à nossa frente.

— Eu não... — Olho para Josiah, com o coração aos pulos ao notar como ele é um homem bonito, com um sorriso largo enrugando suas bochechas magras. — Eu não entendi o que você disse.

Merry dá um risadinha maliciosa.

— Eu observei vocês dois durante todo o almoço trocando olhares furtivos, achando que ninguém estava olhando. Talvez uma segunda chance?

Desvio o olhar para os ombros largos de Josiah, para a linha poderosa de suas costas sob o paletó de corte impecável, para o perfil impressionante e para o sorriso largo que deixa à vista o brilho dos seus dentes muito brancos, que provocam um desejo avassalador.

— Eu não sou uma pessoa fácil, Merry.

— E quem quer uma pessoa fácil? Acho que esse homem iria pirar ao seu lado.

Suas palavras pairam no ar fresco, e não sei o que fazer com elas. Não sei se há alguma verdade no que ela diz ou se eu estaria disposta a arriscar o meu orgulho para descobrir.

Você o quer de volta?

A pergunta da minha mãe mexe com meus pensamentos, perturbando-os e animando-os. Até quando consigo ignorar a atração que existe entre nós? Agora que ele não está mais com Vashti, deveria insistir? Ver se ele estaria interessado em... o quê? Eu pedi o divórcio, e agora que a minha libido quer sair e se divertir, o que eu quero com ele?

— Obrigada por tudo — digo a Merry. — Entraremos em contato.

Ela me dá um sorriso malicioso, me deixa ir e se despede com um aceno.

O Uber encosta junto ao meio-fio e eu entro no carro com alívio. No restaurante, o tempo pareceu ter voado, mas agora que terminamos, o cansaço acumulado ao longo do dia começa a se manifestar. Passamos mais de quatro horas com Merry e Ken. Assim que chegarmos ao quarto, não quero me mexer até irmos ao aeroporto para pegar o voo de volta.

O quarto.

Durante a permanência no restaurante de Merry e Ken, me esqueci do perigo claro e evidente que me esperava no quarto 428. Vou ter que dormir com Josiah a poucos metros de distância.

— Vamos conversar a respeito disso quando voltarmos para Atlanta, não é? — Harvey diz, inclinado junto à janela de Josiah com um olhar interrogativo.

— Vamos. — Josiah faz um aceno discreto e fecha a janela.

Harvey dá dois tapinhas no carro e volta sem pressa para o restaurante. Nosso Uber parte, e eu apoio a cabeça no encosto.

— Então o que você acha? — pergunto, observando-o através das fendas dos meus cílios, com os olhos ficando pesados devido ao cansaço.

Josiah apoia a cabeça no encosto de couro, entrelaçando as mãos sobre o seu abdome firme.

— Acho que é uma ótima oportunidade.

— Concordo.

— Claro que temos que avaliar o custo financeiro, mas também o que será exigido de nós. — Ele se vira para mim. — Eu teria que passar muito tempo aqui nas fases iniciais. Com isso, mais responsabilidades recairiam sobre você em relação às crianças.

— Acho que tudo bem para mim. Seria apenas por um tempo. — Encontro seus olhos à penumbra do início da noite. — Isso pode acabar sendo ótimo para nós. Nos ajudaria a proporcionar um futuro melhor para os nossos filhos.

— Sim. Pensei nisso também. Dinheiro para pagar a faculdade, para ajudar com o carro, a primeira casa.

— A minha mãe não podia se dar ao luxo de arcar com nada disso. Tive sorte de conseguir uma bolsa parcial, mas pagar o empréstimo estudantil foi difícil no começo. Quero algo melhor para eles.

— Byrd não tinha a menor condição de me ajudar a pagar o meu carro, aquele Honda de segunda mão.

— Segunda mão? — Dou uma risada. — Na verdade, era de quarta ou quinta mão.

— Ei! — ele exclama, fingindo ficar bravo. — Trabalhei num lava-rápido o verão inteiro para juntar dinheiro e comprar aquela coisa.

Me inclino um pouco para frente, ainda rindo.

— E ainda teve a coragem de me buscar para o nosso primeiro encontro naquela lata velha. Eu deveria ter tomado vacina antitetânica depois de me sentar naquele banco todo rasgado. Literalmente todo rasgado.

— Não acredito que levei você nele. — Um sorriso faz seus lábios se curvarem e seus ombros balançam com uma risada silenciosa. — Ou que houve um segundo encontro.

— Você se lembra de que tivemos que fazer uma gambiarra no cinto de segurança?

— E fomos parados por aquele policial?

— Hum, não fomos parados pelo policial — eu o lembro. — Estávamos estacionados atrás daquele restaurante de frango frito que pegou fogo.

— Caramba, você tem razão. — Ele passa a mão no rosto, rindo.

— O policial bateu à janela do carro com a lanterna porque todos os vidros estavam embaçados e a gente estava...

Transando.

Lembranças saturadas de vapor flutuam ao nosso redor. Eu, em cima do banco da frente, com as pernas abertas sobre ele, o vestido erguido até a cintura e a calcinha puxada de lado para que ele pudesse entrar. Não conseguimos chegar em casa. Josiah havia parado o carro no terreno baldio quando já era tarde e não havia ninguém por perto, porque tínhamos que nos entregar um ao outro. O desejo inadiável fez com que ignorássemos todo o bom senso e a cautela.

Sinto o coração aos pulos e respiro com dificuldade. Passo a língua pelos lábios, e Josiah acompanha o movimento com os olhos semicerrados, deleitando-se com a lembrança ou com este momento, não tenho certeza.

Tusso e me sento ereta. Josiah vira o rosto para olhar pela janela, encerrando a conversa com sucesso. Ficamos em silêncio durante os últimos minutos do trajeto. A cidade é um frenesi de otimismo festivo e luzes brilhantes, como se estivessem pendurados nos galhos e suspensos nas estrelas.

27

JOSIAH

— Então, serviço de quarto para o jantar? — pergunto a Yasmen, enfiando a cabeça no quarto.

Nas últimas horas, desde a nossa volta ao hotel, ficamos relaxando em nossos próprios cantos. Yasmen está deitada de lado, com um travesseiro sob a cabeça e outro entre os joelhos. As tranças se espalham ao seu redor, ondulando sobre os ombros e descendo pelas costas. Ela trocou de roupa e removeu a maquiagem. Com calça de moletom e camiseta, pés enfiados em meias, ela poderia ser aquela garota universitária por quem me apaixonei quase à primeira vista.

— Sim, por favor. — Ela se deita de costas, olhando para o teto e gemendo. — Não ligo se você trouxer a comida para mim numa gamela, contanto que eu não tenha que sair deste quarto.

Entro no quarto e me sento na beira da cama, entregando o cardápio para ela.

— O filé parece bom.

— Já comi filé. Estou tentando não comer carne vermelha mais de uma vez por semana. Vou ter que abrir uma exceção, porque você sabe que sou louca por um bom molho de cogumelos.

— Ainda malpassado?

— Sim.

— Tudo bem. Então, deixa eu fazer o pedido.

Enquanto espero a comida chegar, troco de roupa, também colocando uma calça de moletom e um blusão com capuz da Morehouse. Ao sair do banheiro e entrar de novo no quarto, Yasmen está sentada, apoiada nos travesseiros.

— Eu gostaria muito que as crianças tivessem o tipo de experiência universitária que tivemos — ela diz com nostalgia.

— Em alguma universidade majoritariamente de estudantes negros?

— Eu me contentaria com qualquer coisa para Day neste momento. Ela continua dizendo que não quer fazer faculdade de jeito nenhum. É provável que Kassim acabe no MIT, em Harvard ou em algum lugar assim.

— Você talvez seja a única mãe que conheço que parece decepcionada com o fato de o seu filho acabar estudando numa universidade da Ivy League.

— Você sabe o que eu quero dizer. — Ela revira os olhos, dando um sorrisinho.

Seu celular toca ao seu lado.

— Por falar nos nossos filhos incríveis — ela fala arrastado, pegando o celular. — São eles. Pelo FaceTime.

Me sento ao seu lado, me recostando nos travesseiros e sorrindo para a tela quando os rostos deles aparecem.

— Mãe! — Kassim diz. — Pai, oi!

— Oi, filho — digo. — O que você fez hoje?

— Joguei Madden com o Jamal. — Seu rosto se ilumina. — Mas adivinhem o que a vovó fez.

— Como a gente vai saber? — Yasmen diz e ri. — Fez você limpar o seu armário? Limpou o seu chuveiro com uma escova de dentes?

— Sim, como ela sempre faz — ele responde, quase louco de ansiedade para contar. — Mas ela fez dobradinha de novo.

Yasmen torce o nariz.

— Ela deixou toda a casa cheirando mal?

— Não! — O sorriso de Kassim cresce ainda mais. — Ela limpou o bucho com água sanitária antes de cozinhar e não dá nem para sentir o cheiro.

Troco um olhar rápido e apavorado com Yasmen.

— Não coma isso.

— Eu provei um pouco. — Kassim faz uma careta. — Não era tão ruim assim.

Deja enfia a cabeça na frente da câmera.

— Mas aí eu lembrei para ele que a vovó limpa tanto, porque as tripas estão literalmente cheias de me...

— Deja Marie — eu advirto. Sei que ela usa palavrões, mas seria ótimo se o meu filho de dez anos não fizesse a mesma coisa ainda.

— Bem, elas estão mesmo — Deja diz, rindo e desviando o olhar de mim para a mãe. — Onde vocês estão?

— Em Charlotte — Yasmen responde. — Você sabe disso. Amanhã estaremos em casa.

— Não foi isso o que eu quis dizer. Onde vocês estão agora? — Ela franze a testa. — Você estão na cama?

Ah, droga.

Na pré-visualização do FaceTime, vi Yasmen e eu sentados lado a lado, recostados em travesseiros, com as nossas cabeças quase se tocando para que coubéssemos na tela.

Yasmen se endireita, se afastando alguns centímetros de mim.

— Estamos, hum, esperando o serviço de quarto.

— Tivemos uma reunião que durou o dia inteiro e ficamos sem disposição para sair — acrescento. — Aí vamos comer no hotel, no quarto da sua mãe.

— Legal — Kassim afirma, sem questionar. Contudo, os olhos de Deja permanecem em nós, fixos e desconfiados. — Adivinha o que a vovó disse para Deja hoje.

— Ai, Senhor! — Yasmen exclama. — O quê?

— Ela disse que eu sou tão cabeça-dura que não acredito que toucinho é oleoso — Deja diz, rindo.

— E é oleoso! — Kassim se intromete. — Ela fritou alguns e tinha gordura por toda parte.

— E ela começou a ouvir música enquanto estava cozinhando — Deja continua. — Mas coisas que nunca ouvi, como "Merry Christmas", do Temptations e "Jesus Is Love", do Commotion.

— Commodores — corrijo.

— Coloque a sua avó ao telefone — Yasmen pede após mais alguns minutos em que as crianças relatam todas as coisas estranhas que Carole fez com a dobradinha e a arrumação da casa.

— Tudo bem — Kassim diz, saindo correndo do quarto e segurando o celular. — Vovó!

— Vou levar o celular para a sala — Yasmen diz, se levantando e deixando o quarto pouco antes de ouvir Carole atender para cumprimentá-la.

Ela não quer que a mãe faça o mesmo tipo de perguntas que Deja fez, não quer que perceba que tivemos que compartilhar o mesmo quarto.

Carole e Yasmen ainda estão conversando quando a nossa comida chega. Dou uma gorjeta ao garçom e coloco a nossa bandeja na pequena mesa na área de refeições.

— A minha mãe mandou um oi — Yasmen afirma e se senta à mesa diante de mim.

Eu levanto a tampa do meu prato e vejo o frango piccata que pedi.

— As crianças ainda não a deixaram louca?

— Ainda não — Yasmen responde, rindo e também levantando a tampa do seu prato. — Ooooh, este filé parece delicioso.

Ela olha para o meu frango com cobiça. Tão previsível.

— E mesmo assim, você quer provar o meu prato — digo com um sorriso sabichão.

— Um pedacinho. — Ela levanta dois dedos, deixando um espaço mínimo entre a ponta deles.

Deslizo o prato na sua direção, e ela desliza o dela em minha direção. Nós sempre compartilhávamos a nossa comida, provando o que estava no prato do outro.

— Ah, está muito bom — ela geme.

Provo o filé, que parece se desfazer em minha boca de tão macio.

— Caramba, está muito bom.

— Meio a meio? — Um sorriso esperançoso curva os cantos de seus lábios.

Sem dizer nada, deslizo o meu prato pela mesa, e ela corta o bife dela no meio e coloca em meu prato e, em seguida, faz o mesmo com o meu frango. Ela devolve o meu prato e começamos a comer, gemendo de tão bom que está.

— Nada mau para comida de hotel. — Limpo a boca com o guardanapo de linho e me recosto na cadeira. — Quer sobremesa?

— O que eu quero é provar o tal do Yamazaki — Yasmen diz.

— Sério?

— Traga a garrafa. Você vai levá-lo para a sua casa e vai deixá-lo mofar pelos próximos cinquenta anos.

Tiro a garrafa de uísque da mala, pego dois copos no bar e encontro Yasmen na sala adjacente. Ela se acomoda no sofá e eu me sento na poltrona bem à frente.

— É forte — aviso e sirvo um copo para ela.

— É do que eu preciso. — Yasmen toma um longo gole e deixa escapar um suspiro, batendo de leve no peito. — Você não estava mentindo. É muito bom mesmo. O gosto é maravilhoso.

— É por isso que é caro. Vai devagar. — Dou um gole mais comedido. — É coisa boa. Tem que saborear.

— A minha mãe está se divertindo muito. Não me surpreenderia se ela mudasse para Atlanta depois de se aposentar.

— As crianças adorariam.

— Eu também. De vez em quando, me pergunto se... — Yasmen encolhe os ombros. — Não sei se eu teria lidado melhor com as coisas se ela estivesse por perto.

Fico em silêncio, processando isso e lhe dando espaço para continuar, se quiser.

— Com a distância e a medicação correta, consigo avaliar o quanto me isolei naquela época. Como isso só piorou as coisas — ela continua, irônica.

Eu tenho um histórico comprovado de dizer a coisa totalmente errada em situações como esta. Então, em vez disso, tomo outro gole e permaneço calado.

— Você se importa se eu perguntar como vão as coisas com o Dr. Musa?

— Estão indo bem. — Deixo o copo na mesa lateral e entrelaço as mãos atrás da cabeça. — Ele é muito bom. Ele tem um jeito de me fazer considerar coisas que eu não considerava antes.

— Tipo o quê?

— Caramba, por onde começar? Tipo o fato de nunca ter chegado a aceitar a perda dos meus pais ainda tão jovem. Como isso me afetou. Acho que eu não tinha as ferramentas necessárias para lidar com as perdas da Byrd e do Henry tão próximas uma da outra. — Deixo escapar uma risada autodepreciativa. — Quem eu quero enganar? Provavelmente não teria feito diferença. Provavelmente, não teria lidado melhor se as perdas não fossem tão próximas.

— Fazemos o melhor que podemos em circunstâncias extraordinárias. Pelo menos é isso que a Dra. Abrams diz que devo dizer a mim mesma. — Yasmen toma outro gole do seu copo quase vazio. — Ela tem essa coisa de me incentivar a ser a minha própria observadora gentil.

— O que isso significa?

— Significa me enxergar com clareza, o bom, o mau, o belo, o feio, as falhas, os erros, reconhecendo o que penso e sinto de verdade, e sem julgar essas emoções. Entendendo a mim mesma. Sem me censurar. Tendo compaixão por mim mesma.

— Gosto da ideia de você ser gentil consigo mesma — respondo, sem levantar os olhos mesmo quando sinto o seu olhar pousado em mim.

— É mais difícil do que você imagina. Entre as expectativas que a sociedade impõe a nós, a merda que herdamos e a culpa materna, que é a pior, é complicado.

Eu me recosto na poltrona e arrisco um olhar de lado para ela.

— Posso fazer uma pergunta para você?

Yasmen dobra uma perna por baixo.

— Claro — ela responde com uma expressão cautelosa e aberta ao mesmo tempo.

— Você disse uma coisa no Dia de Ação de Graças. — Estendo a mão para pegar o meu copo e tomo um gole revigorante, porque não sei se quero saber a resposta à minha pergunta, mas preciso perguntar. Está me incomodando desde o jantar daquele dia. Quando Yasmen disse isso, não quis pensar muito a fundo sobre o que ela não estava dizendo, mas estou aprendendo a não ignorar conversas difíceis. Sentimentos difíceis.

— O que eu disse? — ela pergunta, levantando as sobrancelhas.

— Você disse que era grata pelos filhos, porque você acha que não estaria mais aqui se não fosse por eles. — As palavras ecoam no silêncio do quarto. Parece que somos as duas únicas pessoas na Terra, como se estivéssemos numa cápsula do tempo temporária, isolada da realidade e do mundo além destas paredes. — O que você quis dizer com isso? — pergunto quando ela não responde de imediato.

— O que você acha que eu quis dizer?

— Alguma vez... — Paro de falar antes de terminar a pergunta, caso a sua resposta confirme as minhas piores e mais terríveis suspeitas. — Alguma vez você já pensou em se machucar?

— Me machucar? — Suas sobrancelhas se erguem, as narinas se dilatam com a respiração ofegante. — Se vamos ter esta conversa, me pergunte o que você quer saber de verdade, Si.

— Você pensou em tirar a própria vida?

Pergunto da maneira mais delicada possível ao se tratar de uma questão tão difícil, e ainda assim, fico em pânico, enquanto espero por sua resposta. Yasmen engole em seco e finalmente abaixa o olhar para o chão.

— Na minha primeira sessão com a Dra. Abrams, ela me fez a mesma pergunta.

Por um instante, não sou capaz de falar, sentindo um nó na garganta.

— E o que você respondeu?

Pela janela, as luzes da cidade brilham, e a única iluminação vem das luminárias nas mesas da sala de estar. À penumbra, seus olhos se enchem de lágrimas.

— Respondi que a questão não era se eu queria tirar a minha vida — ela diz. — Mas se eu não queria vivê-la. Eu acordava decepcionada por não estar mais dormindo e pensava: Ai, meu Deus! Tenho que fazer isso de novo. Tenho que estar aqui de novo. A única coisa que me fazia sair da cama era saber que eu tinha que cuidar dos meus filhos, mesmo que eu não tivesse nenhuma vontade de cuidar de mim mesma. Todos os dias eu tinha que me lembrar do quanto eles sentiriam saudades se eu não estivesse aqui. Do que eu perderia se não estivesse aqui, mesmo que aqui fosse o último lugar que eu queria estar. Eu sofria a cada momento de cada dia.

— E quando você se lembrava de que os seus filhos precisavam de você, que eles sentiriam saudade, alguma vez passou pela sua cabeça que eu também precisava de você? — pergunto, tentando relaxar. — Você pensou no que teria perdido ao meu lado? Ou eu não importava nem um pouco?

Cautelosa antes de responder, Yasmen me observa com um olhar penetrante.

— A Dra. Abrams defende a ideia de honestidade radical. Da pessoa ser a mais honesta possível. Eu quero ser honesta com você, mas não sei se devo.

— Você acha que eu não consigo aguentar?

— Não sei se eu consigo.

— Tente.

Yasmen recolhe as pernas para cima, envolve-as com os braços e apoia o queixo nos joelhos.

— Eu estava com tanta raiva de você.

— Por causa do Henry. — Mordo a parte interna da bochecha, me punindo da maneira mais imperceptível possível. — Por não estar presente. Eu sei. Também acho que não vou me perdoar nunca.

Eu não estava lá e, assim, criei as minhas próprias lembranças para me torturar. Quantas vezes imaginei Yasmen sozinha no chão, enquanto eu estava a centenas de quilômetros de distância?

Ela faz um gesto negativo com a cabeça.

— Eu não estava com raiva de você porque você não estava lá quando eu caí. Fiquei com raiva de você pelo que aconteceu depois.

— Do que você está falando?

— Certa vez, ouvi alguém dizer que quando você tenta remediar a dor de uma pessoa, está controlando essa pessoa e não se conectando com ela. Naquela época, eu não tinha as palavras para isso, mas agora disponho da linguagem.

— E qual é essa linguagem?

— Isso não significa que estou dizendo que você estava errado e que foi tudo culpa sua. É só uma compreensão de como éramos totalmente incompatíveis na nossa dor.

— Incompatíveis?

— De todas as maneiras possíveis. Eu precisava parar e digerir. Talvez eu tenha permanecido naquele lugar durante muito tempo. Tenho certeza de que sim, mas senti como se você não tivesse parado em momento algum. Parecia que você estava fugindo de tudo de que eu precisava resolver. E nós não conversamos sobre nada disso.

— Tem razão. Eu achava que estava fazendo o que deveria fazer. Eu estava mantendo um teto sobre as nossas cabeças e tentando salvar o negócio. Depois de conversar com o Dr. Musa, percebo que usei o trabalho como uma maneira de não ter que lidar com todas as perdas. Eu não estava preparado para nada disso, e eu preciso me sentir capaz.

— Você é o homem mais competente que conheço — ela diz com um sorriso melancólico. — Deve ter deixado você louco não conseguir fazer a coisa dar certo. Não conseguir me deixar melhor ou me convencer a ficar de pé e seguir em frente.

— Só recentemente me dei conta de que o único que de fato não fui capaz de deixar melhor foi eu mesmo.

Por alguns instantes, nós nos encaramos. Em geral, eu desvio o olhar, mas esta parece ser uma noite sem regras. Posso olhar o tempo que eu quiser e ver tudo o que se esconde por trás dos seus olhos, os mistérios que não tenho sido capaz de decifrar há muito tempo.

— Nós estávamos muito confusos — ela diz, deslizando para o chão, com os joelhos dobrados e as costas apoiadas no sofá.

— Estávamos? Ainda tenho muitos problemas para resolver.

— Nós dois temos, mas estamos melhor, não é?

— Estamos divorciados, Yas. Não sei como poderíamos ficar pior.

Yasmen olha para mim, e não sei se vejo arrependimento, tristeza ou alívio. Desta vez, não consigo decifrá-la de jeito nenhum. Tomo metade do copo de uísque, saboreando a sensação de ardor na garganta.

— Aonde você foi naquela noite? — ela pergunta, baixinho, e cheia de curiosidade. — A noite em que brigamos.

A noite em que ela pediu o divórcio.

Além daquela primeira sessão com o Dr. Musa, em que me abri por inteiro, evitei falar ou até mesmo pensar sobre aquela noite na medida do possível. Conversar com Yasmen sobre ela parecia algo que não valia a pena.

Eu me sento ao seu lado no chão, trazendo a bebida comigo. Estamos separados por alguns centímetros e uma garrafa de uísque japonês pela metade. Esta conversa, há muito adiada, pode exigir o que resta.

28

YASMEN

— Aonde eu fui naquela noite? — Josiah refaz a pergunta que fiz, com as sobrancelhas erguidas sobre os olhos enevoados pela lembrança e pelo álcool, e um sorriso desprovido de humor curva o canto de sua boca. — Fui até a casa do Pregador. Fiquei bêbado e dormi lá.

— Você nunca fica bêbado.

— Acho que é uma boa desculpa quando a sua mulher pede o divórcio.

Estremeço, equilibro o copo com Yamazaki nos joelhos dobrados e seguro o frescor dele entre as minhas mãos quentes.

— Naquela noite, quando joguei na sua cara que você não estava lá quando perdi o Henry... Isso não foi correto — digo. — Eu estava num lugar tão escuro, mas isso não é desculpa. Sinto muito.

— Era verdade. — Sua voz é contida, misturada com aflição. — Eu não estava lá.

— Você precisa se perdoar, Si, mesmo que não tenha sido culpa sua. Você tinha razão quando disse que eu falei para você fazer aquela viagem. Eu falei. Nós nunca poderíamos saber. Tantas coisas conspiraram contra nós que não poderíamos ter previsto ou controlado.

— Eu sabia que havia algo errado antes mesmo de o hospital ligar. Assim que o avião pousou, eu quis voltar. Pegar um voo para casa na mesma hora. Algo simplesmente não parecia certo. Eu deveria ter voltado. Isso teria mudado tudo.

— Você faz ideia de quantas vezes revivo você me dizendo para eu não fechar o restaurante naquela noite? Para ir para casa mais cedo? — O choro embarga a minha voz. — Ou de como me odiei por não ter consertado aquela tábua solta na semana anterior?

Eu tropecei.

Sozinha no restaurante, correndo para ligar o alarme, meu sapato ficou preso no pequeno espaço criado por uma tábua solta e eu caí com força bem sobre a barriga. Eu tinha mandado Milky para casa, porque ele estava doente e exausto. E ali, sozinha no chão com uma torção grave no tornozelo, nos longos minutos que levei para pegar o celular em outro cômodo, eu perdi Henry.

Descolamento da placenta.

Eu sabia que o meu tombo tinha sido grave. Eu não consegui me segurar em lugar nenhum e, assim, a minha barriga sofreu o impacto. Mas eu não fazia ideia de que Henry não estava recebendo ar. Muitos dias eu ficava sentada na cadeira de balanço e olhava para as palavras na parede do quarto dele, pensando em meu filho sem conseguir respirar. Então, prendia a respiração, negava a mim mesma oxigênio pelo maior tempo possível, até que manchas escuras aparecessem diante dos meus olhos. Uma pequena punição que nunca mudou nada.

— Ele sempre foi tão ativo. — Forço as palavras.

Um sorriso triste roça a boca firme de Josiah.

— Costumávamos dizer que ele te chutava como se estivesse tentando conseguir um lugar no time dos Cowboys.

— Não é? — murmuro e consigo esboçar um sorriso efêmero. — Mas depois que caí, nada. Ele não se mexeu, e eu soube...

Minha bolsa se rompeu, tingida de rosa pelo sangue e pelo pânico. A caminho do hospital, com o carro a toda velocidade, eu sabia que o estava perdendo. Com as lágrimas presas na garganta, vi o médico fazer o ultrassom e esperar um batimento cardíaco. Vi o horror maldisfarçado nos olhos arregalados das enfermeiras. Vi a máscara profissional de compaixão do médico quando ele confirmou que Henry se foi antes mesmo de chegar.

— Uma parte de mim morreu com ele — digo com a voz rouca. — E precisei de muito tempo para aprender a viver sem essa parte.

Na sala fria e esterilizada, fiquei sentada, entorpecida, ouvindo apenas pela metade o médico dizer que uma cesariana seria a melhor opção num caso como o meu. Meu corpo, que durante oito meses tinha sido a fonte de vida do meu bebê, havia se tornado uma sepultura.

— Certas noites, eu sinto essa dor fantasma — sussurro, com os olhos fixos, mas sem ver. — Mas não é por ter caído sobre a barriga. É o meu tornozelo. O jeito que ele torceu quando caí. O tempo que levei para conseguir me levantar. E eu me pergunto o que esses minutos custaram para ele. Será que eu deveria ter chamado uma ambulância em vez de pegar o carro para ir ao hospital? E se eu pudesse... e se eu nunca tivesse...

Algumas lágrimas rolam pelo meu rosto, enquanto enterro o pensamento inacabado junto com todos os outros "e se" e as profecias não cumpridas que me atormentam. Josiah me puxa para mais perto e me abraça. Eu me aconchego em seu calor, num abraço tão familiar que me dói o fato de estar sem esta sensação há tanto tempo. Com o nosso passado voltando para nos assombrar, Josiah me acorrenta a esta noite, me impedindo de voltar a cair num buraco negro que, de vez em quando, não parece estar tão distante. Ele está com as mãos grandes e quentes em minhas costas, acariciando desde os ombros até a cintura em movimentos longos e tranquilizadores. Seu cheiro é maravilhosamente igual, e eu me abrigo na dobra do seu pescoço. Seguro os seus braços com as mãos trêmulas, me sentindo ferozmente possessiva deste momento e deste homem. Ele é meu hoje. Esta é uma conversa há muito adiada, e é só para nós e ninguém mais. Só nossa. A intimidade da tristeza pela vida que construímos juntos e perdemos.

As lágrimas param de rolar e secam, mas Josiah não me solta e o mundo teria que estar em chamas para eu me mover. Ele não está mais acariciando as minhas costas, mas as suas mãos continuam em mim. Receio que se eu me mexer um centímetro, ele vai me soltar. Então, me aconchego ainda mais nele, prendendo a respiração. Porém, quando ele beija o alto da minha cabeça, deixo escapar todo o ar. Inclino a cabeça para trás e olho para ele. Meu Deus, ele está muito bonito, com os traços do rosto tão marcantes, mas ele, tão vulnerável. Sua boca, não tão tensa como quando ele está no controle, mas parecendo uma curva sensual e relaxada. Seu olhar, sonolento e pesado em vez de aguçado. Eu poderia ficar olhando para ele neste canto privado do mundo até o sol nascer.

Estamos tão próximos que fico inevitavelmente em sintonia com ele. Em como o seu coração está disparado. Em como os seus músculos estão enrijecidos ao meu redor. Em como a sua respiração acelera para se igualar à minha, irregular e brusca, arejando os nossos lábios. Se eu me deslocar apenas um centímetro, um beijo será inevitável. Tão perto que se eu lamber os lábios, também vou lamber os dele. Quero sentir o gosto dele de novo com uma intensidade que não sei se consigo controlar.

— Si — consigo dizer o seu apelido, e o meu peito sobe e desce com respirações ofegantes. — Me pergunte de novo se sinto muito por você e Vashti terem terminado.

Seus olhos se escurecem, semicerrados, os cílios longos se curvam e se entrelaçam nos cantos dos olhos.

— Você sente?

Agarro a sua nuca e o puxo para mais perto para imprimir a verdade em seus lábios.

— Claro que não.

Nosso primeiro beijo em anos é ardente desde o início. Seus lábios, tão familiares, e estão famintos, e desesperados. Isso me subjuga. É uma sensação de você-achou-que-conhecia isso, mas você-não-faz-ideia disso. O frescor de um homem que conheço há muito tempo me beijando com fervor. O sabor dele domina tudo com a rapidez e intensidade de um incêndio florestal. Não consigo ver, ouvir ou até mesmo sentir. Todos os sentidos estão concentrados entre os nossos lábios, e tudo o que posso fazer é saborear o uísque e o desejo em sua língua.

— Yas — ele pronuncia o meu apelido de modo ofegante e encosta a sua testa na minha. — A gente precisa parar.

— Por quê? — Arrasto os lábios pela barba por fazer do seu queixo.

— Não é uma boa ideia. Eu não posso... eu não posso me envolver com você de novo. — A impetuosidade da sua paixão está sendo sobreposta pela determinação e cautela.

Os sentimentos antigos, agitados pelo álcool e pela nostalgia numa poção mágica, subiram à nossa cabeça, mas não removem os meus erros nem apagam todos os modos com os quais nos machucamos. Fui tola em achar que podiam. Seus lábios roçam a minha têmpora por um breve instante. Então, Josiah se levanta e começa a andar pela sala. Ele passa as mãos pelo rosto, com o volume em sua calça deixando claro que ele queria tanto quanto eu.

Até ele se lembrar.

O ar esfria, mas o meu coração ainda bate forte no peito. Meus lábios latejam pela intensidade do seu beijo. Ainda estou molhada entre as minhas pernas.

A vergonha se acumula em meu ventre, e eu fico de pé às pressas, precisando fugir disto e dele.

— Desculpa — murmuro, correndo para o quarto e fechando a porta, me encostando nela e mordendo o lábio para sufocar um grito de frustração. Sim, porque o meu corpo está vibrando, acelerado sem ter para onde ir, mas também frustrado comigo mesma por esquecer que eu fiz isso. A culpa é minha e não há segunda chance.

Eu não posso me envolver com você de novo.

Nem me dou ao trabalho de me despir e me enfio entre os lençóis frios. Virando a cabeça no travesseiro, sinto as lágrimas brotarem, mas me recuso a deixá-las cair. Não com Josiah no cômodo ao lado. Me arrependo do beijo que trouxe tanta vida para mim. Estou me punindo de mil maneiras diferentes quando um barulho à porta chama a minha atenção. Me deito de costas, me ergo um pouco, apoiada nos cotovelos e vejo a figura imponente de Josiah preencher a entrada.

— Uma vez — ele diz, com a voz rouca, mas controlada, e olhar cálido e firme. — Fazemos isso uma vez, nos livramos disso e esquecemos que esta noite aconteceu. Essa é a única maneira de dar certo.

Será que posso fazer isso? Será que posso viver sabendo que o terei apenas mais uma vez, sabendo que provavelmente sempre o desejarei? Com a promessa de prazer que sempre encontramos juntos, o meu corpo grita sim. Minha mente e o meu coração perguntam se tenho certeza. Eu o magoei. Sei disso, mas será que ele faz ideia do quanto ele pode me magoar? Que se eu entregar o meu corpo a ele, o meu coração não poderá deixar de segui-lo? Gostaria de que tivéssemos conversado há mais tempo. Gostaria de que tivéssemos feito terapia. Gostaria de ter encontrado o terapeuta certo, os medicamentos certos, tudo certo a tempo. Isso teria feito uma grande diferença. Isso talvez nos tivesse salvado, mas nada dessas coisas aconteceu e isto é tudo o que resta.

Seu corpo, esta noite, e fim. Eu vou aceitar.

Eu me sento, com os lençóis se acumulando junto à minha cintura. Em seguida, tiro a camiseta pela cabeça. Josiah sempre gostou dos meus seios. Então, dedico um tempo a exibi-los. Estendo a mão até as costas e desengancho o fecho do sutiã. À luz do abajur, seus olhos se incendeiam à medida que as alças deslizam pelos meus braços e os meus mamilos rijos ficam à vista. Sua respiração rápida e intensa preenche o quarto. Afasto as cobertas das pernas e deslizo a calça de ioga pela perna e a tiro pelos pés. Depois que a jogo num canto, Josiah atravessa o quarto e se avulta sobre mim. Inclino o pescoço para trás e olho para ele, com os dedos se curvando com a necessidade de despi-lo e explorar cada músculo rígido e a pele quente escondidos sob as suas roupas. Antes que Josiah possa começar a falar, racionalizar, estabelecer condições ou mudar de ideia, eu estendo a mão para ele.

Nosso segundo beijo é mais explosivo que o primeiro. Não há nada hesitante na maneira como ele reivindica a minha boca, gemendo e agarrando os meus braços. Ele segura os meus seios e acaricia os meus mamilos. Eu me curvo com o seu toque. Estou faminta por isso. Não faço sexo há muito tempo, mas não é apenas a liberação física que desejo. É o foco completo dos seus olhos em mim, a reverência do seu toque que, apesar de todos os momentos difíceis pelos quais passamos, sobreviveu de alguma forma.

Sua mão vai dos meus seios até o abdome, parando entre as minhas pernas e me tocando através da calcinha molhada. Nossos olhos se encontram, e ele afasta a seda, acomoda a mão em mim e pressiona o polegar contra o meu clitóris. Quando o seu olhar se torna mais intenso e profundo, ferozmente possessivo, Josiah segura a minha boceta.

— Ela é minha hoje, Yas — ele diz, meio rosnando, meio gemendo.

Ninguém me tocou ali desde a última vez que Josiah tocou, e fazer isto com outro homem não me ocorreu a sério. Ele não acreditaria nisso, olhando para mim com as suas dúvidas pairando além do seu desejo. Ele vê a mulher que o mandou embora. Ele não entenderia como o meu corpo tem se sentido vazio desde a última vez que ele esteve dentro de mim. Que eu sinto tanto a saudade dele que às vezes calço os seus tênis para me sentir perto dele. Que à noite, sozinha na cama, ouço ecos dos seus gemidos em nosso quarto, chamando o meu nome como ele fazia sempre que se perdia em meus braços. Ele não entenderia isso. Então, simplesmente aceno em concordância. Hoje sou dele.

Minha respiração se acelera quando Josiah desliza a minha calcinha para baixo e a tira. Ele me move e faz com que eu fique sentada na beirada da cama com as pernas abertas. Em seguida, se ajoelha. Vejo o alto da sua cabeça, a ondulação acentuada do seu cabelo e o traçado bem definido dos seus ombros. Ele se inclina para beijar a pele na parte interna de uma coxa, repetindo o gesto íntimo na outra antes de levantar as minhas pernas e apoiar os meus calcanhares no colchão. Essa posição me expõe por inteiro e os meus joelhos se juntam involuntariamente em recato.

— Abra as pernas — Josiah diz, afastando-as. — Quero te ver. Pensei tanto nessa sua boceta.

Ele passa o dedo em minha vagina, roçando o meu clitóris, roubando o meu fôlego, e os músculos das minhas pernas se contraem. Ele abaixa a cabeça, respirando fundo pelo nariz.

— Meu Deus, isso — ele sussurra e aproxima a boca de mim.

Eu me contorço sob a ofensiva dos seus lábios, da língua e dos dentes. Ele segura os meus quadris, me puxando para mais perto e me mantendo no lugar para favorecer a sua boca. O som grave do seu gemido vibra pelo centro do meu corpo e eu tremo da cabeça aos pés, à beira de quase desfalecer.

Quando Josiah adiciona um, dois, três dedos e, ao mesmo tempo, me suga e me lambe como se tivesse receio de perder uma única gota, minhas mãos agarram seu cabelo. Não consigo evitar. Empurro a sua cabeça para mais junto de mim, sentindo a sua boca mais fundo na junção das minhas coxas. Despudorada, seguro os joelhos, para abrir mais espaço para ele. Meus quadris empinam e o meu peito arfa. Gozo como se fossem grandes ondas se quebrando e afogando todo o pensamento racional.

— Ai, meu Deus! Ai, meu Deus! Ai, meu Deus! — É um canto, uma oração, uma litania que sai dos meus lábios algumas vezes, enquanto jogo a cabeça para frente e para trás. O orgasmo contrai os músculos do meu abdome e das minhas pernas, curva os dedos dos meus pés e cerra os meus punhos nos lençóis. Josiah desliza os dedos sobre a minha boceta, seus olhos encontrando os meus. Nós dois sentimos o quão molhada estou e, então, ele lambe os seus dedos enquanto vou voltando a mim mesma.

Ainda estou trêmula quando Josiah me deita gentilmente na cama. Minha boca está frouxa e os olhos, famintos, enquanto o observo se despir. Ele tira o blusão de moletom pela cabeça, revelando o abdome sarado e os bíceps esculpidos. Sempre gostei do seu peitoral, musculoso e atlético, com mamilos no tom marrom-escuro da sua pele. Josiah tira a calça e a cueca e, ansiosa, literalmente passo a língua pelos lábios. Eu o quero em minha boca. Nunca gostei de fazer sexo oral, para grande desgosto dos meus ex-namorados, mas desde a primeira vez que envolvi os meus lábios em torno do pau de Josiah, adorei e sempre me dispus a fazer um boquete nele com entusiasmo.

— Não me olhe assim — ele diz, se deitando na cama e dando uma risadinha irônica. — Acho que não vou conseguir me controlar por muito tempo na sua boca.

Então, quase digo para deixarmos para uma próxima vez, mas lembro que não haverá uma próxima vez. Apenas esta noite. O desejo de tê-lo dentro de mim agora, veloz e intenso, entra em conflito com a necessidade de desacelerar tudo para que eu possa saborear esta aventura de uma noite.

Josiah veste uma camisinha. Quase dou uma risada e pergunto por quê. Não usávamos camisinhas desde os nossos primeiros dias de namoro. Eu sempre estava tentando engravidar ou definitivamente não tentando e tomando pílula. Era um relacionamento monogâmico baseado na confiança plena. Não somos mais assim. Nós dois estamos... solteiros. Josiah estava num relacionamento com outra mulher e não consegue supor que eu não transei com outro homem.

Quando Josiah se posiciona entre as minhas pernas, espero uma penetração profunda, mas ele beija o meu queixo e o meu pescoço. Em seguida, suga o meu mamilo com voracidade. Agarro a sua cabeça e entrelaço as nossas pernas, enquanto, ele cultua os meus seios. Em seguida, Josiah apoia o seu peso sobre os cotovelos, e eu estendo a mão para pegar o seu pau. Acaricio o membro, primeiro devagar e depois rápido, apertando e afrouxando. Ele deixa escapar um suspiro ofegante e encosta a testa na minha.

— É melhor você parar — ele diz. — Vou acabar gozando em cima de você.

Então, com um sorriso safado, direciono o seu pau para dentro de mim. Não estava preparada para este momento, o reencontro de nossos corpos depois de tanto tempo. Cada parte de mim suspira ao senti-lo. Não só o meu corpo, mas também a minha alma volta a se reconectar com a dele. Seus dedos brincam sobre mim e eu me abro para ele. Só para ele desta maneira. Ele fica imóvel e abaixa a cabeça para me beijar. Seu pau está duro, mas o beijo é tão carinhoso que os meus olhos lacrimejam. Acaricio os seus ombros, as suas costas, as suas nádegas, redescobrindo a beleza que sempre esteve presente nele e notando o que mudou. Seu membro está tão grande e duro como eu me lembro. O encaixe é justo da mesma forma e, caso seja possível, mais perfeito. Dou um gemido de boas-vindas quando Josiah começa a se mover.

— Caralho, Yas — ele geme junto ao meu cabelo e agarra a minha coxa, levando o meu joelho a se apoiar em seu quadril. — Isto não faz sentido.

Adoro como a sua voz e a sua linguagem ficam rudes durante o sexo. A fachada completamente controlada e sempre polida desaparece quando Josiah se perde em mim. Reprimo um gemido quando ele atinge o ponto que sempre faz meus olhos revirarem de prazer. Ele não precisa tatear, pesquisar ou adivinhar. Seu corpo conhece o meu. Nossa pele, as nossas mãos e as nossas respirações encontram um ritmo familiar que é tão excitante quanto da primeira vez. Ele me invade com força, com os nossos grunhidos e gemidos se misturando. E a cama balança e a cabeceira bate na parede. Fecho os olhos e me entrego à dança primitiva dos nossos corpos e aos sons selvagens que fazemos enquanto recebemos, e recebemos, e recebemos, e damos, e damos, e damos prazer um ao outro, até que Josiah estende a mão e acaricia o meu clítoris para que eu goze de novo e antes dele. Ele abaixa a cabeça, beijando as nossas têmporas unidas, com uma das mãos apoiada na parede atrás de nós, e a outra segurando a minha coxa.

— Amor — ele deixa escapar junto com um longo suspiro, ao mesmo tempo em que o seu corpo inteiro se tensiona sobre mim.

Fico imóvel e me delicio com a palavra carinhosa que ele nem deve ter percebido que sussurrou. Quero o seu corpo, mas anseio por esta intimidade e pela afeição dele. Agarrando-o, percorro com mãos desesperadas o terreno musculoso das suas costas. Sugo a pele firme do seu pescoço, cravo os dentes em seu ombro e contraio involuntariamente ao redor do seu pau, enquanto ele se entrega ao momento.

Meu coração bate tão forte que juro que deveria ouvi-lo, mas o único som no quarto são as nossas respirações ofegantes. É o choque silencioso na sequência de um acontecimento avassalador. Calados, nós nos observamos, enquanto todas as peças caem ao nosso redor, reordenando o mundo como eu o havia conhecido.

No meio da noite, acordo com seu braço musculoso e possessivo me agarrando por trás. Ele segura o meu rosto e o acaricia com o polegar. À luz do abajur, seus olhos faíscam, e ele me beija. Josiah disse que seria uma única vez, mas ele transa comigo novamente. A segunda vez é ainda melhor. É mais lenta, mais delicada e mais pungente, porque sei que desta vez... é a última.

29

YASMEN

— O que vamos jantar, mãe? — Kassim pergunta, espiando pelas portas envidraçadas do meu escritório.

Tiro os olhos de um e-mail dos pais de alunos de Harrington sobre os novos uniformes da banda. Deja não usaria nem morta um uniforme de banda, mas Kassim continua querendo começar a tocar trombone. Então, talvez eu tenha que me envolver.

— O que vamos jantar? — Me recosto na cadeira e provoco o meu filho com um sorriso. — Por que sou a única pessoa nesta casa que sempre cozinha?

Kassim parece confuso, arregala os olhos e murmura:

— Hum... bem... por que eu não sei cozinhar.

— Você está me dizendo que é capaz de construir um robô do zero e não consegue seguir uma receita simples?

Sua testa franze. Se algo é "simples", Kassim supõe que deve ser capaz de fazer.

— Talvez um espaguete? — Sua voz fica equilibrada e seus ombros se endireitam, firmes e confiantes.

Hoje, espaguete. Amanhã, o mundo.

— Já pedi comida indiana. — Sua expressão relaxa com o que parece ser alívio e eu rio. — Mas obrigada pela oferta.

Na escrivaninha, meu celular toca, e o nome de Mark surge na tela. Franzo a testa, tentada a ignorar a ligação. Nosso relacionamento nunca foi sério ou fechado. Fui totalmente honesta com Mark a esse respeito, mas ainda parece errado falar com ele quando mal consigo me mexer por causa dos músculos "sexuais" que estavam inativos havia muito tempo e que estão doendo da minha noite com Josiah. Aquele homem ainda arrasa. Tenho tentado afastar as lembranças... tudo bem, fantasias... geradas desde a noite em Charlotte, desde que nos separamos no aeroporto ontem e voltamos para as respectivas casas.

— Você não vai atender? — Kassim pergunta, se senta na cadeira do outro lado da minha escrivaninha e tira o celular dele do bolso.

— Acho que, para uma mãe, é pedir demais ter um pouco de privacidade — murmuro, sabendo que Kassim está alheio a isso. Pego o meu celular no quarto toque. — Oi, Mark.

— Yasmen — ele diz com um tom de satisfação. — Que bom que você atendeu. Achei que ia cair na caixa postal.

— Desculpa. Eu estava... — Dou uma olhada em Kassim, entretido com o seu joguinho. — Ocupada. Como você está?

— Bem. Senti saudade.

Não sei como responder a isso de uma maneira que seja sincera e que também não seja dolorosa.

— Isso é muito gentil da sua parte. — Estremeço com a minha resposta sem muito entusiasmo. — É bom estar em casa. E aí?

— Queria saber se você já comprou a sua árvore de Natal.

— Árvore de Natal?

Eu me arrependo das palavras assim que as digo. Kassim me observa com um olhar ansioso. Normalmente, a esta altura, a nossa árvore já estaria montada, mesmo que o Dia de Ação de Graças tenha sido há poucos dias.

— A minha família é dona de uma fazenda que faz reflorestamento — Mark diz. — Sabe aquele terreno perto da praça que vende árvores o mês todo? É do meu pai.

— Ah, são as melhores árvores em Skyland.

— É o que diz a placa. — Mark dá uma risadinha. — Acabei de pegar uma ótima. Se você quiser, posso levá-la para você dar uma olhada.

Kassim está com os olhos pregados em mim desde que ouviu a palavra "árvore". Ele e Deja adoram o Natal, e eu tinha incluído em minha lista de tarefas da semana a compra da árvore.

— Se você não gostar, eu levo para a minha irmã — Mark continua. — Ela cria quatro filhos sozinha e trabalha em tempo integral. Se eu bem a conheço, ela ainda não pensou em uma árvore.

— Então por que você não leva direto para ela? — pergunto, mantendo um tom de voz suave.

— Porque eu gostaria de ver você, e essa pareceu uma boa desculpa.

É só uma árvore, mas quando ele diz assim...

— Ah… tudo bem — concordo após um breve silêncio. — Por que não?

— E quem sabe a gente possa jantar depois de montar a árvore? Ou tomar uma bebida?

— Hum… é uma noite de semana e os meus filhos…

— Certo. Desculpe. Não me lembrei. Então, posso só deixar a árvore.

Ele está trazendo uma árvore para mim.

— Pedi comida para o jantar — me forço a oferecer. — Você pode comer com a gente, se quiser.

— Tem certeza? — ele pergunta, mas ouço o seu "sim" preparado e à espera.

— Claro. Espero que você goste de comida indiana.

— Espero que você goste da árvore.

Meia hora depois, Mark está em minha varanda com uma das maiores árvores de Natal que já vi.

— Você não estava brincando. — Dou uma risada, percorrendo o longo tronco com o olhar. — É imensa e muito bonita.

— Essa é a nossa árvore? — Kassim pergunta, espiando por trás de mim. — Uau!

— Você quer? — Mark ergue uma sobrancelha para mim.

— Sim! — Kassim grita antes que eu possa confirmar.

— Claro, nós queremos — digo e dou um passo para trás para que Mark possa entrar com a árvore em casa.

Na sala de estar, em frente à janela, eu já tinha preparado a base que usamos a cada Natal. Mark logo colocou a árvore no suporte e a ergueu, com os seus galhos quase tocando o teto.

— Day! — Kassim berra do pé da escada. — Venha ver a nossa árvore!

No alto da escada, Deja abre a porta do seu quarto e põe a cabeça para fora. Metade do seu cabelo está solto e preso com grampos. A outra metade está com tranças. Azuis esta semana.

— Que árvore? — ela pergunta, com o olhar se fixando brevemente em mim e, em seguida, desviando-se para Mark, que está atrás de mim no vestíbulo. — Oi, sr. Lancaster. — Seu tom está surpreendentemente educado, levando em conta que, sempre que o nome de Mark é mencionado, ela zomba dele como "o branquelo idiota dos cartazes".

Mark retribui o cumprimento com um sorriso, e um silêncio incômodo se instala entre os quatro. O som da campainha salva a situação de ficar ainda mais estranha.

— A comida chegou — digo, me apresso até a porta e pego do entregador as sacolas de comida com cheiro delicioso.

— Acho que já vou — Mark diz, levantando os olhos na direção de Deja, que exibe uma expressão cuidadosamente impassível.

— Não, fique. — Indico a cozinha com um gesto de cabeça. — Eu disse que gostaríamos muito de que você jantasse com a gente. É o mínimo que podemos fazer depois que você trouxe essa árvore incrível para nós.

— O frango indiano na manteiga desse lugar é o melhor — Kassim diz a Mark.

— Você pediu frango masala? — Deja pergunta, finalmente saindo do quarto e descendo a escada.

— Sim — respondo e ofereço a sacola para ela. — Vocês, crianças, podem começar.

Com um rápido olhar entre Mark e mim, Deja pega a sacola, esbarrando em Kassim com o ombro.

— Vamos lá, esquisitão.

Ele quase sai correndo em direção à cozinha na frente da irmã.

O garoto adora um frango indiano na manteiga.

— Há comida suficiente para todos — digo a Mark e coloco as mãos nos bolsos traseiros da calça jeans.

— Eu gostaria muito de ficar. — Ele se aproxima de mim, olhando na direção que os meus filhos acabaram de ir. — Só há uma coisa de que eu gostaria mais.

Mark se inclina para me beijar e eu fico paralisada. Tivemos alguns encontros. Alguns beijos. Embora eu não tivesse sentido uma paixão ardente, foi bom. Agradável. Isto, porém, não é agradável. Após a noite que passei com Josiah, isto parece uma traição. Sei como é estúpido, pois Josiah me avisou que nunca voltaria a acontecer. Nós nunca mais voltaríamos a acontecer. E ainda assim... a boca de Mark pressiona com mais firmeza a minha, buscando algo que eu não posso dar. Não agora.

— Mark — murmuro durante o beijo e me afasto. — Eu... não.

Confuso, ele franze a testa.

— Eu estava esperando...

— Acho que não deveríamos sair mais. Pelo menos, não... dessa maneira. — Abaixo o olhar para o pequeno pedaço de piso de madeira entre os nossos pés. Pouco depois, me forço a olhá-lo nos olhos de novo. — Você é ótimo. De verdade, mas não estou pronta nem mesmo para um relacionamento sem compromisso.

— Entendo. — A compreensão transforma a expressão confusa numa de decepção. — É porque eu não sou a pessoa certa ou porque Josiah continua sendo essa pessoa?

A sacada e a pergunta sem rodeios de Mark me pegam de surpresa e só consigo dar um sorriso amarelo.

— Acho que os dois.

Um sorriso irônico curva um canto de sua boca.

— Você me avisou que eu era o primeiro a tentar, não é? Não é a primeira vez que eu errei. Não será a última.

Observo os seus olhos azuis, e inteligentes, e amáveis, em seu rosto de beleza clássica. Ele é bem-sucedido, ambicioso e íntegro. Talvez um dia eu me arrependa de deixar um cara como ele escapar, mas os beijos, os toques, os sussurros que compartilhei com Josiah no quarto de hotel ainda são muito recentes. Meus sentimentos por ele são viscerais demais para eu considerar qualquer outro homem neste momento. Pelo jeito, preciso deixar de lado estes sentimentos pelo meu ex-marido antes de cultivar qualquer sentimento por outra pessoa.

— Você, Mark Lancaster, é o homem certo para alguém — digo, segurando as suas mãos com as minhas.

Ele se inclina para dar um beijinho em minha cabeça e se virar em direção à porta da frente. Eu o sigo, parando na varanda, enquanto ele desce os degraus e se encaminha em direção ao seu Tesla parado na entrada da garagem.

— Mark! — eu chamo, fazendo-o se virar assim que ele abre a porta do carro. Mark está com uma expressão de decepção e aceitação enquanto espera por minhas palavras de despedida. — Você tem o meu voto.

Um sorriso lento se forma em seu rosto. Ele me saúda com um gesto alegre, entra no carro e vai embora.

— O sr. Lancaster não quis ficar para jantar?

Eu me viro e encontro Deja no vestíbulo, com uma garrafa de água com gás na mão e curiosidade estampada em seu belo rosto. Com os braços cruzados para espantar o frio, entro em casa e fecho a porta.

— Não, era hora de ele ir embora. — Farejo o ar e passo por minha filha em direção à cozinha. — Vamos comer.

30

JOSIAH

— Como foi na escola? — pergunto a Kassim quando saímos do estacionamento da Harrington.

— Tudo certo. — Ele se vira para acariciar Otis, que descansa no banco de trás, antes de pegar o celular. Sei que ele está indo direto para o Roblox.

— Ei, converse comigo um pouquinho antes de se perder nesse jogo.
— Sim, senhor. — Ele obedece, deixando o celular no colo.
— Como têm sido as aulas? Você não está ficando entediado?
— A sra. Halstead tem me dado algumas coisas extras para fazer. Tipo, diferentes do resto da turma.
— E como você está se sentindo a esse respeito?

Droga. Estou parecendo um terapeuta. O Dr. Musa ficaria satisfeito em saber que está me influenciando.

Kassim dá de ombros.

— Estou bem. Alguns garotos me provocam, como se eu achasse que sou muito inteligente.
— Você é muito inteligente.
— Mas não quero esfregar isso na cara deles.
— Muito bem. Não seja esse tipo de pessoa. Você não é melhor do que ninguém. A sra. Halstead só acha que você precisava de um desafio maior do que as atividades em sala de aula estavam oferecendo. Ela vislumbra todo o seu potencial e quer ter certeza de que estamos fazendo tudo o que podemos para você realizá-lo.
— Sim. O Jamal diz que é muito legal eu fazer coisas que ninguém mais ainda consegue fazer, e que talvez eu possa pular de série, contanto que a gente ainda possa sair, e jogar Madden, e coisas assim.
— Ótimo — digo, reconhecendo a importância da aprovação de Jamal. — Bem, vamos cortar essa cabeleira para você poder ir para casa e fazer a sua lição. — Passo a mão no cabelo afro que ele está deixando crescer.
— E decorar a árvore! — Kassim afirma com um sorriso largo.

Sinto um ligeiro aperto no peito. A gente costumava dar grande importância à escolha da árvore. Geralmente, fazíamos isso no sábado posterior ao Dia de Ação de Graças e depois íamos tomar chocolate quente com marshmallows. Nos últimos anos, muitas coisas foram por água abaixo, e essa é uma das tradições que foi deixada de lado.

— Vocês já compraram a árvore? — pergunto.
— O sr. Lancaster trouxe uma para a gente.

Pobre volante. Estou praticamente o sufocando quando Kassim menciona o nome desse homem.

— Mark Lancaster? — pergunto, casualmente.
— Sim, ele é o novo namorado da mamãe.

Namorado?

Ele não é porra nenhuma. Yasmen não estava pensando no namorado quando transei com ela duas vezes.

O pensamento surge antes que eu consiga reprimi-lo. Ela fez parecer que não havia nada sério entre eles. Será que eles estão mais comprometidos do que ela deixou transparecer?

Minha imaginação se enche de visões do político loiro saindo do nosso quarto usando apenas uma calça de pijama, descendo a escada e fazendo um café em minha cozinha com os meus filhos depois de passar a noite transando com a minha mulher.

Ela não é sua.

Por uma noite, Yasmen foi. Desde a morte de Byrd e Henry, não conversei com ninguém da maneira como conversamos em Charlotte. Ou nunca. Talvez a terapia tenha facilitado falar sobre os meus problemas quando antes parecia tão difícil. Segurar Yasmen daquele jeito, voltar a ficar dentro dela, ouvir o seu coração batendo forte, sentir o cheiro da baunilha e da sua essência única. Suas curvas se encaixaram como se tivessem sido feitas para mim. E apenas para mim. Nós dois cumprimos o nosso acordo. É como se a noite no hotel nunca tivesse acontecido. No mínimo, as coisas estão melhores entre nós desde que esclarecemos tudo.

Eu só tenho que continuar fingindo que não penso naquela noite o tempo todo, que o meu corpo não anseia por outras vezes.

— É uma boa árvore? — pergunto.

— É enorme — Kassim responde, empolgado.

Claro que é.

— Ele é dono de uma daquelas fazendas que produzem árvores de Natal. Ele perguntou para a mamãe se ainda precisávamos de uma e trouxe.

O volante do meu carro não vai sobreviver a mais uma conversa sobre o aspirante a congressista.

— Então, o corte do seu cabelo vai ser simples hoje? — pergunto. — Ou você vai querer algumas riscas e setas?

Kassim ri como eu sabia que ele iria e descreve um padrão que ele e Jamal concordaram em experimentar na próxima vez que fossem ao barbeiro. Ao chegarmos ao salão do Pregador, fico orgulhoso de como o meu amigo se saiu bem. Nós dois nos formamos em administração e sabíamos o que queríamos fazer. Bem, Byrd e Yasmen conceituaram o Canja, mas eu sabia que não queria trabalhar como empregado e ter um chefe. O Pregador cortou cabelo em seu quarto da faculdade e depois em seu apartamento fora do campus durante os quatro anos do curso. Até conseguir abrir a sua própria barbearia, ele pagava as contas trabalhando em outros salões. Sua barbearia fica em Castleberry Hill, que, pelo que sei, tem uma das maiores concentrações de negócios de propriedade de pessoas negras do país.

— E aí, pessoal? — o Pregador sorri em saudação enquanto corta o cabelo de um cliente. — Quanto cabelo, Seem! Você tem me evitado, carinha?

Kassim sorri e leva Otis para o canto, onde ele sempre se aconchega e se comporta. Eu me sento na cadeira de barbeiro vazia ao lado do lugar onde o Pregador está trabalhando.

— Sua vez, Seem — o Pregador chama, tirando o cabelo do pescoço e dos ombros do cliente que acabou de atender.

Kassim se acomoda na cadeira e descreve o padrão que ele e Jamal criaram. Com um sorriso amigável, o Pregador liga a máquina de cortar cabelo.

— Senti a sua falta no jogo de ontem — ele afirma.

— Foi mal não ter ligado. — Me levanto para pegar uma revista da pilha do balcão. — Tive que viajar e estou me pondo em dia desde então. Há muita coisa acontecendo.

— Nós ganhamos... de novo. — Pregador dá um sorriso irônico. — Para onde você foi?

— Fomos até Charlotte. Estamos reavaliando a expansão do Canja. — Folheio algumas revistas, tentando manter um tom de voz casual, porque o sexto sentido do Pregador está aguçado. — Então, Yas e eu viajamos para dar uma olhada no local.

As perguntas e os comentários quase surgem em balões de história em quadrinhos acima da sua cabeça, mas com Kassim na cadeira, ele se contenta com um olhar significativo, como se fosse exigir os detalhes mais tarde.

Ele não vai conseguir nada.

Preciso deixar para trás o que aconteceu em Charlotte, e não ficar matutando a respeito do assunto. Bloqueio as perguntas em minha cabeça e me ligo na conversa animada dos clientes. O bate-papo vai desde as chances dos Atlanta Falcons na temporada até a discussão habitual a respeito do maior jogador de basquete de todos os tempos: Michael Jordan ou LeBron James.

— Cara, você tem que dar o título para o LeBron — um cliente afirma enquanto os seus dreads são cortados. — Tudo o que ele faz pela comunidade.

— O que diabos essa escola que ele criou tem a ver com o desempenho dele na quadra? — Rick, o barbeiro ao lado do Pregador, pergunta. — LeBron não tem o instinto assassino do Mike e do Kobe.

— Considero Kobe superior ao LeBron — o cara na última cadeira da fileira diz.

— Porra! — Pregador exclama, faz um gesto negativo com a cabeça e termina de acertar o cabelo de Kassim. — Descanse em paz, Black Mamba. Kobe está entre os cinco melhores, mas não acima do LeBron.

— Quem você escolhe, Kassim? — Rick pergunta, dando um sorriso encorajador.

— Hum... — Kassim parece em pânico, como se estivesse fazendo uma prova surpresa e temesse dar uma resposta errada. — Jordan?

Me inclino para frente e o cumprimento com o punho cerrado.

— Esse é o meu garoto — digo, piscando para ele.

Kassim sorri e se senta mais alto na cadeira. É incrível como ele floresce com o menor elogio que eu lhe faço. É fácil reforçar a sua confiança. Acho que é isso que o amor incondicional e a aceitação de um pai devem fazer por um filho. Meu pai foi do exército, um militar durão, mas recebi o amor e a aceitação dele até os oito anos. Segundo o Dr. Musa, talvez eu nunca tenha superado essa perda.

— O que você acha? — Pregador pergunta a Kassim, lhe entregando o espelho de mão para ele conferir a parte de trás do cabelo.

— Uau! — Kassim dá um sorriso largo. — Aposto que o do Jamal não vai ficar tão bom assim.

Pago o corte para o Pregador e dou uma tapinha em minha perna.

— Otis, vamos.

Otis se levanta, dá um bocejo, começa a caminhar, passa por mim e me espera à porta, como se eu estivesse atrasado. Desdenho e tiro alguns fios de cabelo da camisa de Kassim.

— Preciso te perguntar uma coisa antes de você ir, Si — Pregador diz.

— Tudo bem. Me espere com o Otis. Não saia. Fique aqui dentro.

— Sim, senhor — ele diz, dirigindo-se à porta.

— E você agradeceu ao Pregador? — pergunto.

O meu filho volta a se virar.

— Desculpe. Obrigado.

Deixo Kassim se afastar alguns passos antes de me virar para o Pregador, que se aproxima de mim.

— O que está rolando de verdade, cara? — ele pergunta, baixinho. — Da última vez que a gente conversou, Yasmen encontrou a Vashti na sua casa e foi um drama. Agora Yasmen e você foram viajar juntos. E aí?

— E aí nada — minto com facilidade. — Vashti e eu terminamos. Yas e eu fizemos uma viagem de negócios. Simples assim.

— Quando você e a Vashti terminaram?

— No Dia de Ação de Graças. Já não estava rolando.

— Foi a sua primeira vez depois do divórcio. Mais sorte da próxima vez. — Ele observa a minha expressão. — A menos que você não queira uma próxima vez e se dê conta de que ainda não superou a sua ex.

— Que nada, cara.

Dou uma risada como se fosse algo ridículo. O Pregador me viu completamente em ruínas na noite em que Yasmen pediu o divórcio. Mesmo sendo tão próximos como somos, não quero contar a ele que não só ainda quero Yasmen, como também cedi a isso por uma noite que não consigo esquecer.

— Você e a Yas tiveram aquela coisa única na vida — ele diz, põe a mão no meu ombro e olha bem nos meus olhos.

— Bem, não temos mais — digo, tirando a sua mão do meu ombro. — Talvez na próxima vida.

— Eu não seria seu amigo se não tivesse certeza.

— Ela quis o divórcio e conseguiu. Pode não ter rolado com a Vashti, mas eu segui em frente. Pare de remexer nesta merda antiga, Pregador. Mesmo que pudéssemos recomeçar algo, como eu poderia confiar que a Yas não se afastaria de mim ao primeiro sinal de problema?

— Vocês estão em lugares diferentes agora do que estavam naquela época. Isto é, ela está fazendo terapia. Você está fazendo terapia. Quem teria imaginado? Você, o cara mais certinho e reprimido que conheço.

Com as mãos no bolso, me inclino para trás, apoiado nos calcanhares, e solto uma risada. É engraçado porque é verdade.

— Nem todos temos uma segunda chance, cara.

— Bem, crie outra chance, e dessa vez não deixe escapar.

— Deixar escapar? Eu não...

O Pregador dá um sorriso zombeteiro, que me diz que ele está me zoando.

— Babaca. Não tenho tempo para as suas besteiras. Estou indo.

— Pense no que eu disse. — Ele se despede de mim com um tapa na mão. — E se você não quer se abrir comigo, pelo menos se abra com o seu terapeuta, agora que você está em contato com os seus sentimentos.

Estar em contato com os meus sentimentos é uma forma de descrever isso.

Sinto muito tesão toda vez que estou perto da minha ex-mulher.

Sinto raiva ao pensar no babaca do Mark levando árvores de Natal para minha família, todo obcecado por Yasmen.

Sinto frustração, porque, na noite em que eu deveria me livrar do meu desejo por ela, o tiro saiu pela culatra, e depois de prová-la de novo, tê-la de novo, segurá-la de novo, merda, Yasmen está ainda mais entranhada em mim.

Em contato com os meus sentimentos? Meus sentimentos são como uma prova de fogo, mesmo sabendo como queimou da última vez.

31

YASMEN

É a minha noite favorita do ano.

Ou pelo menos costumava ser. Na véspera do Ano-Novo, ficamos na junção entre o antes e o depois. Sei que um novo ano não apaga o passado nem proporciona um recomeço. Aquele aluguel atrasado? Ainda continua atrasado à meia-noite. Aquele emprego sem futuro? Ainda não vai a lugar nenhum. O casamento em dificuldades não se cura sozinho ao final de "Auld Lang Syne". Isso eu sei por experiência própria.

Porém, a sensação de renovação e o senso de oportunidade podem ajudar a transformar as nossas circunstâncias de maneira significativa. Exceto nos últimos dois anos, organizei todas as noites de réveillon do Canja. No ano passado, Josiah e eu mal estávamos nos falando, e deixei a organização da festa por conta de Bayli e alguns funcionários. Hoje estamos em melhores condições, ainda que uma tensão diferente tenha surgido entre nós. Não discutimos a nossa aventura de uma noite, mas muitas vezes acordo suada, e ofegante, e molhada entre as pernas, porque Josiah passeia nu em meus sonhos.

— Esta festa está animada — Hendrix diz ao meu lado. — Ótimo trabalho, como sempre.

— Obrigada. Todo o pessoal fez a sua parte.

Cercadas por festeiros já meio embalados pelo clima de Ano-Novo, estamos sentadas no segundo andar do Canja, junto a uma mesa grande situada no mezanino que leva ao terraço e tem vista para o salão principal. Deja, com Soledad, suas três filhas e, pela primeira vez, o seu marido Edward, completam o nosso grupo.

— Amei a decoração — Soledad diz, levantando os olhos e dando uma olhada rápida e abrangente nas luzes de Natal e nos azevinhos ainda suspensos no teto e pendurados nas paredes. — Tudo está fantástico.

— Essas bandeirolas que você fez estão incríveis — digo, sorrindo, e tomo um gole do meu French 75. — Você tem que pensar a sério em converter esse seu talento em dinheiro, garota.

— Como assim? — Edward pergunta, tirando os olhos do celular talvez pela primeira vez esta noite. — Dinheiro? Do que ela está falando, Sol?

Soledad pigarreia e volta a enrolar os seus talheres no guardanapo de linho sobre a mesa.

— Yas e Hen acham que eu poderia transformar algumas das minhas ideias em um negócio.

— Sem dúvida. — Hendrix entra na conversa. — Ela não perde em nada para a Joanna Gaines.

— Tirando o império de bilhões de dólares — Edward zomba, virando seu uísque.

— É só uma questão de tempo. — O sorriso de Hendrix é forçado e seus olhos estão afiados. — É só ela ter a oportunidade de concentrar as energias nisso.

— Você tem boas amigas, querida — Edward diz, rindo.

— Tenho mesmo — Soledad responde, aceitando de propósito o sarcasmo do marido como verdadeiro. — Talvez eu devesse ouvir os conselhos delas.

— Você não está falando sério, está? E as meninas? — Edward pergunta, com o copo a meio caminho da boca.

— Joanna Gaines tem cinco filhos — Deja se intromete na conversa do outro lado da mesa, saboreando um petisco de tomates verdes fritos.

— E isso não parece ter sido um obstáculo para ela — Lupe acrescenta, piscando os longos cílios para amolecer o pai. — Eu não quero ser um obstáculo para a minha mãe não fazer tudo o que ela é capaz de fazer.

Olho de relance para as duas garotas de treze anos seguras e serenas. Elas são bem mais razoáveis que o único homem adulto à nossa mesa. Se elas servem de exemplo, a próxima geração será bastante corajosa e determinada.

— Você não é — Soledad diz a Lupe com firmeza, dedicando um tempo para olhar nos olhos das três filhas. — Nenhuma de vocês é. Criar vocês é exatamente o que quero fazer. Sempre foi.

— E quando nós formos embora? Eu vou começar o ensino médio no próximo ano, e essas pestinhas não estão muito atrás — Lupe diz, apontado para as suas irmãs com um sorriso.

— Pois é, mãe — Inez acrescenta. — Não somos mais bebês.

— Cuidar da nossa casa e criar as nossas filhas — Edward diz, com uma carranca. — Esse sempre foi o seu sonho.

— Um deles — Soledad diz num tom gentil e suave, mas envolvido de uma determinação que não estou acostumada a ouvir dela. — As coisas mudam, não é?

Por algum tempo, marido e mulher se entreolham. Sem dúvida, eles estão mantendo uma conversa silenciosa e o resto de nós não está incluído. Hendrix me dá um chute por baixo da mesa. Resmungo e a encaro.

— Vocês querem mais bebidas ou mais alguma coisa antes de eu ir? — pergunto e sorrio como se tudo estivesse divino e maravilhoso. — Preciso ir para ter certeza de que tudo vai estar pronto para o brinde da meia-noite.

— Obrigado, estou satisfeito — Edward responde, erguendo o celular para voltar a encarar a tela.

Soledad dirige um olhar duro para o celular na mão do marido. Após um instante, ela desvia os olhos dele e me pega a observando. Sua expressão se anima, mudando para a doçura habitual. O que ela está escondendo? O que ela está mantendo? Percebo a tensão de exibir uma fachada de normalidade em público. Isso só funciona por um tempo. Até tudo degringolar. Falo como alguém que desmoronou de forma espetacular e pública nos últimos anos. Pego a mão de Soledad sob a mesa e a aperto. Mesmo que ela ainda não esteja pronta para compartilhar o que está acontecendo, espero que ela saiba que Hendrix e eu vamos estar ao seu lado quando isso acontecer.

— Certo. — Empurro a cadeira para trás e fico de pé. — Vou voltar, mas se eu me atrasar e não chegar antes da meia-noite, brindem sem mim.

— Posso dormir na casa da Lupe? — Deja pergunta. — O Kassim está na casa do Jamal.

— Tudo bem para você, Sol? — Ergo a sobrancelha para ela.

— Ah, sem problemas — Soledad responde.

— Posso levar todas as meninas para casa comigo exatamente à meia-noite — Edward oferece. — Se você quiser ficar um pouco mais com a Hendrix e a Yasmen, Sol.

Parece uma oferta bastante generosa de um homem que costuma fazer o mínimo para ajudar. O pensamento também deve ocorrer a Soledad, pois ela semicerra os olhos em desconfiança.

— Claro — ela diz, num tom de voz polvilhado com sacarina. — Que gentileza da sua parte, querido.

— Você trabalha tanto — Edward diz a ela. — Quero que você tenha sempre um pouco de folga.

— Bobagem — Hendrix balbucia e tosse cobrindo a boca com a mão. — Desculpem. Engasguei.

As mentiras que ele está contando.

Hendrix e eu sabemos. Só espero que Soledad também saiba. Nunca gostei de Edward. Algo me diz que também não devemos confiar nele.

— Bem, se vamos ficar só a gente, vamos invadir a minha casa — Hendrix diz. — Com toda a bebida que estou querendo tomar, deixei o carro em casa. Vim a pé. Aí, podemos ir juntas e passar pela fonte no caminho.

— Legal! Já faz tempo que não faço desejos de Ano-Novo — Soledad diz.

Todas as vésperas de Ano-Novo, as pessoas se reúnem ao redor da fonte para jogar as suas moedas, esperando por um resultado positivo no ano seguinte.

— Já separei as minhas moedas — digo. — Deixe-me ver se tudo está bem. A gente se encontra daqui a pouco.

Desço com cuidado a escada em caracol até o andar de baixo. A festa está animada, a música, pulsando como um batimento cardíaco pelos alto-falantes, o público cresce à medida que mais pessoas passam pelas portas. Quase não cabe mais ninguém no salão e anoto mentalmente a necessidade de verificar a lotação da casa. A última coisa de que precisamos em uma noite tão importante do ano é sermos fechados. Conhecendo Josiah, ele está cuidando disso. Eu não o vi hoje, mas ele deve estar na cozinha mais do que o normal. Com todos os preparativos para a festa, as longas horas aqui com a grande afluência dos feriados, e levando adiante o plano de expansão para Charlotte, mal nos vimos desde que ele apareceu no Natal. Porém, aquela manhã permanece em minha mente. Nós dois ansiosos, observando os nossos filhos abrirem os seus presentes e gritarem de prazer. Ele, ao fogão, com as mangas do suéter dobradas, preparando as famosas panquecas de batata-doce de Byrd. Comemos até não poder mais, rimos e conversamos. Josiah ficou em uma cabeceira da mesa, e eu fiquei na outra. Foi como nos velhos tempos. Sob alguns aspectos, até melhor. Parecia tudo certo... Até ele ir para a casa dele e eu dormir em minha cama fria, sozinha.

Ao chegar ao andar principal, Cassie, usando o seu uniforme de *sous-chef* e um chapéu de festa de Ano-Novo, está no bar, conversando com o bartender.

— Feliz Ano-Novo, chefe — ela me cumprimenta com um sorriso caloroso.

— Temos... — começo a dizer e olho para o meu relógio. — Mais trinta minutos antes da passagem do ano. Como vão as coisas?

— Tudo certo.

— Todos parecem estar gostando dos pratos especiais. Você e a Vashti bolaram um cardápio excelente.

— Que bom que os clientes gostaram — Cassie responde, satisfeita.

— Bem, vou ver se temos champanhe suficiente para o brinde mais importante. Até já.

Tento abrir caminho através do público cada vez maior, mas sou parada a cada poucos passos. Parece que todo o bairro está feliz por eu estar de volta este ano. Aquele olhar cuidadoso que costumavam me dar quando perdi Henry — quando caí e não consegui me levantar, não apenas aqui ao tropeçar numa tábua solta do assoalho, mas durante os longos meses que se seguiram — aquele olhar sumiu. Passo pelo salão e paro à entrada do corredor. Dou um tempo.

É uma noite para novos começos. Retiro o colar que está escondido sob o meu vestido e encaro outra relíquia: a minha aliança presa em uma corrente com o pingente em forma de roda que Josiah me deu em nosso aniversário de casamento. Viro o pingente, lendo a inscrição gravada no verso.

Até as rodas caírem.

Mulher tola, usando isto hoje. Usando isto sempre, mas sobretudo hoje em que tenho que ver Josiah. Volto a ocultar o colar e o pingente sob o vestido. Não é uma noite para olhar para trás, mas de alguma forma, não estou sendo capaz de evitar.

O salão é todo risadas e música, mas a cozinha está um caos sob controle. No comando de tudo, Vashti grita instruções. Sua voz, em geral suave e tranquila, está áspera pelo uso e urgência. Para os clientes, é a maior festa do ano. Para a nossa equipe de garçons e da cozinha, é a noite mais agitada.

— Tudo bem aí? — pergunto a ela. — Você precisa de alguma coisa?

— Tudo ótimo — ela diz, me dando um olhar rápido e enxugando o suor da testa.

Tenho tido muito pouca interação com Vashti desde que Josiah e ela terminaram. Na verdade, nunca tivemos uma relação mais íntima ou saímos juntas, mas a tenho evitado e desconfio de que ela também esteja me evitando. Percorro a cozinha com os olhos, cheia de vapor e fervilhando de atividade.

— Você sabe onde está o Josiah? — pergunto.

Vashti inclina a cabeça em direção aos fundos da cozinha, com uma expressão serena, exceto pela rigidez evidente nos músculos faciais ao redor da boca.

— Na adega.

— Vou lá ver se estamos prontos para o brinde — informo. — Feliz Ano-Novo, Vashti.

Seus olhos brilham com o que poderia ser interpretado como ressentimento em qualquer outra pessoa, mas a barreira de suas emoções é opaca. Não tenho certeza do que estou vendo. Vashti volta a comandar a equipe que recebe os pedidos e prepara a comida.

Não temos uma adega de verdade. A casa de dois andares que reformamos não tinha, mas criamos um grande espaço dedicado às bebidas alcoólicas nos fundos da cozinha. Ali, Anthony, Milky e Josiah estão tirando garrafas de champanhe de uma geladeira industrial e as levando para os carrinhos. Os três homens dirigem o olhar para mim quando entro. Eu sorrio, olhando apenas por tempo suficiente para ver que Josiah está muito atraente em sua calça de corte impecável, camisa social branca e suspensórios.

Suspensórios. Ele nunca teve o costume de usar. A minha nova coisa favorita pode ser despojar Josiah deles.

— Cavalheiros — digo, me aproximando deles. — Se preparando para o grande brinde?

— Sim — Anthony responde. — Falta pouco. Só temos que carregar a champanhe.

— Você está muito bonita hoje, Yas — Milky afirma, se aproximando e envolvendo meus ombros com o braço.

Dou uma olhada em meu vestido rosa brilhante cravejado de lantejoulas. O decote é alto o suficiente para esconder o meu colar, mas não é recatado. Não em mim, já que agarra os meus seios como se fosse uma segunda pele. A barra atinge o meio da coxa. Eu me dei ao luxo de comprar sandálias com cadeado Tom Ford. Hendrix disse que elas fazem as minhas pernas parecerem que deveriam estar em volta de um poste ou de um homem. Tomo isso como um elogio.

Eu retribuo o abraço e beijo o seu rosto.

— Feliz Ano-Novo, Milky.

— Quer levar esses? — Anthony dirige a pergunta para Milky. — E voltar para pegar o próximo lote?

— Sim, senhor. — Milky me solta depois de dar um último aperto e ajuda Anthony a levar o primeiro carrinho de garrafas de champanhe para fora.

Fico sozinha com Josiah. No espaço isolado, nos entreolhamos e, por um instante, esqueço a celebração além deste recinto e todas as pessoas que afogam as suas mágoas e brindam os bons momentos. Somos só nós de novo. Tudo o que construímos juntos está do outro lado desta porta. O negócio próspero, todas as amizades que cultivamos, até mesmo os filhos que trouxemos ao mundo, nada disso existia antes disto bem aqui. O você e eu de Josiah e Yas. Luto contra o impulso absurdo de trancar a porta e aprisioná-lo aqui comigo até o amanhecer do Ano-Novo.

— Eu posso ajudar. — Aponto para o segundo carrinho parcialmente carregado com garrafas.

— Não se preocupe. Eu dou conta. — Josiah me observa, admirando e apreciando a minha aparência. — Além disso, esse vestido e essa sandália são bonitos demais para um trabalho pesado.

Rio, jogando sobre o ombro o rabo de cavalo que Deja me fez.

— Tem razão.

Sua risadinha sonora ressoa no silêncio do espaço, e eu me arrepio, absorvendo o tom grave e sexy. Seu perfume, que ele usa há anos e que parece cheirar melhor do que nunca, penetra em minhas narinas. Estou tendo uma reação visceral ao meu ex-marido num espaço confinado.

— Tudo bem em relação à lotação da casa? — pergunto, tanto para me distrair da vontade de me esfregar nele, quanto pela necessidade de saber a resposta.

— Sim. Bayli estava na contagem. Quando atingimos a capacidade máxima, ela não deixou mais ninguém entrar. Tenho quase certeza de que isso aconteceu há cerca de uma hora.

— Está lotado. — Apoio um quadril no balcão. — Todo mundo está adorando.

— Você fez um trabalho incrível. — Ele coloca mais uma garrafa no carrinho. — Seem está na casa do Jamal, não é?

— Sim, e a Deja vai passar a noite na casa da Lupe.

— Então, casa vazia. Noite livre. Grandes planos com o Lancaster?

— O Mark? — Dou uma risada e balanço a cabeça. — Não. Ouvi dizer que ele está fazendo uma campanha de arrecadação de fundos para celebrar o Ano-Novo.

— E ele não quis mostrar a namorada para todos os negros de quem ele precisa de votos?

Sinto uma pontada de dor no peito.

— Então esse é o único motivo pelo qual um homem como o Mark iria querer me namorar?

Josiah me observa de alto a baixo, do topo do meu rabo de cavalo até os meus sapatos, demorando-se nas generosas curvas do meio.

— Acho que nós dois sabemos que ele tem muitos motivos para querer uma mulher como você. A questão é se ele merece você. Eu tenho certeza de que não.

A tensão cresce entre nós a cada segundo que não desviamos o olhar um do outro. A cada batida acelerada do meu coração e a cada respiração entrecortada, quero livrá-lo dos seus suspensórios, desabotoar a sua camisa e pressionar os meus lábios com força nos seus. Um beijo que voltaria a marcá-lo como meu.

— Não é desse jeito com ele — digo.

Josiah deixa de carregar as garrafas por breve segundos para me observar e reinicia a tarefa.

— Não é?

— Não. Não o vejo desde que ele nos surpreendeu com aquela árvore de Natal.

Josiah balança a cabeça, fingindo me repreender.

— Usando o cara por causa das árvores dele.

— Eu disse para ele... — começo a falar e passo o meu dedo ao longo da borda do balcão, evitando os seus olhos. — Eu disse para ele que era melhor sermos só amigos.

— Como a gente?

Ergo a cabeça e encaro Josiah. Seu olhar é firme, mas parece estar buscando algo. Não sei dizer se ele está olhando mesmo para mim ou para dentro de si mesmo.

— Não exatamente. — Dou uma risada seca, me esforçando para voltar a respirar normalmente. — Ele nunca foi além de alguns beijos.

— É verdade? — Ele se encosta no balcão e cruza os braços musculosos.

— Sim. — Minha voz sai como vapor, leve e etéreo.

— Nós não falamos sobre... — Ele olha para o chão e, em seguida, encontra os meus olhos. — Aquela noite em Charlotte.

Fico chocada pelo fato de ser ele a trazer o assunto à tona. Tem sido como um espectro entre nós, nunca mencionado, mas ondulando sob a superfície de cada interação.

— Dissemos que não falaríamos — eu o lembro, voltando a ficar ofegante.

— Sim, mas aconteceu. Só quero ter certeza de que você está bem com tudo isso e que não deixou as coisas estranhas entre a gente. Você sabe o quanto valorizo a nossa amizade. Eu nunca iria...

— Está tudo bem — interrompo, sem vontade de ouvi-lo discorrer poeticamente sobre a grande amiga que sou, quando, na verdade, transo com ele em minhas fantasias. Será que Josiah acha mesmo que consigo esquecer o que aconteceu? Foi um sexo fantástico, alucinante. Como nos velhos tempos. Minto, foi ainda melhor. Pelo visto, o afastamento aguça o desejo.

Costure essa frase num travesseiro.

— Vou passar a noite com a Hendrix e a Soledad — digo antes que ele volte a falar as baboseiras sobre eu ser a sua grande amiga platônica. — Então, enquanto as crianças estão fora, é isso o que vou fazer com a minha noite de liberdade.

— Deja e Kassim me pediram para levá-los ao Old Mill antes de voltarem para a escola.

E assim, estamos de volta ao rotineiro, de volta à vida em que não nos beijamos, não transamos e não compartilhamos segredos no escuro. Nossa noite única foi esquecida. Nossa conversa franca sobre os problemas que destruíram o nosso casamento deixou uma nova abertura emocional e compreensão mútua.

Afeição, respeito e amizade.

Tudo o que há, mas a paixão que compartilhamos se foi. Esse foi o preço que paguei. Josiah disse que seria assim, e sei que é para o nosso bem.

Você pode fazer de conta que nunca aconteceu.

Você pode ser amiga dele, sócia, criar os filhos com ele, sem querer mais do que isso.

Você pode parar de desejá-lo.

A Dra. Abram diz que a honestidade é o remédio para a alma. Terei que perguntar a ela qual é a cura para a mentira.

Josiah pega mais duas garrafas da geladeira e as coloca no carrinho.

— É uma marca nova? — pergunto, indicando com a cabeça para o champanhe em sua mão.

— É — ele responde e me dá um olhar malicioso. — Quer experimentar?

Dou uma risadinha, mas me aproximo dele.

— Não dá azar abrir a bebida antes da meia-noite?

— A gente faz a nossa própria sorte. — Josiah pega um abridor de rolhas e me dá um olhar desafiador.

Faço que sim com a cabeça, sorrindo como uma criança que rouba um chocolate de uma loja de doces.

Pop!

O som me faz rir, assim como o jato de espuma que escapa da garrafa, tão brilhante e borbulhante na monotonia da adega.

— Não temos copos — digo, ofegando e avançando para molhar a ponta dos dedos com um pouco do líquido gelado.

— Quem precisa de copos? — Ele ergue a garrafa bem alto. — Um brinde ao Ano-Novo. Que toda a sua dor acabe em champanhe.

— Você inventou isso?

— Não. Otis.

— O nosso cachorro?

— Não, está na música "Otis" do álbum Watch the Throne, do Jay-Z e do Kanye West. Ouço enquanto eu malho em casa. Otis adora. Ele deve achar que é o hino dele.

— Bem, então que toda a sua dor acabe em champanhe.

Josiah bebe direto do gargalo, seu olhar nunca se desprende do meu, se tornando mais quente, mais amável, quanto mais ele me observa. Em silêncio, ele me passa a garrafa, e eu envolvo o gargalo com os lábios, onde os dele estavam. É o mais próximo que chegaremos de um beijo de Ano-Novo. Tomo o máximo que posso, até perder o fôlego, ofegando, enquanto as bolhas efervescentes acariciam a minha garganta e invadem a minha corrente sanguínea.

— Feliz Ano-Novo! — exclamo e dou uma risada, me inclinando para abraçá-lo pela cintura com um braço e enlaçar o seu pescoço com o outro, que ainda segura a garrafa. Josiah fica paralisado, mas logo relaxa e se encosta em mim, apoiando as mãos em meus quadris e encostando o nariz em minha nuca. Ele respira fundo e solta o ar, com o seu suspiro cálido roçando a minha pele. Fico arrepiada, me aproximando ainda mais dele, virando a cabeça ao mesmo tempo em que ele vira a sua. Os nossos narizes estão separados por poucos centímetros. Nossos rostos estão tão próximos que posso quase sentir o gosto de champanhe em seus lábios.

— Feliz Ano-Novo, querida — ele sussurra, com a respiração criando um leve vapor na direção da minha boca.

O ar entre nós parece limpo, mas envolto em desejo e afeto, como sempre foi antes de tudo desandar. Em seus braços, volto a me sentir como a sua garota. Aquela que o desejava loucamente e prometia amá-lo para sempre. Amá-lo até as rodas caírem. Estes breves instantes, impregnados de efervescência e champanhe, parecem mais reais para mim do que qualquer coisa desde a nossa noite em Charlotte, mas um som vindo da porta quebra a ilusão.

Vashti.

— Ah! — ela exclama, observando com os olhos arregalados nós dois abraçados. — Desculpe interromper. Anthony achou... bem, eu...

— Você não está interrompendo — digo, me afastando sem pressa de Josiah, para não parecer que fomos pegos fazendo algo errado. — Só estávamos cuidando do champanhe.

— Sim — Josiah afirma, coloca as últimas garrafas no carrinho e o empurra em direção à porta. — Os garçons podem começar a levar as garrafas para as mesas para que tudo esteja pronto à meia-noite para o brinde. Você precisa de algo?

— Sim — Vashti responde, lançando olhares duvidosos para nós dois. — Só tinha uma dúvida.

— É melhor eu ir ver o que está acontecendo — digo a eles, com um sorriso vindo em meu socorro. — É quase meia-noite.

Deixo Josiah e Vashti juntos, sentindo alguns nós de ansiedade se formarem no estômago. Nunca perguntei a Josiah sobre o fim do namoro deles, mas aceitei sem questionar quando ele disse que não estava dando certo. Não os vi juntos com frequência durante o último mês. Contudo, está claro para mim que ela ainda se sente atraída por ele. E se os dois encontrarem um jeito de se reconciliar?

Não sei que demônio instiga isto, mas eu volto de fininho para a adega e fico do lado de fora da porta. Não ouço nenhum som vindo de dentro. Apoiada à parede como se estivesse num filme de espionagem, inclino um pouquinho a cabeça. Foi por apenas uma fração de segundo, mas o suficiente para vê-los abraçados. Vashti é tão pequena que a sua cabeça se encaixa direitinho sob o queixo de Josiah, com os braços dele envolvendo a parte inferior das suas costas. Eu me afasto no mesmo instante, correndo o mais rápido e silenciosamente possível pelo corredor.

O que o impede de voltar para ela?

Eles estão dormindo juntos de novo?

Eles se reconciliaram e ele não me contou? Por que ele me contaria? Ele não tem por que me contar. Tivemos uma noite juntos em dois anos de desconfiança mútua e nada mais entre nós além de negócios e dos nossos filhos. Foi apenas uma noite, mas nada mudou.

Sinto as lágrimas queimarem minha garganta enquanto passo voando pela cozinha e me apoio à parede antes de chegar ao salão principal.

— Você está pronta, Yas?

Surpresa, olho para cima e passo às pressas os dedos sob os olhos. O olhar de Cassie está cheio de preocupação.

— Está tudo bem? Podemos pedir para outra pessoa fazer o brinde se você...

— Não — interrompo, me endireito e jogo o rabo de cavalo sobre um ombro. — Estou pronta — digo, com um sorriso forçado, exibindo confiança e bravata.

Após os últimos anos em que não consegui planejar esta festa ou estar aqui, a noite foi um sucesso. Não vou deixar nada estragá-la. Nem mesmo uma possível reconciliação entre Josiah e Vashti. É um novo ano, um novo dia. Se alguém precisa deixar o passado para trás, sou eu.

Bayli me entrega uma taça de champanhe e eu ocupo o meu lugar no palco ao lado da cabine do DJ. Com o microfone numa das mãos e a taça na outra, observo a plateia. A cabine está posicionada de modo que consigo não só ver todo o salão principal, mas também a maioria das mesas no mezanino. Há caixas de som presas no teto para que o público ali possa ouvir a música durante toda a noite, e também o meu brinde.

— Vocês podem me dar um minutinho da sua atenção? — começo a falar, com um sorriso largo e firme no rosto.

É gente demais para conhecer todo mundo, mas muitos dos rostos são familiares. De soslaio, noto Josiah e Vashti junto ao bar, mas não permito que a minha atenção se fixe neles. Há os pais do time de futebol de Kassim. Os membros da Associação de Skyland. Sinja, da Honey Chile. Clientes habituais do

Canja que enviaram cartões e flores durante semanas quando a notícia que eu tinha perdido Henry se espalhou. Deidre, que nunca parou de trazer caçarolas e pilhas de romances, está escondida num canto do salão. Clint faz um sinal de positivo com o polegar para mim, enquanto Brock segura a linda filhinha deles junto ao seu peito. Ergo os olhos para o mezanino, onde Soledad e Hendrix, as minhas amigas, que guardam os meus segredos e aliviam as minhas aflições, sorriem para mim.

— Eu deveria fazer um brinde — digo. — Mas primeiro quero agradecer a todos vocês por virem esta noite e pelo apoio ao longo deste ano. O Canja só existe por causa de vocês.

Penso em algo significativo para dizer. Se eu tivesse me preparado, teria elaborado algo seguro que parecesse sincero, mas que não revelasse muita coisa. Mas não me preparei, então só me resta esta verdade de que provavelmente vou me arrepender.

— Não participei desta festa nos últimos dois anos — digo. — Foi um período muito difícil para mim, como muitos de vocês sabem. Para os que não sabem, pensem apenas num momento em suas vidas em que sentiram que tinham perdido tudo. Essa era eu, e eu não conseguia me fazer presente e fingir o contrário.

Minhas palavras parecem cair num silêncio lúgubre. Me sinto constrangida, e o sorriso que dou é genuíno, mas frágil.

— Se alguém de vocês está nesse lugar hoje, encorajo-o a não desistir. Dê a si mesmo algum tempo para se curar, crescer e encontrar a alegria outra vez. Quanta diferença um ano pode fazer, e em poucos minutos, vamos ter um novinho em folha. Enquanto tiver um ano novo, você terá outra chance.

Ergo a taça, e uma onda brilhante de taças se ergue com a minha.

— Então, um brinde a mais um ano, à outra chance. Aproveitem ao máximo. — Olho ao redor do espaço até os meus olhos encontrarem os de Josiah, que estão fixados em mim. — E que todas as dores de vocês acabem em champanhe.

As pessoas aglomeradas no recinto levam as taças à boca e tomam a bebida espumante bem a tempo da contagem regressiva.

— Aqui vamos nós, pessoal! — digo ao microfone, rindo. — Dez, nove, oito.

Paro de contar, deixando o público assumir a contagem. Olho para o mezanino, onde Deja, Hendrix, Soledad e suas filhas ainda estão sentadas. Levanto a minha taça e mando um beijo para a mesa. Todas retribuem o cumprimento, exceto Deja, que me encara sem sorrir, mas não de forma ressentida. Ela me encara como se eu fosse um enigma, algo que ela ainda está tentando decifrar. Eu também estou tentando decifrá-la. Quem sabe no ano novo que se aproxima nós nos decifremos.

— Três — o público grita. — Dois! Um! Feliz Ano-Novo!

Enquanto a "Auld Lang Syne" ressoa nos alto-falantes, buzinas de festa tocam por toda parte e os casais deixam o ano velho para trás com um beijo. Aceito abraços vindos de todas as direções e permito que os meus olhos percorram o salão até onde Vashti se inclina para beijar o rosto de Josiah. Eu os imaginei dando um beijo na boca. Droga, depois de encontrá-la na casa de Josiah, eu os imaginei fazendo muito mais do que isso, mas vê-la de novo nos braços dele hoje foi uma realidade insuportável.

— Chegou a hora de irmos embora — Hendrix diz, aparecendo ao meu lado e ostentando uma garrafa de champanhe. — A festa continua na minha casa.

— Isso aí — Soledad afirma. — Edward está levando as meninas para casa. Vamos aproveitar ao máximo a noite.

— Tudo bem — digo e me arrisco a dar mais uma olhada para o bar, mas Josiah e Vashti já não estão mais lá. — Vamos embora.

Pego de um garçom uma garrafa para mim. Não aviso ninguém que estou indo embora. Passei as últimas semanas planejando e me certificando de que todos soubessem exatamente o que fazer antes, durante e depois deste evento. Eles conseguem se virar.

Do lado de fora, não estou preparada para a saudação tempestuosa do frio ao pisarmos na calçada.

— Estes sapatos não foram feitos para paralelepípedos — Hendrix reclama, apontando para os seus saltos agulha.

— "Vamos a pé para casa", ela disse — Soledad lembra, imitando perfeitamente o tom de voz de Hendrix. — "Não é tão longe", ela disse.

— O meu apartamento é logo ali na esquina — Hendrix diz, tremendo de frio e puxando com mais força a capa de lã ao redor de si. — Mas a mamãe aqui é bonita demais para congelar. Não vou perder os dedos do pé por vocês. Então, vamos logo. Vamos jogar as nossas moedas na fonte para a gente poder beber o resto deste champanhe na minha casa.

Respiro fundo o ar gelado e invernal, permitindo que o frio limpe a minha mente da imagem perturbadora de Josiah e Vashti na adega.

— Está tudo bem? — Hendrix pergunta, baixinho.

— Sim. — Me viro para ela. — Por que eu não estaria?

— Você pareceu um pouco... — Soledad me olha de lado. — Não sei, triste em alguns momentos de hoje.

— Está tudo bem. — Ofereço um sorriso irônico e aponto para a fonte no centro da praça, cercada por pessoas jogando moedas. — Vamos fazer um pedido.

— Lembrem-se, vocês não podem contar o pedido de vocês ou não se realizará — Soledad diz.

Nós três ficamos na borda da fonte, cada uma encarando a água gorgolejante com expressões sérias. Soledad joga a sua moeda e depois Hendrix faz o mesmo. Eu enfio a mão no bolso forrado de seda do vestido e sinto a moeda que trouxe especificamente para este momento, mas a minha mão acaba indo para o meu pescoço. Toco na corrente de ouro com o pingente de roda e a minha antiga aliança de casamento. Retiro-a pela cabeça e a seguro na mão. Ainda quente da minha pele, a corrente carrega o fardo pesado dos antigos desejos. Está na hora de um novo começo, não é? Então, por que me apegar a este símbolo de um antigo amor da minha vida pregressa se é tão óbvio que Josiah não tem interesse de olhar para trás? Sem pensar demais, arremesso a corrente com o pingente e a aliança para o centro da fonte. Não é uma noite para desejos. É uma noite banhada em meus erros e assombrada pelas coisas que não posso mudar. Amanhã pode ser para resoluções, mas esta noite está mergulhada em arrependimentos.

Sinto os olhos arderem, e espero que as minhas amigas achem que as lágrimas são por causa do vento e do frio. Não nos perguntamos o que pedimos, mas nos afastamos da fonte em silêncio, cada uma segurando uma garrafa de champanhe e os seus próprios pensamentos. Só demos alguns passos quando o vento frio traz um sussurro aos meus ouvidos.

Feliz Ano-Novo, querida.

Josiah não voltou atrás. Ele não hesitou. E se aquele momento com Vashti em seus braços foi algo inocente? E se os momentos desta noite em que tudo parecia estar no lugar certo foram os que compartilhamos sozinhos na adega, quando os nossos lábios quase se tocaram? Quando os nossos corações ficaram aos pulos em nossos peitos? Não parecia que estava tudo acabado entre nós, mesmo que aquela noite no quarto do hotel supostamente fosse o fim. Será que o que eu pensava que eram cinzas eram na verdade brasas, esperando para ser revividas?

Você o quer de volta?

Fiquei com medo de responder à pergunta da minha mãe, mas com o rosto molhado de lágrimas e o coração pesado, não posso mais evitá-la.

Eu quero.

Eu quero Josiah de volta em minha vida como algo mais do que um amigo, como algo mais do que o pai dos meus filhos. Eu o quero de volta em minha cama.

Eu o quero de volta.

Fui eu quem pediu o divórcio? Sim.

Cometi erros? Claro que sim.

Isso parece insuperável? Tenho que admitir que sim.

Mas talvez ele tenha dado a impressão de que estava com ciúmes de Mark hoje. Ele me chamou de querida. Ele olhou para mim com desejo e afeição.

Posso lidar com isso. Posso construir em cima disso. Eu tenho que tentar. Antes de eu deixar o passado para trás e abraçar o futuro sem ele, tenho que ter certeza. Não sei quando ou se vou ter uma segunda chance, mas enquanto for possível, vou me agarrar à esperança.

Dou alguns passos hesitantes de volta à fonte, sem verificar se as minhas amigas estão me seguindo. Volto ao local onde fiquei, onde arremessei o passado numa fonte de desejos, e me inclino para espiar a água. As luzes no piso da fonte iluminam montes de moedas, mas nenhum colar.

— Eu estava bem aqui — murmuro, apoiando um joelho na borda da fonte. — Tem que estar aqui.

Não tenho o direito de esperar que o meu "final feliz" com Josiah volte a acontecer. É irracional. É injusto. Fui eu que fiz isso conosco, com ele, comigo mesma. Não mereço uma segunda chance, mas vale a pena lutar por isso?

Será que Josiah vale a pena?

Antes que eu mude de ideia, tiro os sapatos e entro na água gelada, tremendo de frio. As pessoas ao meu redor se sobressaltam. Algumas riem. Eu as ignoro e caminho pela água rasa, com os olhos atentos ao brilho do ouro entre as moedas de cobre.

Um respingo à minha direita me distrai da busca. Hendrix está ao meu lado, com as pernas da calça do seu terninho dobradas acima dos joelhos. Soledad se junta a nós no meio da fonte, descalça e tremendo. Nós três nos entreolhamos e, em uníssono, caímos na gargalhada.

— O que estamos procurando? — Hendrix pergunta.

— Um colar de ouro — respondo, voltando à minha busca atenta no piso da fonte. — Com um anel de diamante pequeno e um pingente de roda.

Após alguns minutos de busca infrutífera, o medo toma conta de mim. Por mais irracional que pareça, sinto que se eu não conseguir recuperar o colar, não serei capaz de salvar a nós dois. Eu me curvo, apalpando montes de moedas, com lágrimas rolando pelo meu rosto gelado. Estou prestes a desistir quando uma corrente de ouro chama a minha atenção. Estendo a mão, pegando o colar com o pingente e o anel pendurados nele.

— Achei! — digo para as minhas amigas, que ainda estão procurando no piso da fonte. Uma gritaria irrompe das pessoas reunidas ao redor da fonte, me observando fazer papel de boba. O colar ainda está frio e molhado, mas eu o recoloco ao redor do pescoço, escondendo-o novamente dentro do vestido.

Nós três nos dirigimos até a borda, pisando com cuidado sobre ela para sair da fonte.

— Podemos saber o que foi tudo isso? — Hendrix pergunta, desdobrando as pernas da calça e pegando os sapatos.

— Posso só agradecer agora e contar mais tarde a vocês? — pergunto, sem estar preparada para onde as minhas confissões nos levarão pelo resto da noite. Quero relaxar e dormir. Passar a noite inteira examinando os meus sentimentos não permitirá nenhum dos dois.

— Sim — Soledad diz, dando um olhar significativo para Hendrix quando ela diz não ao mesmo tempo. — Você vai contar para a gente no momento certo.

— Vou. — Entrelaço os braços nos delas e as guio de volta para a calçada de paralelepípedos que leva ao apartamento de Hendrix. — Por ora, apenas saibam que não preciso fazer pedidos enquanto tenho esperança.

32

YASMEN

— Fiz besteira.

Ando de um lado para o outro diante da Dra. Abrams, entrelaçando as mãos atrás da nuca. Pelas janelas, a luz do sol se infiltra através da folhagem das plantas suspensas ao redor do consultório. Num dos cantos, fica a mesa dela, limpa e organizada, com algumas pilhas de papéis sobre o tampo. Ela indica o lugar onde costumo me sentar, onde nos encaramos nas confortáveis poltronas perto das janelas, que banham as nossas conversas com luz e calor. Foi onde lidei com muitas das minhas emoções. Foi onde fiz as pazes com as mágoas e lutei contra os meus demônios. Mas desta vez, não acredito que haja uma afirmação, reflexão ou registro em diário que possa me ajudar a conviver com as consequências do que fiz. No frio intenso da manhã, perceber que quero Josiah de volta foi tanto uma maldição quanto uma bênção. É acordar num pesadelo criado por mim mesma.

— Seja mais específica — a Dra. Abrams diz depois que nós duas estamos sentadas. — Que besteira você fez?

Pego a almofada macia atrás de mim e a coloco no colo, brincando impacientemente com as franjas que a guarnecem.

— O meu ex. Acho que ainda o amo.

— Ah, isso! — Seus lábios se curvam num sorriso compreensivo. — Com base em algumas das nossas conversas, eu já suspeitava disso, mas você precisava chegar a essa conclusão por si mesma.

Minha respiração fica entrecortada e não consigo recuperar o fôlego. Seguro os apoios de braço da poltrona e luto contra uma onda de pânico. Não é apenas uma onda. É um tsunami. Ele desaba sobre a minha cabeça, me deixando completamente imersa numa situação que está além de arruinada.

— Acalme-se, Yasmen — a Dra. Abrams diz. — Respire fundo. Expire devagar.

Isso não deveria funcionar. O simples ato de inspirar ar para os pulmões não deveria me acalmar e não deveria me fazer sentir melhor, porém costuma funcionar. A corrente de ar fresco se avoluma dentro de mim, alcançando o meu cérebro e oxigenando os alvéolos carentes de ar, sempre ajuda. Repito essa técnica algumas vezes até o meu coração desacelerar e os pontos desaparecerem da minha visão.

— Estraguei tudo. — Faço um gesto negativo com a cabeça e lágrimas escorrem dos cantos dos olhos. — A minha filha me odeia. O meu marido... ex-marido, não quer mais nada comigo. O que deu em mim? Como pude...

Soluço e perco a voz. Cubro o rosto com as mãos. A vergonha, a culpa e a frustração dão um nó em minha garganta, apertando até que eu volte a ofegar e sinto a cabeça girar. Faz tempo que não tenho um ataque de pânico, mas estou à beira de um agora.

— Digamos que você de fato estragou tudo.

As palavras alarmantes sussurradas num tom tão reconfortante convencem os meus olhos a se abrirem. O olhar amável da Dra. Abrams me mantém ligada quando eu gostaria de me esconder novamente atrás do escudo protetor das minhas pálpebras.

— Essas coisas acontecem, Yasmen. A depressão é um estado alterado da mente. Não é apenas se sentir triste, mas é a química do seu cérebro, os seus hormônios. O seu corpo é um participante, mantido como refém pela depressão tanto quanto a sua mente.

Discutimos tudo isso antes de eu começar a tomar um antidepressivo. Revimos tudo ao ajustarmos a dosagem para encontrar a quantidade certa do medicamento para o meu corpo e para a minha química cerebral.

— A depressão é uma mentirosa — a Dra. Abrams continua. — Se ela consegue te convencer de que ninguém te ama, de que você não é boa o suficiente, de que você é um fardo ou, nos casos mais extremos, de que é melhor que você morra, então ela com certeza pode te convencer de que você está melhor sem o homem que você ama e de que, em última análise, ele está melhor sem você.

Sei que a depressão engana, mas a maneira como essa doença distorceu a verdade, a maneira como manipulou as minhas emoções e fez os meus medos se voltarem contra mim, me deixa sem fôlego por um momento. A magnitude do que perdi, do que abdiquei, cai sobre mim com o peso e o calor de um meteoro.

— Enquanto acreditamos nas mentiras que a depressão nos conta, às vezes tomamos decisões e fazemos coisas que não faríamos de outra forma. Parte do processo de cura de episódios depressivos pode envolver lidar com os efeitos colaterais das coisas que fizemos e decidimos nesse estado mental alterado.

— Efeitos colaterais? É assim que você chama algo tão irreversível como um divórcio?

— Ah, um divórcio não é irreversível. Não é o pior arrependimento que você poderia ter como resultado das decisões tomadas quando você estava deprimida ou enlutada — a Dra. Abrams diz. — Há um documentário a respeito da ponte Golden Gate. Um documentarista deixou uma câmera na ponte dia e noite durante um ano. Ela registrou vinte e quatro pulos.

— Ai, meu Deus! — Cerro os punhos no colo e olho fixo para a minha terapeuta. Ela sabe como eu lutei contra os meus pensamentos mais sombrios. Ainda que eu nunca tivesse tentado acabar com a minha própria vida, a ideia se tornou algo que a versão pré-trágica e não experimentada de mim mesma nunca imaginou que poderia ser tentadora.

— Conversaram com um sobrevivente e sabe o que ele disse? — A Dra. Abrams faz uma pausa, esperando que eu faça um gesto negativo com a cabeça e prenda a respiração. — Assim que ele pulou, ele mudou de ideia.

Pisco o olho devagar. O peso disso afunda através dos meus ossos e da minha carne e se enraíza em meu coração.

— Isso é um efeito colateral irreversível. Um divórcio pode ou não ser. Um relacionamento desfeito pode ou não ser. Talvez você nunca consiga consertá-los completamente, mas você ainda está viva para tentar. Você reconhece o quão incrível é esse presente? Ainda estar aqui para tentar?

Contenho as lágrimas e confirmo com a cabeça.

— Tem razão. Devo ser grata por ainda estar aqui — digo. — Olho para trás e leio os meus diários desde quando comecei a terapia. Agora consigo perceber como o meu pensamento estava distorcido, como eu engoli as mentiras com as quais a depressão me alimentou. Elas se tornaram tão parte de mim que pareciam verdade. Eu não reconheço aquela pessoa. Parece que outra pessoa estava no comando da minha vida. Como se outra pessoa tivesse tomado aquelas decisões e agora eu estivesse de volta e tivesse que lidar com as consequências.

— Você precisa fazer as pazes com aquela mulher, Yasmen, porque ela é você. Ela não é alguém que você baniu com a terapia e os medicamentos. Ela é você. Você não pode se dissociar dela. Até você se reconciliar com isso, não vai encontrar a paz verdadeira. Até você se compadecer dela em vez de julgá-la, não vai poder se curar completamente.

A Dra. Abrams pega a caneta e o bloco de anotações da mesa lateral, ergue a cabeça e me encara.

— Então, vamos marcar uma data?

— Uma data? Para quê?

— Precisamos marcar no calendário o dia em que você vai se perdoar e retomar as atividades necessárias para seguir em frente com a sua vida.

— Tenho quase certeza de que não funciona assim.

— Pode funcionar assim. Você não pode mudar o que já aconteceu. O que fez ou decidiu. Então, você tem duas opções. Chafurdar nisso, permanecer no abraço sufocante da culpa e da vergonha que te impede de avançar para a próxima fase da vida. — Ela bate no bloco com a caneta. — Ou decidir que você já se puniu o suficiente por coisas que nunca poderá mudar e marcar uma data para se perdoar e seguir em frente.

Como pode ser tão simples? Meu peito fica apertado, a respiração ofegante e minha cabeça volta a girar. Então, eu entendo.

É um ciclo.

Isto se repetirá no futuro, esta culpa paralisante, esta vergonha imensa, desde que eu permita, mas nada nunca vai mudar. A frivolidade disso me irrita, porque enquanto estou sentada aqui, incapaz de respirar, me punindo todos os dias, a minha vida está me esperando. Devo abraçar a necessidade de encontrar alegria nas fronteiras da minha própria alma, delineando os parâmetros da satisfação dentro do espírito do meu coração e de mim mesma. Não porque tudo é perfeito com os meus filhos. As coisas nunca serão perfeitas. Tenho que deixar de lado a perfeição. Não porque tenho a garantia de um final feliz. Talvez um dia eu possa ter Josiah de volta. Talvez, apesar de tudo, ele me dê outra chance. Ou ele pode nunca mais me amar. Mesmo que ele não me ame, não posso continuar vivendo assim. Há um canto em meu coração, um espaço em minha alma, onde eu devo escolher a alegria só para mim e só porque eu quero me libertar disso. Eu quero me curar, ser a melhor e mais completa versão de mim para os meus filhos, para a minha mãe, para as minhas amigas.

Acima de tudo, para mim.

Então, quando vou me perdoar e me ocupar em construir a vida que mereço, mesmo quando não sinto que mereço esta vida?

Ergo a cabeça, enxugo as lágrimas restantes no meu rosto e indico com a cabeça a caneta sobre o bloco de anotações da Dra. Abrams.

— Hoje — digo. — Escreva "hoje".

33

JOSIAH

É o aniversário de quatorze anos da Deja, e estou surpreso com o quanto estou emocionado com isso.

Culpo o Dr. Musa.

Ele pode ter me deixado um pouco mais em contato com os meus sentimentos, porque quando acordei pela manhã, olhei para as fotos do dia em que a minha filha nasceu. Começando com o trajeto até a maternidade. Yasmen insistiu que registrássemos tudo, então, tenho dezenas de fotos documentando a progressão do trabalho de parto, começando com um sorriso contido na primeira foto, passando por uma com uma careta irritada e terminando com outra de fúria intensa com a sua boca aberta num grito. Consigo rir disso agora, mas foi a nossa primeira gravidez. Eu estava morrendo de medo. O que eu sabia a respeito de ser pai? Tive tão pouco tempo com o meu. Eu só sabia que iria estragar tudo. Que iria falhar com Deja, que decepcionaria Yasmen. Naquela época, não fui capaz de expressar isso. Então, basicamente, resmunguei durante aqueles nove meses, certo de que teria uma urticária de tanta ansiedade no final.

Não posso levar todo o crédito pela bela jovem que desce pulando a escada, com o cabelo grande e cacheado, lábios rosados e reluzentes com gloss, mas eu não a arruinei.

Pelo menos ainda não.

— Papai! — Deja praticamente se atira em meus braços sem descer os dois últimos degraus.

O ar me escapa enquanto absorvo o impacto do seu corpinho. Eu a enlaço e a abraço com força. Deja é preciosa. Desafiadora. Determinada. Cabeça-dura e às vezes até mesquinha, mas ela é minha, e qualquer um que queira se meter com ela terá que passar por mim primeiro.

— Não consigo respirar — ela diz, fingindo estar sufocada.

— Chata. — Dou uma sacudida nela antes de soltá-la. — Feliz aniversário, esquilinho.

Seus olhos surpresos se erguem para os meus.

— Você não me chama assim desde que eu era criança.

— Notícia de última hora. Você ainda é uma criança. Quatorze anos não significa ser adulto.

Mas Deja tem razão. Eu não a chamo assim há anos. Ela era muito rápida quando pequena, correndo de um lugar para outro. Antes que conseguíssemos alcançá-la, ela já estava longe, envolvida em outra aventura perigosa. Pelo menos para mim, como pai de primeira viagem, tudo parecia perigoso.

— É fofo — Deja diz. — Mas não me chame assim na frente das minhas amigas.

— Vou tentar. Qual é o plano para hoje? O que vai rolar?

— Algumas meninas da escola vão dormir aqui. Só isso. A Cassie mandou a comida que eu pedi?

— Sim. Acabei de deixar tudo na cozinha. — Hesito, sem querer estragar o seu dia, mas precisando conversar a respeito de algo com ela. — Ei, quanto ao seu bolo...

— Eu sei. — Deja revira os olhos. — A mamãe me disse que ela queria fazer. Será que devo avisar para todo mundo que provavelmente não vai estar bom?

Fico irritado. Yasmen não estava na cozinha quando deixei a comida lá, mas o bolo que ela fez estava na bancada sob uma redoma de vidro. Logo de cara, soube que ela o tinha feito.

— Day. — Eu a encaro e sustento seu olhar, tocando no seu ombro com delicadeza. — A sua mãe fez o bolo de limoncello.

— Ela fez? É o meu favorito. A tia Byrd foi a única que já fez para mim.

— Eu sei, mas tenho certeza de que a sua mãe encontrou a receita no caderno da Byrd e quis fazer.

— Ah. — Deja morde o lábio. — Tudo bem.

— Você pode ser gentil com a sua mãe por mim?

— Mesmo que o bolo esteja uma droga? Que eu simplesmente finja?

— Lembra daquele cinzeiro que você fez quando estava na segunda série?

— Sim — ela responde, sorrindo para mim. — Está na sua escrivaninha, no restaurante.

— É horrível.

Deja deixa de sorrir e semicerra os olhos.

— Com quatorze anos, se você se sente tão adulta, já tem maturidade suficiente para saber que o único motivo pelo qual aquele cinzeiro está na minha mesa é porque você o fez — digo, suavizando o tom. — Não é uma questão de quanto eu amo aquilo, mas a questão é o quanto eu amo você.

Deja concorda com um gesto de cabeça e eu afasto os cachos espessos do seu rosto, me inclinando para beijá-la na testa.

A campainha toca, e ela fica radiante.

— Elas chegaram.

Deja sai correndo pelo corredor para abrir a porta assim que Yasmen desce a escada. As tranças desapareceram e o seu cabelo natural está solto num afro cacheado. Ela adicionou um pouco de cor, com reflexos castanho-dourado, contrastando com o tom de cobre intenso da sua pele.

— Oi. — Ela desce os últimos degraus até ficar diante de mim.

— Oi. — Enfio as mãos nos bolsos, porque ela está tão bonita que dá vontade de agarrá-la. — Tudo bem?

— Tudo. — Ela olha por cima do meu ombro para o vestíbulo, onde estão as barulhetas amigas de Deja. — Pronto?

— Se você estiver.

Nas horas seguintes, a casa é tomada por um bando de garotas de treze e quatorze anos. Elas devoram toda a comida enviada por Cassie. Um monte de papel de embrulho e caixas cresce à medida que Deja abre os presentes, gritando e rindo a cada presente revelado. Para mim e Yasmen, ela diz especificamente que só queria dinheiro de nós, porque "estamos por fora".

Depois de jogarmos todos os jogos, chega o momento do bolo. Yasmen parece à vontade enquanto distribui fatias do bolo amarelo com uma cobertura de glacê cor de marfim em pratos para todo mundo. Finalmente, ela se aproxima de mim, oferecendo uma fatia enorme, sem olhar nos meus olhos.

— Está uma delícia — uma das meninas diz, cortando mais um pedaço do bolo com o garfo. — A senhora que fez?

— Sim — Yasmen responde com um sorriso hesitante, com a fatia do bolo intocada no prato à sua frente. — Que bom que você gostou.

— Parece com o da tia Byrd — Deja afirma, mastigando o bolo e olhando para a mãe, sem sorrir, mas também sem má intenção. — Obrigada, mãe.

Yasmen sorri e finalmente corta um pedaço para si. Ela levanta os olhos, me vê a encarando e fica paralisada, lançando um olhar para o meu bolo intocado.

— Com medo de que esteja envenenado? — ela brinca, dando uma mordida.

— Não. — Dou uma garfada em minha fatia e levo o pedaço à boca. — A expectativa é a melhor parte.

— Hummm! — Ela mastiga, sempre olhando para mim. — Chega de expectativa. Experimente o bolo.

Eu costumava ver Byrd preparar o bolo de limoncello. Embora delicioso, nunca foi o meu favorito. O bolo de chocolate dela é merecedor dessa honra. Porém, depois que dei uma mordida neste bolo, lembrei o motivo pelo qual ele sempre fez tanto sucesso. O limão excita as papilas gustativas, e a massa é tão úmida que praticamente desmancha na boca. O glacê doce se mistura com a acidez na medida certa. O bolo é perfeito.

— Você está ficando muito boa nisso, hein? — Dou outra garfada.

— Estou tentando. — Yasmen ri e usa o garfo para brincar com migalhas amarelas brilhantes em seu prato.

A maioria das meninas vai embora, mas algumas ficam e vão para o andar de cima para fazer todas as coisas que meninas adolescentes fazem atrás de portas fechadas e que tenho medo de pensar, incluindo Lupe, a filha de Soledad.

— Cadê a Sol hoje? — pergunto, jogando fora os pratos de plástico transparente que usamos para comer o bolo.

— Lottie tinha coisas para fazer o dia todo — Yasmen responde, lavando alguns pratos. — Então ela deixou a Lupe aqui e se mandou.

Pego o saco de lixo, amarro-o e o levo até a lixeira na garagem. Quando volto, Yas ainda está à pia. Fico ao seu lado e estendo o braço para pegar o sabão e lavar as mãos. Nossos ombros se tocam. Tenho a impressão de que levamos um choque. Bem, só posso falar por mim mesmo, mas o que senti no contato foi algo elétrico e quente, que percorreu as minhas terminações nervosas. Dou uma olhada rápida em Yasmen, que parou de lavar a louça e está com as mãos submersas na água. Ela está sem fôlego.

Pois é, ela sentiu.

— Preciso falar a respeito de uma coisa com você — digo.

É verdade, mas também preciso de uma distração contra a tensão que continua circulando entre nós.

— O que é? — Ela se vira para me encarar, apoiando o quadril na pia. A água da lavagem dos pratos respingou em seu vestido, e o tecido está quase transparente e agarrado em seus seios. Isso está me deixando louco. Desvio o olhar para o seu rosto.

— É sobre a Vashti.

Yasmen fecha a cara, mas fica com o olhar atento.

— Acho que já sei o que você vai dizer.

— Sabe? — Duvido, mas estou interessado em ouvir o que ela acha que sabe.

— Eu vi vocês dois na véspera do Ano-Novo. Depois que saí da adega. Olhei para trás e vocês dois estavam... — Ela olha para o piso de madeira. — Abraçados.

Ergo as sobrancelhas, sem saber aonde ela está querendo chegar.

— Suponho que você quer me dizer que vocês dois se reconciliaram — ela diz de supetão. — Sei que vocês ainda se gostam e...

— Ela quer ir para Charlotte.

Como reação ao choque, os pontilhados dourados em seus olhos brilham, mas há algo mais. Antes que ela tenha tempo para disfarçar, o alívio acende e apaga em seu rosto como um letreiro de néon.

— Quando você nos viu abraçados na noite do réveillon, ela me disse que quer ser a chef do Canja em Charlotte, e eu disse que seria ótimo. — Observo Yasmen em busca de outras pistas a respeito de como ela se sente de verdade.

— Ela vai passar os próximos meses se certificando de que a Cassie esteja pronta para assumir aqui em Atlanta, o que não deverá ser um problema, porque...

— Cassie é ótima — Yasmen interrompe, distraída. — Ela vai dar conta sem problemas. O que você acha disso?

— Se eu acho que vamos lidar bem com isso aqui em Atlanta? Sim, acho que vamos, desde que...

— Não se trata do Canja. Se trata da Vashti. De ela ir embora.

— É o que ela quer fazer — digo, dando de ombros, mas sem olhar nos seus olhos.

— Mas ela gosta muito daqui. Ela sempre disse que queria ficar aqui.

— Não mais.

— Por que vocês terminaram?

— Porque ela acha que você e eu vamos acabar nos reconciliando, e ela não quer ver isso.

Não tive a intenção de dizer isso, de contar para ela a causa básica da partida de Vashti, ou talvez tenha tido. Como um químico num laboratório, revelando a verdade sobre papel de tornassol. Quero ver que cor Yasmen fica.

— Ela... ela acredita nisso?

— Sim. — Me apoio na bancada e seguro a borda da pia. — Ela acha que é só uma questão de tempo.

— Você disse para ela que isso é ridículo? — Yasmen pergunta, com os olhos fixos em mim e a respiração entrecortada. — Que você não me quer mais? Que não quer mais nem tocar em mim?

Tenho um apetite insaciável por situações difíceis, mas também sou facilmente seduzido pela luxúria, porque, apesar de passar semanas tentando me convencer de que uma noite teria que ser suficiente, seguro o seu queixo e coloco a minha mão em sua cintura, atraindo-a para mim.

— Estou tocando em você agora.

34

YASMEN

Isto é o que chamam de momento da verdade.

Desde a minha última sessão com a Dra. Abrams, prometi a mim mesma que, se tivesse a chance de mostrar a Josiah como me sinto, eu iria mostrar. De que adiantava recuperar aquele colar na fonte, de não abrir mão da esperança, se eu não aproveitar a oportunidade de concretizar o que desejo?

— E eu estou tocando em você — digo, me pressionando contra o seu corpo rijo.

Josiah se ergue sobre mim, olhando para baixo através dos seus longos e belos cílios, e com o seu maxilar se tensionando.

— Yas — ele diz, com tom de voz mais grave e mais rouco. — Tenha cuidado. A menos que você...

Me ergo na ponta dos pés e roubo as palavras da sua boca com um beijo. Estou farta de ser cuidadosa e sem iniciativa. Esse modo de agir quase me fez perder este homem para sempre. Faminta, sedenta, ávida, cobiçosa, mergulho a língua em sua boca e Josiah geme com o beijo. Ele agarra as minhas costas e achata os meus seios contra o seu peito. Suas mãos se encontram em minha coluna e deslizam até a minha cintura, em seguida, seguram o meu traseiro. Sem interromper o beijo, ele me levanta mais alto e os nossos quadris se nivelam. Sinto a rigidez da sua ereção pressionar através do algodão do meu vestido. Não resisto e deslizo as mãos entre nós para senti-la por mim mesma.

Quando agarro o seu pau através da calça, Josiah solta a minha boca e encosta a sua testa na minha.

— Yas — ele diz, ofegante. — Não posso... você não quer...

— Eu quero! — exclamo e cravo os dentes em seu pescoço. — Sei o que dissemos, mas não passei um dia sequer sem pensar naquela noite.

Josiah fica imóvel, me olhando nos olhos e traçando o polegar ao longo da minha boca.

— Eu também.

Com as mãos enlaçando a minha cintura, Josiah me ergue e me senta na bancada, com as pernas abertas. Ficando entre as minhas coxas, ele empurra o vestido para cima, deixando as minhas pernas expostas sob seus dedos.

— Me toca — sussurro em seu ouvido e agarro a sua nuca. — Estou muito molhada.

Seus dedos deslizam pela minha coxa, puxam a minha calcinha para o lado e começam a me acariciar e entrar em mim. Apoio as mãos na bancada e deixo a cabeça cair para trás. Quando ele me penetra com o dedo, eu grito, mordendo o lábio para me conter. Abaixo os olhos para observá-lo, encontrando a escuridão ardente de seus olhos. O desejo está expresso claramente ali. Sem suposições. Sem dúvidas. Ele move o dedo num vaivém e também o usa para roçar o meu clitóris.

— Meu Deus! — exclamo, sentindo o vaivém persistente do seu dedo.

— Você precisa ficar em silêncio. — Josiah se inclina para roçar os lábios sobre os meus seios, fazendo os meus mamilos enrijecerem através do sutiã e do vestido.

— Acho que não consigo. — Meus quadris se movem pelo seu toque, e eu estendo a mão para segurar sua nuca. — Garagem.

Com um aceno de cabeça, Josiah me puxa da bancada e me arrasta pelo pulso até a garagem. Eu não hesito. Abro a porta de trás do meu SUV e entro, me deitando sobre o assento. Levanto as pernas e as abro, fazendo o vestido escorregar para trás. Com um som gutural em sua garganta, ele me puxa para a beirada do assento, arrasta a minha calcinha para baixo e a tira. O ar frio confronta o calor e a umidade entre as minhas pernas, e eu fico arrepiada pela expectativa. Sua cabeça desaparece sob a barra do meu vestido. O primeiro toque da sua língua me fez contorcer e retorcer.

Apoio uma das mãos no assento de couro e estendo a outra para segurar a sua cabeça, abrindo ainda mais as pernas e lhe oferecendo tudo. Não só o meu corpo. Mas também a minha dor, a minha tristeza, a minha contrição, o meu passado e tudo o que está por vir. Quer ele saiba ou não, estou entregando tudo a ele. Josiah me sorve como um homem morrendo de sede.

— Eu quero o seu pau — sussurro. — Por favor, Si.

— Ainda não. — Ele me lambe e suga de alto a baixo. — É bom pra caramba. Meu Deus, senti falta disso, Yas.

O orgasmo me arrebata, e eu não consigo conter os soluços. Meu corpo treme, e não é apenas uma liberação física, mas também da minha alma e do meu coração. Tudo o que estava trancado, aprisionado, escapa, alça voo. Mordo o punho para não gritar.

— Me fode, por favor. Por favor, Si.

Josiah responde com o tinido do cinto, com o zunido do zíper, com a pressão contundente na entrada do meu corpo. Ele faz uma pausa, se erguendo o mínimo possível, capturando os meus olhos à luz interna do carro.

Ele segura o meu rosto com a mão.

— Você quer mesmo fazer isso?

Envolvo as pernas ao seu redor, entrelaço os tornozelos na parte inferior das suas costas e o puxo para mais perto. Josiah penetra sem esforço, se alimentando de mim aos poucos. É torturante e perfeito, dando tempo ao meu corpo para reconhecê-lo novamente. Meus músculos se contraem ao redor do seu pau. Josiah sibila entre os dentes. Quando o seu pau está completamente dentro de mim, os nossos quadris se tocam. Então, ofegante, ele apoia o peso sobre os cotovelos.

— Não consigo ir devagar — ele sussurra junto à minha boca. — Quero muito você.

— Não vá devagar. Não se segure.

Minhas palavras rompem a corrente que o prendia. Josiah apoia uma das mãos na janela atrás de nós e agarra a minha perna com a outra mão, empurrando o meu joelho até o meu ombro. Ele penetra mais fundo num ritmo tão violento que faz o carro balançar. A força das investidas me tira o fôlego. Vou sentir isso quando terminarmos. Ele não estava mentindo. É intenso. É a posse de um homem carente. E aceito tudo isso como meu direito. Josiah é meu, e mesmo quando ele está me penetrando, com a testa molhada de suor e as costas úmidas através da camisa, eu arrasto as mãos sobre a inclinação dos seus ombros, sobre a dança dos seus músculos e tendões, sobre as cristas do seu abdome. Lembrando a cada parte a quem ela pertence. O deslizamento e a compressão dos nossos corpos criam uma cadência de sintonia de casa, casa, casa, ele, ele, ele. É uma intimidade avassaladora, e as lágrimas se acumulam nos cantos dos meus olhos, porque ele se sente tão bem dentro de mim de novo.

— Porra, Yas. — Ele abaixa a cabeça e espalha beijos pelo meu pescoço. — Vou gozar!

Ele começa a tirar o pau, mas eu seguro o seu traseiro e não o deixo ir.

— Estou tomando pílula — sussurro. — Não tire.

Ele fica imóvel, olha para mim e franze as sobrancelhas grossas e escuras.

— Nunca transei sem camisinha com outra mulher. Prometo.

— Acredito em você. — Estendo a mão para acariciar os seus lábios. — Dê para mim.

Josiah geme, fechando os olhos com força e abaixando a cabeça para dar um beijo intenso, que rouba todos os meus pensamentos e me faz esquecer onde estamos. É um beijo envolto em névoa e lembrança. Correntes de ar frio nos rodeiam na garagem, lambendo o meu rosto. Ele me segura como se o final feliz nunca tivesse sido prometido e como se nada fosse inevitável. Com braços que não consideram nada como garantido. O calor do seu gozo me inunda, e eu o beijo num caos de línguas, lábios inchados e respirações entrecortadas. Por alguns instantes, os nossos corações palpitam através das nossas roupas. Nossa respiração difícil é o único som no mundo.

— Mãe! — Deja grita de dentro da casa.

— Ah, merda! — Josiah retira o pau, tropeçando para sair de cima de mim e desembarcando pela porta de trás do carro.

Sigo Josiah, deslizando através do assento de couro e procurando a minha calcinha no chão da garagem.

— Droga — resmungo. — Se a Deja nos vir...

— Ou as amigas dela... — Josiah fecha o zíper e ajusta o cinto na calça às pressas. — Ela vai matar a gente.

Os passos dela ressoam pela escada, se aproximando. Meus mamilos ainda estão salientes, cutucando sem vergonha alguma o corpete do vestido. Sinto uma leve ardência no pescoço, onde a barba por fazer de Josiah roçou a minha pele sensível. Seu gozo escorre pela minha perna. Estou uma lástima. Não só pela correria para esconder o que estávamos fazendo, mas também por dentro. O sangue pulsa pelas minhas veias, como se eu estivesse flutuando. Estou abalada e surpresa pelo fato de que isso tenha acontecido.

Josiah me puxa para perto de si para dar um beijo rápido, dedicando um segundo precioso para me olhar, com a sua expressão ficando mais amável mesmo em nossa pressa para ajeitar as nossas roupas.

— Amanhã a gente conversa, tá bom?

— Tá bom.

Quero dizer a ele que não me importo que Deja nos pegue. Quero voltar a puxá-lo para perto de mim, me ajeitar no banco de trás para nos acariciarmos e sentir a sensação da sua pele nua contra a minha. Mas eu me importo. Não é só nós dois. São os nossos filhos e as suas expectativas. As mudanças pelas quais eles passaram. Seja o que estiver acontecendo entre ele e mim, temos que nos conduzir com cuidado por causa deles.

Josiah mal escapou quando Deja abre com força a porta da cozinha e enfia a cabeça para dentro da garagem.

— Day — digo, abrindo a porta do carro com muita naturalidade. — O que foi?

— Eu estava te chamando. — Ela percorre com os olhos a garagem vazia. — O que você está fazendo aqui?

— Procurando uma coisa que deixei no carro — respondo e mexo no console, fingindo procurar o tal item imaginário. — Você precisa de mim?

Ela junta as mãos sob o queixo.

— A gente pode ir ao cinema?

— É o seu aniversário. Tudo o que você quiser.

— Isso! — Deja diz e está prestes a voltar para dentro da casa, mas se vira devagar para mim. — Ah, e obrigada mais uma vez pelo bolo. Estava ótimo. Tudo estava ótimo.

Meu coração se aquece, e estou tão feliz que Deja não tenha nos pegado alguns minutos atrás. Não faço ideia de como ela reagiria ao que está acontecendo entre Josiah e mim. Nem eu sei o que é ainda, mas sei que eu quero isso. Quero qualquer coisa que possamos ter, mas também quero restaurar o relacionamento desgastado com a minha filha.

— Que bom. Fico contente, querida. Feliz aniversário — digo, sorrindo. — Vão se arrumar e eu levo vocês ao cinema.

Assim que a porta se fecha, eu me apoio no carro. Foi por um triz. Mas também... Ai, meu Deus! Josiah e eu. Foi um tesão. Se ele ainda estivesse aqui, eu transaria com ele de novo. Faria qualquer coisa para sentir a maravilha dos nossos corpos unidos, a emoção hipnotizante dos seus olhos fixos em mim, a maneira como o meu coração se esforçou para chegar até ele.

Quando entro na cozinha, meu celular vibra na bancada com uma mensagem.

Josiah: Tudo bem por aí?

Eu: Foi por pouco. Você tinha acabado de sair quando Deja entrou.

Josiah: Foi incrível.

Eu: Concordo.

Mordo o lábio, com os polegares já posicionados sobre as teclas, mas hesitante em relação às minhas próximas palavras.

Que se dane.

Eu: Podemos repetir a dose?

Josiah: Eu quero, mas precisamos conversar.

Eu: Tudo bem.

Josiah: Ah, e a propósito… eu fiquei com a sua calcinha. 😊

35

JOSIAH

— Obrigado por me receber tão prontamente — digo ao Dr. Musa. — E tão cedo.

— Você disse que era urgente. — Ele me observa, enquanto ando de um lado para o outro em frente à sua escrivaninha. — Você deveria se sentar.

Me força a ocupar o assento diante dele, mesmo que o meu corpo esteja cheio de energia reprimida. Eu não deveria estar elétrico, já que mal dormi na noite passada. Onde eu estava com a cabeça? Transar com Yasmen na garagem como um adolescente com tesão? Com as amigas de Deja no andar de cima? Transar com Yasmen, ponto-final. Quem melhor para me dizer que perdi a cabeça do que o meu psiquiatra.

— Transei com a minha ex — digo sem rodeios. — Duas vezes.

— Certo. — O Dr. Musa ajusta os óculos, com a sua postura profissional inabalada. — Antes de falarmos disso, vamos...

— Nãoooo, doutor! Precisamos ir direto ao assunto. Não preciso de técnicas de relaxamento. Não preciso de palavras de encorajamento. E com certeza não preciso daquela roda das emoções. Eu sei exatamente como me sinto.

— Então me diga como você se sente.

— Como um idiota.

— Isso não é um sentimento.

— Merda. Me dê a roda.

Com os lábios apertados e contendo um sorriso, o Dr. Musa me entrega a folha de papel com cores vivas e emoções listadas nela. Olho para elas, me esforçando para me encontrar no mar de palavras que flutuam na página diante de mim.

— Hã, acho que me sinto confuso. — Examino com mais atenção a roda das emoções. — Ansioso. Sensual. Sem dúvida, sensual, aquilo foi...

Pigarreio e franzo a testa para as palavras que saltam diante de mim.

Animado.

Esperançoso.

Assustado.

Não consigo criar coragem para proferi-las em voz alta nem mesmo para o Dr. Musa, mas pela maneira como ele me observa, já deve saber.

— Por que isso é uma emergência? — ele pergunta.

— Somos divorciados. Um casal divorciado não faz isso. Não deveria ter acontecido, mas...

Engulo em seco e respiro fundo, enquanto o meu coração dispara com a lembrança do nosso sexo frenético. Nenhum de nós se sentiu assim antes ou desde então, e desconfio que jamais se sentirá. Não só como me senti dentro dela, mas como me senti emocionalmente. Era como me sentir de volta para casa e, ao mesmo tempo, descontrolado pra caramba.

— Você tem certeza de que não deveria ter acontecido? — o Dr. Musa pergunta, baixinho. — Ou você apenas tem medo do que isso significa se voltar a acontecer? Se isso continuar acontecendo?

— Sim, pode ser isso — balbucio.

— Você quer a sua ex-mulher?

Deixo escapar uma risada sarcástica e não consigo permanecer sentado. Me levanto de um salto e recomeço a andar de um lado para o outro. A adrenalina, o pânico e o desejo disputam uma corrida através do meu corpo.

— Claro que eu a quero. Sempre a quis, mesmo quando eu não conseguia... — Engulo em seco, me debatendo diante da perspectiva de discutir algo tão vergonhoso que nunca nem sequer revi em meus próprios pensamentos íntimos. — Houve vezes que eu a queria, mas o meu corpo não... bem, quando eu não consegui...

Apesar de todos os segredos que já revelei ao Dr. Musa, as palavras acerca das vezes que o meu corpo não respondeu ficam presas em minha garganta. Desisto de dizer essa merda em voz alta.

— Muitos homens sofrem de impotência induzida pelo luto — ele diz após alguns instantes de silêncio incômodo.

— Não foi... isso — digo irritado. — Foram apenas algumas vezes. Eu não consegui...

— Josiah — o Dr. Musa fala de forma gentil, esperando que eu olhe para ele. — Não há nada do que se envergonhar aqui, nunca. Menos ainda por causa de o seu corpo expressar o luto da única maneira que conseguia.

Nunca havia pensado a respeito disso dessa forma. Uma sensação de aperto em meu peito se alivia.

— Bem, posso dizer que não sofro mais desse problema agora. — Dou uma risada forçada, ansioso para deixar de lado esta questão mais delicada. — Não consigo parar de pensar em dormir com ela, mas isso não significa que eu deva ceder a isso.

— Por que você não deveria ceder a isso?

— Como posso confiar nela? — Paro de falar para encará-lo. — Não posso passar por isso de novo. Acho que eu não sobreviveria.

E aí está a verdade. Fiz das tripas coração para sobreviver depois que Yasmen me deixou. Depois que ela me afastou da sua vida. Depois que ela me disse que nem sabia se ainda me amava. Talvez o namoro com Vashti não tenha sido a melhor ideia, mas eu precisava seguir em frente. Pelo menos tentei construir uma vida para mim que não incluísse ela. Não era isso que Yasmen queria que eu fizesse? Que eu fosse embora?

— Se isso for apenas uma fase pela qual ela está passando — continuo, voltando a me sentar. — Algum tipo de desfecho de que ela precisa para se recuperar ou algo assim, eu não consigo fazer isso.

— Se isso é algo que você quer — o Dr. Musa diz. — E você sem dúvida tem sentimentos muito fortes por ela, estabeleça algumas regras básicas. Chegue a um acordo sobre as expectativas de vocês. Manifeste o que você acha que esse relacionamento proporcionará aos dois, o que você quer dele, o que é aceitável, os motivos pra terminá-lo. Tudo isso. Seja sincero e garanta a segurança de vocês dois em longo prazo. Se você a quer tanto quanto parece...

O Dr. Musa ergue as sobrancelhas, perguntando em silêncio se de fato quero isso.

— Sim. Eu quero isso.

Eu a quero.

— Então faça o que você deveria ter feito desde o começo — ele diz. — O que você deveria ter feito da primeira vez.

— E o que eu deveria ter feito, doutor?

Ele sorri, não por indelicadeza.

— Conversado com ela.

YASMEN

Na segunda-feira de manhã, ao chegar em casa depois de deixar as crianças na escola, Josiah já está estacionado na frente dela. Com o coração disparado, aceno para ele e paro na entrada da garagem. Assim que a porta se abre, entro com o carro e ele segue a pé atrás. Fecho a porta pelo controle remoto e fico sentada no assento do motorista por alguns instantes, mesmo sabendo que Josiah está esperando que eu saia. Sua expressão é de "precisamos conversar", e isso pode significar diversas coisas. Com um pouco de tempo e de distância, ele pode ter repensado o que aconteceu no sábado e veio até aqui para me dizer que acabou mesmo.

Ou talvez ele esteja aqui pare me satisfazer novamente. Desta vez, na nossa antiga cama de casal.

Opções.

Josiah faz um gesto para eu abaixar a janela do carro. Obedeço e o observo com cautela, com medo de que se eu disser algo será a coisa errada, e vou arruinar as nossas vidas mais uma vez.

— Saia do carro, Yas — ele pede gentilmente, se afastando da porta. — A gente precisa conversar.

Obedeço e entro em casa, me sentando em uma das banquetas altas junto à ilha da cozinha. Ele se senta na banqueta ao meu lado e apoia os cotovelos na superfície de granito.

— O que aconteceu no sábado — ele começa a falar. — Nós...

— Eu não me arrependo.

Ele me encara, com uma ruga entre suas sobrancelhas escuras.

— É bom saber, mas eu falei com o Dr. Musa hoje de manhã e...

— Já? São só nove da manhã.

— A consulta foi marcada... cedo. Então a gente conversou sobre o que aconteceu.

— Você disse para o Dr. Musa que a gente transou?

— Sim.

Talvez eu devesse ficar constrangida com isso, mas apenas me sinto bastante orgulhosa. Vejo o quão longe Josiah chegou. De ele ser basicamente uma ostra quando se tratava de comunicar coisas importantes, a contar para o terapeuta que transamos, supostamente buscando orientação?

Sem barreiras ou proteções extras.

— E o que o seu terapeuta disse?

— O Dr. Musa perguntou se eu gostaria de fazer de novo — Josiah responde.

Nossos olhares ardentes se fundem. De repente, a cozinha parece pequena demais, como se o ar entre nós estivesse abafado e eletrificado.

— E o que você respondeu? — pergunto, ofegante.

— Respondi que sim, que eu gostaria.

Aliviada, relaxo um pouco, passo a língua nos lábios e lanço um olhar inquisitivo para ele.

— Então, o que vamos fazer a respeito disso?

— Se vamos continuar fazendo isso, e eu quero, então vamos precisar estabelecer algumas regras básicas e deixar claras as nossas expectativas.

— Tudo bem. Manda.

— Esta não é uma reconciliação.

Claro que eu sabia disso, mas as palavras ditas de maneira tão clara, tão fácil, como se não lhe custasse nada, a ideia de viver o resto da vida assim, ainda me incomoda.

— Já sei disso — afirmo. — É só sexo.

Josiah faz que não com a cabeça e uma risada leve passa por seus lábios carnudos.

— Jamais poderia ser só sexo. Não entre a gente. Você sabe disso. Sempre vai ser mais do que isso, mas quero deixar bem claro que não poderá ser.

— Entendi. O que mais?

— Precisamos manter isso em segredo das crianças, aliás, de todo mundo, pelo menos por enquanto — ele diz. — Não porque sinto vergonha. Quem se importa com o que as pessoas pensam? Mas e os nossos filhos? Eles já sofreram o suficiente. Todas as brigas e incertezas que antecederam o divórcio. Depois, a adaptação à nossa separação. Em seguida, o namoro com outras pessoas. É coisa demais, e não quero que o Kassim, em particular, crie expectativas.

— E a Deja?

— Não sei como ela reagiria, mas nem sequer sabemos por quanto tempo vamos querer continuar com isso. Para algo que pode ser temporário, vale a pena complicar ainda mais o que já foi uma transição difícil?

— Concordo.

— E para ser sincero, quero que tenhamos isso sem a pressão das expectativas ou julgamentos das outras pessoas — ele diz e segura a minha mão. — Já é complicado o suficiente sem as pessoas se intrometerem.

— Complicado? — pergunto, massageando o dorso da sua mão com o polegar. — Por que é complicado?

— Como poderia não ser? Nós fomos casados. Ainda estamos ligados de diversas maneiras. Ainda estamos presentes na vida um do outro. O que vai acontecer se você conhecer alguém com quem quer ter um relacionamento? Ou você decidir que devemos parar? Quando isso não funcionar mais para um de nós, será o fim.

— Entendi. — Inclino a cabeça para examinar o seu rosto. — Essas são todas as suas condições?

— As nossas condições. Devemos estar na mesma página.

Minha única condição é que eu o terei, não importa como. Eu disse que se tivesse uma segunda chance, eu a aproveitaria. Estou agarrando o touro à unha.

— Tudo bem. Nossas condições. Essas são todas as nossas condições?

— Sim. — Ele me puxa pelo pulso até eu ficar de pé entre as suas pernas abertas. Com a mão, segura o meu traseiro, com os dedos apoiados no sulco entre as minhas nádegas.

— Ótimo. — Abro o botão superior da sua camisa. — Porque você está de folga hoje. O restaurante está fechado.

Josiah curva a cabeça e beija a base da minha nuca.

— Isso mesmo.

— E eu só pego as crianças às três.

Com os polegares, Josiah acaricia os meus mamilos, fazendo com que eles se projetem através do meu suéter. Então, começo a ofegar, sendo a única outra indicação de que tenho alguma reação. Mantenho a voz calma e a expressão inalterada. Porém, depois que ele segura os dois seios com as mãos, testando o peso e a forma deles, levantando o suéter e os sugando através da seda, um de cada vez, não consigo fingir que não estou sentindo nada. Enquanto eu me esforço para não gritar, cravo as unhas em seu ombro. Sem pressa, Josiah retira o suéter pela minha cabeça, deixando-o de lado, e desengancha o fecho do sutiã, libertando os meus seios. Parece tão pecaminoso. Com a respiração alterada, ele coloca o rosto entre eles, sentindo o aroma de baunilha que borrifei ali, na esperança de que chegássemos a este momento.

— Vamos subir? — sussurro, prendendo a respiração à espera da sua resposta.

Isso é íntimo demais? Será que ele quer algo rápido e frenético ou poderíamos dedicar um tempo maior? Redescobrir um ao outro por meio de suspiros, e gemidos, e orgasmos, e, com sorte, ficar deitados nos braços um do outro. Seu beijo é doce, a maneira como Josiah me explora com a língua, morde os meus lábios, me segura pelo queixo enquanto devora a minha boca. Por fim, ele recua e pega o meu suéter e o meu sutiã. Sorrindo, ele segura a minha mão e me leva em direção à escada.

— Eu me lembro do caminho.

37

YASMEN

— Já estava mais do que na hora — Soledad diz, colocando a grande tábua com frios, queijos, pães e frutas na mesa da sala de jantar. — Não acredito que a gente passou tanto tempo sem se ver.

— O que há de errado com a gente, garotas? — Hendrix pergunta, pegando um espetinho de azeitona, queijo brie e pepperoni. — Ahhh, eu adoro uma tábua assim.

— *Charcuterie* — Soledad diz.

— Pode ficar com o seu francês — Hendrix diz e dá uma piscadela. — Mas é uma boa tábua de comida que chama a atenção dos rapazes.

— Bem, a noite é das garotas — eu a lembro. — Então nada de rapazes. Quer dizer, a menos que você queira falar sobre eles, mas não na presença deles.

— Só estou feliz que finalmente arranjamos um tempo — Soledad diz. — O ano começou agitado demais.

— Sim, passar as duas últimas semanas em Los Angeles com a minha cliente foi exaustivo. — Hendrix coloca uma uva na boca. — Mas a comissão desse negócio milionário compensa.

— Tá bom, chiqueza — digo e troco um "toca aqui" com ela. — Tô sabendo!
Todas nós rimos enquanto Soledad enche as nossas taças com vinho branco.

— Eu precisava disso — digo e tomo um longo gole, deixando que o vinho refresque a minha garganta e relaxe os meus nervos. — Kassim está jogando basquete, e isso está consumindo boa parte do meu tempo livre. Tenho que levá-lo para os treinos de manhã e à tarde. Preciso ver os jogos. Mas esse foi o acordo que fizemos. Como eu não cedi em relação ao futebol americano, ele negociou o basquete.

— As minhas meninas estão em tudo. — Soledad toma um bom gole de vinho. — Lupe agora está fazendo aulas de teatro.

— Ela desencanou do curso de modelo? — Hendrix pergunta.

— Sim. E decidiu por vontade própria — Soledad enfatiza. — Não a estou incentivando a usar apenas a sua aparência. Estou ensinando a usar todos os talentos que ela possui.

— E quando você pretende seguir o seu próprio conselho? — Hendrix pergunta, meio brincando. — Estamos falando sobre os seus talentos há muito tempo. O que vai exemplificar melhor essa lição para ela do que ver a própria mãe aproveitando ao máximo os seus dons?

— Aff! Odeio quando você tem razão. — Soledad revira os olhos. — Estou tão ocupada que não pensei muito nisso, mas vou pensar.

— Eu também tenho estado muito ocupada. O trabalho simplesmente não para — Hendrix concorda. — Nem tenho tido tempo de entrar no Tinder, no Match, no Bumble, em nada. Nem mesmo no BlackPeopleMeet.com. Preciso ir à igreja, onde os negros se encontram. Às vezes é lá que você conhece os melhores homens, querida. Safados e muito abençoados! — Hendrix levanta a mão e acena. — Aleluia.

— Esse papo todo parece muito sacrílego. — Soledad acena na direção de Hendrix.

Ainda estou tentando conter o riso quando o meu celular vibra no bolso. Pego-o e leio uma nova mensagem de Josiah.

Josiah: Acho que distendi um músculo hoje de manhã. Não tenho vergonha de admitir que mal consigo acompanhar você na cama.

Dou uma risadinha e digito uma resposta curta.

Eu: Uma palavra para você. 69.

Josiah: Isso não é uma palavra.

Eu: Chame como quiser, a ideia foi sua.

Josiah: Lembro que você deu o seu aval.

Minhas bochechas queimam de vergonha, e me sinto como uma adolescente passando bilhetinhos na aula de Matemática. Ao levantar os olhos, Hendrix e Soledad me observam com idêntica curiosidade.

— Quem deixou você mordendo o lábio assim desse jeito tão safado? — Hendrix pergunta, me imitando.

Guardo o celular no bolso, esperando que a sua imitação não se pareça nem um pouco com o meu gesto.

— Não faço ideia do que você está falando.

— Você arrumou um homem? — Hendrix insiste. — Porque se estiver escondendo da gente...

— É o Mark? — Soledad interrompe. — Ele parece muito feliz ultimamente.

— Ele está indo bem nas pesquisas — respondo. — Não tem nada a ver comigo. Além disso, eu disse para ele que achava que deveríamos continuar só como amigos.

— Bem, então quem é? — Hendrix pergunta. — Vamos descobrir de um jeito ou de outro.

— Tudo bem. Não será por mim, posso te garantir — digo com um sorriso presunçoso.

— Ah, é? Vamos ver se não será — Hendrix diz, se levanta e me derruba no chão.

— Sai de cima de mim. — Bufo. — Ai, meu Deus. O que você está fazendo... sai de cima.

— Pega o celular dela, Sol! — Hendrix ordena, prendendo os meus braços e as minhas pernas no chão com todo o seu corpo em cima de mim.

Soledad, traidora que só ela, se contorce e consegue tirar o celular do meu bolso.

— Peguei! — ela grita, fica de pé de um salto e corre para a sala de estar, segurando o meu celular acima da cabeça de forma triunfante.

Finalmente consigo me livrar de Hendrix, me levanto às pressas e começo a perseguir Soledad, mas é tarde demais. Quando a alcanço, ela está sentada no chão, com as costas apoiadas no sofá, lendo as minhas mensagens com os olhos arregalados e boquiaberta.

— Minha nossa! — Soledad joga a cabeça para trás e cai na gargalhada. — Você não vai acreditar nisso, Hen.

Recupero o celular e desabo no sofá com um gemido. Aí vamos nós.

— Quero ver — Hendrix diz, estendendo a mão para pegar o meu celular.

— Não! — Faço um gesto negativo com a cabeça e solto um suspiro exasperado.

— Você deixou a Sol ver — Hendrix reclama, se acomodando no chão ao lado de Soledad.

— Não, ela pegou o meu celular. — Olhando para o teto, suspiro e aceito o fato de que não adianta mais tentar esconder. — Eu transei com o Josiah.

Um silêncio sepulcral toma conta do ambiente... por cerca de dois segundos. Então, as duas explodem em risos. Eu me endireito e semicerro os olhos para elas.

— Quando? — Hendrix pergunta, com o rosto ainda todo alegre.

— Você quer dizer quando foi a última vez que eu transei com ele? — pergunto, com a voz ficando mais aguda no final.

— Você está tendo um caso com o Josiah? — Soledad pergunta com os olhos arregalados.

— É mesmo um caso se ele é o meu marido? — pergunto.

— Ele é mesmo o seu marido se vocês se divorciaram? — Hendrix retruca. — Desembucha.

Conto para elas a respeito da primeira vez em Charlotte e depois a segunda vez na garagem. Fico excitada e incomodada ao relembrar, revelando que, no último mês, temos nos encontrado às escondidas.

— Então vocês estabeleceram regras básicas? — Soledad pergunta, trazendo a tábua da sala de jantar e a colocando na mesa de centro da sala de estar. — Bem, isso foi uma medida inteligente.

— O terapeuta dele aconselhou — eu me gabo.

— Josiah contou para o terapeuta? — Hendrix ri. — Uau. Ele percorreu um longo caminho para um cara que passava longe de um terapeuta.

— Né? — digo e espalho cream cheese e um pouco de geleia numa bolacha.

— Sei que é excitante e tudo o mais — Hendrix diz, com parte do humor desaparecendo da sua expressão. — Mas falando sério. Como você se sente em relação a tudo isso?

— Ah, eu? — Tomo um gole de vinho branco. — Perdidamente apaixonada.

— E como o Josiah se sente? — Soledad franze a testa.

— Ele... ele não... — Faço um gesto negativo com a cabeça, frustrada e sem saber como expressar o que está acontecendo com Josiah, apesar das regras que estabelecemos. — Ele diz que jamais poderia ser só sexo entre a gente, mas a qualquer momento, se um de nós disser que acabou, nada de ressentimentos.

— Isso está muito longe de alguém "perdidamente apaixonado" — Soledad diz.

— Eu quero isso. — Encaro as duas amigas com um olhar sério. — Pelo tempo que eu puder ter. Eu o quero. Será que secretamente eu espero que ele volte a se apaixonar por mim? Sim.

— Se apaixonar, garota? — Hendrix zomba. — Você vai me dizer que ele deixou de te amar alguma vez? Vashti foi uma tentativa de Josiah esquecer o seu belo traseiro. Acredito que tudo vai dar certo e você terá o seu homem no final de tudo. Mas você precisa se cuidar.

— Sim — Soledad concorda. — O relacionamento de vocês é fechado?

— Sim. — Franzo a testa. — Quer dizer, eu não perguntei, mas sim.

— Da sua parte, sim. — Soledad coloca uma azeitona na boca. — Mas você não perguntou se ele está transando com mais alguém?

— Eu sei que ele não está. Quer dizer... Si nunca... Ele não faria isso.

— Claro que não quando vocês estavam casados — Hendrix diz. — Mas não há nenhuma aliança no seu dedo ou no dele. O que impede o Josiah de ficar com outra mulher? E isso é uma gota d'água para você?

Com certeza. A ideia dele com outra mulher... Deixo o pedaço de queijo Gouda no prato. Me sentindo enjoada, tomo um gole de vinho.

— Não é preciso ter habilidades investigativas para perceber que vocês dois têm assuntos pendentes. O cara não consegue tirar os olhos de você, e vice-versa — Hendrix diz. — Sei que o Josiah gosta de você; só não quero que você se machuque.

— Eu não acredito que ele transaria com outra mulher enquanto nós...

Enquanto nós... o quê? O que estamos fazendo? Mantendo um caso sem compromisso e sem garantias. Enquanto isso, estou apaixonada por ele.

Será que eu superei mesmo a separação entre mim e Josiah, que, de joelhos, arriscou tudo e me pediu em casamento? O Josiah que deixou de lado a sua discrição, subiu num carrinho de supermercado e riu comigo, percorrendo a toda velocidade os corredores da loja? O Josiah que massageou os meus pés quando eu estava grávida, segurou a minha mão durante o parto, sincronizou a sua respiração com a minha enquanto eu dava à luz os nossos filhos?

Não, provavelmente nunca superei a nossa separação, mas me apaixonei de novo pelo Josiah, que orienta os nossos filhos nos momentos difíceis, sempre prestando atenção nos sentimentos deles para ter certeza de que estão bem. Estou apaixonada pelo homem que, apesar de suas dúvidas, aventurou-se na terapia por causa do nosso filho, mas acabou aprendendo a usá-la para se curar. Estou enfeitiçada pela paixão que arde com mais intensidade entre nós, até mais do que antes. Quando fazemos amor, o passado e o presente se chocam numa intimidade causticante, que nos consome. O homem que ele era, o homem que ele é, a maneira como ele vai amadurecer e evoluir com o passar dos anos: estou apaixonada por todas as versões de Josiah que já conheci, e tenho certeza de que o homem que ele vai se tornar também conquistará o meu coração.

— Vou falar com ele — finalmente digo. — Apenas para deixar claro. Nós estabelecemos diretrizes, mas nunca me ocorreu a questão de outras pessoas.

Acho que também não passou pela cabeça dele, mas vocês têm razão. Devemos ter certeza de que estamos na mesma página.

Sentada no sofá, eu me inclino e pego uma das mãos de Sol e uma das de Hen.

— Me desculpem por não ter contado para vocês, mas era um segredo só nosso, sabe? Mas ainda bem que contei. Vocês são as pessoas mais próximas que eu já tive como irmãs. Não quero esconder nada de vocês.

— Acho que o Edward está tendo um caso — Soledad revela.

Hendrix e eu nos entreolhamos com os olhos arregalados. Eu deslizo para fora do sofá, pousando entre as duas no chão.

— Por que você acha? — pergunto.

Sua risada é a coisa mais cáustica e mordaz que já ouvi vindo dela.

— Enquanto ele dorme, fica dizendo o nome de uma mulher.

— E qual é o nome da vadia? — Hendrix pergunta.

— Amber — Soledad responde, tentando conter as lágrimas. — Pedi explicações e ele me disse que Amber é a nova assistente dele. Que o trabalho está tão estressante que isso deve estar se manifestando nos sonhos.

— Ele acha que você nasceu ontem? Não me venha com essa besteira. — Hendrix revira os olhos.

— O que você pretende fazer, Sol? — pergunto.

— Ainda não sei. — Ela encolhe os ombros. — Isso não voltou a acontecer na última semana, mas não posso simplesmente fechar os olhos.

— Não, não pode — concordo. — O que podemos fazer?

— Agora? — Soledad diz e suspira. — Nada. Eu vou dar um jeito. Estou de olho nele para ver se há mesmo algo rolando. Depois de ter forçado você a revelar o seu segredo, Yas, não queria esconder isso de vocês.

— Por falar em esconder coisas de vocês... — Hendrix diz e divide um olhar entre Sol e mim. — Há certas coisas acontecendo com a minha mãe que não contei.

— O que está acontecendo, Hen? — pergunto, apertando a sua mão.

— Lembram do famoso bolo de chocolate alemão da minha mãe que comemos na véspera do Ano-Novo? — ela pergunta. — Fui eu quem fiz. A minha mãe tentou, mas os ovos ficaram meio crus e havia grumos de farinha nele. Ela simplesmente... não consegue mais se lembrar das receitas. Ela está com a memória cada vez pior e agora acha que tem alguém invadindo a casa. Ela já ligou para a polícia diversas vezes. Os policiais...

Hendrix para de falar, engole em seco e pisca sem parar.

— Eles me ligaram, disseram que eu não posso deixar as coisas como estão e que talvez eu precise pensar na possibilidade de encontrar um lugar para ela.

— Ai, nossa, Hen! — Soledad exclama. — Sinto muito.

— Acho que estou começando a cair na real de que não tem mais jeito, sabe? — Hendrix diz e dá um sorriso lacrimoso. É o mais perto que eu a vi das lágrimas. — É uma doença debilitante, e as coisas só vão piorar. Não sei o que é mais difícil. Perdê-la ou vê-la me perder.

Hendrix solta um soluço que sacode os seus ombros. Nós nos aconchegamos em seus braços, as três bem juntas, únicas em nossos desafios, mas entrelaçadas em nosso amor, em nosso apoio mútuo. Talvez se eu tivesse isto quando tudo desandou, eu poderia ter aguentado firme, mas quero parar de especular sobre o que poderia ter sido a minha vida. Pouco a pouco, estou aprendendo a fazer o melhor que posso e a viver com as consequências. Amar intensamente e me perdoar quando isso não for o bastante.

Não é a despreocupada noite só de mulheres que antecipávamos, mas sim uma noite em que confidenciamos os nossos medos mais profundos e iluminamos as coisas que mantivemos escondidas na escuridão.

38

YASMEN

Afundada no assento almofadado, me forço a assistir à apresentação na tela grande. No auditório da Harrington, as luzes estão apagadas, e a Dra. Morgan, a diretora da escola, está falando sobre uma nova ala para a biblioteca. Com os olhos quase fechando, estou prestes a adormecer. Então, uma mão muito grande agarra a minha coxa e a aperta. Me endireito no assento e uma respiração rápida e profunda alcança os meus ouvidos. No escuro, percebo Josiah, sentado ao meu lado, observando a tela com os olhos semicerrados e a testa franzida, como se estivesse bastante concentrado. Lentamente, ele tira o paletó do seu colo e o coloca sobre a minha calça. Sob o paletó, ele desliza a mão pela minha coxa e a imobiliza entre as minhas pernas. Seu toque provoca uma excitação febril em mim.

Agarro o seu pulso, interrompendo o seu avanço. À penumbra, Josiah olha para mim com uma sobrancelha arqueada. Ele se inclina para sussurrar em meu ouvido.

— Você está me dizendo que não? — Josiah pergunta, com a sua respiração em meu pescoço me arrepiando.

Eu me aproximo do seu ouvido.

— Estou dizendo que não agora.

— Por que não? — Seu sorriso é diabólico. — Adoraria que todos ouvissem como você soa quando grita o meu nome.

Não me lembro de ter sido uma amante barulhenta durante o nosso casamento, mas agora, toda vez que transamos, parece um incêndio fora de controle, e eu grito como uma sirene estridente. Não consigo evitar. Desta vez, me sinto mais livre do que nunca. Nós sempre tivemos uma química fora do normal, e agora, parece ainda mais quente. Cada toque, cada vez, é como caminhar sob o sol. Quando acho que não pode ficar melhor, alcançamos um novo nível, escalando nuvens em busca do próximo gozo.

Ofego quando sinto a pressão da sua mão entre as minhas pernas, movendo sob o manto da escuridão e do seu paletó e através do jeans. Minhas pernas se afastam involuntariamente uma da outra, abrindo espaço para ele. Eu me entrego a isso, me recostando no assento. Viro a cabeça para olhar para ele, e Josiah está me observando. Nossos olhares se encontram e se enfrentam numa batalha visual intensa à penumbra do auditório. Ao mesmo tempo, quero implorar para que ele pare e quero abaixar a minha calça para poder sentir os seus dedos. Ele lambe os lábios e olha para o meu colo, onde, sob o seu paletó, os meus quadris reagem ao seu toque. Engulo um gemido, mordo o lábio e fecho os olhos com força. Agarro os apoios de braço da poltrona e pressiono os calcanhares contra o piso de cimento, implorando em silêncio ao meu corpo por controle, mas relutante em pedir a ele que pare.

No exato momento em que acho que vou gozar ao estilo da cena clássica do filme Harry e Sally — Feitos um para o Outro, as luzes do auditório se acendem. Josiah retira de forma brusca o paletó e a mão do meu colo. Eu estava tão perto. Eu teria mordido o lábio com força para gozar em silêncio. Agora o meu corpo se rebela. Sinto as coxas latejarem, a garganta e os pulsos palpitarem, as têmporas transpirarem e o sangue circular pelas minhas veias em alta velocidade.

— E com isso concluímos os nossos planos orçamentários para o próximo ano — Dra. Morgan afirma, sorrindo para a plateia de pais reunidos no auditório. — Não podíamos ter feito o que fizemos sem vocês. No ano passado, arrecadamos dinheiro suficiente para construir uma nova piscina olímpica e oferecer um número maior de bolsas de estudo para estudantes qualificados que não podem pagar as mensalidades.

Trocando olhares discretos e ardentes, Josiah e eu aderimos aos aplausos tímidos vindos da plateia. Quando se paga tanto quanto esses pais pela mensalidade do filho, às vezes arrecadar dinheiro para piscinas e para que outras crianças possam frequentar a escola não desperta grande entusiasmo.

As campanhas de arrecadação de fundos raramente conseguem isso, mas a Dra. Morgan é muito boa nisso. Posso lhe dar o crédito, e ajudar os estudantes que não podem arcar com mensalidades exorbitantes... dou a maior força.

— Estamos um pouco além da metade deste ano — ela continua, empurrando os óculos para cima do nariz com um dedo. — Tem sido incrível até agora. Vamos fazer desta segunda metade a melhor de todas.

Juntando as mãos sob o queixo, a diretora da escola sinaliza uma mudança na agenda.

— Agora os nossos professores estão ansiosos para discutir o progresso dos seus alunos — ela continua. — Alguns de vocês se encontraram com eles ao longo das últimas semanas, mas para quem não fez isso, os professores vão estar em suas salas de aula na próxima hora. Obrigada mais uma vez por virem à noite dos pais. Boa noite.

Quero arrastar Josiah para o estacionamento, encontrar um lugar isolado na floresta e transar com ele apoiada em uma árvore, porém diversas pessoas se aproximam de nós. Reprimo a frustração, controlo a respiração e tento me concentrar em cada conversa, totalmente ciente do homem alto ao meu lado, sorrindo de maneira descontraída, como se ele não tivesse acabado de ter enfiado a mão entre as minhas pernas. Alguns dos pais são donos de empresas e fazem perguntas sobre a Associação de Skyland. Algumas das mães conheço dos treinos e dos jogos de basquete dos filhos. Josiah assiste a todos os jogos e passa muito tempo trabalhando com Kassim nos fundamentos. Meio que encontramos um novo grupo de pais para socializar e compartilhar dificuldades e problemas. Em geral, eles nos observam com diferentes graus de fascínio e curiosidade. Eles sabem que somos divorciados, mas estamos sempre juntos nas noites dos pais, nos jogos e em todas as atividades de Kassim ou Deja. Para mim, parece ser uma boa criação. Deixar as questões de lado para priorizar os filhos... é o básico.

Enquanto estamos rindo com a conversa do pai de um dos companheiros do time de Kassim, Josiah desliza a mão pela parte inferior das minhas costas. É um toque casual, inocente para qualquer um que esteja observando, mas é tão abrasador que atravessa o tecido de algodão da minha blusa.

Enquanto uma das responsáveis pela Associação de Pais e Mestres fala sem parar para alguns de nós a respeito de alguma ideia sobre arrecadação de fundos, arrisco um olhar para Josiah. Ele sorri e se inclina para sussurrar junto ao meu ouvido.

— Você quer mesmo transar comigo agora, não é? — ele pergunta, baixinho, as palavras incendeiam a pele sensível do meu pescoço.

Fico com um sorriso fixo no rosto e confirmo repetidas vezes com a cabeça, mas mal consigo ouvir as conversas ao meu redor nos quinze minutos seguintes e nem consigo repetir o que me foi dito. Sorrio e concordo, mas sinto enorme dificuldade em me concentrar em qualquer outra coisa que não o fogo que Josiah acendeu e não sou capaz de apagar.

— É muito generoso da sua parte — a integrante da Associação de Pais e Mestres diz. — Muito obrigada, Yasmen.

— Hã? — Fico surpresa ao ouvir o meu nome. — Como?

— Só estava dizendo que queremos muito agradecer a você por sua disposição de assumir a organização do baile da primavera.

Mas que...

É o que eu ganho por me distrair e fantasiar sobre sexo na floresta.

— Ah, sim. — Desvio o meu olhar surpreso da mulher para Josiah, que sorri com malícia. — Claro. Claro. Tudo pelas crianças.

— Vou enviar um e-mail para você esta semana — ela diz e consulta o relógio. — Agora eu preciso ir.

Olho ao redor e me surpreendo ao descobrir que somos os últimos no auditório. Os outros pais saíram para conversar com os professores dos seus filhos, ou talvez já tenham conversado, como nós já fizemos, e foram embora.

— Vamos? — pergunto para Josiah, ofegante e ainda excitada, mas resignada a um encontro com o meu vibrador hoje.

— Ainda não. — Ele percorre o auditório vazio com o olhar e pega a minha mão, me levando pelo corredor em direção ao palco.

Dou um riso abafado, olhando por cima do ombro para verificar se há alguém por perto.

— Para onde estamos indo, Si?

— A minha língua gostaria de passar um momento especial com você, e o meu pau solicita a honra da sua presença.

Josiah me conduz ao palco e depois aos bastidores. Adentramos mais alguns metros nas sombras, passando por figurinos, adereços e refletores. Por fim, chegamos a um camarim situado no fim do corredor. Ele fecha a porta e me apoia nela, com os antebraços musculosos junto aos dois lados da minha cabeça.

— Ainda estou brava com você — sussurro, tentando controlar um sorriso. — Por você me tratar daquele jeito durante a apresentação da diretora.

Josiah enfia a mão no vão entre a minha pele e a cintura do meu jeans, mergulhando os dedos em minha calcinha e começando a acariciar o meu clitóris.

— Você se sente brava. — Ele ri, levando os dedos úmidos à boca e os provando. — E também está com gosto de brava.

Nossos risos morrem. Então, Josiah aproxima a boca do meu pescoço e a vai deslizando para baixo, dando beijos, até afastar a gola da minha blusa para o lado e sugar a curva superior do meu seio.

Josiah desliza a mão entre a minha cintura e o meu quadril, pressionando a ereção contra o meu abdome. Meu corpo reage automaticamente, ajustando-se ao contato inflexível com o seu corpo alto. Agarro a sua nuca e o puxo para mais perto. Quando as nossas línguas se entrelaçam, ele geme e volta a enfiar a mão à procura da minha calcinha. Sem preâmbulos, ele me toca, acariciando o meu clitóris com o seu polegar, retrocedendo um pouco para observar o desejo estampado em meu rosto. Olho nos seus olhos enquanto ele enfia os dedos em mim repetidas vezes. Puta merda, é erótico demais.

Meus braços caem e pendem soltos ao meu lado. Estou viciada em seu toque. Deixo escapar sons sem sentido. Josiah segura a minha garganta, apertando até que mal consigo respirar. De alguma forma, as sensações que dominam o meu corpo intensificam o prazer. O calor das suas mãos e dos seus olhos consomem o meu pensamento racional. Sem pensar, sem pudor e toda faminta, eu me esfrego nele.

— Isso aí. — Seu olhar está fixo em mim. — Sinta a minha mão. Goze nos meus dedos.

Solto um gemido prolongado, e Josiah tampa a minha boca com a outra mão e faz um gesto negativo com a cabeça.

— Quieta.

Descontrolada e transbordando o meu desejo em seus dedos, lágrimas escorrem entre os meus cílios. Mordo a sua mão que está cobrindo a minha boca.

Ele ri e abaixa a cabeça até a curva do meu pescoço.

— Você é cruel. Não pare.

Josiah afasta a mão da minha boca e me beija, sugando os meus gemidos. Com os dedos, ele continua a me penetrar, a me acariciar, até que meu corpo chora por ele. O gozo provoca tremores intensos e arrebatadores. Exaurida, consumida pela sensação, desabo sobre Josiah. Ele ergue o meu queixo para beijar um canto da minha boca e depois o outro, pontilhando mais beijos nas minhas bochechas úmidas. Recupero o ânimo e estendo a mão para abrir o zíper da sua calça, mas ele impede.

— Você não precisa fazer isso — ele diz. — Eu não ia deixar você na vontade. Além disso, eu só queria beijar você.

Josiah sempre gostou muito de me beijar sem esperar algo em troca. Isso me deixa com o coração apertado. Foi assim que ele me conquistou tantos anos atrás, e isso é o que ainda me prende. Por fora, Josiah muitas vezes parece frio, duro e cínico, mas comigo, esses comportamentos se dissolvem, e ele revela todo o seu lado romântico para mim. Um homem que me leva para as sombras para me beijar e não quer nada em troca. Significa muito para mim que Josiah compartilhe esse seu lado comigo, e algo murcha por dentro ao pensar nele revelando essa vulnerabilidade para qualquer outra mulher.

— Si, você… — começo a falar e hesito, sem querer sufocar a ternura que surgiu entre nós, mas precisando saber. — Você está… saindo com alguma outra mulher?

A silhueta de granito do seu corpo se enrijece.

— Você está perguntando se estou saindo com alguma outra mulher ou se estou transando com alguma outra mulher?

Deixo a cabeça cair para trás para apoiá-la na parede, avaliando-o com um olhar objetivo e com a paixão esfriando depressa.

— Os dois. — Sustento seu olhar. — Quer dizer, se você estiver... bem, nós concordamos em ter um relacionamento sem compromissos. E se encontrarmos outra pessoa, tudo bem. Que seja o fim, então...

— Você encontrou algum outro homem? — Sua expressão fica sombria, suas sobrancelhas mergulham num V profundo.

— Não... Estou estragando tudo. — Solto um suspiro de frustração. — Hen e Sol viram algumas das nossas mensagens. Elas descobriram a nosso respeito, mas não vão contar para ninguém.

— Tudo bem. — Ele dá de ombros. — Não faz mal.

— Bem, elas... elas perguntaram se o nosso relacionamento é fechado ou aberto, e eu...

— Você gostaria que fosse fechado?

Eu me forço a olhar para Josiah, com o maxilar tenso, os dentes cerrados. É um risco revelar este segredo enquanto estou escondendo tantas outras coisas, mas se esta é a minha segunda chance, se pode se tornar a nossa segunda chance, então vou arriscar.

— Sim — solto a palavra, preparada para qualquer resposta que ele dê.

— Eu também. — Ele ergue o meu queixo e me olha nos olhos. — Eu não quero mais ninguém, Yas.

O que há entre nós é um organismo vivo, que continua se contorcendo, evoluindo, se refazendo. Tem sido assim desde o dia em que nos conhecemos. Em nenhuma versão imaginada por mim, Josiah não estava em minha vida e eu não estava na vida dele, mas achei que o nosso relacionamento, reconhecidamente por minha própria culpa, tivesse acabado de forma irremediável. Mas ele volta a me surpreender, se regenerando e se reinventando, começando como algo sem compromisso, mas dando a impressão de que novos laços estão se formando e se enrolando em torno do meu coração.

E ele?

Ainda não tenho coragem de perguntar, mas espero que ele esteja tão envolvido nisto quanto eu.

39

JOSIAH

Nunca pensei que teria isto de novo: acordar com um braço jogado sobre o quadril de Yasmen, com os nossos corpos nus abraçados na cama. O sol da manhã brilha através das persianas que esquecemos de fechar na pressa de nos entregarmos um ao outro. A pior parte é que eu posso me acostumar com isto... de novo. Não apenas com o sexo, ainda que... droga, isto precisa ser dito. O sexo está melhor do que nunca, e isso quer dizer algo, porque já costumava ser incrível. Será que é a natureza ilícita disso que o torna tão fantástico?

Ou será que é mesmo tão bom?

Aquela coisa viciante que costumava nos atrair está de volta com força total e compensando o tempo perdido. Há algo irresistível em cada beijo e parei de tentar me desvencilhar.

Mas ontem à noite foi o melhor sexo até agora. Kassim está acampando com a família de Jamal. Deja foi dormir na casa de Lupe. De fininho, parei o carro na garagem e passei a noite ali. Não estávamos com pressa e pudemos desfrutar do tempo, não apenas com sexo selvagem. Cozinhamos juntos. Abrimos uma garrafa de vinho. Conversamos durante o jantar à luz de velas. Me senti num encontro, e esse é um comportamento traiçoeiro a que preciso ficar atento.

Eu observava a rotina noturna de Yasmen. Era algo que eu adorava fazer. Ela amarrava um lenço com estampa chamativa para cobrir o cabelo, lavava o rosto e seguia o passo a passo para cuidar da pele. Todos esses rituais eram realizados usando uma camisola rendada transparente, que deixava entrever um sutiã que mal conseguira conter os seios e os mamilos escuros e salientes. Também era possível vislumbrar o traseiro roliço e as longas pernas através das fendas até os quadris. Quando ela se deitava na cama ao meu lado, o meu pau já estava na vertical.

Entre a lembrança da noite passada e essa ereção matinal, estou mais uma vez excitado e deixo que Yasmen saiba, pressionando-a por trás.

— Uau — ela murmura com uma voz rouca e sexy, com um toque de humor. — Bom dia para você também.

— Vamos transar — sussurro junto à pele sedosa do seu pescoço, deslizando a mão do seu quadril até alcançar o seu seio nu. Quando belisco o seu mamilo com o polegar, Yasmen fica com a respiração entrecortada e requebra os seus quadris em mim.

— Então venha pegar.

Fale menos.

Eu me apoio no cotovelo e mudo Yasmen de posição com cuidado para deixá-la deitada de costas. A luz do sol ilumina o seu rosto com uma tonalidade âmbar e faz com que os cílios projetem sombras em suas bochechas. Sua boca está extravagante, com contornos bem definidos e o lábio inferior úmido e um pouco inchado porque não consigo parar de beijá-la depois que começo. A barba rala do meu queixo deixou marcas leves em sua clavícula e na curvatura dos seus ombros. Afasto o lençol, procurando por outras evidências de que a reivindiquei na noite passada. Yasmen quis uma transa intensa e vigorosa e eu dei a ela. Foi selvagem, mas também delicada; bruta, mas também apropriada. Bastante apropriada.

— Você vai ficar olhando o dia todo? — Yasmen pergunta, estendendo a mão para traçar a minha sobrancelha com o polegar. — Ou vai fazer algo a respeito?

Então, percorro o seu peito com um dedo, atravesso o seu abdome e termino entre as suas pernas. Depois de separá-las, acaricio o seu clitóris. Deslizo um dedo dentro da sua fenda, que está quente e escorregadia. Dou-lhe outro dedo. Ela lambe os lábios e requebra os quadris, me incitando a ir ainda mais fundo. Com a outra mão, massageio a parte de baixo do seu seio e, em seguida, despacho a mão numa jornada lenta por seu tórax. Após levar a boca até um dos seus seios, estabeleço um ritmo de lamber e sugar que a faz se esfregar em minha mão.

— Que tesão, Si!

Não consigo parar de ver o desfrute do seu prazer. A forma como o seu belo rosto relaxa, e ela morde o lábio, e, às vezes, quando está muito bom, uma lágrima pode acabar rolando pelo rosto. Às vezes, gostaria de poder chorar com a mesma facilidade. Essa é uma liberação que não experimento há anos. Ter isso de novo, quando achei que nunca mais teríamos: sim, é quente, e frenético, e selvagem.

Mas também parece um presente.

Não consigo deixar de me perguntar... quando este presente será tirado de mim?

É como se ela fosse minha de novo e eu não sei o que fazer com isso. Não deveria confiar nisso. Eu me sinto como se pertencesse a ela? Será que Yasmen está com tesão pra caramba? Porque eu estou, e não faço ideia de para onde isto está indo ou como vai acabar, exceto que vou acabar destroçado, como fiquei quando ela me deixou da primeira vez.

Yasmen faz barulho ao gozar. Ela agarra o meu pulso, requebra os quadris, abre as pernas quando acaricio o seu clítoris com o polegar em movimentos rápidos que a levam ao clímax. Fico fascinado ao observá-la, querendo prolongar o momento o máximo possível, apesar da urgência do meu próprio corpo. Sua risada é rouca, e o seu peito arfa com o último suspiro do seu orgasmo.

— O que você está olhando? — ela pergunta.

— Você.

Retiro os dedos e pincelo a pele sedosa na parte interna da sua coxa com a sua essência.

— Não fique olhando tão de perto. — Yasmen dá uma risadinha e puxa o lençol para se cobrir. — A luz do dia é cruel.

— Você continua linda como sempre. — Afasto o lençol, voltando a expor o seu longo e curvilíneo corpo.

— Você está vendo as gordurinhas e estrias, não está? — Ela sorri. É a mistura perfeita de confiança e modéstia que ela sempre teve.

— Sabe o que eu vejo? — pergunto, beijando entre os seus seios e descendo até o abdome.

Yasmen me observa através dos cílios, segurando a minha cabeça e acariciando a minha nuca.

— O quê?

Beijo o seu quadril e roço os lábios sobre as marcas semelhantes a anéis de Saturno deixadas em sua pele pela primeira gravidez.

— Eu vejo a Deja.

Lambo os raios de sol concêntricos ao redor do seu umbigo.

— Eu vejo o Kassim.

Acaricio a cicatriz da cesariana levemente elevada estendida entre os seus ossos pélvicos.

— Eu vejo o Henry.

Ao levantar os olhos, o olhar de Yasmen está sério, um pouco triste, mas ainda ardente ao me ver reverenciá-la.

— Esse corpo me deu os meus filhos — afirmo, deslizando para baixo para erguer e apoiar os seus joelhos sobre os meus ombros. — E será sempre muito bonito para mim.

Levo a boca à sua abertura, me perdendo em seu sabor. Sinto a umidade em meus lábios e agarro o seu traseiro para aproximá-la. Yasmen é um luxo ao qual não consigo resistir em apenas saborear. Eu sugo, sem refinamento e sem civilidade, em minha necessidade de obter o máximo que puder.

— Meu Deus, Si! — Suas mãos envolvem a minha cabeça e me instiga a me aproximar. — Eu já gozei, querido.

— Goze de novo — peço e dou uma risadinha, sugando-a com força, agarrando as suas coxas, dividido entre passar toda a manhã aqui, agradando-a e penetrá-la de imediato para satisfazer a mim mesmo.

Quando Yasmen está exausta e relaxada, já sem o lenço da cabeça, volto a beijá-la, desta vez começando pelo seu abdome e terminando em sua boca. Eu a alimento com o sabor do seu próprio prazer. Ela abre a boca com avidez, suga a minha língua para dentro, crava as unhas em meu traseiro, incita os meus quadris entre as suas pernas e estende a mão entre nós para me puxar.

— Quero você por cima — murmuro com a boca junto da dela e mudo de posição até ficar deitado de costas na cama. Em seguida, puxo-a para ela se sentar sobre os meus quadris.

— Você quer é ficar vendo os meus seios balançarem, não é? — Yasmen ri, segurando-os e os juntando porque sabe que isso me deixa louco.

— Você não está errada. Agora pare de brincar.

Yasmen abre as pernas sobre mim, olha nos meus olhos, agarra o meu pau e o direciona para dentro de si. É um canal apertado, quente e escorregadio. Ergo os joelhos em direção às suas costas. Ela pressiona a palma da mão em meu peito e movimenta os quadris, levando o meu pau mais fundo nela.

— Yas — falo entre dentes. — Continue fazendo isso.

Eu me sento, agarro os seus quadris e beijo os seus seios. Yasmen entrelaça os tornozelos na parte inferior das minhas costas, apoia uma das mãos atrás de si sobre a cama e passa a outra em torno da minha nuca. Nossos olhos se encontram, enquanto um turbilhão de desejo nos envolve. Momentos como este são tão bons que chegam a doer. Dói porque são perfeitos e porque precisam acabar; porque são efêmeros, mas inesquecíveis. A sensação dela ficará tatuada em minha pele. Assim como espero que a minha fique na dela.

É assim que rola entre nós.

Eu gozo, agarrando os seus quadris, penetrando-a, inundando-a com uma torrente de calor e êxtase, que me deixa exaurido e ofegante. Seu cabelo está por toda parte, caído sobre os seus ombros e grudado em seu rosto. Yasmen passa os dedos pelo meu peito e traça os músculos dos meus braços.

— Você parece cada dia melhor, não é? — ela pergunta, e um sorriso discreto curva seus lábios.

— Estou tentando. — Dou uma risada, deslizando as mãos pela superfície lisa das suas costas e apertando o seu traseiro.

Yasmen acaricia a barba rala do meu queixo e traça as maçãs do meu rosto.

— Vou sentir a sua falta quando você estiver em Charlotte.

— Nem me lembre disso. Pelo menos, será uma viagem rápida. Na terça-feira, estou de volta. — Me ergo para me sentar mais ereto, encostando os ombros na cabeceira da cama com Yasmen ainda sentada de pernas abertas em meu colo. — Você não quer mesmo vir comigo?

Nós dois sabemos que ela não pode. As crianças têm aula, e Yasmen tem compromissos com a Associação de Skyland.

— Você e Harvey dão conta. — Ela se inclina para frente e beija o meu rosto. — Mande lembranças minhas para o Ken e a Merry.

— De certa forma, parece que estamos fechando um ciclo, não é? Expandindo o negócio para Charlotte do jeito que queríamos anos atrás.

Yasmen se afasta um pouco para me observar melhor, porque a expansão do negócio não é a única coisa à qual retornamos. Nós voltamos um para o outro. Não com alianças, e votos, e promessas. Tais coisas se mostraram frágeis, mas voltamos a isto: à paixão que só encontramos juntos. Ao ardor dos nossos corpos. À marca deixada pelo calor em nossa pele. Toda vez que estou na cama com ela, parece que deixo partes de mim nos lençóis. Não é o que deveria ser, mas não sei como resistir à atração profunda e volátil que sempre nos une de maneira inexorável.

— Enquanto você estiver fora, vou dar uma passada no restaurante para ver como andam as coisas — ela diz.

— Relaxa. Você já tem muita coisa para se preocupar. Anthony e Vash dão conta.

Uma ruga se estende entre suas sobrancelhas, seu sorriso desaparece, com os lábios apertados. Entrelaço os nossos dedos sobre o meu peito.

— O que foi?

— Nada. — Ela olha para as nossas mãos entrelaçadas e faz um gesto negativo com a cabeça.

— Yas.

Yasmen fecha os olhos e morde o lábio.

— Eu não gosto de pensar em você deste jeito com ela.

Caramba. Eu não esperava por isso.

— Você quer dizer com a...

— Vashti. — Yasmen abre os olhos, que estão turvos de emoção. — Eu entendo que não tenho o direito de me sentir desta maneira. Nós não estávamos juntos. Somos divorciados. Eu entendo, mas pensar em vocês juntos me deixa um pouco louca.

— Sinto muito — digo com um nó na garganta.

— Você não tem do que se desculpar. Você não fez nada de errado.

— Eu sei, mas lamento que isso faça você sofrer. — Sufoco uma risada. — Se serve de consolo, eu quase pirei quando vi você beijar o Mark no seu primeiro encontro.

Ela arregala os olhos para mim.

— Como você... viu?

— Vi pela câmera de segurança. Da cozinha.

Por um instante, Yasmen examina meu rosto e olha para baixo.

— Nada mais aconteceu com ele. Ele era... — Ela dá de ombros. — Acho que eu só precisava sentir que também estava seguindo em frente, já que você estava, mas nunca cogitei em ter algo mais sério com ele.

Tento acalmar um pouco os meus pensamentos selvagens.

— Você quer me perguntar algo a respeito do meu relacionamento com a Vashti? — Aperto os seus dedos para ela voltar a olhar para mim. — Pode perguntar.

— Você a amava?

Sua pergunta é instantânea, como se brotasse de uma curiosidade mórbida. Ela não está querendo saber se o sexo foi bom ou como éramos como casal. Tampouco está pedindo para eu fazer comparações, o que eu não seria capaz de fazer. Ninguém jamais se comparou a Yasmen. E estou supondo que ninguém jamais vai se comparar.

— Não. — Posso dar isso a ela. — Desde o início, eu disse para ela que era a minha primeira tentativa de namoro desde o nosso divórcio, e que eu não estava pronto para algo muito sério.

— Você poderia? Tipo, ter amado ela?

Talvez se eu nunca tivesse tido você.

Não digo isso em voz alta, mas, sem dúvida, Yasmen sabe que acabou com qualquer chance de eu me relacionar com alguma outra mulher.

— Acho que não — acabo dizendo. — Não foi... assim. Nada nunca foi assim.

— Não. — Yasmen faz que não com a cabeça, passa o polegar pela minha boca, e seus olhos estão possessivos. — Nada nunca foi assim.

Nós nos encaramos, absorvendo o resplendor crepuscular após a nossa sessão de amor, assim como saboreando a entrega dos nossos corpos e a verdade nua e crua das nossas palavras. Nós dois sabemos que isso foi muito além da coisa sem compromisso que achei que poderíamos manter. Meu Deus, fui um idiota em acreditar que qualquer coisa com Yasmen poderia ser domada.

Um barulho no andar de baixo quebra o silêncio. A porta da frente se abre e passos ecoam no vestíbulo.

— Merda! — Yasmen exclama, arregalando os olhos e entrando em pânico.

Às pressas, ela sai de cima de mim e cai no chão completamente nua, mas agarrando os lençóis. Eu pulo da cama, pego a minha calça e a visto o mais rápido possível. Passos ressoam na escada e a voz de Deja nos alcança alguns momentos antes de ela chegar.

— Mãe! Sou eu — ela grita. — Lupe ficou doente, então voltei para casa. Não tomei o café da manhã. Estou morrendo de fome.

Estávamos sozinhos, então nem nos demos ao trabalho de fechar a porta do quarto. Minha filha está parada ali, paralisada no lugar, com olhos arregalados, disparando entre mim — sem camisa, com o zíper da calça fechada, mas não abotoada, e o sinto frouxo ao redor da cintura — e Yasmen — envolvida em uma toga de lençóis amarrotados e com chupões reais e aparentes no topo do vale entre seus seios e espalhados ao longo de seu pescoço e ombros.

— Pai? — Deja fala com o tom subindo uma oitava. — Mãe? Ai, meu Deus!

— Day — digo, surpreso com a serenidade da minha voz. — Feche a porta.

— Mas vocês...

— Espere por nós lá embaixo — afirmo e lhe dou um olhar que não tolera contestação e indico a porta com um aceno de cabeça. — Feche a porta.

Deja faz careta, com indignação ou alguma outra emoção intensa antes de bater a porta.

Eu me aproximo de Yas, seguro o seu rosto e levanto o seu queixo com o polegar.

— Está tudo bem.

— Não está. — Yasmen apoia a cabeça em meu peito e deixa escapar um longo suspiro. — Você viu a cara dela? Não é nada bom.

— Vista-se. — Pego a minha camiseta no chão e a coloco pela cabeça. — Eu vou falar com ela.

— Mas...

— Não estamos fazendo nada de errado, querida. — Me inclino para baixo para deixar os nossos olhos no mesmo nível. — Não era o modo que queríamos que ela descobrisse, mas é o que é. Vamos conversar com ela. Eu gostaria de ter tido mais tempo antes de termos essa conversa, mas se nós estamos juntos, isso era inevitável.

Nós estamos juntos.

Yasmen ergue a cabeça e algo derrete em seus olhos como reação às minhas palavras.

Dou um beijo rápido em seus lábios e um tapinha em seu traseiro, esperando aliviar um pouco da tensão.

— Desça quando você estiver pronta.

Quando entro na cozinha, Deja está revirando a despensa. Segurando uma caixa de cereal, ela olha por cima do ombro. Durante algum tempo, ficamos nos encarando, dando a impressão de que a tensão ficará insuportável se um de nós não falar.

— Está com fome? — pergunto, indicando a caixa de cereal com a cabeça.

— Lupe ficou doente — ela volta a explicar às pressas em vez de responder a minha pergunta. — Aí voltei para casa mais cedo. São só alguns quarteirões. Eu não liguei, porque...

Porque Deja não esperava voltar para casa e encontrar os seus pais divorciados na cama juntos.

— Tudo bem — digo e adentro na cozinha, sentindo o piso de madeira frio sob os pés descalços. — Panquecas?

Pelo visto, aproveitando a deixa da serenidade sobrenatural que encontrei sabe-se lá de onde, Deja responde:

— Com mirtilos? — Ela recoloca a caixa de cereal na prateleira e pega uma caixa com mistura para panqueca.

— Será que temos? — Abro a geladeira, verifico o gavetão de frutas e legumes e vejo um recipiente meio cheio de mirtilos. — Você está com sorte.

Deja deixa a caixa com mistura para panqueca na bancada e estende a mão para pegar uma tigela de vidro transparente. Em silêncio, junto os ingredientes, sentindo o seu olhar em mim. Dedico um tempo para pôr as ideias em ordem, enquanto Deja se senta na banqueta junto à ilha, apoiando os cotovelos na superfície de granito.

— Sinto muito que você tenha descoberto desse jeito — digo, tirando os olhos dos ingredientes que estou misturando na tigela. — Sobre a sua mãe e eu. Em algum momento, a gente contaria para você.

— Quando? — ela exige, erguendo as sobrancelhas. — E por quê? Por que isso está acontecendo? Há quanto tempo isso vem acontecendo? Vocês estão planejando...

— Me deixe ser bem claro sobre uma coisa, Deja Marie. — Empurro a tigela para o lado, encaro-a e cruzo os braços. — A sua mãe e eu não devemos explicações a você, mas vou responder algumas perguntas suas, porque eu te amo e quero ser o mais franco possível com você.

— Mas, pai...

— Este é um assunto de adultos. É o nosso assunto. Não contamos para você, porque não temos a obrigação de fazer isso. — Paro de falar para deixar que seja assimilado antes de continuar: — E nós sabemos que você e o seu irmão enfrentaram muitas mudanças. Não queríamos confundir vocês sem necessidade quando isto entre a sua mãe e mim é...

Deixo de completar a frase, porque não sei o que é isso que Yas e eu estamos fazendo. Yasmen não sai da minha cabeça. Quero estar com ela o tempo todo. Acho que ela se sente da mesma maneira. É tão bom quanto nos velhos tempos. Não, é melhor, mas sem as palavras que sancionavam os sentimentos envolvidos. Confirmavam o compromisso. Porém, percebi, assim que Deja entrou no quarto e nos descobriu, que eu não estava disposto a desistir. Não vou abrir mão de Yasmen. Estou disposto a suportar a indignidade de ter esta maldita conversa com a minha filha de quatorze anos para manter Yas enquanto isso durar.

— Vocês vão se casar de novo?

— Não é disso que se trata. — Não posso correr esse risco.

— Eu não entendo. — Deja faz um gesto negativo com a cabeça. — Por que você iria querer ela depois do que ela fez? Depois do que ela disse?

— O que ela disse? — pergunto, enfatizando a última palavra. — Quando?

— Eu a ouvi, papai. — A raiva incendeia seus olhos, tão parecidos com os de Yasmen. Seus lábios se estreitam com desdém juvenil. — No quarto do Henry, ela pediu o divórcio. Ela disse que não aguentava mais. Você implorou para que ela não fizesse isso, mas ela fez. Ela fez tudo isso com a gente.

As lágrimas rolam pelo rosto de Deja. A raiva provoca manchas em sua tez clara, deixando a ponta do seu nariz avermelhada e apertando os cantos dos seus olhos.

— Ela não te merece! É tudo culpa dela! Só dela!

Um suspiro vindo da porta da cozinha chama a nossa atenção. Yasmen está ali, com a desolação estampada no rosto.

40

YASMEN

É tudo culpa dela.

Cada demônio que tenho tentado exorcizar grita para mim por meio da voz da minha filha. Estou chocada que ela tenha me ouvido por acaso em um dos meus momentos de maior fragilidade, em um dos meus piores dias. Qual é de fato a utilidade de me perdoar se as pessoas que eu mais amo nunca irão perdoar? Mas ao olhar para a minha filha, com a sua expressão contorcida pela raiva e pelo sofrimento, percebo que a sua raiva é como um tapete que esconde a dor. Isso costumava acontecer comigo também, e sei que uma briga não vai curar essa dor. Quero paz para ela ainda mais do que quero para mim mesma.

— Deja — digo, me esforçando para não tremer a voz. — Sinto muito que você tenha ouvido isso. Não era a nossa intenção.

— Você queria que todos pensassem que o responsável foi o papai — ela retruca. — Quando ele ainda amava você. Ele queria manter a nossa família unida. Mas foi você, mãe.

— Não importa quem começou isso — Josiah diz com suavidade, mas firme. — O nosso casamento não estava mais dando certo. Então, nós nos divorciamos. Isso é tudo de que você precisa saber.

— Você ficou protegendo ela — Deja afirma.

— Não, eu... — Josiah franze a testa.

— Sim, ele ficou — digo, olhando para ele e deixando todo o amor que ainda não manifestei encher os meus olhos de lágrimas novamente. — Ele não queria que você me culpasse.

— Eu não queria que eles culpassem você — Josiah concorda. — Mas, na época, eu também culpei você. O Dr. Musa me ajudou a entender que o que eu fiz não foi muito diferente. Você não conseguia se mover e eu não conseguia parar de me mover, mas nenhum de nós estava lidando com o nosso luto de maneira saudável. O que deu errado também foi minha culpa.

— Quanta bobagem — Deja retruca.

— Cuidado com o que você fala! — Pai e filha se encaram em um silêncio tenso após a grosseria proferida por ela.

— Não sou mais criança. — Deja cruza os braços. — Quer que eu finja que sou? Finja que eu não xingo? Finja que não sei o que aconteceu entre vocês de verdade?

— O que aconteceu foi que Byrd morreu e Henry morreu, e eu desabei e não conseguia descobrir como me recuperar — digo. — Naquele período da minha vida, toda decisão que tomei foi através da perspectiva da minha depressão. Se pudesse voltar atrás, eu voltaria. Mas não sei o que mudaria, porque era assim que eu era. Foi assim que eu lidei.

Solto um bufo sem humor disfarçado de risada.

— Ou não lidei. O seu pai e eu ficávamos brigando o tempo todo. Eu mal conseguia sair da cama na maioria dos dias. Tudo doía demais. Eu não era capaz de fazer a dor parar. Você e o seu irmão me deram forças para seguir em frente. Mas foi difícil.

— Eu me lembro... — Deja começa a dizer e abaixa os olhos. — Eu me lembro de ver lágrimas no seu rosto quando você buscava a gente na escola, e de ouvir você chorar no seu quarto através da parede.

O silêncio toma conta da cozinha, mas os demônios sussurram que eu falhei em relação aos meus filhos ao deixá-los me ver dessa maneira. As heras envenenadas da condenação se enroscam ao redor do meu coração e apertam, sem mostrar piedade mesmo quando não consigo respirar.

— Me lembro de você e do papai gritando — Deja prossegue, com os olhos fixos no chão. — De vez em quando, vocês iam para a garagem e tentavam esconder isso da gente.

— Kassim disse que ele se refugiava no seu quarto quando ouvia a gente brigando — Josiah diz.

— Sim — Deja confirma. — A gente sabia que algo estava errado, mas eu não achava que vocês fossem se separar. — Ela ergue o olhar para mim. — Então, ouvi vocês discutindo naquela noite e soube que ia acontecer porque ela queria.

Engulo a emoção ardente e pigarreio.

— Você tem razão, Day. As minhas atitudes foram o ponto de partida do divórcio. Não posso mudar o que aconteceu ou como reagi. Então, estou pedindo para você me perdoar pelos meus erros.

— Então você acha que se divorciar do papai foi um erro? — Deja pergunta.

Nunca me senti tão exposta como agora, sob a luz inclemente que entra pela janela da cozinha. Com os pés descalços sob o olhar atento da minha filha. Com a respiração contida entre a sua pergunta e a resposta que revelará a Josiah a verdade dolorosa escondida em meu coração.

— Day — Josiah diz. — Ela não...

— Sim — interrompo, me forçando a encontrar os olhos dela e não os dele, que sinto direcionados a mim. — Acho que foi um erro.

Adentro mais na cozinha e fico bem na frente de Deja, sem tocá-la, mas continuando a olhá-la bem nos olhos, rezando para que ela veja a minha sinceridade e o meu arrependimento.

— As pessoas não se tornam perfeitas quando se tornam pais — digo a ela. — Na verdade, a maternidade e a paternidade nos dão mais chances de estragar as coisas, pois fazemos apostas mais altas. Todos nós cometemos erros. Às vezes, temos que conviver com isso pelo resto da vida. Não posso prometer que não vou errar, mas prometo que vou amar você mesmo quando você errar. Incondicionalmente. Isso significa que mesmo que você não consiga encontrar em seu coração a capacidade de me perdoar, mesmo que você me odeie...

— Eu não odeio você — Deja interrompe, baixinho, olhando para o chão.

— Isso significa que eu vou sempre amar você, aconteça o que acontecer. E podemos seguir em frente assim, sem nos entendermos, você pode guardar rancor de mim e eu fico sem entender você.

Ergo o queixo de Deja com um dedo, esperando que os seus olhos cheios de lágrimas encontrem os meus.

— Ou podemos decidir hoje que queremos outra coisa. Podemos decidir que já perdemos o suficiente para desperdiçar outro dia. Eu perdi a Byrd. Eu perdi o Henry. — Lágrimas rolam pelo meu rosto e a minha voz falha. — Eu não quero perder você também, Day.

Deja pode me rejeitar, mas estou disposta a correr esse risco. Continuarei arriscando para reconquistar a sua confiança. Para ganhar uma segunda chance. Sabendo que ela pode simplesmente me desprezar e virar as costas, eu estendo os braços. Trêmulos. Por um instante arriscado, acho que Deja vai me rejeitar por puro despeito, para me magoar da mesma maneira que as minhas ações a magoaram. Mas ela não vira as costas.

Deja se aproxima de mim, com o rosto contorcido e as lágrimas rolando. Eu a abraço e ela descansa o rosto em meu pescoço. O muro que Deja ergueu entre nós por tanto tempo começa a desmoronar. Como uma barragem rachada, a emoção irrompe em jorros. Eu também choro, mas são lágrimas mais de alívio do que de qualquer outra coisa. O fato é que, após tanto tempo de comentários maldosos e silêncios gélidos, tenho algo real com a minha filha, mesmo que sejam as suas lágrimas.

41

YASMEN

— Cancelaram as aulas! — Kassim corre pela casa, dando a notícia. — Mãe, não tem aula!

Me aproximo da janela do quarto e observo a neve caindo sem parar. Otis, aqui conosco enquanto Josiah está em Charlotte, boceja aos pés da minha cama.

— Basta uma quantidade mínima de neve para que cancelem as aulas aqui na Geórgia — digo. — Ou mesmo a ameaça de neve.

— Não vou reclamar — Deja diz, entrando em meu quarto, ainda de pijama, e vindo ficar ao meu lado junto à janela. Houve momentos embaraçosos desde que ela pegou Josiah e eu juntos no domingo. Acho que ninguém se esquece da imagem dos pais transando. Não que ela tenha de fato visto a transa, mas foi por pouco. Alguns minutos antes, e Deja teria visto a sua mãe cavalgando o seu pai, como se estivesse numa montanha-russa.

Mesmo a água sanitária da minha mãe não conseguiria remover isso da mente dela.

Porém, entre esses momentos embaraçosos, houve uma atenuação, um relaxamento. Não espero que Deja esqueça de um dia para o outro o que ela ouviu quando Josiah e eu discutimos nem a raiva que ela sentiu por causa disso, mas parece que ela está tentando. Parece que ela me ouviu, acreditou em mim quando eu disse que queria que as coisas ficassem bem entre nós, e estou disposta a me empenhar nisso.

— O que você quer fazer hoje? — pergunto para ela.
— Comer? Ver TV? Fazer uma maratona de uma série?
— Que série?
— A Different World? Já ouvi falar, mas nunca vi.
— Como você nunca viu? É uma das minhas séries favoritas de todos os tempos. — Hesito e olho para ela de lado. — Vamos assistir... juntas?

Deja se vira para me olhar, com a expressão um tanto reservada, mas não descontente.

— Claro, mas podemos tomar o café da manhã antes?
— Oba! Café da manhã! — Kassim diz na entrada do quarto, nos espiando através das fendas de um capacete do Capitão América. — Podemos fazer aquelas panquecas de batata-doce que o papai fazia?

Deja e eu nos entreolhamos rápido. Dissemos a Deja que explicaríamos o nosso "acordo" para Kassim após a volta de Josiah de Charlotte. Não estou muito ansiosa por isso.

— Não garanto que vão ficar iguais às do seu pai — digo a Kassim. — Mas vou tentar.

As panquecas não ficam tão boas quanto às de Josiah, mas também não ficam ruins. Ficam alguns níveis acima do meramente comestível. Kassim come quatro. Então, considero isso uma vitória. Após o café da manhã, com neve ainda caindo lá fora, Deja e eu nos aconchegamos em minha cama e ligamos a televisão. A maratona da série começa e nos perdemos durante horas no campus da Universidade de Hillman.

— Foi assim para você e para o papai? — Deja pergunta, enfiando a mão na tigela de pipoca que trouxemos para o quarto. — É assim que as coisas rolam numa universidade com maioria de estudantes negros?

— Isso é uma ficção, é claro, mas sim, é desse jeito. Sem dúvida, se inspirou nas tradições e nas experiências reais como as que eu tive na A&T e o seu pai em Morehouse.

Deja segura um punhado de pipoca, observando os estudantes se reunirem na cantina para comer a comida gordurosa do sr. Gaines e digerir as suas sábias palavras.

— Eu quero isso — ela finalmente diz.

Sinto o meu coração bater mais rápido.

— Você quer dizer ir para a faculdade?
— Não sei. Ainda não tenho certeza se fazer uma faculdade é para mim, mas eu poderia ter isso agora, não é?
— Como assim, agora?
— Eu não quero fazer o ensino médio na Harrington.

Sinto um frio no estômago, interrompo a exibição do episódio e me viro para dedicar toda a minha atenção a Deja.

— A Harrington é uma das melhores escolas da Geórgia.

— É uma escola para branquelos riquinhos. Quero ficar perto de mais pessoas que se pareçam comigo. — Deja aponta para a tela plana presa à parede.

— Não é isso uma das coisas de que você gostava quando estudava numa universidade com uma maioria de estudantes negros?

— Sim, é claro. Não há nada igual, mas você...

Nossa! De repente, me dou conta da ironia. O meu sucesso foi moldado pela minha experiência numa universidade historicamente negra, e eu achando que minha filha só poderia prosperar numa instituição como Harrington.

— Você está falando sério? — pergunto. — Você não quer fazer o ensino médio na Harrington?

— Não.

— Então onde você quer fazer?

— A escola púbica de ensino médio do nosso distrito fica bem perto. Lupe e eu conversamos sobre isso. Ela também vai falar com a mãe dela. Lupe também não quer frequentar uma escola particular no ano que vem.

— Eu quero — Kassim diz na entrada do quarto, segurando um pote de manteiga de amendoim e uma colher. — Eu gosto muito da Harrington.

— Claro que você gosta. — Deja revira os olhos. — Acham que você é a oitava maravilha do mundo.

— O que posso dizer? — Kassim se vangloria. — Eu arraso na parada.

— Tenho certeza de que ser membro de uma equipe de robótica não faz ninguém arrasar na parada — Deja diz.

Nós três rimos, e Kassim se joga na cama com o seu pote de amendoim. Eu me afasto um pouco para que ele possa ocupar um lado e Deja o outro. Recomeçamos a maratona, mas mal sigo o enredo. A satisfação toma conta de mim. Enfiada debaixo deste edredom, sobre esta cama, está o meu mundo inteiro. Eles são as pessoas que mais têm importância para mim.

Só está faltando uma.

— Eu já volto — Deja sussurra, olhando discretamente para Kassim, que adormeceu após dois episódios. — Preciso ir ao banheiro para trocar o absorvente.

— Tudo bem. Vou pausar até você...

Deja está menstruando. Quando foi que eu menstruei? Não tinha que ter sido na semana passada? Faço um cálculo mental e me surpreendo com o fato de que o meu ciclo está atrasado há mais de uma semana e eu nem sequer havia notado. Alguns meses atrás, eu não teria me preocupado. Mas alguns meses atrás, eu não estava transando loucamente com o meu ex-marido.

Atordoada, saio da cama e caminho cambaleante até o closet, onde coloco uma calça jeans e um moletom grosso sobre o pijama. Quando estou vestindo um casacão acolchoado, Deja aparece no closet.

— Aonde você está indo? — ela pergunta, observando as galochas que estou calçando.

— Na farmácia. Preciso comprar uma coisa.

— Agora? As ruas estão congeladas. Você vai de carro?

— Não — respondo e pego um gorro e um cachecol de uma gaveta. — É perto. Vou a pé e volto logo.

— Tudo bem — Deja diz, com um tom de ceticismo evidente na voz. — Se é o que você quer.

— Quero. — Beijo a sua testa por instinto, preparada para que ela se afaste depressa. Mas ela não faz isso, e sim se inclina para mim. Mesmo esta pequena vitória é estimulante. Sei que temos um longo caminho pela frente, mas talvez fique tudo bem.

Gosto do ar gelado que penetra através das camadas de roupas e das rajadas de neve que açoitam o rosto, ajudando a tornar mais vivas as minhas emoções após um longo período de torpor. Minha mente está cheia de ideias e possibilidades. Minha menstruação está atrasada há mais de uma semana. Tomei a injeção anticoncepcional, mas nada é à prova de falhas. E se eu estiver mesmo grávida, por algum acidente improvável, por algum capricho do destino? Meu ginecologista explicou com clareza os riscos. As mulheres que ficam com descolamento placentário têm menos chances de ter uma gravidez bem-sucedida depois. Quando o bebê não sobrevive, a chance de outro descolamento também aumenta. Isso gerou um conflito entre Josiah e mim. Ele queria fazer uma vasectomia, mas eu era contra. Ele queria que eu pensasse na possibilidade de ligar as trompas, mas nunca consegui dar esse passo. E se...

Não consigo concluir o pensamento. Abro a porta da farmácia e cumprimento a jovem atrás da caixa registradora com um sorriso meio forçado. Passo depressa pela seção de produtos de banho, suplementos e fraldas geriátricas. Finalmente, chego à seção do meu interesse.

Com o coração acelerado, observo a fileira de testes de gravidez na prateleira com olhos turvos. Só me dou conta de que estou chorando quando sinto o gosto salgado das lágrimas. Constrangida, puxo o gorro mais para baixo e percorro a loja com o olhar. Por causa do tempo, quase não há ninguém, mas eu já fui aquela mulher que perde o controle em lugares públicos.

É muito difícil de lidar com o luto público. A certa altura, e isso varia de acordo com a pessoa e a circunstância, chega um momento em que você deveria ter "superado" o luto. Um momento em que você deveria ter seguido em frente. E você está bem consciente do fato de que não superou e não pode seguir em frente. Você não quer que os outros vejam as suas lágrimas atrasadas ou percebam a dor que permaneceu mais tempo que o devido. Você protege as pessoas para evitar que elas se sintam constrangidas, porque você ainda está sofrendo.

Quando a fachada sucumbe e você perde o controle, os olhares de compaixão são tão ruins quanto os cheios de desprezo. Conheço bem o gosto residual desses colapsos. Já senti como uma mente transtornada e um espírito profanado podem se tornar uma vulnerabilidade violenta que age contra você.

Agora, há uma guerra civil sendo travada dentro de mim. Sou uma cidade com muralhas desprotegidas e parece que a qualquer momento, tudo pode ser devastado. Se eu estiver grávida, a lista de implicações é enorme. Implicações para a minha saúde, tanto física quanto mental. Após a minha batalha devastadora contra a depressão, posso confiar em meu corpo com esses hormônios? Eu seria capaz de engravidar sem ficar relembrando o bebê que perdi, ainda mais considerando a chance de que isso possa voltar a acontecer? Acredito que sim, mas também sempre achei que eu era invulnerável, mas acabei descobrindo que era frágil como papel machê. A minha felicidade e o meu bem-estar parecem um delicado ecossistema composto de terapia, mecanismos de enfrentamento e uma dosagem exata de medicamentos. Se algo perturbar esse ecossistema, o que aconteceria?

Mas... será que isso é a verdade?

Frágil como papel machê? Ele é facilmente esmagado, mas ainda estou inteira após uma série de perdas debilitantes.

Um delicado ecossistema? Eu construí uma base para a minha saúde mental: hábitos e práticas que me mantêm bem. Se eu me sinto mal, sei o que fazer. Se não consigo resolver por conta própria, agora tenho gente em minha vida que não vai me deixar ficar abatida: a Dra. Abrams, Soledad, Hendrix.

Josiah.

Em pânico, respiro com dificuldade. Josiah deixou bem claro que não quer outro filho. Ele não quer que eu corra o risco de engravidar de novo. Droga, isso não é o que ele queria. Sem dúvida, evoluímos do relacionamento sem compromisso com o qual começamos a nos reconciliar para algo mais sério, mas quem garante que ele vai querer isto? Ele é uma pessoa boa demais para virar as costas para mim, mas querer isto? Querer algo que me liga ainda mais a ele, ainda mais fundo?

Será que Josiah voltaria a morar com a gente se eu estivesse grávida?

Esse pensamento é reconfortante, contrastando com a sensação de frio que remanesceu da minha caminhada na neve. Um desejo ardente derrete o medo glacial em meu coração. Eu quero Josiah em casa. Como pude algum dia pensar que ele pertencia a algum outro lugar?

Uma garota, talvez de dezesseis ou dezessete anos, se aproxima de mim e fica do meu lado. Sem pronunciar uma palavra, ela pega um teste e segue em frente para examinar as vitaminas mais adiante no corredor. Um pouco mais velha do que Deja, ela fez isso como se fosse algo trivial. Quando eu pego o teste, esse gesto parece consolidar duas coisas das quais me recuso a fugir.

Em primeiro lugar, se eu estiver grávida, vou lidar com os riscos, os hormônios e as prescrições médicas. Tenho as ferramentas e sei como usá-las.

Em segundo lugar, quero o meu marido de volta, e quero que ele volte para casa. Sinto saudade dele. Um desejo específico por toque e conexão que, por mais noites só de mulheres e festas que eu frequente, só Josiah consegue satisfazer.

— Não há tempo a perder — murmuro a mim mesma, me apressando em direção ao caixa para pagar e, em seguida, sair mais uma vez para o frio do inverno.

42

JOSIAH

Estou em casa.

Não sei se algum dia parei de pensar na casa da Quadra Um como lar, mas depois de alguns dias sem ver os meus filhos, sem abraçar Yasmen, eles estão aqui. Então, este parece ser o meu lar. Nem sequer me dei ao trabalho de passar pela minha casa primeiro. Vim direto do aeroporto para cá. Ao longo das últimas semanas de encontros clandestinos, me acostumei a não tocar a campainha e entrar sem cerimônia. Mas com as crianças em casa, hesito. Dissemos que contaríamos para Kassim quando eu voltasse de Charlotte, mas o que vamos dizer a ele exatamente?

Mamãe e papai ainda gostam de transar, mas é só isso.

Entendeu? Ótimo.

Isso é mesmo verdade? Será que não passa disso? Eu escondi bem, mas quando Yasmen disse a Deja que o nosso divórcio foi um erro, algo se partiu dentro de mim, me deixando em pedaços. As implicações de ela admitir isso? Tectônicas. Abalando e rachando o chão sob os nossos pés.

Não discutimos o que ela disse. Não passei a noite lá. Mesmo que Deja já soubesse da nossa situação, teria sido estranho ficar no quarto com Yasmen com a nossa filha sob o mesmo teto. Toda a nossa situação parece estar se desenrolando num túnel do tempo, presa entre ciclos. Há vezes que nos sentimos como as pessoas que costumávamos ser. Aquela mesma paixão. Aquela mesma conexão de antes. E outras vezes, parece algo bem diferente, como se fôssemos dois estranhos nos descobrindo. No entanto, isso faz sentido. Eu sou uma pessoa composta de duas vertentes. As coisas do meu passado, que continuam a me moldar, e a pessoa que estou me tornando aos poucos.

Meu dedo ainda paira sobre o botão da campainha quando a porta se abre de repente.

Deja me atende usando um pijama-macacão. Seu sorriso malicioso é perturbador. Cúmplice. Sei lá o que ela ficou sabendo. Ela me flagrou após o ato sexual com a sua mãe. Então, suponho que ela saiba disso.

— O que aconteceu com o "Papai! Papai!"? — pergunto, seco. — Você não costumava gritar e se jogar nos meus braços quando eu voltava de uma viagem?

Ela ergue as sobrancelhas e alarga o sorriso malicioso.

— Parece que os seus braços estavam ocupados da última vez que eu verifiquei.

Espertinha. Como é que ela só tem quatorze anos? O quanto isso vai piorar conforme ela fica mais velha?

Sem dizer nada, passo por ela e entro na casa.

— Como foi em Charlotte? — ela pergunta, fechando a porta e se apoiando nela.

— Foi bom. Muito trabalho para colocar o novo restaurante em funcionamento, mas vai dar tudo certo. — Hesito, dando-lhe um olhar inquiridor. — Vashti vai se mudar para ser a chef de lá.

— Ela quis isso?

— Sim. Vashti pediu, e a Cassie está mais do que preparada para assumir aqui. Estamos procurando um *sous-chef* para ocupar o lugar dela.

— Vou sentir saudade da Vashti.

— Todos nós vamos. Ela tem sido ótima — digo, mantendo o tom neutro e o meu olhar vagueando em direção à escada. — Então, onde está todo mundo?

— Você quer dizer onde está a mamãe? — Deja pergunta, mantendo o sorriso malicioso.

— Kassim não está aqui? — indago, ignorando a sua pergunta.

— Foi ao treino do basquete. A mãe do Jamal vai trazê-lo para casa.

— E o Otis? Onde ele está?

— Na cozinha, dormindo. — Deja revira os olhos. — Esse cachorro preguiçoso está dormindo desde que cheguei em casa.

E a sua mãe?

Eu não faço a pergunta, mas a malandrinha sabe o que eu quero. Em expectativa, Deja inclina a cabeça, sorrindo.

— Você quer saber a respeito de mais alguém? — ela pergunta, de um jeito inocente.

— Sua chata — digo, enlaço-a pelo pescoço e a puxo para lhe dar um cascudo.

— Já estou velha demais para isso — ela grita, mas se inclina para mim em vez de se afastar. — Ela está lá em cima, arrumando o closet ou algo assim.

— Tudo bem. — Olho para Deja, ficando um pouco mais sério. — E como tem sido entre vocês duas desde...

— Desde que fiquei marcada para sempre ao ver você na cama com a minha mãe? — Um prazer perverso se manifesta em seu olhar.

— Não vem com essa. Você não viu nada. — Faço uma careta. — Mas falando sério, como tem sido?

Deja dá de ombros e se inclina mais para perto de mim.

— Tem sido tudo bem. Saímos ontem quando nevou e conversamos. Foi legal.

Vai levar tempo para dar um jeito no que se quebrou entre elas. Droga, vai levar tempo para dar um jeito no que se quebrou entre todos nós.

Beijo o alto da sua cabeça e a solto.

— Vou subir para colocar a sua mãe a par do que rolou na viagem para Charlotte.

— Ah, é assim que você chama isso agora, papai? "Colocá-la a par"? — Deja faz aspas no ar.

Dou uma risada exasperada.

— Você está ficando espertinha demais para a sua idade.

— Eu sei — ela afirma, orgulhosa.

Subo a escada, me forçando a ir devagar sob o olhar fixo da minha filha em minhas costas. Assim que alcanço o patamar, ouço a voz de Yasmen, alta e desafinada, cantando o hino de Hendrix, "Feels Good", de Tony! Toni! Toné!. Entro no quarto, mas o canto à capela vem do closet. Por alguns instantes, me apoio no batente da porta, observando Yasmen de costas para mim, enquanto ela tira roupas dos cabides e as joga num monte no chão. Ela está usando uma calça de ioga preta e um moletom com estampa da Minnie Mouse que comprou na primeira vez que levamos as crianças para a Disney World.

E fones de ouvido.

O que explica o show individual que Yasmen está dando, acompanhada por quadris rebolando e... um aleatório... *crip walk*. Me aproximo de fininho por trás, agarrando-a pela cintura.

— Ai, meu Deus! — ela grita, abanando os braços e com os olhos se arregalando.

Quando Yasmen se vira para mim, sua expressão relaxa. Em seguida, ela tira os fones de ouvido e os coloca numa estante do closet.

— Oi. — Ela estende a mão, acaricia o meu rosto e me dá um beijo intenso e apaixonado. Embora só tenham se passado poucos dias, isto parece ser um reencontro. Não é apenas o beijo. Ultimamente, sempre me sinto sedento. Com sede como se estivesse sem Yasmen há tempos. Porque estive. E tê-la de novo parece frágil. É frágil. Cada beijo, cada toque, cada momento colocado dentro duma redoma de vidro. Preservado, protegido, mas só por uma fina parede de vidro. A nossa conversa no camarim confirmou que o nosso relacionamento é fechado, mas ainda temos saídas fáceis. Assim que um de nós sentir que deve terminar, terminamos. Eu a abraço com força.

Que diabos eu estava pensando quando propus isso?

— Você voltou — ela diz, sorrindo junto aos meus lábios. — Estou feliz.

— Eu também.

Eu me deixo cair sobre o pufe gigante, trazendo-a comigo e a ajeitando em meu colo.

— Senti saudades — ela murmura junto ao meu pescoço, se aninhando em mim.

— Eu também senti saudades — digo e a coloco mais alto em meu colo para que ela sinta o quanto.

— Nossa! — Ela se afasta um pouco, me olha e ri. — Acho que não temos tempo para cuidar disso, meu caro, ainda mais com a sua filha lá embaixo.

— Nem me lembre — reclamo entre os cachos que se espalham ao redor do seu rosto. — Ela não vai deixar a gente esquecer tão cedo o fato de ter pegado a gente no flagra.

— É um preço pequeno a pagar — Yasmen diz. — Por esse pau.

— Você não está facilitando as coisas — digo e a sacudo de leve. — Mude de assunto ou vai rolar e a Deja vai nos chantagear se ela ouvir. Enfie a mão no bolso do meu paletó.

Yasmen ri, se mexe em meu colo, enfia a mão no bolso do paletó, que ainda nem me dei ao trabalho de tirar, e tira um saco de musselina amarrado com um cordão dourado. Depois de espiar dentro, ela abre um sorriso largo.

— Você me trouxe uma pera — ela diz. A julgar pela maneira como ela sorri, poderia muito bem ser uma pulseira cravejada de diamantes. — É da pereira da Merry e do Ken?

— É. — Dou um beijo atrás da sua orelha. — Lembro de você dizer que eram as melhores que já tinha experimentado, aí eu...

— Obrigada. — Yasmen se inclina e captura o meu lábio inferior entre os dela, mantendo o olhar fixo em mim. Engulo em seco e seguro os seus quadris, gemendo quando ela começa a se esfregar em mim. Estou louco por ela, mas Deja lá embaixo é uma grande empata-foda.

— Como eles estão? — ela pergunta.

— Bem. Disseram que você tem que ir comigo no mês que vem quando eu voltar. — Faço uma pausa. — A Vashti deve querer ir em breve para conhecer o espaço e começar a se familiarizar com tudo.

A seu favor, Yasmen nem sequer fica tensa em meus braços.

— Faz sentido. Ela deveria ir.

— Então, o que aconteceu por aqui enquanto eu estava em Charlotte?

Desta vez, Yasmen fica tensa. Por alguns instantes, fica olhando para mim como se estivesse ponderando as palavras. Ela prende um canto do lábio inferior entre os dentes e inspira fundo.

— Ei, o que foi? — Franzo a testa. — O que aconteceu?

— Tive uma experiência meio estranha, acho. — Ela abaixa os cílios e junta as mãos.

Eu a tiro do meu colo e a coloco no pufe ao lado para poder analisar melhor a sua expressão. Erguendo o seu queixo, examino o seu rosto.

— O que aconteceu?

— Me dei conta de que a minha menstruação estava atrasada havia mais de uma semana — ela diz isso tão baixinho que me atinge com a força sônica de um lançamento de foguete.

— A sua... o quê? — Fico atordoado. Confuso.

Assustado.

Meu coração dispara e a pulsação ruge nos meus ouvidos. Eu queria fazer uma vasectomia quando o médico nos alertou sobre os riscos. Yasmen me implorou para não fazer. E como o seu luto foi tão profundo, não insisti. Agora, acho que eu deveria ter insistido.

— Como assim... mas você não está...

— Tenho tomado injeção anticoncepcional, sim. Eu não estou grávida. Só achei que... estando atrasada, eu tinha que ter certeza. Na verdade, a minha menstruação começou ontem à noite.

O ar sai às pressas do meu peito, o alívio faz meus ombros relaxarem.

— Caramba, amor. Você quase me matou.

Ela dá um sorriso leve, lambe os lábios e fixa o olhar nas mãos em seu colo.

— Sei que é melhor assim. Não ter engravidado. Mas naqueles poucos minutos entre fazer o teste e o resultado negativo aparecer, fiquei... — Yasmen olha para mim com a incerteza por todo o seu rosto, nos olhos. — Fiquei esperançosa. Eu quero isso, Si. Muito.

Fico calado, sem saber o que responder. Isto — ter mais filhos — foi um impasse ao qual nunca chegamos a um acordo.

— Isso me fez perceber — ela continua com um tom cuidadoso, ponderado. — Quero dizer... eu sabia disso... sempre soube, mas me lembrou do quanto eu quero ter mais filhos.

A tensão toma conta dos meus ombros, enrijecendo os músculos das minhas costas e fazendo os meus punhos se cerrarem sobre os meus joelhos.

— Com você. — Seu olhar é firme e agora seguro. — Eu quero ter mais filhos com você.

Suas palavras caem sobre mim como se fossem tijolos, e tenho que me forçar a ficar de pé sob o peso deles. Caminho até a parte de trás do closet, passando a mão na boca. Encaro as estantes de sapatos e bolsas em vez de encará-la.

— Eu sei o que o médico disse — ela continua. — Não estou dizendo que tenho que engravidar. Adotar? Acolher?

— Você não estava disposta a isso antes.

— Eu queria um substituto para o Henry, esperando que ajudasse a aliviar um pouco a dor. Achei que precisava disso, e qualquer coisa que você dissesse em contrário parecia que você simplesmente não entendia, mas agora estou disposta. — Yasmen toca meu ombro, e eu me viro para encará-la. — Na verdade, não se trata de termos mais filhos — ela diz. — Se trata de construirmos uma vida juntos... de novo.

— Não é o que combinamos — lembro em voz baixa. — Dissemos que não era uma reconciliação.

— Não sei mais o que estamos fazendo. — Ela deixa escapar uma risada, seus olhos me examinam. Morde o lábio da maneira que sempre antecede algo que ela hesita em dizer em voz alta. — Mas não precisamos casar de novo para você voltar para casa.

Casa.

A palavra tira uma risada seca de mim. Esfrego a nuca com a mão e a observo com incredulidade.

— Casa? — pergunto com um tom de voz sarcástico. — Esta casa? De onde você me expulsou?

Yasmen se retrai, como se as minhas palavras fossem um tapa em seu rosto. De certa forma, acho que são, mas não vou retirar o que disse.

— Eu mereço isso — ela afirma, com a voz sem energia, mas ainda marcada pela dor.

— Não se trata de você merecer alguma coisa, Yas — digo, inclino a cabeça para trás e olho o teto do closet. — Não quero fazer você se sentir mal, mas é a verdade. Eu fui embora desta casa, porque você me disse para eu fazer isso. Nós nos divorciamos porque você quis. Eu não queria, mas me conformei. Agora que estamos transando, você quer usar uma varinha mágica que apaga tudo isso só porque o seu útero está se agitando?

— Não é isso.

— Não? — Enfio as mãos nos bolsos. — Não funciona desse jeito. Você me mandou embora. Não basta eu voltar para casa para resolvermos a nossa situação. Não é tão simples assim.

Mesmo quando digo isso, não posso negar que vim direto para cá do aeroporto, porque mal podia esperar para ver Yasmen e as crianças. Como a palavra "casa" pulsou dentro de mim durante toda a viagem até aqui. Como, para ser sincero, é aqui que eu quero estar mais do que em qualquer outro lugar. Sempre foi. Um ano atrás, eu teria vendido a minha alma para ouvi-la dizer essas coisas. Então, o que está me segurando?

— Pode ser simples assim. — Piscando depressa, ela engole em seco e move os músculos da garganta. — Até certo ponto, me dei conta de que cometi um erro assim que você foi embora. De certa forma, mesmo que estivéssemos brigando o tempo todo, eu ainda queria você aqui.

— É, tá bom.

Yasmen se dirige com passos largos até uma fileira de gavetas na parede mais distante do closet e abre a de baixo, tirando um par de tênis. Ela os joga no chão como um desafio.

— São os meus... — começo a falar, processando a evidência diante dos meus olhos. São os tênis Air Jordan OG UNC que procurei durante meses. — Você os encontrou?

— Eu os escondi.

— Então você mentiu para mim quando eu perguntei sobre eles?

— Com certeza mentir para você a respeito de um par de tênis ocupa um lugar menor na lista de erros que cometi.

— Por que mentir sobre isso? Por que escondê-los para começo de conversa?

— Não faço ideia. — Ela dá de ombros. — Foi algo instintivo. Eu simplesmente... escondi. Acho que eu precisava manter uma parte de você aqui comigo.

— Uma parte de mim? — Deixo escapar uma risada de escárnio. — Manter uma parte de mim aqui? Tudo de mim estava aqui, Yas. Os meus filhos, a casa que construímos, a nossa vida juntos. A minha mulher.

Aponto através das paredes na direção da casa de Byrd.

— O homem que morava a duas ruas daqui? Aquele homem era apenas uma casca. Tudo o que importava ainda estava aqui. Você me exilou. Então, não me venha com essa sobre guardar partes de mim. Você tinha tudo. Você assumiu a guarda de toda a nossa vida. E você joga um par de tênis para mim como se fosse a prova de que você ainda me queria?

— Você acha que preciso que você me diga outra vez o quanto eu ferrei as coisas? Sei muito bem que é minha culpa estarmos nesta situação. É minha culpa que a Deja guarde ressentimento de mim. É minha culpa que o Seem esteja fazendo terapia.

— Você sabe que os problemas de Seem não se resumem ao divórcio. Ele sente medo da morte. Perder tanta gente tão jovem, eu entendo isso. É normal sentir essas coisas. Só na terapia eu percebi que o que não é saudável é se recusar a lidar com elas.

Encontro seus olhos, com o remorso se misturando à minha raiva e frustração.

— E não culpo você por tudo que deu errado. Eu já disse isso para você. Não foi saudável a maneira como eu lidei com todas as merdas que aconteceram. E como se isso não bastasse, quando você me pediu para fazer terapia, eu recusei.

Continuamos nos encarando, com a dura verdade das minhas palavras pairando no ar.

— Mas o que não fiz foi desistir de nós — digo, tensionando o maxilar. — Você não tentou salvar o que havia entre nós.

— Eu tentei — Yasmen afirma, com a voz embargada de emoção. — Eu tentei várias vezes, mas não consegui salvar nós dois e me salvar ao mesmo tempo.

— Como assim?

— Eu estava perdendo as duas batalhas, Si. — As lágrimas rolam pelo seu rosto. — A luta por nós e a luta por mim. Eu nem sequer queria viver.

Yasmen tapa a boca com a mão como se as palavras tivessem saído sem permissão. Seus olhos são manchas de sofrimento em seu rosto. Ela insinuou isso em Charlotte, mas vendo-a agora, a sua angústia, percebo que eu não soube o quão horrível tinha sido. Que eu não captei plenamente o quão sombrio tinha se tornado.

— O jeito que estávamos um com o outro — ela diz, parecendo cansada e se sentando no pufe. — A frieza, as brigas, a mágoa; eu já estava lutando contra mim mesma só para estar aqui, para ficar aqui. Eu não tinha energia para fazer as duas coisas. Perder o nosso casamento doeu de uma maneira que não consigo nem descrever para você, mas perder a outra batalha? Por mim mesma? Isso teria sido fatal.

A palavra "fatal" paira no ar como um nó de forca. Uma dor aguda me dilacera, deixando talhos irregulares e lembranças sangrentas de como as coisas estavam ruins no final. Se eu escutar com suficiente atenção, ainda consigo ouvir os ecos dos conflitos que tivemos neste mesmo closet. Palavras raivosas aprisionadas entre estas paredes. Desgraçado, furioso, impotente. Eu era todas essas coisas, e ela também.

E ainda assim.

Aqui estamos nós de novo. Discutindo nesta casa. Será que não aprendi a lição? Não consigo parar de pensar nela. Quero estar com ela o tempo todo. Droga, o sorriso bobo que eu dava quando estávamos namorando está de volta. Não me esforcei para evitar estes sentimentos, porque sabia que só poderiam ir até certo ponto, mas agora Yasmen está pedindo por mais.

Depois de tudo o que passamos, na hora do vamos ver, ainda sou o idiota que quer dar o mundo a Yasmen. Mas voltar a confiar nela, o suficiente para voltar para casa? Entregar-lhe tanto de mim novamente? Não sei se consigo fazer isso.

Yasmen acha que mal sobreviveu da primeira vez? Não sei se eu sobrevivi. Estou intacto? Ou sou só uma versão de pedaços juntados de mim enganando a todos?

— Sei que eu disse que não conseguia encontrar o amor — Yasmen continua, com lágrimas escorrendo dos cantos dos olhos. — Mas prometo que ele ainda está aqui. Não era o seu amor que eu não conseguia encontrar sob todos aqueles escombros. Era a mim mesma que eu tinha que encontrar. Eu tinha que me desenterrar.

Você não me ama mais?

Naquela noite, sua resposta me despedaçou de uma maneira que nada jamais fez e, por mais emocionalmente obtuso que eu seja às vezes, até eu reconheço que nunca me recuperei daquela conversa.

— Eu sei que é muito — ela diz com a voz trêmula. — Mas aprendi a ser honesta comigo mesma. Eu amo o que nós temos, Si. Você sabe disso, e eu achei que poderia viver sem saber para onde isto nos levaria, ou se levaria a algum lugar, mas eu não quero isso.

— Do que você está falando?

— Eu quero que isto traga você de volta para mim. De volta para cá. Eu quero reconquistar a sua confiança. Eu quero conversar às claras e fazer melhor desta vez. Fazer do jeito certo.

Yasmen se levanta e atravessa o espaço que nos separa, parando a pouca distância de me tocar, mas o seu calor e o seu perfume me seduzem.

— Não estou dizendo que temos que nos casar. — Ela lambe os lábios e olha para os tênis no chão entre nós. — Mas eu quero que a gente volte a construir a nossa vida juntos, e não porque é o melhor para as crianças ou porque faz sentido para o nosso negócio. — Yasmen apoia a mão em meu peito, espalhando os dedos sobre o esterno. Seus olhos transbordam de tanto amor e a minha garganta pega fogo. — Eu quero você de volta.

Meu coração para quando ela diz isso, e me afasto do seu toque como se tivesse sido queimado. Estou dividido entre sair por aquela porta e transar com ela apoiada numa parede, trancando a porta para que ela nunca possa fugir. Fazê-la dizer isso repetidas vezes.

Eu quero você de volta. Eu quero você de volta. Eu quero você de volta.

Minhas emoções estão em polvorosa.

Confusão e frustração.

Esperança.

Medo.

Não preciso da roda das emoções do Dr. Musa para saber que estou morrendo de medo e que também estou sentindo raiva pra caramba, mas não sei se entendo completamente por quê. Não as razões superficiais, mas as traiçoeiras que se escondem por trás dos traumas e estão instaladas nas rachaduras do meu passado.

Encaro Yasmen e deixo escapar uma risada.

— Então você levou um susto achando que estava grávida e depois teve uma revelação? E eu devo acreditar que isso muda tudo? Naquela noite, quando perguntei se você me amava, quando era tão importante, você me respondeu que não tinha certeza.

— Eis o que não posso fazer. — Ela começa a contar nos dedos. — Eu não posso voltar para aquela noite e mudar o que eu disse, o que eu sentia. Não posso anular o tempo que estivemos separados. Não posso consertar o seu coração partido.

As lágrimas rolam pelo seu rosto para os cantos de sua boca.

— Também não posso consertar o meu, porque, acredite se quiser, assim que você saiu por aquela porta, havia uma parte de mim aqui — Yasmen bate o punho cerrado sobre o coração — que queria você de volta, e tenho lutado contra isso desde então.

— E isso não teve nada a ver com o meu caso com a Vashti? — pergunto com um tom seco, sondando. — Redescobrir que você me queria de verdade?

— Me chocou ver você com ela? Claro que sim, mas toda vez que eu estava em algum lugar em que você também estava, eu queria você para mim. Eu nunca deixei de querer você. Acho que não conseguia me imaginar dizendo que queria você de volta, porque não acreditava que você me perdoaria.

Yasmen entrelaça os dedos na altura da cintura.

— Como você poderia me perdoar se eu não conseguia me perdoar? Eu costumava dizer para a Dra. Abrams que só queria me sentir como antes.

— O que ela disse?

— Ela disse que eu nunca voltaria a ser aquela pessoa. Não exatamente a mulher que eu era antes. O que aconteceu me transformou. Precisei de tempo, terapia e os medicamentos certos para poder aprender a ser feliz com a pessoa que restou depois de ter perdido tanta coisa.

Seu olhar queima de sinceridade, e paixão, e tudo com o que eu costumava fantasiar em ver ali outra vez.

— Eu gostaria que você confiasse que a pessoa diante de você se esforçou muito para melhorar e para entender como se perdeu. Desenvolvi as ferramentas para lidar quando eu inevitavelmente perder mais, porque perder coisas que amamos é uma certeza desta vida. — Com os cílios cintilando de lágrimas, Yasmen pega a minha mão e a coloca sobre o seu coração. — Me pergunte de novo se eu te amo, Si. Me pergunte agora.

As palavras estão na ponta da minha língua, mas há uma barreira em minha boca, e se eu fizer a pergunta, apesar de todos os meus medos e reservas, não serei capaz de resistir a Yasmen.

Há uma parte de mim que sabe que aqui é o lugar ao qual pertenço. Porém, há outra parte. É a parte da autopreservação, que lembra que ela desistiu de nós e isso me arruinou. A Yasmen diante de mim é a lutadora de que eu precisava naquela época.

Como posso não amá-la?

Yasmen cerra o punho sobre o meu coração e, se ela pedisse, eu o arrancaria do meu peito e o daria para ela. Talvez esse seja o problema quando você ama uma mulher e quer dar tudo para ela, mas acaba por perder tudo.

Ainda não fiz a pergunta quando ela vence os últimos centímetros que nos separam e se inclina até o meu ouvido. De modo automático, agarro, possessivo, seu quadril, segurando-o com firmeza caso ela decida fugir.

— Sim, Josiah — ela responde à pergunta que não consegui fazer num sussurro lacrimoso. — Eu te amo.

43

JOSIAH

Há uma rachadura na inescrutabilidade profissional do Dr. Musa quando chego ao seu consultório. Eu estava tão desnorteado após me despedir de Yasmen que peguei a interestadual em vez de percorrer a curta distância até a minha casa. Antes de me dar conta, já estava a caminho do seu consultório. Quando liguei para o Dr. Musa do carro e perguntei se poderíamos conversar, ele me disse que um cliente havia cancelado a consulta e que poderia me atender. Ele soou despreocupado, mas quando entro em seu consultório, ele me olha com uma expressão estranha.

— Você está... — Fico tenso, semicerrando os olhos. — Você está rindo de mim? — Sem dúvida, há humor em seus olhos, por mais sutil que seja.

— Na verdade, não — ele diz. — Apenas satisfeito por você estar usando a terapia para ajudar a lidar com a vida. Considerando que você veio à nossa primeira sessão como se fosse uma detenção, pelo menos devemos reconhecer o quanto progredimos.

— Sim, acho que sim. — Meu sorriso desaparece quando me lembro do que preciso falar. — Obrigado por me receber tão prontamente... de novo.

Ele aponta com a cabeça para as duas poltronas de couro. Eu ocupo uma, e ele, a outra.

— Então, o que está acontecendo?

— Yasmen achou que estava grávida — me apresso em esclarecer. — Ela não está, mas isso a fez perceber que ela quer mais do que oferece o nosso acordo atual.

— Aquele em que vocês transam sem compromisso ou qualquer pressão — o Dr. Musa diz. — Essas eram as condições, certo?

Soa tão estéril dito dessa maneira. Acho que basicamente foi isso que eu disse para ele quando discutimos o meu relacionamento, mas não reconheço isso como o que Yasmen e eu temos tido.

— Certo — confirmo. — Isso a fez perceber que ela quer mais filhos em algum momento e ela afirma que quer tê-los comigo. Ela diz que quer construir uma vida comigo, mesmo que não estejamos casados. Ela não quer manter o nosso acordo atual sem saber para onde está indo, ou se chegará a algum lugar. Ela quer que eu volte para casa.

— Parece uma mulher que sabe exatamente o que quer.

— Ora — retruco. — Ela não estava tão certa assim quando pediu o divórcio.

— Você a questionou sobre isso? O que mudou?

— Yasmen diz que ela mudou, e que, por meio da terapia, ela passou a entender por que reagiu da maneira que reagiu quando Byrd e Henry morreram, e que desenvolveu ferramentas para lidar melhor com isso.

— Mas você não acredita nela?

— Tenho medo de acreditar.

Poucos meses atrás, eu não poderia imaginar estar sentado diante deste cara e confessando os meus medos com tanta facilidade.

— Vamos analisar isso — o Dr. Musa diz, posicionando os cotovelos sobre os apoios de braço e entrelaçando os dedos sob o queixo. — Se você acreditar nela e ela tiver mesmo amadurecido, e você voltar para casa, recomeçar a vida de vocês juntos, e tudo der certo, o que isso te faz sentir?

— Eu seria o filho da mãe mais feliz do planeta — admito com um sorriso irônico.

— E se vocês tentarem de novo e não der certo?

Sinto um vazio no estômago e o meu sorriso desaparece.

— Esse é o problema — digo e cerro os dentes até meu maxilar doer. — Não consigo imaginar passar por isso de novo. Voltar a perdê-la. Se você foi atropelado por um ônibus e sobreviveu, não fica na frente de outro assim que consegue andar de novo.

— Então, perdê-la de novo seria devastador.

Faço que sim com a cabeça.

— E ela não vale o risco — o Dr. Musa diz com calma, como se ele não soubesse que isso me deixaria irritado.

— Eu não disse que a Yasmen não vale o risco. Eu só...

— Você não quer perder mais nada?
— Dói demais.
— Nós nunca conversamos em detalhes a respeito de quando os seus pais morreram, que foi a sua primeira grande perda. Sei que você era muito jovem, mas pode me contar o que lembra daquele dia?

Eu raramente falei a respeito. Contei para o Dr. Musa que eles morreram num acidente de carro, mas nunca esmiucei aquele dia. Meus dedos se contraem sobre os braços da poltrona. Tudo em mim quer se esquivar, quer fugir, mas me forço a ficar imóvel e respirar fundo.

— Eu desci do ônibus escolar — começo a falar de forma suave. — A minha mãe sempre estava em casa quando eu chegava lá, mas naquele dia, ela não estava.

A imagem toma conta da minha mente: eu, sentado no balanço da varanda, balançando para a frente e para trás com uma mochila aos meus pés. Eu estava encolhido em meu casaco, colocando as luvas quando começou a esfriar e escurecer.

— Então os policiais chegaram. — Respiro fundo. — Um policial disse que havia acontecido um acidente e que os meus pais não voltariam para casa. — Dou um riso nervoso. — É incrível como isso está nítido na minha mente. Sempre que perdi alguém, cada detalhe ficou gravado em mim, em imagens vívidas e em câmera lenta.

— Continue — o Dr. Musa pede. — Isso é positivo.

— Então, Byrd apareceu e me levou para casa com ela.

— Você mencionou antes que encontrou a sua tia quando ela morreu. Você se importa de contar um pouco a respeito disso?

Pigarreio.

— Quando encontrei Byrd, todos os ingredientes do bolo de limoncello estavam na mesa. A cozinha cheirava a limões. — Dou um riso breve. — Nunca contei isso a ninguém.

— Nem mesmo para Yasmen?

Eu faço que não com a cabeça. Nunca compartilhei as perdas, e agora percebo que foi um erro, pois isso lhes deu mais poder sobre mim. Nunca contei a ninguém que Byrd estava usando o seu par de brincos preferido, e um deles estava meio solto. Com cuidado, eu o recoloquei através do pequeno furo em sua orelha. Também nunca contei que Henry tinha a boca parecida com a minha. Eu o segurei, leve como uma pluma, cabelo escuro cobrindo a sua cabecinha, e tracei o contorno dos seus lábios. Henry tinha os meus lábios e eu queria chorar, porque nunca iria ouvi-lo chorar, mas as lágrimas não vieram. E ainda consigo sentir o cheiro de tinta se misturando com o perfume de Yasmen no quarto do bebê quando ela me disse para eu ir embora. Quando ela causou a maior perda de minha vida. Quando eu a perdi.

Os nossos traumas — as coisas que nos machucam nesta vida —, mesmo com o passar do tempo, nem sempre ficam para trás. Às vezes, eles perduram no cheiro de um recém-nascido. Nos surpreendem no sabor de uma comida caseira. Aguardam no quarto ao final do corredor. Eles estão conosco. Eles estão presentes. E há alguns dias em que as lembranças parecem mais reais do que as pessoas que ainda estão presentes, do que as alegrias deste mundo.

— Viva tempo suficiente, e você vai perder pessoas e coisas — o Dr. Musa diz de forma gentil. — Nós só precisamos aprender a lidar com isso de maneiras que não sejam isoladoras ou destrutivas. Você precisa decidir se o medo de perder Yasmen de novo compensa nunca mais tê-la.

Desde aquela noite, eu não me permiti confiar em Yasmen. Eu achava que ela tinha arruinado a minha vida, mas agora sei que ela fez o que fez para salvar a dela. Agora também sei que tive a minha parcela de responsabilidade. Agora entendo que tudo o que eu via em branco e preto tinha matizes, que eu não era capaz de compreender devido à falta de contato com a minha própria dor. Agora os meus sentimentos emergem, se recusando a serem negados.

Será que as pessoas se lembram do momento exato em que se apaixonam?

Aprendi que não é um único momento, mas sim milhões deles.

Eu me apaixonei por Yasmen quando dividimos uma comida chinesa barata, sonhando com o nosso futuro brilhante num apartamento caindo aos pedaços, sem aquecimento e sem pressão de água no chuveiro.

Eu me apaixonei um pouco mais e com um pouco mais de intensidade por Yasmen quando ela me acolheu em seu corpo e entrelaçamos as nossas línguas em beijos ardentes.

Quando ela arregaçou as mangas e canalizou a sua criatividade e a sua energia incomparável para construirmos juntos um negócio do qual podemos nos orgulhar.

Quando ela me deu os nossos filhos e se tornou uma mãe que fazia mágica, que apoiava todo mundo, que carregava o mundo nas costas com graça infinita. Mesmo quando ela baqueava, ela aguentava firme; quando tudo a incitava a desistir, ela aguentava firme por nós, e ela lutou até se reencontrar.

Eu me apaixonei por uma mulher guerreira que enfrentou uma prova de fogo, que saiu mais forte, remodelada pela tristeza, transformada pela dor, renascida na alegria.

Eu vejo Yasmen hoje com o seu punho cerrado sobre o meu coração. Ela ficou corajosamente diante de mim, pedindo para que eu a aceitasse de volta. Me oferecendo a oportunidade de voltar a ter tudo o que é importante de verdade: a minha casa, a minha família, a minha mulher. Ela me ofereceu tudo isso de bandeja e eu basicamente joguei isso de volta na cara dela.

O pânico ressoa na minha cabeça, e o som faz meu próprio sangue zumbir em meus ouvidos como um alerta. Os muros que levantei para conter os meus sentimentos estão caindo. Não é um desabamento abrupto. Ele começa com um tremor, a percepção de que o amor acontece no contexto frágil da nossa mortalidade. Que o amor e a vida ocorrem além do alcance do nosso controle. Em algum momento, as palavras amor e perda se tornaram sinônimas para mim. Agora eu entendo que algo se despedaçou em mim depois da morte dos meus pais, que algo cicatrizou de forma errada, e comecei a mensurar o quanto eu amava as pessoas em termos de quanto me machucaria perdê-las.

Depois que o primeiro tijolo cai, todos os outros começam a se soltar e desabar. Parece que toda a mágoa, todo o sofrimento de uma vida, caem sobre mim em uma avalanche de emoção. Em segundos, estou de pé sobre as ruínas de todas as coisas que achei que me manteriam a salvo de perder algo precioso novamente. Este alívio e liberação são catárticos. Escavam uma vala dentro de mim para que ondas de dor represada possam escoar.

O lenço de papel que o Dr. Musa me entrega como uma bandeira branca me assusta. Confuso, olho para ele.

— Para que é isso? — pergunto com a voz rouca.

Com a cabeça, ele aponta para o meu rosto com um sorriso discreto.

— Para as lágrimas.

44

YASMEN

Sozinha na cozinha, separo os ingredientes para preparar o macarrão com queijo de Byrd. Os garranchos manuscritos na página de seu antigo caderno de receitas ficam embaçados por causa dos meus olhos lacrimejantes. Acho que não passei dez minutos sem chorar desde que Josiah foi embora algumas horas atrás.

— Jantar — digo, enxugando o rosto com a mão impaciente. — Vou preparar uma refeição para os meus filhos, que eles nem devem comer, porque sou este tipo de masoquista.

Será que já não tive a minha cota de humilhação hoje? Ou será que acho que posso superar isso me jogando aos pés do meu ex-marido, implorando para ele voltar para cá, declarando o meu amor eterno por ele... e vê-lo sair do quarto sem dizer uma palavra? Porque suspeito que isso será o ápice da humilhação.

— Macarrão tipo caracol, queijo, leite, ovos, sal e pimenta a gosto.

Murmuro os ingredientes baixinho várias vezes, como se fosse um feitiço que eu gostaria que pudesse invocar Byrd aqui. Ou pelo menos invocar a sua sabedoria, porque eu estraguei tudo de maneira tão terrível que não sei o que fazer. Se os ingredientes fossem a súplica, o vapor que se eleva da panela com água fervente para o macarrão fosse o incenso e esta cozinha fosse um templo, eu sacrificaria praticamente qualquer coisa para tê-la aqui comigo agora mesmo.

— Eu sinto muita saudade, Byrd — digo, lambendo as lágrimas dos lábios.

— Ainda.

No dia do meu casamento, ela disse:

— Eu amo você como uma filha, Yasmen, mas se você magoar o meu garoto, vou chutar o seu traseiro.

Fico rindo entre lágrimas, apoiando os cotovelos na ilha da cozinha e abaixando a cabeça entre as mãos.

— Desculpe por ter decepcionado você — sussurro. — Eu aceitaria aquele chute no traseiro só para ter você de volta por um tempo. Prometo que estou tentando dar um jeito nas coisas, mas pode ser tarde demais. Sabe como ele é. Tão teimoso quanto eu.

Fecho o caderno de receitas. Nesse ritmo, não vamos comer antes das dez da noite. Então, vou pedir comida. Pego o celular e abro um aplicativo de entrega, esperando encontrar algo que ainda não comemos recentemente. Estou quase fazendo um pedido de comida mexicana quando ouço uma chave girar na fechadura da porta dos fundos e ela se abrir. Fico de queixo caído quando vejo Josiah. Ficamos nos encarando em silêncio por um bom tempo. Me sinto mumificada, envolta numa dúzia de reações ao mesmo tempo que me paralisam. Não consigo me mexer nem falar.

— Oi — Josiah finalmente quebra o silêncio. — Desculpe por ter ido embora daquele jeito.

Pisco para ele e aceno porque está tudo bem. Ele está aqui e está tudo bem.

— Só estou querendo saber se a sua oferta ainda está de pé — ele diz, arrastando uma mala atrás de si e entrando na cozinha.

— Sim — murmuro. — Você quer dizer a minha oferta para... de que se você quiser... nós podemos... você poderia...

— Voltar para casa — ele diz, me poupando de continuar balbuciando por mais doze segundos. — Eu só trouxe uma mala. Acho que posso pegar o resto depois. Sei que tenho pelo menos um par de tênis aqui.

— Ai, meu Deus! — Cubro a boca, mas uma risada histérica escapa por entre os meus dedos. — Nem acredito que contei isso para você.

— Que bom que você fez isso. Você colocou todas as suas cartas na mesa e não escondeu nada. Eu precisava disso de você, mas lamento muito não ter conseguido fazer o mesmo no momento. Eu tinha que refletir a respeito de muita coisa.

É surreal o fato de ele estar aqui e dizer que vai voltar para casa. À medida que a realidade da sua presença aqui se apodera de mim, sinto um frio no estômago, o coração bate tão alto e rápido que todo o sangue se esvai da minha cabeça. Meus joelhos fraquejam e caio sentada na banqueta próxima da bancada. Meus ombros relaxam com o que parecem ser anos de alívio. Josiah atravessa a cozinha dando poucos passos, se posiciona entre as minhas pernas e me agarra pela cintura. Ele segura o meu rosto com as mãos e desliza os polegares por minhas bochechas úmidas.

— Os seus olhos estão inchados — ele diz, se inclinando para dar um beijo em cada pálpebra. — Sinto muito por fazer você chorar.

Levanto a cabeça para observar o seu rosto, percebendo os seus olhos vermelhos e o leve inchaço ao redor deles. Apalpo o seu rosto, sentindo novas lágrimas surgirem.

— Você também estava chorando? — pergunto.

— Cortesia do Dr. Musa. — Josiah desvia o olhar para o chão por um momento. — Aliás, ele mandou um abraço e não vê a hora de conhecer você.

— Você foi vê-lo?

— Eu precisava pensar melhor nas coisas, e o Dr. Musa... bem, ele me ajuda a fazer isso.

— Que bom — sussurro, muito orgulhosa de Josiah e de quão longe ele chegou. Quão longe nós dois chegamos e quão longe ainda temos que chegar... juntos.

— Sei que eu não queria fazer terapia de casal antes — ele diz. — Mas acho que pode ser uma boa ideia se tentarmos.

Concordo quase com medo de dizer muita coisa, caso isto seja um sonho e eu acorde.

— Ainda tenho muita coisa para resolver por conta própria — Josiah admite. — Sempre vou querer consertar as coisas, para manter tudo funcionando. Mas posso melhorar.

— Sei que você precisa ser forte por causa das pessoas que você ama. — Inclino a cabeça para olhá-lo nos olhos. — Mas quero estar ao seu lado quando chover, quando o vento soprar. Quando for difícil e as chances estiverem contra nós. Nem sempre fizemos isso antes, mas acredito que, se e quando os desafios surgirem, iremos ficar juntos.

Josiah apoia a testa na minha, segurando a minha nuca e aproximando os meus lábios dos seus.

— Eu sou sua — sussurro enquanto nos beijamos. — Sei que você pode não confiar nisso. Não posso te culpar, mas digo isso a sério. Não sairei do seu lado.

— Ainda bem. — Ele recua um pouco para afastar o cabelo do meu rosto. — Porque pelo visto não sou muito bom em perder coisas, e não sou nada bom em perder você.

Me inclino para beijá-lo novamente, mas o barulho de patas no piso de madeira nos faz virar a cabeça. Otis entra na cozinha e se aproxima de Josiah, encostando a cabeça em seu quadril, obviamente querendo ser acariciado.

Josiah faz carinho atrás das orelhas do enorme cachorro.

— O que você acha de eu voltar para casa? — ele pergunta.

Otis late como se estivesse totalmente a favor dessa ideia e nós rimos.

— Byrd sabia o que estava fazendo ao deixá-lo com você — digo. — Ela viu em você o mesmo que eu vejo. Que você faz o que for necessário para aqueles que ama.

— E eu te amo — ele diz, com a expressão sincera do sentimento brilhando em seus olhos. — Desculpe por não ter dito antes.

— Não se preocupe. Temos muita coisa a resolver. — Rio. — Ei, Merry e Ken estão morando juntos há trinta anos. Acho que podemos ir com calma. Eu te amo e não há pressa.

Josiah levanta o meu rosto para me dar mais um beijo. Em comparação com todos os beijos ardentes que compartilhamos ultimamente, é um beijo casto. Apenas um leve roçar dos seus lábios nos meus. Porém, há muita ternura nisso. Parece como antes, algo com compromisso e devoção, mas misturado com um novo apreço.

Talvez tenhamos dado por garantido o que nós tínhamos antes, mas não sabíamos que era frágil, porque nós éramos frágeis em aspectos que nunca tinham sido testados. Agora, porém, isto entre nós é um fio resistente que acredito que não vai se romper quando a nossa vida sofrer um solavanco. Josiah passa os seus braços com força em torno de mim. É um abraço possessivo e protetor. Levará tempo para ele ter certeza de que não vou escapulir. Então, vou simplesmente ficar imóvel, abraçada por ele.

O beijo se intensifica, como se Josiah estivesse buscando respostas no toque dos nossos lábios e no entrelaçamento das nossas línguas. Pouco depois, descolamos as nossas bocas, ofegamos e encostamos as nossas testas. Agarro a sua nuca para nos mantermos unidos.

— Credo!

A voz de Deja nos surpreende, e não consigo deixar de rir da expressão de repulsa em seu rosto ao entrar na cozinha.

— A gente come aqui — ela diz, apontando para onde Josiah e eu estamos sentados quase colados. — Agora não mais. Essa bancada está oficialmente sob suspeita.

Solto uma risada, enquanto a gargalhada de Josiah ressoa através de mim nos lugares em que estamos nos tocando.

— O que está acontecendo? — Kassim pergunta, parado logo atrás da irmã. De olhos arregalados, ele olha para nós e depois para a mala ao lado da porta.

— Há muita coisa para explicar — respondo. — E vamos conversar sobre tudo.

Josiah entrelaça as nossas mãos sobre a bancada para que os nossos filhos possam ver.

— Mas em resumo — ele começa a falar, com o seu olhar cheio de amor fixado em mim, me deixando em chamas. — Vou voltar para casa.

EPÍLOGO

YASMEN

"Por que você está abatida, ó minha alma (...). Esperança."
— **Salmo 42:5**

A véspera do Ano-Novo é uma das minhas noites favoritas do ano, embora uma das mais atarefadas. Fiz o brinde da meia-noite, como costumo fazer, saudando o novo ano no réveillon do Canja. Rolhas estourando. Champanhe transborda. O lugar, pulsando de possibilidades e júbilo uma hora atrás, está começando a esvaziar. Por volta da uma da manhã, não deve restar mais ninguém. O DJ foi ótimo, um cara novo que encontrei por acaso. Ele tocou "Feels Good", e Hendrix perdeu a cabeça do jeito que sempre perde quando essa música é tocada. Ela ainda está um pouco suada e ofegante quando me encontra no terraço desejando Feliz Ano-Novo aos clientes e os agradecendo pela presença. Ela está acompanhada de Soledad.

— Festa incrível — Hendrix diz, enrolando as suas tranças que vão até a cintura em um coque bagunçado. — Mais uma vez.

— Obrigada — digo.

— Como estão as coisas em Charlotte? — Soledad pergunta. — Alguma notícia do primeiro réveillon deles?

— Foi um sucesso — respondo com um sorriso. — Charles, o nosso gerente lá, enviou algumas fotos. Todo mundo parecia que estava se divertindo muito. O lugar ficou maravilhoso. Obrigada mais uma vez por ajudar na decoração, Sol.

— Imagina — ela diz.

— Vou ter que conferir da próxima vez que for visitar a minha mãe em Charlotte — Hendrix afirma.

— Sim, você pode meio que ficar de olho por mim. — Sorrio, pegando uma garrafa fechada de champanhe de uma mesa próxima. — Uma última taça para brindar mais um ano? Não estava com vocês quando o Ano-Novo chegou. Então, vamos brindar?

— Claro — Soledad responde e se senta à mesa.

— Vou pegar as taças para a gente — digo, enquanto Hendrix também se senta.

Vou até o bar deste andar, que está fechando, e o bartender me entrega três copos, pois não deve haver uma única taça limpa em todo o restaurante.

— Vamos nessa! — digo, mostrando os copinhos de forma triunfante e me sentando à mesa. — São os melhores que consegui.

— Relaxa. É o máximo que consigo aguentar. — Hendrix dá uma risada.
— Já estou alegrinha. Ouviu só?

— Você curtiu mesmo a noite — Soledad afirma com um sorriso. — Quando não estava bebendo, estava dançando.

— Muito o que comemorar — Hendrix diz e dá uma piscadela. — Foi um ano muito bom, e este será ainda melhor.

— Ah, é isso aí! Você fechou contrato com aquela nova cliente — afirmo.
— Bem lucrativo, hein?

— Sim. — Hendrix serve champanhe nos três copos. — Se ela continuar fazendo negócios milionários, eu e a minha comissão vamos nos dar muito bem.

— A empresa do Edwards também teve um dos melhores anos dos últimos tempos — Soledad diz, com um sorriso um pouco tenso. — O novo sócio está reorganizando o negócio, mas Edward diz que não tem certeza de algumas mudanças.

Hendrix e eu trocamos um rápido olhar, pisando em ovos por acordo tácito quando se trata de Edward. Até onde sabemos, ele não tem falado dormindo sobre outras mulheres ultimamente, mas não confiamos nele nem um pouco.

— Ah, nossa, que bom para o Edward — Hendrix murmura.

— Ele ficou em casa com as meninas hoje? — pergunto.

— Sim — Soledad responde. — Mas a Lupe saiu. Ela está na mesma festa em que a Deja está e vai dormir lá.

Tiro o celular do bolso da minha saia e sorrio ao olhar para a tela.

— Deja também vai dormir lá. Ela me mandou, tipo, cinco mensagens. Eu disse para ela que não é legal mandar mensagens para a mãe de uma festa, mas ela queria que eu visse as tranças que ela fez para uma das meninas.

— Nós fizemos a coisa certa ao deixar a Deja e a Lupe saírem da Harrington, não é mesmo? — Soledad suspira. — Quer dizer, nós nos sacrificamos tanto para colocá-las lá, mas elas simplesmente desencanaram.

— É o segundo ano delas em escola pública, e elas estão se saindo muito bem. Sem dúvida, Deja está mais feliz. — Dou de ombros. — Cada um dos nossos filhos precisa de coisas diferentes. Kassim ainda está na Harrington e não pensa em sair de lá.

— E pulou uma série — Hendrix interrompe, me cumprimentando com o punho cerrado.

— Mostrando serviço também — digo, orgulhosa como mãe. — Só notas A. Na verdade, os dois estão indo muito bem.

— A família inteira está fazendo terapia — Hendrix afirma, irônica. — Então, é melhor que vocês estejam indo bem.

— Literalmente! — Dou uma risada. — Deja quis ter a sua própria terapeuta, porque não quis ficar de fora e estamos fazendo terapia familiar, é claro.

— E o acordo? — Soledad pergunta, erguendo um pouco as suas sobrancelhas perfeitamente delineadas. — Ainda está funcionando?

— Sim, mas eu meio que gosto de ver as pessoas confusas quando ficam sabendo que Josiah e eu estamos juntos... de novo, mas ainda não voltamos a nos casar.

— Continue sendo você mesma — Hendrix diz com um sorriso largo. — Nunca te vi tão feliz.

— Estou mais feliz do que nunca.

É verdade. A nossa vida e o nosso amor não seguiram o caminho que imaginávamos, mas isso não os torna menos verdadeiros. Costumo pensar no dia em que conhecemos Ken e Merry, que disseram não acreditar no casamento como instituição, mas acreditavam um no outro para sempre.

A única coisa que nos mantém juntos é o nosso amor.

Eu ainda acredito no casamento, assim como Josiah. Nosso amor é o único compromisso que nos une, mas quando Josiah estiver pronto para selá-lo novamente com votos, eu também estarei. Por enquanto, estamos dedicando um tempo para crescermos, para nos recuperarmos e, como Ken e Merry disseram, para construir uma vida juntos do nosso jeito.

— Vamos nessa ou não? — pergunto, pegando o meu copinho de champanhe.

— Claro que sim — Hendrix responde.

— Quem vai fazer o brinde? — Soledad pergunta, pegando seu copinho com um sorriso tão brilhante quanto as lantejoulas do seu vestido.

— Já fiz um brinde hoje — eu digo. — Você faz, Hen?

— Sempre a postos! — Ela levanta o copo. — Um brinde ao sexo que nos arrebata.

— Céus! — Soledad murmura, franzindo os lábios.

— Às aventuras que nos deixam sem palavras — Hendrix continua, com o sorriso se curvando de um jeito raro e fofo. — E às amigas que não se desgrudam.

— Você quer dizer que somos grudentas como cola? — pergunto, rindo.

— Eu mantenho o que disse! — Hendrix exclama.

— Às amigas que não se desgrudam — dizemos em coro, batendo os copinhos e bebendo o nosso champanhe.

— Bem — digo, batendo o copo na mesa. — Kassim está na casa de Jamal. Então, Josiah e eu temos uma noite rara, sem as crianças. Até mais para vocês, vadias. Vou atrás do meu homem e cair fora daqui para curtir a oportunidade.

Soledad olha por cima do meu ombro, dando um sorriso irônico.

— Parece que ele veio atrás de você.

Eu me viro e o meu coração passa a bater no ritmo reservado especificamente para esse homem, um ritmo que só ele já inspirou. Josiah atravessa o terraço em nossa direção. Ele tem o tipo de beleza que chama a atenção, associado a um apelo sexual marcante e envolvente. Seu sorriso está cansado, mas os seus olhos estão atentos em mim. Eu não preciso me perguntar se ele me ama. Ele me diz todos os dias com as suas palavras e com esse olhar fixo em mim neste momento.

— Garotas, ao que estamos brindando? — Josiah diz ao chegar à nossa mesa.

Ele indica com a cabeça a garrafa de champanhe e ao trio incongruente de copos.

— Coisas de Ano-Novo. — Nem mesmo levanto a cabeça para ele ver o meu sorriso bobo. Não tomei bastante champanhe para ficar bêbada, mas a ideia de passar a noite sozinha em casa com Josiah é embriagante por si só.

Ele me tira da cadeira, se senta nela e me põe em seu colo. Eu me aconchego junto ao seu pescoço e me perco no seu perfume familiar, no calor do seu corpo rijo e no carinho da mão que acaricia a minha coxa, me arrepiando através de uma fina camada de seda.

— Tudo bem — Hendrix diz, ficando de pé. — Acho que é a nossa deixa para ir embora, Sol. Eles talvez comecem a transar aqui mesmo em cima da mesa, na nossa frente.

— Não é uma má ideia — digo e entrelaço os dedos com os de Josiah sobre o meu abdome e pressiono as costas em seu peito. — Não duvido nada de nós.

O estrondo grave da sua risada vibra pela minha espinha. Eu estava brincando, mas o seu corpo firme e musculoso faz um friozinho na minha barriga. Do jeito que este homem me faz sentir, talvez nem cheguemos em casa. Não seria a primeira vez que faríamos bom uso da adega.

— Acho que vou viver através de vocês por tabela — Soledad diz, com um quê de amargura em seu sorriso.

Sei que não é direcionado a nós, mas sim ao seu marido. Seguro a sua mão para apertá-la e lhe ofereço um sorriso solidário.

— Vocês vão lá na minha casa amanhã? — Hendrix pergunta, segurando a garrafa de champanhe meio vazia. — Vou fazer um almoço de Ano-Novo com salada verde e feijão fradinho. Garantir a nossa sorte para o novo ano.

— Conta com a gente se o almoço for depois do meio-dia — Josiah diz.

— Então nos vemos ao meio-dia. Vamos, Sol.

— Boa noite, pombinhos — Soledad diz com um sorriso agora caloroso.

— Amo vocês, garotas. — Aceno para elas com os dedos e acompanho com o olhar as duas melhores amigas que já tive descerem a escada.

Sou abençoada por tê-las em minha vida. A verdade absoluta contida nisso me faz reprimir lágrimas inesperadas... de novo. Estou com as emoções à flor da pele hoje. Eu desconfiaria que talvez estivesse grávida se não fosse pelo fato de Josiah ter feito uma vasectomia alguns meses atrás. Isso deu a ele paz de espírito ao saber que não acabaríamos sem querer com uma gravidez de alto risco, consolidando uma nova direção para a nossa família.

— Você viu o Brock e o Clint hoje? — pergunto, mudando um pouco de posição em seu colo para encará-lo.

— Vi sim. Contei para eles que vamos começar um curso de adoção na semana que vem. Eles ficaram empolgados.

Estamos querendo aumentar a nossa família, e esse curso parece ser apenas mais um passo na direção correta. Kassim e Deja se sentem felizes e seguros. Nós nos comunicamos com eles sem rodeios acerca do nosso relacionamento e do nosso compromisso com eles e entre Josiah e mim. Alugamos a casa de Byrd há alguns meses para uma família adorável. Isso pareceu cortar o último elo com o período doloroso pelo qual passamos separados. Estamos mais fortes do que nunca. Uma delicadeza blindada. Minhas partes mais vulneráveis protegidas pela solidez da devoção.

Viro a cabeça para olhá-lo, aproximando os nossos lábios o suficiente para um beijo... e é isso que acontece. Não sei como um homem que você beijou um milhão de vezes ainda tem o poder de fazer você ficar com as pernas bambas. Porém, me agarrando a ele sob um céu majestoso com uma plateia de estrelas, sei que sempre darei a isso o devido valor. Passamos por muitas coisas, e a paixão e o amor existentes entre nós são mais fortes e intensos por terem sido testados.

Josiah diminui a intensidade do beijo e segura o meu quadril com firmeza, me puxando para o seu peito para que o nosso coração bata em sincronia. Ouço uma música vir do andar de baixo, e quando identifico a canção, interpretada por Al Green, ela me toca a alma.

"Let's Stay Together".

— Achei que o DJ já tivesse ido embora — digo junto aos seus lábios. — Está tocando a nossa música. Você tem algo a ver com isso, por acaso?

— O dono do estabelecimento intercedeu por mim — ele responde, rindo e se levantando. — Vamos dançar? — Ele estende a mão.

Concordo me aproximando dele, colocando os braços sobre os seus ombros e apoiando a cabeça sobre o seu peito. Suas mãos passeiam pela minha cintura e quadris e, por fim, apertam o meu traseiro.

— Quando chegarmos em casa, essa bunda será minha — ele diz.

— Esta bunda sempre será sua, sr. Wade — afirmo, retirando o colar com o pingente de roda e a minha antiga aliança de casamento escondidos sob o vestido.

Olhando para baixo, para mim, seus olhos brilham cheios de amor.

— É bom saber disso, sra. Wade.

Por alguns instantes, ficamos em silêncio, apenas balançando os nossos corpos e deixando a música nos envolver em lembranças. Dois jovens ingênuos, num apartamento de merda, numa noite fria, agarrados um ao outro, achando que sabiam o que era o amor verdadeiro. Não fazíamos ideia de como seria difícil vivenciar a letra desta música: ficar juntos. Ouvir esta música costumava me lembrar do meu maior fracasso, mas agora é o hino do nosso maior triunfo. Não é que eu tenha perdido este amor, mas sim que acreditei tanto nele que corri de volta para o fogo para salvá-lo. Quando toda a esperança estava perdida, não parei de procurar até encontrá-lo de novo. Não parei de procurar até me encontrar de novo. E este homem, este momento, é a minha recompensa.

Let's stay together. Vamos ficar juntos.

Palavras de amor profundo, aceitação, renovação. É o compromisso de permanecer juntos quando o mundo nos separar. Quando machucarmos um ao outro. É a fidelidade e o desejo refinados ao longo da vida. Tenho certeza de que o amor que temos é tão poderoso que poderia durar por uma dúzia de vidas, mas se concentrou e se destilou apenas nesta. Nós nos reencontramos após termos nos separado. Isso pode acontecer várias vezes até o fim dos tempos, mas nesta vida, eu nunca vou abrir mão dele.

— Tenho algo para você — Josiah sussurra junto ao meu ouvido, com a sua respiração quente arrepiando a minha espinha. — No bolso esquerdo do paletó.

— Outra pera? — pergunto, sorrindo.

— Olhe e descubra.

Enfio a mão no bolso esquerdo, toco no forro de seda e procuro. Então, sinto e, em choque, fico paralisada. Josiah me encara, com o sorriso substituído por algo ardente e delicado. Tremendo, retiro o anel e o seguro entre nós. É uma aliança de platina com um diamante grande e de corte quadrado. É de perder o fôlego.

— Tem uma inscrição — ele diz e guia a ponta do meu dedo para o círculo interno da aliança. Traço as letras antes de virá-la para ler a única palavra.

— Roda.

— Não tem começo nem fim. — Josiah pega a aliança e a segura entre nós. — É a nossa própria eternidade.

As lágrimas rolam pelo meu rosto e, assim que ele as enxuga com delicadeza, elas são substituídas por outras novas. Este momento é grandioso, avassalador, mas não ocorre de forma isolada. E vai além da força do nosso círculo completo. Também envolve todas as vezes que fraquejamos e demos a volta por cima, assim como todas as mágoas e todos os segundos que passamos separados. Nossa união não foi construída apenas com base nas coisas boas. A dor, e o luto, e a tristeza forjaram a nossa união tanto quanto as alegrias.

— Você quer casar comigo? — Josiah pergunta, baixinho, perto do meu ouvido. — De novo?

Incapaz de falar, mordo o lábio para conter soluços e gritos de alegria. Ele desliza o anel pelo meu dedo e o encaixe é perfeito.

Ele abre um sorriso largo com a sua boca perfeitamente esculpida.

— Eu quero passar o resto da vida com você. Ter mais filhos com você. Brigar com você. Fazer as pazes com você. Acordar ao seu lado todos os dias.

Ele encosta a testa na minha.

— Fui feito para você e você foi feita para mim. Mesmo quando nos atrapalhamos, mesmo quando erramos, porque nós dois erramos, amor, mesmo assim a minha alma sabia, o meu coração sabia, que foi um erro ficar longe de você. Nunca mais quero voltar a sentir aquela dor. As pessoas não costumam ter segundas chances como esta, Yas.

— Há uma parte de mim que continua achando que eu não mereço isto — confesso.

— Nós merecemos toda a merda que aconteceu com a gente? As coisas e as pessoas que perdemos? Aprendi que a vida não consiste em receber o que você merece, consiste em aproveitar ao máximo o que você puder enquanto puder, porque é curta. Porque é instável. Porque tira quando menos esperamos. Agora tudo o que perdi me faz valorizar as coisas que tenho, em vez de sempre ter medo de perdê-las.

Josiah beija as lágrimas em meu rosto.

— Principalmente você.

Quando perdemos coisas nem sempre as recuperamos. De Byrd, tudo o que me resta é uma pilha de receitas e lembranças que rezo para que nunca desapareçam. De Henry, uma parede de desejos que nunca se realizarão e uma pequena cicatriz enfeitando a minha pele em sua honra, me lembrando de que ele foi, mesmo que por um tempo muito breve, parte de mim e completamente meu.

Apoio a mão sobre o coração de Josiah, que bate num ritmo fervoroso de reencontro. Olho em seus olhos e me perco no acolhimento e na confiança que achei que nunca recuperaríamos.

— Não me deixe esperando, Yas — ele diz e roça o polegar por meus lábios. — Você ainda não respondeu à pergunta. Você quer se casar comigo... de novo?

Há mil coisas que eu poderia dizer para expressar como estou me sentindo, para contar a ele o que a sua devoção significa para mim. Que, em vez de fugir para a escuridão, eu o encontrarei nela, e nos guiaremos juntos para a luz. Toco no colar ao redor do meu pescoço, sentindo o formato familiar da roda, o peso preciso da minha primeira aliança de casamento. Eu a arremessei numa fonte de desejos, certa de nunca mais teria o que eu queria de verdade, aquilo que eu sinceramente desejava. Há um milhão de palavras que posso dizer para garantir a Josiah que ele não precisa se preocupar se vou vacilar, mas com uma alegria incontrolável e um sorriso lacrimoso, eu escolho uma.

— Sim.

Receitas

BOLO DE LIMONCELLO DA TIA BYRD

Ingredientes

Para o bolo
- Óleo vegetal para untar a forma
- 2 xícaras de farinha de trigo
- 1 colher de chá de fermento em pó
- ½ colher de chá de bicarbonato de sódio
- 1 colher de chá de sal
- 1 ½ xícara de manteiga sem sal amolecida
- 3 ovos grandes
- 1 ¼ xícara de açúcar
- 1 ¼ xícara de creme azedo
- ¼ de xícara de limoncello
- Raspas de 3 limões

Para a cobertura
- 1 xícara de açúcar de confeiteiro
- 2 colheres de sopa de limoncello
- Raspas de limão
- Uma pitada de amor e bondade

Modo de preparo
- Preaqueça o forno a 180 °C.
- Unte uma forma de bolo com óleo.
- Em uma tigela, misture a farinha, o fermento em pó, o bicarbonato de sódio e o sal.

- Em outra tigela ou em uma batedeira, bata a manteiga e o açúcar em velocidade média até obter uma mistura leve e fofa. Continue batendo enquanto adiciona os ovos, um de cada vez.
- Adicione um terço da farinha e misture em velocidade baixa. Adicione metade do creme azedo e bata. Repita esses passos, terminando com a farinha. Adicione o limoncello e as raspas de limão. Misture até ficar homogêneo.
- Despeje a mistura na forma preparada. Alise a superfície superior. Asse por 30 minutos na grade central. Gire o bolo e abaixe a temperatura para 160 °C. Asse por mais 25 minutos.
- Deixe o bolo esfriar por cerca de 15 minutos e, em seguida, retire-o da forma e o coloque em uma grade de arame ou prato de bolo. Deixe esfriar enquanto você prepara a cobertura.

Modo de preparo da cobertura
- Misture o açúcar de confeiteiro, o limoncello e as raspas de limão em uma tigela até obter uma mistura homogênea.
- Regue a cobertura sobre o bolo completamente resfriado.

PANQUECAS DE BATATA-DOCE DO JOSIAH

Ingredientes
- 2 colheres de chá de açúcar mascavo
- 1 colher de chá de sal kosher
- 1 colher de chá de canela
- ¼ de colher de chá de noz-moscada em pó
- ¼ de colher de chá de gengibre em pó
- 2 xícaras de leite
- 2 batatas-doces pequenas, assadas e amassadas até virarem uma massa homogênea (cerca de ¾ de xícara de purê)
- 2 ovos grandes
- 1 colher de chá de extrato de baunilha
- Manteiga para a frigideira
- Uma xícara cheia de bravata

Modo de preparo
- Em uma tigela, misture com um *fouet* a farinha, o fermento em pó, o bicarbonato de sódio, o açúcar mascavo, o sal, a canela, a noz-moscada e o gengibre.
- Em outra tigela, misture com um fouet o leite e o purê de batata-doce. Adicione os ovos e a baunilha.
- Combine os ingredientes secos e úmidos e misture.
- Derreta a manteiga em uma frigideira antiaderente, em fogo médio-alto. Quando começar a espumar um pouco, abaixe o fogo para baixo-médio e coloque ½ xícara de massa de panqueca na frigideira com o auxílio de uma concha. Cozinhe até ver bolhas se formando na massa e a panqueca ficar dourada na parte inferior (cerca de 2 a 3 minutos). Vire e cozinhe por mais 2 a 3 minutos até que fique dourada.
- Sirva com xarope de bordo, nozes pecan, chantilly. A seu gosto!

PUDIM DE MILHO DA MINHA TIA EVELYN

Ingredientes
- Óleo vegetal em spray, gordura ou manteiga para untar a forma
- 3 ovos
- 1 colher de sopa de extrato de baunilha
- ⅓ de xícara de leite
- ¼ de manteiga em barra (derretida)
- ½ colher de chá de sal
- 2 colheres de sopa de farinha de trigo
- ½ xícara de açúcar
- 2 latas de creme de milho
- 1 xícara de milho em grãos (congelado, enlatado ou fresco — à sua escolha)
- Um monte de hospitalidade do sul dos Estados Unidos!

Modo de preparo
- Preaqueça o forno a 180 °C. Unte uma assadeira de 23 x 33 centímetros com óleo vegetal em spray, gordura ou manteiga.
- Em uma tigela, bata os ovos. Adicione o extrato de baunilha, o leite e a manteiga derretida.
- Em outra tigela, misture os ingredientes secos (sal, farinha e açúcar).
- Em seguida, com um *fouet*, mexa os ingredientes secos na mistura de ovos.
- Adicione as duas latas de creme de milho à mistura.
- Se estiver usando milho enlatado, escorra metade da água da lata de milho em grãos e deixe a outra metade. Despeje a água restante e o milho na tigela com os outros ingredientes. Se estiver usando milho fresco ou congelado, basta colocar todo o milho na tigela.
- Misture todos os ingredientes e despeje na assadeira preparada.
- Asse por 45 minutos (os ovos devem estar firmes e a superfície superior deve estar dourada).
- Deixe a assadeira descansar por 15 minutos e sirva!

MOLHO DA SOLEDAD

Ingredientes
- ¾ de xícara de óleo de abacate ou azeite extravirgem
- ½ xícara de vinagre de xerez
- Suco de meio limão (ou inteiro se quiser mais acidez!)
- 1 colher de sopa de mostarda Dijon
- ½ colher de chá de pimenta
- Uma pitadinha de sal
- 1 colher de sopa de mel

Modo de preparo
- Com um *fouet*, misture os ingredientes e despeje sobre a sua salada favorita! Também fica muito bom como uma marinada.

Agradecimentos

Este livro foi um trabalho de amor e uma espécie de catarse. É o primeiro livro que escrevi, esboçado quase quinze anos atrás, antes mesmo de eu ter publicado qualquer coisa. Embora o título, os nomes dos personagens e um grande número de detalhes tenham mudado, a semente de esperança que estimulou a ideia permaneceu. Esta história se tornou cada vez mais pessoal. Ao escrever este livro, eu, assim como Yasmen, recebi o diagnóstico de depressão. Posso dizer que senti como se tivesse incorporado a história deste livro na minha própria vida. Não sei se isso dificultou ou facilitou o ato de escrever, mas sei que experimentar parte da experiência de Yasmen tornou esta história mais rica e mais real. Isso melhorou a minha compreensão e me ensinou a julgar menos e me compadecer mais. Espero que a pessoa que esteja enfrentando momentos difíceis na vida leia este livro e sinta esperança, alegria e incentivo para continuar.

Há muitas pessoas sem as quais eu não poderia ter escrito o livro... e o finalizado!

Diversas mulheres me ajudaram a entender o nascimento de uma criança morta, o luto e a depressão do ponto de vista de uma mãe e/ou como terapeuta/orientadora. Leticeia, Gloria, Ebonie, Valerie, Angela, Shelly: obrigada por toda a ajuda e pela compaixão. Em cada reunião, cada conversa, cada troca, ficou bastante evidente que vocês queriam que alguém se visse nesta história. Vocês aconselharam algumas pacientes como a Yasmen, ou vocês mesmas tinham sido a Yasmen. Suas opiniões moldaram a cura dela e ajudaram a unir essa família ficcional novamente. A colaboração de vocês foi inestimável e vocês têm a minha eterna gratidão.

Joana, obrigada por ser o meu alfa, por sempre ser a primeira leitora e não me deixar escapar impune de nada. Meu trabalho não seria o mesmo sem você. Seu apoio e a sua amizade continuam a ser uma das minhas maiores bênçãos nesta jornada.

Keisha, da Honey Magnolia, obrigada por ler e não maneirar. Por encontrar uma nova paixão por tudo o que faço, dentro e fora das páginas. A sua visão e expectativa de excelência inspiram e me motivam da melhor maneira possível.

Meu muito obrigado a Lauren, por sempre ler desde o início com atenção e cuidado e por não poupar críticas.

Para a minha editora, Leah, OBRIGADA por ser tão paciente comigo. Talvez jamais tenha existido um pior primeiro rascunho. Haha! Eu estava passando por um momento muito difícil pessoalmente e você me tratou com todo carinho. Você não entrou em pânico e me ajudou a encontrar o melhor nesta história. Assim espero! Que bom que empreendemos esta jornada juntas e mal posso esperar pelo que vem a seguir!

Dylan, você não é só a minha melhor amiga e a minha maior apoiadora, mas sobretudo durante a escrita deste livro, você também foi um porto seguro para mim. Não sei o que fiz para merecer alguém tão gentil, talentosa, generosa e encorajadora como melhor amiga. Nunca vou largar você.

Para a minha mãe. Quando eu estava em um dos piores momentos da minha vida, sem saber se seria capaz de terminar este livro, você largou tudo, embarcou num avião e veio me ver. O que é grandioso é que você sempre fez isso. Você sempre soube estar ao meu lado e como me ajudar. Você é uma mulher sensata, intuitiva, resiliente, generosa e compassiva. Espero estar seguindo o seu exemplo.

Ao meu filho, Myles. Todos os livros são seus. Eu achava que entendia o que seria ser mãe, mas você virou isso do avesso, garoto. Você me ensinou que eu era mesmo capaz de amar incondicionalmente e não trocaria isso por nada. Eu não trocaria você.

Finalmente ao meu marido Samuel. Este livro não existiria se você não tivesse dito: "O que houve com aquele livro do casal divorciado?". Mas isso é bem típico de você. Tão empenhado em minhas esperanças e sonhos como você está nos seus. Humilde, seguro de si mesmo, atencioso e apaixonado. Você é incrível e raro, meu amor. Josiah pergunta se as pessoas se lembram do momento exato em que se apaixonam, e ele responde que não é um momento, mas sim um milhão de momentos. Um brinde a um milhão de momentos nos últimos vinte e cinco anos em que me apaixonei por você e por um milhão de outros momentos mais. Nem sempre foi fácil, mas eu faria tudo de novo, desde que pudesse fazer isso com você. <3

LEIA TAMBÉM

ASSINE NOSSA NEWSLETTER E RECEBA INFORMAÇÕES DE TODOS OS LANÇAMENTOS

www.faroeditorial.com.br

Campanha

Há um grande número de pessoas vivendo com HIV e hepatites virais que não se trata. Gratuito e sigiloso, fazer o teste de HIV e hepatite é mais rápido do que ler um livro.
Faça o teste. Não fique na dúvida!

ESTA OBRA FOI IMPRESSA EM JANEIRO DE 2024